ハヤカワ文庫 NV

〈NV1441〉

地下道の鳩

ジョン・ル・カレ回想録

ジョン・ル・カレ
加賀山卓朗訳

早川書房

8259

THE PIGEON TUNNEL
Stories from My Life
by
John le Carré

Translated by
Takuro Kagayama
Published 2018 in Japan by
HAYAKAWA PUBLISHING, INC.
This book is published in Japan by
arrangement with
CURTIS BROWN GROUP LIMITED
through TUTTLE-MORI AGENCY, INC., TOKYO.

目次

地下道の鳩

ジョン・ル・カレ回想録

序

私のこれまでの本のなかで、執筆中に〝地下道の鳩《ピジョン・トンネル》〟という仮のタイトルがつかなかったものはほとんどない。タイトルの由来は簡単に説明できる。十代のなかばごろ、父のいつもの派手なギャンブル旅行の道連れでモンテカルロに行った。古いカジノの近くにスポーツクラブがあり、そのふもとの芝地に海を見晴らす射撃場があった。芝生の下には小さなトンネルがいくつも並んで掘られ、海側の崖に出口が開いていた。そのなかに、カジノの屋上で生まれ、囚《とら》われていた生きた鳩が入れられる。鳩たちの仕事は、真っ暗なトンネルを抜けて地中海の上の空に飛び出すことだ——昼食を愉《たの》しんだあと、立ったり寝そべったりしてショットガンを構えているスポーツ好きの紳士の標的となるために。弾が当たらなかったり、かすったりしただけの鳩は、その習性にしたがって生まれ故郷のカジノの屋上に戻っていくが、そこには同じ罠が待ち受けている。

この光景がずっと私の心に焼きついている理由は、私自身より読者のほうがわかるのではないだろうか。

ジョン・ル・カレ　二〇一六年一月

はじめに

　私は、『寒い国から帰ってきたスパイ』からの収入で建てた小さな山小屋の地下で、机についで坐っている。スイスのベルンから鉄道で一時間半ほどの山間《やまあい》の村だ。ベルンは、私が十六歳のときにイギリスのパブリック・スクールから逃げ出してやってきた街で、その後ベルン大学に進んだ。週末には、男女を問わず、たいていベルンの多くの学生が南の高地《オーバーラント》に押しかけ、山小屋に泊まって、スキーを思う存分愉《たの》しんでいた。私が知るかぎり、当時の学生は品格があって、男は男、女は女に分かれ、決していっしょになることはなかった。もしそうでない者がいたとしても、私はその一員ではなかった。

　この山小屋は村を見おろす場所にある。窓からはるか上に眼を向ければ、アイガー、メンヒ、ユングフラウといった山々の頂《いただき》がかすかに見える。なかでも最高の美しさを誇るのがシルバーホルンと、その少し下にある小シルバーホルンだ。つんと尖《とが》ったふたつの氷の円錐《えんすい》は、フェーンと呼ばれる南からの暖かい風でときおりくすんだ茶色の岩肌をあらわにするが、数日後にはまるで新婦のような輝きで甦る。

このあたりの守護聖人として、作曲家のメンデルスゾーン――〈メンデルスゾーンの径《みち》〉の矢印が至るところにある――詩人のゲーテ、同じく詩人のバイロンがいる。ゲーテが行ったのは途中のラウターブルンネンにある滝までだったが、バイロンはヴェンゲルンアルプまで足を延ばし、そこが気に入らず、嵐で荒廃した森を見て「私自身と家族を思い出す」と言ったようだ。

しかし、もっとも崇《あが》められている守護聖人といえば、エルンスト・ゲルチュをおいてほかにはない。一九三〇年にラウバーホルン・スキーレースを開催し、村に富と名声をもたらした人物で、本人もスラロームに出場して優勝した。私も若いころスラロームに夢中になったが、能力もないし、生理的な恐怖も克服できなかった結果、当然ながら大転倒するはめになった。調べたところ、エルンストはスキーレースの父となったことに満足せず、スキーのエッジやビンディングをスチール製にするなどの改良もおこなったようだ。スキーヤーはみな彼の恩恵を受けていることになる。

いまは五月、一週間で一年分の天気を体験できる季節だ。昨日は数十センチの新雪が積もったが、愉しむスキーヤーはひとりもいない。かと思うと、今日は焼けつくような太陽がじかに照りつけ、雪はほぼなくなって春の花々がまた咲いている。日が暮れてきたいまは、灰色の雷雲がナポレオンの大陸軍よろしくラウターブルンネンの谷へ行進するところだ。

雷雲が通りすぎると、おそらくここ数日吹いていないフェーンが戻ってきて、空からも、牧草地や森からも色が奪われ、山小屋もガタガタ揺さぶられて軋《きし》む。フェーンは暖炉の煙を逆流させ、いつだったか雪のない冬の雨の午後に、私がインターラーケンで大枚をはたいて買ってきたカーペットを汚す。谷のほうからは不機嫌な抗議の叫びのように騒々しい音が響いてくる。その間、誰からも指図を受けないベニハシガラス以外の鳥はみな巣に閉じこもる。フェーンが吹くときには、車の運転や結婚の申しこみをしてはいけない。頭痛がしたり、隣人を殺したい衝動に駆られたりしても心配無用。それは二日酔いではなく、フェーンのせいだ。

この山小屋は小さいわりに、八十四年の私の人生のなかでかなり大きな位置を占めている。これを建てるまえに私が村にやってきたのは、少年時代の最初のスキー旅行のときだった。トネリコやヒッコリーのスキー板にアザラシ《シール》の毛皮を貼って山を登り、革製のビンディングをつけてすべりおりた。その後、オクスフォード大学時代の恩師でのちにリンカーン・コレッジの学寮長となるヴィヴィアン・グリーンとともに、夏山登山にやってきた。彼はジョージ・スマイリーの内面のモデルだ。

スマイリーがヴィヴィアンと同じようにスイス・アルプスを愛するようになったのも、この景色に癒《い》やされたのも、偶然ではない。スマイリーが私と同じように、人生を通じてドイツの芸術の女神《ミューズ》と複雑な関係にあったことも。

常識はずれの父親ロニーについて、私が長々と言いたてる不満を辛抱強く聞いてくれたのも、ヴィヴィアンだ。ロニーは何度も華々しく破産したが、そのうちの一回で、必要な教育費を手配し、大学を卒業できるようにしてくれたのも、ヴィヴィアンだった。

ベルンでは、オーバーラントでもっとも古くからホテルを経営している家族の御曹司《おんぞうし》と知り合った。彼の力添えがなければ、そもそもこの山小屋の建築は認められなかっただろう。当時もいまも、外国人は村の土地を猫の額ほども所有できない。

生まれて初めて、イギリスの諜報機関とごく初歩的な立場でかかわったのも、ベルンにいたときだった。誰かもわからない相手に、何かもわからない情報を渡しただけだったが。近ごろ、折に触れて考えることがある。もしパブリック・スクールから逃げ出さなかったら、あるいは、もし別の方向に逃げていたら、自分の人生はどうなっていただろう。いまは、のちの人生で起きたことはすべて、イギリスをできるだけ早く飛び出して、母の代わりにドイツの芸術の女神《ミューズ》を抱擁《ほうよう》しようと決めた若い衝動の結果だと思っている。

とはいえ、学校で落ちこぼれていたわけではない。それどころか、いろいろなことでリーダーを務め、学校の賞もいくつかもらい、まさに優等生の卵だった。逃げ出すときにも非常に慎重だった。暴れたり叫んだりはしなかった。たんに、「父さんはぼくを好きなようにできるけど、ぼくは二度とここへは戻ってこない」と言っただけだ。しかもそれを、学校やイギリスが原因であるかのように話したはずだ。本当の動機は、なんとしても父の支配下から逃れることだったが、さすがにそうは言えなかった。当然ながら、のちに私の子供たちも同じことをするのだが、私よりはるかにうまく、騒ぎも起こさずに出ていった。

そうしたことを考えても、もし別の道に進んでいたら人生はどうなっていたかという根本の疑問は解けないままだ。ベルンがなければ、はたして十代のころイギリスの諜報機関から勧誘されて、業界用語で言う〝ちょっとしたあれこれ〟の使い走りをすることがあっただろうか。当時、モームの『アシェンデン』（加島祥造訳、早川書房、他）は読んでいなかったが、キプリングの『少年キム』（三辺律子訳、岩波少年文庫、他）や、G・A・ヘンティらの愛国的冒険小説は、もちろん読んでいた。ドーンフォード・イェーツ、ジョン・バカン、ライダー・ハガードも害にはならなかった。

　そしてもちろん、まだ第二次大戦の四年後だったから、自分は北半球でいちばんイギリスを愛していると思っていた。私立小学校《プレパラトリー・スクール》時代、われわれ子供は仲間内にいるドイツのスパイを見つけるのがうまくなり、私はとりわけ防諜活動が得意なひとりに数えられた。続くパブリック・スクールは、好戦的な愛国主義に染まっていた。週に二回、〝部隊《コー》〟と呼ばれる軍服着用の軍事訓練があった。若い教師たちは陽焼けした姿で戦争から戻ってきて、部隊の日には勲章を見せびらかした。ドイツ語教師にとっては謎だらけの戦争だったろう。進路係の仕事は、大英帝国の前哨基地で生涯働く心づもりをさせることだった。学校がある小さな町の修道院には、インド、南アフリカ、スーダンの植民地戦争で銃弾を受けて破れ、愛すべき女性たちが修復した栄えある連隊旗が、ずらりと飾られていた。

　そんな状況だったから、私に〝大いなる召命《しょうめい》〟が届いたのも驚くにはあたらない。それはベルンのイギリス大使館のビザ担当で、三十代のウェンディという女性を通してやってきた。外国の大学で苦闘していた十七歳のイギリス人学生は、襟《えり》を正して「なんなりとお申しつけを！」と言うほかなかった。

それより説明がむずかしいのは、私がドイツ文学にここまで魅了された理由だ。あのころ、ほとんどの人にとって〝ドイツ〟ということばは巨悪の象徴だった。しかし、ベルンへの逃亡と同じように、これが私の人生のその後の道行きを決めることになった。ドイツに惹《ひ》かれなければ、ユダヤ人難民だったドイツ語教師の強い勧めで、一九四九年にドイツを訪れることもなかっただろう。廃墟になったルール地方の街を目にすることも、ベルリンで体調をくずして、地下鉄駅の簡易野戦病院で旧国防軍《ヴェーアマハト》のマットレスに犬のように伏すことも、掘っ立て小屋に依然として死臭が漂うダッハウやベルゲン＝ベルゼンの強制収容所を訪問することもなく、その後平静そのもののベルンや、トーマス・マンとヘルマン・ヘッセに戻ることもなかった。むろん兵役の際に占領下のオーストリアで諜報活動にたずさわり、オクスフォードでドイツ文学やドイツ語を学び、イートン校でそれらを教え、下級外交官を装ってボンのイギリス大使館に赴任することも、ひいてはドイツをテーマにした小説を書くこともなかったはずだ。

若くしてドイツの事物に没頭したことで何を得たか、いまはよくわかる。小さいながら自分の領域を定め、ロマン主義と叙情性を救いがたく発達させ、揺りかごから墓場までの旅路は終わりなき教育だという考え――とうてい独創的な概念ではなく、それ自体疑わしくもあるけれど――に親しむようになったのだ。そして、ゲーテ、レンツ、シラー、クライスト、ビューヒナーなどの戯曲を学びはじめると、その古典的な厳格さと、神経過敏の両方に共感した。こつは、場面に応じてその一方をもう一方の裏に隠すことだと思われた。

✫

この山小屋は築五十年に近づいている。子供たちが大きくなると、毎冬スキーに連れてきた。彼らと最高の時をすごしたのがこの場所だ。春スキーを愉しむこともあった。一九六七年の冬だったと思うが、のちに映画『トッツィー』、『愛と哀しみの果て』、そして私の好きな『ひとりぼっちの青春』を監督したシドニー・ポラックとここに閉じこもり、私の小説『ドイツの小さな町』の映画脚本について議論を戦わすという、じつに愉快な四週間をすごしたこともある。

その冬の雪は完璧だった。シドニーはスキーをしたことがなく、スイスに来たのも初めてだったが、バルコニーの横を思い思いにすべっていく幸せそうなスキーヤーたちを見て、我慢できなくなったにちがいない。すぐにスキーをしたいと言いだした。私にすべり方を教えてほしいと言ったが、ありがたいことに、スキー指導者で伝説の山岳ガイドでもあるマーティン・エップを呼ぶことができた。北壁からのアイガー単独登頂をなしとげた偉人である。インディアナ州サウス・ベンドから来た一級の映画監督と、スイスのアローザから来た一級の登山家はたちまち意気投合した。何事にも妥協しないシドニーは数日ですぐれたスキーヤーになり、さらにマーティン・エップの映画を撮りたいという情熱を抱いた。ほどなくそれは『ドイツの小さな町』の映画化という情熱にも昇華した。アイガーが運命の女神を演じるのだ。私が脚本を書き、マーティンが本人役で出演し、シドニーがハーネスをつけて上から撮影する。シドニーは彼のエージェントに電話をかけ、マーティンについて話した。ストーリーアナリスト（脚本の客観的な評価や分析をおこなう専門家）にも電話をかけ、マーティンについて話した。完璧な雪が残っていたので、シドニーのエネルギーはそちらに奪われた。夜の入浴後が最高の執筆時間という見解でわれわれは一致していたが、それが事実だったかどうかはともかく、どちらの映画もついに撮られることはなかった。

その後、驚いたことに、シドニーは、映画『白銀のレーサー』の下調べをしていたロバート・レッドフォードにこの山小屋を貸し出した。残念ながら私自身は彼に会えなかったけれど、以後長いあいだ、村に行くとロバート・レッドフォードの友人という顔をすることができた。

☆

本書に記すのは記憶にもとづく真実だ。むろん読者には尋ねる資格がある――真実とは何か、そして、穏当に言えば〝人生の黄昏時《たそがれ》〟に差しかかった作家にとって、記憶とはいったい何なのか。法律家にとって真実とは飾らぬ事実のことであり、そうした事実を発見できるかどうかは別の話だ。一方、作家にとって事実とは原材料であり、親方ではなく、彼の使う道具を指す。作家の仕事はそれを歌わせることだ。もし本物の真実というものがあるとすれば、それは事実のなかではなく、物事の機微《ニュアンス》のなかにある。

かつて純粋な記憶などというものが存在しただろうか。疑わしいと思う。いかに自分は冷静で、勝手に飾ったり省いたりしていないありのままの事実に忠実だと信じているとしても、純粋な記憶というのは濡れた石鹸《せっけん》のようにつかみどころがない。少なくとも、生涯を通じて経験と想像を混ぜ合わせてきた私にとっては、そうだ。

ところどころ必要と思われる箇所では、かつて私が書いた新聞記事から会話や説明を引用している。当時の鮮明な印象が甦って感慨深いし、のちの記憶にそこまでの鋭さはないからだ。たとえば、元KGB議長のワジム・バカーチンについて書いたものがそれだ。また、当初の内容の多くをそのまま用い、多少体裁を整え、説明を足してわかりやすくしたり、最新の情報を加えたりした箇所もある。

読者が私の作品についてくわしい知識を持っていることは想定していない。むしろなんの知識もないことを前提にしているので、途中に奇妙な説明が入ることがある。しかし、出来事や話を意図的にゆがめて書いた箇所がないことは請け合う。必要に迫られて実名を隠すことはあっても、断じて偽りはない。記憶が定かでない部分については、あえて定かでないと書くよう心がけた。最近出版された私の伝記（アダム・シズマン著『ジョン・ル・カレ伝』加賀山卓朗・鈴木和博訳、早川書房）には、本書のいくつかの話が簡潔に記されている。だから本書では、私自身の声で、できるだけ私自身の感情をこめて書くようにしたい。

当時はその重要性に気づいていなかった逸話《いつわ》もある。おそらく、おもな登場人物が亡くなったからだ。私は長い人生のなかで日記というものをつけたことがない。あちこちに中途半端な取材メモや、思い出せない会話の書きつけがあるくらいだ。たとえば、レバノンから追放されるまえのパレスチナ解放機構《PLO》議長ヤセル・アラファトと会った際のメモが残っている。後日、チュニスの白亜《はくあ》のホテルに移った彼を訪ねて、不首尾に終わったときのメモもある。私がチュニスを発《た》って数週間後、アラファトのホテルから数キロ先に宿泊していたPLO司令部の何名かが、イスラエルの暗殺チームに襲撃されて殺された。

私は権力を持つ人間に引き寄せられた。近づける範囲に彼らがいて、私としても何が彼らを動かしているのか知りたかったのだ。ただ、いま振り返ると、彼らがいるまえでは、せいぜいしたり顔でうなずき、然るべきときに首を振り、緊張をほぐすために冗談を言うだけで、見聞きしたことを理解しようと努めたのは、ホテルの寝室に戻って乱雑なメモを取り出してからだった。

残っているほかの取材旅行の記録のほとんどは、私個人が作成したというより、現場に入る際に魔除けのように連れていった小説の登場人物が作成したものだ。それらは私の視点ではなく、彼らの視点とことばで記されている。私がメコン川のそばの塹壕《ざんごう》で身を縮こまらせ、すぐ上の泥に銃弾が突き刺さる音を人生で初めて聞いたとき、みすぼらしいメモ帳に怒りを書き綴《つづ》っていたのは私の震える手ではなく、小説に登場する勇敢な従軍記者ジェリー・ウェスタビーの手だった。彼にとっては、撃たれることなど日常茶飯事である。こんなふうに考えるのは自分だけだと思っていたが、ある有名な戦場カメラマンに会ったときに、そうではないことがわかった。彼はカメラのレンズをのぞいて初めて恐怖を感じなくなると私に打ち明けたのだ。

正直なところ、私が恐怖を感じなくなることはなかったが、彼の言わんとすることはわかる。

☆

『寒い国から帰ってきたスパイ』が大当たりした私のように、運よく早い時期に作家として成功すると、残りの人生にあるのは〝堕落前〟と〝堕落後〟だけだ。サーチライトに照らされるまえに書いた本を振り返ると、無邪気そのもの。そのあとの本は――気分が落ちこんでいるときには――試練に立たされた男の悪あがきのように見える。「がんばりすぎている」と批評家は声高に言う。私はがんばりすぎているなどと思ったことはない。成功できたのは、自分のなかから精いっぱいのものを引き出そうとしてきたからだと思う。結果が良かろうと悪かろうと、それが私のしてきたことだ。

そして私は、書くことを愛している。いましていることが好きなのだ。黒雲が垂れこめる五月の早朝、山の雨が窓を激しく伝い落ちているときに、世捨て人のように小さな机についてものを書くことが。傘をさして駅まで走っていく用事はない。《ニューヨーク・タイムズ》の国際版は昼時まで届かない。

私は気の向くままに書くのが好きだ。散歩しながら、あるいは列車やカフェで思いついたことを書きとめ、家にそそくさと帰って獲物をじっくりと見直す。ハムステッド・ヒースには気に入っている場所があって、よくそこでメモをとる。木立からぽつんと離れたところで枝を広げる木の下のベンチだ。執筆はいつも手書きである。傲慢《ごうまん》かもしれないが、何世紀もの伝統がある手書きのほうが性に合っている。私のなかにいる時代遅れの芸術家が、ことばを描くことを愉しんでいるのだ。

何よりも愛するのは、執筆にあたってのプライバシーだ。だから文芸イベントには顔を出さないし、過去の記録からそうは見えないかもしれないが、できるだけインタビューも受けないようにしている。インタビューなど一度も受けなければよかったと思うことも——たいてい夜だが——ある。まず自分を作らなければいけないし、そうしてできたものを信じなければならない。このプロセスは私の自己認識と相容《あいい》れない。

とくに取材旅行の際、現実世界で別の名前を使っていて助かったと思うことがある。ホテルにチェックインするときに、名前が知られていないだろうかと心配しないですむし、逆に知られていないときに、なぜだろうと心配する必要もない。話を聞きたい人にやむなく自分の正体を伝えたときの反応はさまざまだ。まったく信用してもらえないこともあれば、私を秘密情報部（MI6のこと）の長官に出世させてくれる人もいる。諜報の世界では最下級の人員だったと反論しても取り合ってもらえない——あなたの立場だったら当然否定しますよ、でしょう？　そして私が望みもせず、利用もできず、憶えてもいられないような秘密をあれこれ打ち明けてくれる。私がそれを然るべき人物に伝えると思いこんでいるのだ。このまじめだが滑稽《こっけい》な状況については、本書でいくつか例をあげて説明した。

　しかし、こんな調子で過去五十年にわたって私の質問攻めに遭った不運な人々——製薬業界や金融業界の中堅幹部から、傭兵や、さまざまな分野のスパイまで——は自制して寛容に接してくれた。なかでもいちばん寛大だったのは、頼りきりの小説家を守ってくれた従軍記者や外国特派員たちで、私のありもしない勇気を褒《ほ》め、同行を認めてくれた。

　東南アジアや中東に取材を敢行したこともあるが、デイヴィッド・グリーンウェイの助言と先導がなければ、とても実行に踏みきれたとは思えない。彼は《タイム》誌、《ワシントン・ポスト》紙、《ボストン・グローブ》紙の東南アジア特派員で、傑出した経歴の持ち主だ。臆病な新参者がこれほど誠実なスターに連れられて行動すること自体、ありえない話である。一九七五年の雪の降る朝、グリーンウェイはこの山小屋で朝食の席につき、前線を離れて束の間の小休止を愉しんでいた。するとワシントンにある彼の事務所からの電話で、クメール・ルージュに包囲されていたプノンペンが陥落寸前だという知らせが入ってきた。この村から谷におりる道はない。小さな列車から大きな列車に乗り換え、さらにもう一度大きな列車に乗り換えてチューリッヒ空港に向かうのだ。グリーンウェイはあっという間に登山の装備から従軍記者の薄汚れた服と古いスエードの靴という恰好《かっこう》になり、妻と娘たちに別れのキスをして、駅へと丘を駆けおりていった。私は彼のパスポートを持って追いかけなければならなかった。

　グリーンウェイは、包囲されたプノンペンのアメリカ大使館の屋上から、最後に救出されたアメリカ人ジャーナリストの集団にいたことで有名だ。一九八一年、私はヨルダン川西岸とヨルダンをつなぐアレンビー橋で赤痢《せきり》に罹《かか》った。グリーンウェイはそんな私を運び出し、しびれを切らして手続きを待っている人々のあいだを抜け、検問所で粘り強く交渉して橋を渡らせてくれた。

執筆したエピソードをいくつか読み直してみると、そのとき同じ部屋にいたほかの人物を書きもらしていることに気づくが、私のエゴでそうなった場合と、要点をぼやかさないためにあえて省いた場合がある。

まだレニングラードと呼ばれていた街のあるレストランで、ロシアの物理学者にして政治犯だったアンドレイ・サハロフとエレーナ・ボンネルの夫妻と話をした。三名の〈ヒューマン・ライツ・ウォッチ〉の担当者の立会いのもとでおこなわれた会見だったが、例によって報道写真家を装ったKGBの一群が私たちを取り囲み、顔に向けて旧式のカメラのフラッシュを焚《た》くという子供じみた嫌がらせをしてきた。この歴史的な日のことは、ほかの同席者も何かしら書き残しているはずだ。

二重スパイだったキム・フィルビー（MI6に所属し、二十年以上にわたりソ連のスパイとして活動していた。一九六三年にソ連に亡命）の長年の友人で、同僚でもあったニコラス・エリオットがロンドンの私の自宅の客間で、ブランデーグラスを片手に話をしてくれたときには、いまさらながら家内も同席していたことを思い出した。私の向かいの肘《ひじ》かけ椅子に坐って、私と同じくらい彼の話に魅了されていた。

そう書いていて思い出したことがある。エリオットが奥さんのエリザベスをディナーに連れてきたときだ。じつに感じのいいイラン人の客も同席していて、完璧な英語を話すのだが、ごくわずかな、むしろしっくりくるような言語障害があった。その客が帰ったあと、エリザベスが眼を輝かせてニコラスのほうを向き、興奮気味にこう言った。

「彼がつかえながら話すのに気づいた、あなた？　キムそっくりだわ！」

私の父ロニーに関する長い章は、この本の最初ではなく、うしろにまわすことにした。彼はこの本の冒頭にしゃしゃり出たがるだろうが、私はそうさせたくなかった。さんざん苦労させられた息子の私にとってさえ、ロニーはいまだに大いなる謎だ。母についても同じである。とくに断わらないかぎり、本書の話は新しく書きおろしたものだ。必要と感じた場合には、仮名を使っている。主要人物が亡くなっていて、相続人や譲受人に冗談が通じない可能性もあるからだ。取り上げた話はかならずしも年代順ではないが、テーマに沿って自分の人生に秩序立った道を引こうとしてみた。とはいえ、実際の人生と同じく、その道はとりとめもなく広がることがある。自分にとって思い出にすぎない話も含まれている——それだけで完結した出来事で、何かの方向をはっきりと示すわけでもないのだが、自分にとってはなんらかの意味があるのだ。それらは私を警戒させ、怖がらせ、感動させ、ときには夜中に起こして大笑いさせる。

時間がたったあとで振り返ると、本書に記したいくつかの出来事は、歴史の小さな一片を現在進行形で目撃したものだったことがわかる。歳をとった人間ならではの感覚だろう。全体を読み返してみると、喜劇になったり、悲劇になったり、どことなく無責任な印象も受ける。理由はよくわからない。ことによると私の人生自体が無責任なのかもしれないが、いまとなっては手の打ちようがない。

☆

誰の人生でもそうだろうが、私にも決して書きたくないことがたくさんある。ふたりの誠実で献身的な妻には計り知れないほど感謝していて、謝るべきことも少なくない。私は理想的な夫でも父親でもなかったし、そう見られようと努力することもなかった。愛が訪れたのは、たくさんのあやまちを重ねたあとだった。四人の息子には、こちらが倫理教育をしてもらったようなものだ。ほとんどはドイツでおこなったイギリスの課報機関の仕事についても、すでにほかのところで他人が不正確に報告していることに、何かつけ加えたいとは思わない。その点では、昔の職場に対する古風な忠誠心に縛られているだけでなく、かつて協力してくれた人々への誓約も果たしている。彼らとの秘密保持の約束には、ここまでという期限がなく、子の代、孫の代まで続くと双方が理解している。私たちの仕事は危険でもドラマチックでもないが、従事した者たちには痛々しいまでの内省が課される。彼らがいま生きていようと死んでいようと、秘密保持の約束は続く。

私の人生には、生まれたときからスパイがついてまわった。C・S・フォレスター（海軍をテーマとする冒険小説で有名なイギリスの作家）に海が、ポール・スコット（インドを題材にした小説が多いイギリスの作家）にインドがあったのと同じようなものだろう。私はかつて親しんだ秘密の世界から出て、われわれが住むもっと広い世界のための〝劇場〟を作ろうとしてきた。まず想像し、次に現実を探索する。そしてまた想像の世界に戻り、いまここにある机に向かうのだ。

1　秘密情報部《MI6》を厭《いと》うなかれ

「きみが何者かは知っているよ」労働党出身の元国防大臣デニス・ヒーリーが大声で言う。ともに招待されていたある内輪のパーティで、彼は入口から私に近づいてきて、手を差し出す。「共産主義者のスパイだろう。認めたまえ」

私はおとなしく認める。こういう場合、好人物はすべてを認める。やや驚き顔のパーティ主催者も含めて、みなが笑う。私も笑う。彼と同じように私も好人物で、冗談をやりすごせるからだ。私がデニス・ヒーリーを尊敬していることも影響している。彼は労働党の大御所で、政治に関しては口うるさいかもしれないが、高い学識を持つヒューマニストなのだ。それに、私より何杯かよけいに飲んでいる。

「とんでもないことをしてくれたな、コーンウェル」かつて同僚だったＭＩ６の中年職員が叫ぶ。多くのワシントン関係者が集まった、イギリス大使館主催の外交レセプションでのことだ。「まったくひどいやつだ」ここで私に会うとは思っていなかったが、会ったからには、絶好の機会とばかりにふだん思っていたことをぶちまける。私がＭＩ６の名誉を汚し――われわれの部署だぞ、こともあろうに！――国家を愛する職員を、反論できないのをいいことに笑い物にしたというのだ。彼はいまにも飛びかかりそうに身を屈めて、私のまえに立っている。まわりの外交官がなだめなければ、翌朝の新聞は大にぎわいになっていたかもしれない。

　やがてまた、他愛のない会話が交わされる。彼の不興を買った本は『寒い国から帰ってきたスパイ』ではなく、その次の『鏡の国の戦争』だったことがあとでわかる。東ドイツに送られ、見捨てられた、ポーランド系イギリス人諜報員の暗い話だ。あいにく、私たちがいっしょに働いていたときに、彼の担当地域に東ドイツが含まれていた。退職直後のＣＩＡ元長官アレン・ダレスが、こちらのほうが前作よりはるかに現実に近いと言っていたことを伝えようか、と一瞬思ったが、火に油を注ぐようなものだろう。

「人でなしなんだろう、われわれは？　人でなしで無能！　まったくありがたいよ！」

　怒っているのはこの元同僚だけではない。ここまで激しくなくても、私はこの五十年間、同じような非難を浴びせられてきた。悪意のある攻撃や集団での嫌がらせに遭ったという意味ではない。必要な仕事をしていると考えている人々から、感情を傷つけられたとくり返し言われるのだ。

「なぜわれわれをいじめる？　現実はどうだかわかってるだろう」あるいは、もっと露骨に、

「おれたちをネタにひと儲《もう》けしたんだから、しばらく放っておいてくれよ」

私がうしろめたく思うのは、いつもどこかで、MI6が言い返してくることはないとわかっていたことだ。あの組織は悪評に対して無防備で、成功は公《おおやけ》にならず、世に知られるのは失敗だけだ。

「もちろん、われわれはこちらの招待主が書いているような存在ではありませんよ」ある昼食会の席で、サー・モーリス・オールドフィールドがサー・アレック・ギネスに重々しく言う。

オールドフィールドはMI6の元長官で、のちにマーガレット・サッチャーによって干されるが、このころはただの引退したスパイだった。

「サー・アレックにはずっと会いたいと思っていたのだ」私が誘ったとき、彼はイングランド北部の田舎《いなか》ふうの訛《なま》りで言った。「ウィンチェスターからの汽車で、向かいの席に坐ってからずっとね。私にもっと度胸があれば、そのとき会話を始めていたのだが」

名優ギネスはBBC局の『ティンカー、テイラー、ソルジャー、スパイ』のドラマで、ジョージ・スマイリーを演じることになっている。彼のほうも、実物の老いたスパイに会いたいと思っていた。しかし、昼食会は私が望んでいたほどなごやかには進まない。オードブルが出ているあいだ、オールドフィールドはMI6の高潔さを褒《ほ》めそやし、「ここにいる若いデイヴィッド」がその名前に泥を塗ったということを、きわめて品よくほのめかす。元海軍士官のギネスは、オールドフィールドに会った瞬間から、MI6の幹部を演じているかのように取りすましてうなずき、同意するだけだ。ドーヴァー産のシタビラメが出てくると、オールドフィールドはさらに踏みこんだ話をする。

「この若いデイヴィッドや、似たような連中のせいで」とテーブル越しに言う。隣に坐った私はもう眼中にない。「まともな職員や情報源を確保するのが至難になったのです。彼の本を読めば、みな意欲を削がれる。当然のなりゆきです」

　これにギネスは眼を閉じて、残念そうに首を振る。その間に私は勘定をすます。

「デイヴィッド、きみは〈アセニアム・クラブ（著名な科学者や作家らが会員に名を連ねるロンドンの紳士クラブ）〉に入ったほうがいい」オールドフィールドは親切に提案する。クラブに入れば私の人格がいくらか向上するとでも言いたげに。「私が推薦しよう。そう、きっと気に入るはずだ」そしてレストランの出口に三人で立っていたときに、ギネスに言う。「たいへん愉しかった、アレック。とても光栄です。またすぐに連絡をとらせていただきたい」

「ぜひどうぞ」ギネスが誠実に答え、ふたりの老いたスパイは握手を交わす。

　傘を突き出して大股ですたすたと舗道《ほどう》を歩いていくオールドフィールドのうしろ姿を、ギネスはいかにも名残《なごり》惜しそうに見送る。やがて小柄で元気そうなその姿が人混みのなかに消える。

「別れるまえにコニャックでも一杯どうだね？」ギネスが私に言う。そして先ほどの席に戻るやいなや、彼の詮索《せんさく》が始まる。

「あの趣味の悪いカフスボタン。スパイはみんなああいうものを身につけるのかな？」

「いいえ、アレック。たんにモーリスが趣味の悪いカフスボタンを愛好しているだけだと思います。

「それに、あのクレープソールの派手なオレンジ色のスエードブーツ。あれは隠密行動用？」

　ただはき心地がいいだけでしょう。クレープソールは音がしますから。

「もうひとつ教えてほしい」ギネスは言い、空《から》になったタンブラーを持って傾けると、太い指先で叩きはじめる。「これをする人は見たことがある」――タンブラーを叩きながらじっくりとのぞきこむまねをする――「これもだ」――同じように考えこんだ様子で、タンブラーの縁を指で丸くなぞる。「だが、これは見たことがない」と言って、指をタンブラーに突っこみ、ガラスの内側をつるりとなでる。「毒の残留物を探していたとか？」

　本気で言っているのだろうか。ギネスのなかの子供心はかつてなく真剣だ。まあ、もし残留物を探していたのだとしても、毒を飲んでしまったことになりますね、と私は言う。だが、ギネスは私の答えを無視することにしたようだ。

　クレープソールであろうがなかろうが、オールドフィールドのスエードブーツと、閉じて巻いた傘を進路を探るように突き出す姿は、エンターテインメントの歴史に刻まれることになる。ギネス演じる初老のスパイ、ジョージ・スマイリーが、急ぎ足で歩く際のトレードマークになったのだ。カフスボタンについては改めて調べていないが、少々やりすぎだと感じたディレクターがギネスを説得して、おとなしいものに代えてもらったように記憶している。

　あの昼食会には別の成果もあった。それほど愉快ではないが、芸術的な貢献度は大きかったかもしれない。つまり、オールドフィールドが私の作品――そしておそらく私自身――を嫌っていたことが、ギネスの役者魂に大きな影響を与えたのだ。ギネスがジョージ・スマイリー自身の罪の意識を表現するたびに、私はそれを痛感させられた。というより、彼が表現したのは、私の罪の意識だったのかもしれない。

☆

過去百年以上にわたって、われらがイギリスのスパイは、自分たちを描く傍《はた》迷惑な小説家と、取り乱しながらときに滑稽《こっけい》な愛憎劇をくり広げてきた。小説家と同じく、スパイも自己イメージや栄誉を求めるが、彼らが小説家のように冷笑や酷評に耐えると思ったら大まちがいだ。一九〇〇年代初めには、アースキン・チルダーズから、ウィリアム・ル・キュー、E・フィリップス・オッペンハイムに至るまで、さまざまな質のスパイ小説家がドイツへの反感をあおりたて、諜報機関のそもそもの設立にひと役買ったようなものだった。それまで紳士は別の紳士の手紙を読むものではないと――実際には読んでいたにしろ――考えられていたのだ。そして一九一四年から一八年の戦争とともに、サマセット・モームが現われた。モームはイギリスの諜報員だったが、一般には、あまり腕利きではなかったと言われる。彼の作品『アシェンデン』が公職守秘法に違反しているとウィンストン・チャーチルが難じると、*残りの作品の出版も一九二八年まで延期した。同性愛のスキャンダルがらみの脅迫もあって、モームは十四作の未発表原稿を焼却し、

スコットランド民族派の小説家、伝記作家のコンプトン・マッケンジーは、モームほどおとなしくなかった。第一次大戦で負傷して軍からMI6に転任したマッケンジーは、中立国ギリシャで防諜活動をおこなう部門の有能な長だったが、命令や上司がばかばかしく思えることがあまりにも多く、作家にありがちなことながら、それらを物笑いの種にした。一九三二年には、自伝的要素のある *Greek Memories*（『ギリシャの思い出』）について公職守秘法違反で訴追され、百ポンドの罰金を課された。たしかにこの本には不謹慎な内容が満載されている。しかし、マッケンジーはこれに懲《こ》りるどころか、一年後に『秘密情報部員』（沢川進訳、早川書房『ミステリマガジン』一九七七年九月号）という風刺の利いた作品を書いて復讐を果たした。マッケンジーに関するMI5（保安局）のファイルには、MI6長官からMI5長官に宛てた手紙が入っているらしい。大きな文字でタイプされ、MI6の長官が伝統的に使う緑のインクで署名した手紙だ。MI6長官は、セント・ジェイムズ・パークの向こうにいる〝戦友〟にこう書いている――〝いちばん困るのは、マッケンジーが部内の通信†に使う符号を明かしてしまったことだ。そのうちいくつかはまだ使用されている〟。マッケンジーの幽霊がいたら大喜びしているにちがいない。

＊　一九八五年にクリストファー・アンドルーがウィリアム・ハイネマン社から発表した *Secret Service*（『秘密情報部』）による。

†　まずMI6の支局を示す三文字のコードに、所員を示す番号が続く形式の通信。

だが、ＭＩ６最大の文学的離反者は、グレアム・グリーンで決まりだろう。ただ、彼も危ういところでマッケンジーと同じく中央刑事裁判所《オールド・ベイリー》に出頭するはめになっていたのだが、本人は気づいていただろうか。五〇年代後半に、じつに懐かしいこんな思い出がある。私はＭＩ５の立派な食堂で、部に所属する弁護士とコーヒーを飲んでいた。パイプ好きで、公務員というより家族相談専門の弁護士といった感じの親切な男だったが、その朝はとても深刻そうな顔つきだった。机の上には途中まで読んだ『ハバナの男』（田中西二郎訳、早川書房）の発売前の見本が置かれていて、見た私がうらやましがると、彼はため息をついて首を振り、このグリーンという男を起訴せざるをえないと言った。戦時中にＭＩ６職員として知った情報にもとづいて、イギリス大使館にいる支局長と現場の諜報員との関係を正確に書いていたからだ。刑務所に送るしかない。

「でも、これはいい本だ」彼は言った。「文句なしにいい本なんだよ。そこが困るところでね」

私は新聞を隅から隅まで読んで、グリーン逮捕のニュースを探したが、結局彼は逃げおおせた。おそらくＭＩ５の上層部も、騒ぎたてるより笑いとばすほうがいいと判断したのだろう。その寛大な措置に対し、グリーンは二十年後に『ヒューマン・ファクター』（加賀山卓朗訳、ハヤカワepi文庫）で報いることになる。そこで描かれる諜報機関は、ただの愚か者ではなく、危険な殺人者だ。もっとも、ＭＩ６も彼に警告を発していたにちがいない。『ヒューマン・ファクター』の序文で、グリーンは公職守秘法を犯していないと慎重に宣言している。『ハバナの男』の初期の版を見ると、そこにも似たような記述はあるのだが。

しかし、歴史を振り返れば、罪はいつかかならず忘れ去られることがわかる。マッケンジーは晩年にナイト爵を得たし、グリーンもメリット勲章を与えられた。

ある熱心なアメリカ人ジャーナリストにこう訊かれたことがある。「あなたの新作に登場する中心人物は、もし作家になれたら裏切り者にはならなかったと言っています。あなたはもし作家になれなかったら何になっていたと思いますか」

この危険な問いに対する無難な答えは何だろうと考えながら、MI6は裏切り者の作家たちに感謝すべきではないかと思った。本物の裏切りがもたらす地獄と比べれば、小説を書くことなど積み木遊びと同じくらい無害だ。エドワード・スノーデンによって窮地に立たされた哀れなスパイたちは、彼のしたことが小説の執筆だったらどれほどよかったかと思っているにちがいない。

✫

外交パーティで私を殴り倒さんばかりに怒っている元同僚に対して、私はどう答えるべきだったのか。イギリスの諜報機関を現実よりはるかに有能な組織として描いた本も書いているなどと言っても無駄だろう。MI6のある高官が『寒い国から帰ってきたスパイ』について、「うまくいった二重スパイ作戦はこれだけだ」と言っていたことを伝えてもしかたがない。彼を激怒させた本で、孤立したイギリスの一部門の懐古的な戦争ゲームについて書いたのは、ＭＩ６をやみくもに攻撃したかったからではなく、もう少し大きな意図があったなどと説明しても同じだ。国の魂の探求に余念のない小説家がＭＩ６に着目するのは道理に適《かな》っているなどと言おうものなら、とんでもないことになる。文の動詞にたどり着くまえに仰向《あおむ》けに倒れているだろう。

ＭＩ６は言い返さないと書いたが、スパイ機関がこれほど国内メディアに甘やかされている国は、西側諸国のどこにもないと思う。彼らが職務に精通していることは、言いわけにはならない。自主規制にしろ、不明確で厳格な法律にもとづくにしろ、わが国に存在する検閲体制や、適法性が疑われる全面的な監視体制にイギリス国民がうまくなじみ、こぞって服従している現状は、自由世界か不自由世界かを問わず、あらゆる地域にいるスパイの羨望の的である。

ＭＩ６に晴れ着を着せて褒《ほ》めたたえた、元職員たちによる数多《あまた》の〝公認〟回顧録に言及するのも得策ではない。より悪質な行為に赦《ゆる》しのベールをかけた〝公式記録〟も同様だ。私がモーリス・オールドフィールドとともにした食事よりずっと快適な昼食会から生まれ、全国版の新聞に掲載された無数の捏造《ねつぞう》記事に触れても意味はない。

いっそ怒れる友人にこう指摘してみてはどうだろう。プロのスパイをほかの人と同じようにあやまちを犯しがちな人間として描く作家は、慎《つつ》ましく社会に奉仕しているだけでなく、民主的な役割すら果たしているのだと。なぜなら、良かれ悪しかれ、いまだにこの国の政治的、社会的、産業的エリートの心のふるさとであるＭＩ６の実状を世に知らせているのだから。

親愛なる元同僚、だから私はさほど不義理でもないのだ。親愛なる故ヒーリー卿、だから共産主義者と言われても困るのです。しかし考えてみれば、あなたの若かりし日々に同じことは言えませんね（ヒーリーは大学時代に共産党員だった）。

✫

一九五〇年代後半から六〇年代前半にかけて、諜報の権力が集まるホワイトホールの一角は不信感に満ちていた。あのころの雰囲気を、五十年以上たったいま伝えるのはむずかしい。私が下級職員として正式にMI5に入ったのは一九五六年、二十五歳のときだった。入局が認められる最年少だと言われた。われわれが〝ファイブ〟と呼んでいたこの組織は成熟が自慢だったが、残念なことに、その成熟度をもってしても、ガイ・バージェスやアンソニー・ブラントのような有名人（戦間期から五〇年代にかけてイギリス政府内で活動したソ連のスパイ、いわゆるケンブリッジ・ファイブのふたり）を初めとする、嘆かわしい裏切り者が諜報部門に入ってくるのを防ぐことはできなかった。彼らの名前は、なかば忘れられたサッカーのスター選手のように、ぼんやりと国民の記憶に残っている。

私は大きな期待を胸に入局した。ささやかながらそれまで諜報活動をおこなって、さらに活躍したいと考えていた。作戦担当官はそろって人当たりがよく、仕事もできて親切だった。彼らに使命感をかき立てられ、忘れていたパブリック・スクール時代の厳しい奉仕の精神が呼び覚まされた。兵役でオーストリアに赴き、諜報員として働いたときには、一般市民を装って定期的にグラーッの平凡な仕事場を訪ねる先輩たちに畏敬の念を抱き、悲しくも神秘性に欠けるその仕事を特別視していた。ようやく実態がわかったのは、実際に彼らの砦に入ってからだった。

衰退しつつあるイギリス共産党の二万五千人強の党員を、MI5の情報提供者でまとめて監視する任務は、私の野心には物足りなかった。MI5がみずから育《はぐく》んできたダブルスタンダードも意に沿わなかった。MI5は、いい意味でも悪い意味でも、イギリスの公務員や科学者の私生活上のモラルを裁く性格を持つ。当時の素行調査の結果、基準から逸脱した同性愛などの行為が明らかになると、それは脅迫可能な弱みと見なされ、結果としてその人物は機密にたずさわる仕事から除外される。一方で、MI5はみずからの職員の同性愛にはすこぶる寛容だった。しかも長官は悪びれもせず、平日には秘書と、週末には妻と暮らしていた。夜間に妻から電話がかかってきて居場所を訊かれたときのために、夜勤担当者に書面で指示を出していたほどだ。それなのに、スカートが短すぎたりタイトすぎたりした記録保管所のタイピストや、彼女に視線が釘づけになった既婚事務員がどんな目に遭ったことか。

MI5の上層部は、一九三九年から四五年の第二次世界大戦という栄光の日々を経験した老兵で占められていた。中間層を形成しているのは、斜陽の大英帝国の名残のような、元植民地の警官や地方職員だった。自国を取り戻そうとする無謀で物騒な現地人を鎮圧することには長《た》けていたかもしれないが、ほとんど知らない母国を守る仕事には慣れていない一団である。彼らにとってイギリスの労働者階級は、二十世紀初頭のデルヴィッシュ国の反徒と同じくらい、何をしでかすかわからない未知の存在で、労働組合は共産党の隠れ蓑《みの》でしかなかった。

一方、薄給にあえぐ私のような若手職員は、ソ連の支配下にある〝非合法員〟を探すような時間の無駄遣いはしないよう命令されていた。異論を受けつけない権威筋の言い分では、イギリスの地でそのようなスパイは活動していないからだ。誰が誰にそう教えているのか、私が知ることはついぞなかった。四年間で充分すぎるほどだった。私は一九六〇年に、MI6――あるいは、不機嫌な雇い主に言わせると〝公園の向こうのくそども〟――への転属願いを出した。

ただし、別れのことばとして言い添えておくと、MI5には、いくら感謝してもしきれない恩義がひとつある。私が文章を書くことについていちばん厳しく指導されたのは、学校の教師でも、大学の講師でも、もちろんライティング・スクールでもなく、ロンドンはメイフェア地区のカーゾン通り、MI5本部の最上階にいる、伝統的教養を身につけた上官たちからだった。彼らは私が嬉々《きき》として技巧を凝らした報告書を見るたびに、未完成の節やよけいな副詞にあきれながらも、さまざまなコメントでわが不朽の名文の余白を埋めてくれた――〝不要〟――〝省略〟――〝根拠を示せ〟――〝まとまりがない〟――〝これは本気？〟――あそこまで厳密で的確な編集者にはいまだかつて出会ったことがない。

MI6の新人向けの訓練を終えたのは、一九六一年の春だった。そこで学んだ技術は一度も使う機会がなく、すぐに忘れてしまった。修了式で訓練の責任者――厳《いか》めしい赤ら顔で、ツイードのスーツを着た退役軍人――が眼に涙を浮かべ、私たちに自宅に戻って命令を待つように、と言った。少し時間がかかるかもしれない。その理由は、彼自身もそんな説明をするとは夢にも思っていなかったことだった。長年勤続し、重用されていた職員がソ連の二重スパイであることが発覚したのだ。その職員の名はジョージ・ブレイクだった。

ブレイクの裏切りは、当時の基準からしても途方もない規模だった。文字どおり何百というイギリスの諜報員の情報が流出し、ブレイク自身にもその数がわからなかったほどだった。ベルリンの地下トンネルを使った盗聴作戦も含め、国の安全保障に欠かせないと考えられていた機密盗聴作戦の情報は、作戦開始のまえに敵の手に渡っていた。それだけでなく、MI6職員の詳細情報、防諜用邸《セーフハウス》、世界じゅうの戦闘序列（戦時のある軍事作戦の目的に合わせた部隊や艦隊の編制）や拠点情報なども、すべてもれていた。ブレイクは双方にとって有能な諜報員であるとともに、たいへん信心深い人間で、正体が明らかになるまでに、キリスト教、ユダヤ教、共産主義の順に傾倒した。ワームウッド・スクラブズ刑務所に収監されたが、そこから脱走したのは有名な話だ。刑務所内では受刑者たちにコーランの講義をしていた。

ジョージ・ブレイクの裏切りというニュースを耳にしてから二年後、私は政治担当の二等書記官として、当時西ドイツの首都だったボンのイギリス大使館に勤務していたが、ある日の夜遅く、MI6支局長の部屋に呼ばれた。彼は決して口外しないようにと前置きしたうえで、あらゆるイギリス人が翌日の夕刊で読むことになる情報を教えてくれた。MI6の防諜部門の輝かしい元責任者であり、長官候補とも目されていたキム・フィルビーが、ソ連のスパイだったのだ。実際には一九三七年からスパイ行為にたずさわっていたことが徐々にわかってくる。

戦時、平時を通じてフィルビーの盟友であり、同僚でもあったニコラス・エリオットが語った、ベイルートでのフィルビーとの最後の面会については、あとの章で記す。そこでフィルビーは部分的にスパイ行為を認めた。不思議なことに、エリオットの説明からは憤激どころかふつうの怒りすらあまり感じられないと思う読者もいるかもしれない。理由は単純だ。スパイは警官ではなく、みずから思っているほど道徳的なリアリストでもない。もし自分の人生の使命が、裏切り者を転向させてこちらの主義に取りこむことだとしたら、兄弟や親しい同僚のように愛し、あらゆる秘密を分かち合ってきた者が、別の誰かの主義に取りこまれたとしても文句は言えないはずだ。『寒い国から帰ってきたスパイ』を書くころには、この教訓は私の胸に刻まれていた。そして『ティンカー、テイラー、ソルジャー、スパイ』を書くときに私の道行きを照らしたのは、キム・フィルビーの薄暗いランプだった。

スパイ活動と小説の執筆には補完関係がある。どちらにも人間の罪や、裏切りに向かう幾多の道を見通す目が必要だ。一度秘密のテントに入ってしまった者は、現実には二度とそこから出られない。入るまえにそこの習慣を知らなかったとしても、その後はずっとそれにしたがう。証拠を見たければ、グレアム・グリーンと、彼自身が仕掛けたFBIとのだまし合いで事足りる。この話は傍《はた》迷惑な伝記作家が記録しているかもしれないが、真に受けないほうがいい。

小説家になった元スパイのグリーンは、生涯にわたって自分は親共産主義の危険人物としてFBIのブラックリストに載っていると信じていた。もっともな理由もあった。何度もソ連を訪ね、友人で同僚でもあったキム・フィルビーへの忠誠を公言し、ローマ・カトリックと共産主義を両立させるという無益な努力もしていたからだ。ベルリンの壁ができたときには、壁の向こう側にいる写真を撮らせ、こちらよりもあちらにいるほうがいいと世界に宣言した。実際、グリーンのアメリカへの反感は強く、みずからの過激な言動がもたらす結果も怖れていて、アメリカの出版社との打ち合わせは、かならず国境を越えたカナダでおこなったほどだった。

そしてついに、グリーンがFBIに保管された自分のファイルの閲覧を要求できる日が来た。そこにはひとつの項目しかなかった——イギリスのバレリーナで政治的に不安定なマーゴ・フォンテインが、下半身不随となった不貞の夫ロベルト・デ・アリアスの介護をおこなっているときに、彼女と交流があったというものだった。

私はスパイ活動で初めて秘密を持ったのではなかった。子供のころから、言い逃れやごまかしは必須の武器だった。青年期には誰もがある種のスパイになるものだが、私は腕利きのスパイだった。諜報の世界に呼び入れられたときには、故郷に帰ってきたように感じた。その理由は〝著者の父の息子〟という章で書くことにする。

2　グロプケ博士の法律

一九六〇年代初頭、われわれイギリスの若手外交官は、その場所を〝忌々《ブラッディ》しいボン〟と呼んでいた。あの退屈なラインラントの温泉保養地、神聖ローマ帝国の選帝侯（ドイツ王の選挙権を有する諸侯）の居住地、そしてルートヴィヒ・ヴァン・ベートーヴェンの生誕地を軽蔑していたわけではない。首都をベルリンに移そうというドイツ人の馬鹿げた夢に、帽子を持ち上げてつき合わなければならなかったからだ。私たちは移転など起こりえないと確信しつつ、にこやかに相《あい》槌《づち》を打っていた。

イギリス大使館は、ボンとバート・ゴーデスベルクをつなぐ幹線道路沿いの殺風景で目障りな建物で、一九六一年には三百人もの職員がいた。大半はイギリス人で、現地雇用は少なかった。あの蒸し暑いラインラントの空気のなかで、それだけの職員がいったい何をしていたのか、いまだに想像がつかないが、私にとってボンでの三年間は人生の激動期だった。いまは、あの場所で過去の人生が必然的に終わり、作家としての新たな人生が始まったと思っている。

たしかにロンドンで、ある出版社が私の処女作を買い上げてくれていたが、実際にそれが慎《つつ》ましく日の目を見たのは、ボンに来て数ヵ月がたってからだった。ぐずついた天気の日曜の午後、車でケルンの空港に向かう途中でイギリスの新聞を買い求め、車を駐めて、ボンの公園の屋根つきのベンチにひとりで坐って読んだことを憶えている。期待していたようなべた褒《ぼ》めとまではいかないにしろ、好意的な書評が載っていた。ジョージ・スマイリーは気に入ってもらえたようだった。そして突然、世の中にそれしかなくなった。

作家はみな人生のどこかでそんなふうに感じるものだ——何週間、何ヵ月もの苦悩と試行錯誤、完成した貴重なタイプ原稿、エージェントや出版社の儀礼的な賛辞、校正作業、ふくらむ期待、〝その日〟が近づく不安、そして書評が出て、気づけば終わっている。一年前に本を書いたのなら何をぼんやりしている？　新しいものを書くしかないだろう。

じつのところ、私は新しい作品を書いている最中だった。

パブリック・スクールを舞台とする新作に取りかかっていたのだ。モデルとなったのは、生徒として通《かよ》ったシャーボーン校と、教師を務めたイートン校だった。イートンで教えているときにこの小説の準備を始めたと言われることもあるが、そのような記憶はない。大使館に出勤するまえのとんでもない時間に起床し、短期間で書き上げて、出版社に送った。そうしてまたひとつ、仕事が終わった。次の作品は、もっと骨のあるものにしようと決めていた。自分の眼のまえに広がる世界について書くのだ。

✲

ボンに赴任して一年がたつと、私の担当区域は西ドイツ全域に及び、どこにでも自由に移動できるようになった。仕事のひとつ、欧州共同市場《コモン・マーケット》へのイギリスの参入を推進する大使館の伝道師として、市役所、政治団体、市長の面会室など、西ドイツじゅうどこへでも行くことができた。生まれたての西ドイツは、断固開放的で民主的な社会をめざしていて、詮索《せんさく》好きな若い外交官にあらゆるドアを開いてくれた。私はドイツ連邦議会《ブンデスターク》の外交官席に一日じゅう坐って、国会担当のジャーナリストやアドバイザーと昼食をとった。大臣室のドアをノックすることも、抗議集会や、ドイツの文化と精神に触れる週末の高尚なセミナーに参加することもできた。そしてその間ずっと、第三帝国の崩壊から十五年のあいだのどこで古いドイツが終わり、新しいドイツが始まったのかを探ろうとしていた。一九六一年の時点で、それは容易にはわからなかった――少なくとも私には。

この問題をうまく表現した、当時の西ドイツ首相コンラート・アデナウアーのことばがある。一九四九年の西ドイツ誕生から一九六三年まで首相を務め、〝老人《オールド・マン》〟の渾名《あだな》で呼ばれた彼は、「汚い水であっても、きれいな水がないかぎり捨てることはできない」と言った。これは、国家安全保障など多くの分野で隠然たる力を発揮した、ハンス・ヨーゼフ・マリア・グロプケ博士を暗に指した発言と広くとらえられている。ナチスの基準からしても、グロプケの経歴は印象深かった。ヒトラーが権力を握るまえから、プロイセン政府のために反ユダヤ人法を起草して頭角を現わしていたのだ。

新たな総統《フューラー》が生まれて二年後、グロプケはニュルンベルク法を起草し、すべてのユダヤ人のドイツ国籍を剝奪《はくだつ》し、識別しやすいように名前に〝サラ〟または〝イスラエル〟を含めることを義務づけた。ユダヤ人と結婚した非ユダヤ人は離婚を命じられた。グロプケは、ナチスでユダヤ人問題を担当したアドルフ・アイヒマンのもとで、新たに〝ドイツ人の血と名誉を守るための法律〟を起草したが、これがホロコーストの先触れとなった。

同時に、おそらく熱心なカトリック信者だったために、グロプケは反ナチスを掲げる右翼のレジスタンス集団にも接近し、彼らがヒトラーを追放した折には、新政府の高官として迎えられるという保険もかけていた。戦後、連合国がグロプケを積極的に訴追しなかった理由は、このあたりにあるのかもしれない。グロプケは難を逃れ、アデナウアーは彼を側近に迎え入れて、イギリスもそれに反対しなかった。

そして終戦からまだ六年、西ドイツ建国から二年の一九五一年、ハンス・グロプケ博士は、以前からのナチスの同僚のために、いまなお信じられない衝撃的な法律を成立させた。グロプケの新法と呼ぶことにするが、これによって、ヒトラー時代に逃れようのない事情で仕事を奪われた公務員は、第二次大戦が起きないか、ドイツが勝っていれば享受できた給与の差額分や未払い金、年金受給権を全額補償された。言い換えれば、連合国の勝利がなければ得ていた職業上の地位を完全に回復したのだ。

効果はすぐに現われた。かつてのナチスの上層部は割のいい仕事にしがみつき、それほど汚れていない若い世代は苦しい生活に追いやられた。

＊

ここで紹介したいのが、ヨハネス・ウルリッヒ博士だ。学者で公文書管理官の彼は、バッハと、良質のブルゴーニュ産赤ワインと、プロイセンの軍事史をこよなく愛していた。一九四五年四月、ベルリンの軍司令官がソ連に無条件降伏する数日前も、ウルリッヒは十年間やりつづけてきたことをやっていた――ヴィルヘルム街にあるドイツ外務省のプロイセン帝国文書館で、学芸員兼下級公文書管理官としてせっせと働いていたのだ。プロイセン王国が消滅したのは一九一八年だったから、彼が手にする文書はすべて、書かれてから二十七年以上経過していた。

私がヨハネスを知ってからも、彼の若いころの写真を見る機会はなかったが、古風なスーツと堅い襟《えり》のシャツをりゅうと着こなした、アスリートのような若者だったと想像する。そういう時代の精神の持ち主だった。ヒトラーが権力の座につくと、ヨハネスは上司から三度ナチスに加わるよううながされ、三度断わったせいで、一九四五年の春にジューコフ将軍の赤軍がヴィルヘルム街に迫ってきたときにも、まだ下級公文書管理官のままだった。ベルリンに入ったソ連軍は捕虜の確保にほとんど関心を示さなかったが、ドイツ外務省は要人を捕虜として差し出し、合わせてナチスの文書も提供すると約束した。

ソ連が目前に迫ったときにヨハネスがしたことは、今日《こんにち》、伝説の偉業と見なされている。帝国文書館に収蔵されていた文書を防水布で包み、飛び交う小火器の弾や臼砲《きゅうほう》弾、手榴弾をものともせずに手押し車で柔らかい地面まで運んで、埋めたのだ。それを終えると持ち場に戻って、ソ連の捕虜となった。

ソ連の軍事裁判の基準に照らせば、彼の罪に異論の余地はなかった。ナチスの公文書管理官であるということは、ファシスト侵略者の手先ということだ。それから十年間、ヨハネスはシベリアの監獄に入れられ、六年を独房、残りを異常犯向けの共同房ですごして、生き残るために彼らの流儀を学んだ。

一九五五年、彼は捕虜送還協定にもとづいて釈放された。ベルリンに着いて最初にしたことは、捜索隊を率いて、文書を埋めた場所を見つけ、発掘を指揮することだった。それが終わってから療養に入ったのだ。

＊

グロプケの新法に戻る。

ヨハネス・ウルリッヒというナチス時代からの忠実な公務員、ボリシェヴィキの暴虐の犠牲者に与えるべきでない権利などあっただろうか。ナチスへの加入を三度拒絶したこと、ナチスのすべてを嫌悪するあまり、プロイセン帝国史にいっそう深く入りこんでいたことを持ち出すまでもなく、もし第三帝国が勝利していたら、この輝かしい学術的実績を持つ若い公文書管理官がどこまで冷遇されていたか、考えてみてほしい。

ヨハネス・ウルリッヒは十年間、シベリアの監獄の壁の先の世界を見ることができなかったが、投獄されていた期間中ずっと、外交官として熱心に働いていたと見なされ、昇進していれば受け取っていたであろう未払いの給与、手当、年金受給権を受け取った。もちろん、あらゆる公務員がいちばん望む特典として、身分相応の執務スペースも与えられた。それと、そう、少なくとも一年間の有給休暇も。

ヨハネスは療養中にプロイセン史に関する書物をじっくりと読む。ふたたびブルゴーニュ産の赤ワインを堪能し、明るいベルギー人通訳に慕われて、結婚もする。しかし、ついにプロイセンの精神から切り離せない職務を果たさなければならない日が来て、新調したスーツに身に包む。ネクタイを締めるのを妻が手伝い、車で外務省まで送ってくれる。外務省はすでにベルリンのヴィルヘルム街にはなく、ボンにある。警備員が彼を部屋に案内する。これは部屋ではなく宮殿だ、と彼は抗議する。三エーカーの机はアルベルト・シュペーアのデザインにちがいない。ヨハネス・ウルリッヒ博士は、好むと好まざるとにかかわらず、西ドイツ外務省の高官になったのだ。

✫

幸運にも私は何度か、猛烈に働くヨハネスの姿を目にしたことがある。まだシベリアの独房のなかにいるかのように、せかせかと動きまわる活発な猫背の五十代の男を思い描いてもらえばいい。自分は目障りなのではないかと問いかけるような視線を肩越しに送ったり、みずからの行動に怯《おび》えて不安げにあたりを見まわし、いきなり笑い声をあげて、腕を振りながら部屋をまたぐるっとまわったりするが、シベリアでともに鎖につながれた哀れな囚人たちとちがって、頭はしっかりしており、ここでも狂気は彼のなかではなく、まわりにある。

私はライン川のほとりのケーニヒスヴィンターに外交用の家を借りている。夕食に招いた客人たちが呆気《あっけ》にとられて聞き入るまえで、私はまずヨハネスの〝宮殿〟の様子を事細かに描写しなければならない。壁から睨《にら》みつけているドイツの国章のワシ。その横向きの首と赤い鉤爪《かぎづめ》のワシをヨハネスがまね、右肩越しに振り返って冷笑を浮かべる。そして大使級の食器セット、銀のインク壺、ペン立て。私はそれらを想像して語る。

ヨハネスは、私が想像するアルベルト・シュペーアの三エーカーの机の抽斗《ひきだし》を開けて、西ドイツ外務省の機密の職員電話帳を取り出し、これは最高の仔牛革で装幀されていると言う。空《から》っぽの両手をわれわれのほうに差し出し、革のにおいを嗅《か》ぐように恭《うやうや》しく職員電話帳に鼻を近づけ、その質の高さに驚いた顔をする。

次にそれを開く。ごくゆっくりと。決まった動作の一つひとつが彼にとっては悪魔払いであり、書かれた名前の一覧を初めて見たときに頭に浮かんだものを、ことごとく浄化する儀式だ。そこに載っているのは、外交で活躍した貴族たちの名前だ。ヒトラー政権の外務大臣《こう》で、死刑囚としてニュルンベルクの独房に入ってからもヒトラーを敬愛していたという、滑稽《けい》なヨアヒム・フォン・リッベントロップのもとで働いていた者たち。

その高貴な名前の持ち主たちは、いまならもっとましな外交官になれるかもしれない。民主的に改心した英雄に。グロプケのように、ヒトラーが倒れる日に備えて反ナチス集団とも取引していたかもしれない。だが、ヨハネスはこの同僚たちにやさしい目を注ぐ気分ではない。数名の客人に見つめられながら肘《ひじ》かけ椅子に沈みこむと、外交官が優待される基地の小さなスーパーマーケットで私が彼にちなんで買ってきた、上等のブルゴーニュ産赤ワインをひと口飲む。仔牛革で装幀された西ドイツ外務省の機密電話帳を初めて見た朝に〝宮殿〟でやったことを、演じつづけているのだ。開いた電話帳を持って深い肘かけ椅子に腰を落とし、〝フォン〟や〝ツー〟がついた立派な名前をひとつずつ、左から右へゆっくりと黙読する。われわれのまえで眼を大きく見開き、唇《くちびる》を動かしながら、私の家の壁を見つめる。こんなふうに〝宮殿〟の壁を見、シベリアの牢獄の壁を見ていたと言わんばかりに。

ヨハネスは私の椅子からさっと立ち上がる。というより〝宮殿〟の椅子から。そしてアルベルト・シュペーアの三エーカーの机に戻る――たとえその実体が、私の庭に続くガラスドアの横に置かれた、がたつくマホガニーのサイドボードだとしても。その机に電話帳を置き、掌《てのひら》で平らに均《なら》す。私のがたつくサイドボードに電話は置かれていないが、彼は想像上の受話器を持ち上げ、もう一方の手の人差し指で追いながら電話帳の最初の内線番号を読み取る。内線が鳴る音が聞こえる。ヨハネスが鼻から音を出しているのだ。彼の広い背中が弓なりに反《そ》り、動きが止まる。そしてプロイセン式に踵《かかと》を打ち合わせる音がして、階上《うえ》で眠っているわが子たちが目を覚ますほどの大音声で軍人が叫ぶ。

「ハイル・ヒトラー、男爵閣下！　ウルリッヒです。また職務に戻ってまいりました！」

私が外交官としてドイツにいた三年間、ＭＩ６はイギリスの貿易振興と反共活動に精力を注いでいたが、そこで私が高位にある旧ナチス勢力の批判ばかりをしていたとは思わないでほしい。旧ナチス勢力といっても一九六〇年の時点ではさほど古い人間ではない。ヒトラーと半世代しか離れていないのだ。私が彼らを批判したとするなら、それは、みずから選んだ人生の道を歩くために、国を崩壊させた連中に迎合せざるをえなかった、自分と同世代の若いドイツ人に同情したからだ。

☆

志ある若いドイツの政治家は、党の上層部にエルンスト・アッヘンバッハのような有名人が鎮座していることをどう思っているのだろう、と自問したものだ。アッヘンバッハは、ドイツ占領下のパリで大使館の高官となり、フランスにいたユダヤ人のアウシュヴィッツへの強制輸送を監督した。フランスとアメリカは彼を裁判にかけようとしたが、弁護士でもあったアッヘンバッハはどういう手を使ったのか訴追を免《まぬが》れ、ニュルンベルクの裁判所に引き立てられる代わりに、法律事務所を設立して、同じような罪に問われた犯罪者を弁護する実入りのいい仕事をしていた。そんな人物が上層部にいることに、志ある若いドイツの政治家はどう対応していたのだろう。ただ我慢して微笑んでいたのだろうか。

ボンとそのあと移ったハンブルクにいるあいだ、征服されるまえのドイツの姿が私の心を捕らえて離さなかった。表向きは連合軍による占領当時の政治的公正さを受け入れていても、心のなかでは決してしたがっていなかった。そういう意味では、私は一九三九年から四五年の戦時中の多くのドイツ人と同じようにふるまっていた。

このテーマはドイツを離れたあとも私につきまとった。『寒い国から帰ってきたスパイ』からだいぶたったころ、私はハンブルクに戻って、あるドイツ人小児科医を探し出した。アーリア人の国から役に立たない人口を除去するために、ナチスの安楽死政策の開発にかかわったと告発されていた人物だったが、この非難は彼に嫉妬する学会のライバルの捏造《ねつぞう》だとわかり、私は勝手な思いこみを後悔することになった。同じ一九六四年、バーデン＝ヴュルテンベルク州の国家社会主義犯罪調査センターの所長だったエルヴィン・シューレに会うために、ルートヴィヒスブルクという町を訪れた。のちに『ドイツの小さな町』になる物語を探していたのだが、まだボンのイギリス大使館を小説の背景にするところまで考えていなかったし、大使館を辞《や》めたばかりで小説に書くには早すぎた。

エルヴィン・シューレは、私が聞いて想像していたとおりの人物だった。礼儀正しく、率直で、仕事熱心。センターの職員は六名ほどの若くて青白い弁護士だけだった。それぞれ狭い個室に閉じこもって、一日じゅうナチスの資料や乏しい証言記録にじっくりと目を通し、身の毛もよだつような証拠を集めていた。彼らの目的は、残虐行為をおこなった軍隊ではなく、個人に代償を払わせることだった。軍隊を裁判にかけることはできないが、個人ならできる。彼らは子供の砂場に膝《ひざ》をついて、ひとつずつ番号が振られたおもちゃの人形を並べる。一方の列には、軍服を着て銃を持った兵士の人形。もう一方の列には、ふつうの服を着た男女や子供。そのあいだの砂に小さな溝が掘られている——人が落ちてくるのを待っている集団墓地だ。

夜になると、シューレ夫妻は丘陵の森にある自宅のバルコニーで食事をふるまってくれた。シューレは自分の仕事について、これは天職であり、歴史にとって必要なことだと情熱的に語った。私たちは近いうちにまた会おうと約束したが、結局会うことはなかった。翌年二月、シューレは飛行機でワルシャワに降り立った。新しく見つかったナチスの資料を調査するために招かれたのだが、そこで彼が目にしたのは、拡大コピーされた彼自身のナチス党員証だった。同時にソ連政府はシューレのさまざまな罪状を並べたてた。兵士として独ソ戦の前線にいたときに、拳銃でロシアの平民をふたり殺し、ロシア人女性をひとり強姦《ごうかん》したというのもあった。だがここでも、申し立てには根拠がなかった。

この教訓は？　絶対的なものを探せば探すほど、見つけるのがむずかしくなるということだ。私が会うまえにシューレは品行方正な人間になっていたが、過去に何があったにせよ、それに対処して生きなければならない。彼の世代のドイツ人が過去にどう対処したかは、私の尽きせぬ関心事だ。ドイツ赤軍《バーダー・マインホフ》の時代が来ても、私はちっとも驚かなかった。多くの若いドイツ人にとって、親たちの過去は葬られるか、否定されるか、たんに嘘でごまかされて存在しないことになっている。いつの日か、何かが沸騰《ふっとう》するのはまちがいなかった。それが起きただけだ。そして沸騰したのはたんに一部の〝乱暴者〟だけではなかった。不満がたまった中流階級の子女たちの怒れる世代全体が、忍び足でこの騒ぎに加わり、前線のテロリストに物的、道義的な支援を惜しまなかったのだ。

この手のことがイギリスで起きたことはあっただろうか。われわれはずいぶんまえに、ドイツと自分たちを比較することをやめてしまった。もはや比較する勇気がないのかもしれない。近年のドイツには、自信にあふれながらも攻撃的ではない民主的な力が出現している。人道的な模範になったことも論をまたない。われわれイギリス人がのむには苦すぎる薬だろう。これは私がずいぶんまえから嘆いてきた点だ。

3　公式訪問

ボンのイギリス大使館に勤務していた一九六〇年代の初め、もう少し愉《たの》しかった仕事として、有望な若いドイツ人がイギリスを訪問する際の付き添い――ドイツ人に言わせると〝付き添い家庭教師〟――があった。ドイツ人がイギリスの民主的な流儀を学び、まねることを、当時のイギリスは誇り高く望んでいた。付き添いの対象となるのは、たいてい初当選の国会議員や、新進気鋭の政治ジャーナリストだ。非常に優秀な人もいて、いま思うと全員が男だった。

通常は一週間のコース。出発は日曜の夜、ケルンの空港からBEA（英国欧州航空。ブリティッシュ・エアウェイズの前身）で出発する。そして英国文化振興会《ブリティッシュ・カウンシル》や外務省の代表から歓迎の挨拶《あいさつ》をされ、土曜の朝まで滞在するのだ。五日間の過密スケジュールのなかで、ゲストは両院を訪問し、庶民院の質疑を見学する。高等法院や、場合によってはBBC局も。大臣や野党党首の歓迎も受ける。誰が出てくるかは、ゲストの立場や迎える側の気分次第だ。さらに、イギリスの美しい田園地帯（ウィンザー城、大憲章《マグナ・カルタ》で有名なラニーミード、典型的な地方都市のオクスフォードシャー州ウッドストック）も見てまわる。

夜は劇場に行く者もいれば、個人的に興味があるところへ出かける者もいる——ブリティッシュ・カウンシルの資料をご覧ください——カトリックやルター派のゲストなら同じ宗派の人たちのところへ、社会主義者なら労働党の同志のもとへ。第三世界の新興経済といった専門分野に興味のあるゲストは、事情に精通したイギリス人と語り合うことができる。ほかに知りたいことやご要望があれば、どうぞ遠慮なくガイド兼通訳にご相談を——つまり、私のことだ。

彼らは遠慮などしなかった。かくして、私は穏やかな夏の日曜の夜十一時、ウェスト・エンドのホテルで十ポンド札を手にコンシェルジュの机のまえに立った。うしろには充分休息した若いドイツの議員が六人いて、私の肩越しに顔を突き出し、お相手の女性を求めている。彼らはイギリスに来てまだ四時間、ほとんどが初めての渡英だったが、六〇年代のロンドンが奔放であることはみな知っていて、愉しもうと心に決めていた。たまたま私の知り合いだったロンドン警視庁《スコットランド・ヤード》の巡査部長が、「女の子がまともで、客をだまさない」とボンド通りのナイトクラブを勧めてくれたので、私たちは黒タクシー二台に分乗し、ナイトクラブのまえに乗りつけた。しかし、ドアには鍵がかかり、明かりもついていない。当時、日曜休業法が実施されていたのを、巡査部長がすっかり忘れていたのだ。希望が打ち砕かれたゲストに囲まれ、私は最終手段としてコンシェルジュに頼みこんでいた。彼は十ポンドに満足したらしく、こう教えてくれた。

「カーゾン通りを少し行くと、左手の建物の窓に〝フランス語レッスン〟という青い明かりがついています。明かりが消えていれば満席、灯っていれば入れますが、あまり騒がないようにお願いします」

ゲストに最後までついていくべきか、それとも自由に愉しんでもらおうか。彼らは興奮していた。ほとんど英語が話せないうえに、ドイツ語を騒々しくしゃべる。青い明かりはついていた。やけに意味ありげな蛍光灯で、通りにはこれひとつしか明かりがなさそうだった。庭の短い小径《こみち》の先に玄関のドアがあった。明かりに照らされた呼び鈴のボタンに〝押す〟と書かれている。ゲストたちはコンシェルジュの助言にはしたがわずに大騒ぎしていた。私がボタンを押すと、ドアが開き、ゆったりした白いカフタンふうのドレスを着て、頭にバンダナを巻いた大柄な中年女性が出てきた。

「何？」彼女は寝ていたところを起こされたかのように不機嫌に訊いた。

私は思わず非礼を詫《わ》びようとしたが、フランクフルト西部選出の議員が先に口を開いた。

「私たちはドイツ人で、フランス語を習いたいのです！」彼が精いっぱいの英語で叫ぶと、仲間が大声で賛同した。

女主人は怯《ひる》まなかった。

「ひとり五ポンド、短く、ひとりずつだよ」と私立小学校の寮母のような厳格さで言った。

ゲストを専門的な関心分野に案内して私が立ち去ろうとしたところ、制服警官がふたり、舗道《ほどう》を歩いてくるのが見えた。ひとりは年配で、もうひとりは若い。私は黒いジャケットにストライプのズボンという恰好《かっこう》だった。

「私は外務省の職員で、このかたたちは公式の招待客です」

「もう少し静かにしなさい」年配の警官が言い、ふたりはそのまま平然と歩き去った。

4 引き金にかかった指

ボンの大使館に勤務した三年間でイギリスに連れていった政治家のうち、いちばん印象に残ったのは、フリッツ・エルラーだ。一九六三年、エルラーはドイツ社会民主党の国防と外交政策の第一人者で、将来の西ドイツ首相候補とあちこちで囁《ささや》かれていた。職務上、連邦議会の審議を長々と傍聴していた私には、彼がアデナウアー首相やフランツ・ヨーゼフ・シュトラウス国防相にとって、頭脳明晰《めいせき》で容赦のない政敵であることがわかった。私もこのふたりが好きではなかったので、エルラーをロンドンに案内するという仕事が与えられたときには二重の意味でうれしかった。彼はロンドンであらゆる会派の主要議員と面会することになっていて、そこにはもちろん、労働党党首のハロルド・ウィルソンや首相のハロルド・マクミランも含まれていた。

当時の喫緊《きっきん》の課題は、西ドイツの指が引き金にかかっていることだった。核戦争が勃発した場合、アメリカのミサイルを西ドイツの基地から発射することについて、ボンの政府はどこまで決定権を与えられるのか。エルラーはこの件について、ワシントンのケネディ大統領やロバート・マクナマラ国防長官と議論していた。私が大使館から与えられた仕事は、彼のイギリス滞在のあいだじゅう付き添い、個人秘書、雑用係、通訳として補佐することだった。エルラーは愚者ではないから、自認するよりはるかに英語ができたが、通訳を入れると直接話すときより考える時間が増えて好都合なので、私が訓練を受けた通訳でないことも気にしなかった。訪問は十日間の予定で、スケジュールはぎっしり詰まっていた。外務省は彼のために〈サヴォイ・ホテル〉のスイートルームを予約し、私も同じ階のいくつか先の部屋に泊まった。

毎朝五時ごろ、私はストランド街の新聞売りからその日の新聞を買い、ホテルのラウンジで掃除機の大きな音を聞きながら、当日の会談のまえに知っておくべきニュースや論説に印をつけた。そしてその新聞をエルラーの部屋のまえに置いて自室に戻り、七時きっかりに始まる朝の散歩の合図を待った。

エルラーは黒いベレー帽とレインコート姿で私の横を軽やかに歩いた。厳格でユーモアに欠けると見られがちだが、実際にはちがった。毎朝道を変えながら、十分ほど一方向に歩くとくるりと踵《きびす》を返し、うつむいて背中のうしろで手を組み、舗道《ほどう》をじっと見たまま、すでに通りすぎた店の名前や真鍮《しんちゅう》の看板を思い出していく。私はそれがまちがっていないか確かめる役だった。何度かこういう散歩をしたあと、エルラーは、これはダッハウの強制収容所で憶えた頭の体操なのだと説明した。大戦前夜にナチス政権に対して〝悪質な反逆行為を企てた〟廉《かど》で十年間の禁固刑を言い渡されたものの、一九四五年、悪名高いダッハウからの死の行進の際になんとか逃亡し、ドイツが降伏するまでバイエルンにひそんでいたらしい。

頭の体操はたしかに効果があるようだった。エルラーはどの店の名前も、看板も、言いまちがえなかった。

✳

続く十日間はウェストミンスター詣《もう》でだった。立派な会談相手もいれば、そこそこの相手や、つまらない相手もいた。机の向こうにあった顔、聞いた声のいくらかは記憶に残っている。とくに困ったのは、当時の労働党党首ハロルド・ウィルソンとの会談だ。専門の通訳のように黒衣《くろこ》になりきれない私は、ふたりの特異な話し方や態度にひどく興味を引かれた。とくにウィルソンは、火のついていないパイプを演劇の小道具のように使っていた。レベルの高い対話だったはずだが、内容についてはまったく憶えていない。エルラーと会談した人たちが、私と同じく国防関係にあまりくわしくなかったのは救いだった。相互確証破壊《MAD》（二国間の対立で相手国から核攻撃を受けた場合に、核戦力の一部がかならず生き残るようにし、報復攻撃で相手国を確実に破壊できる状態を双方が維持することによって、核攻撃が抑止されるという冷戦時代の理論）関連のぞっとする技術用語を頭に詰めこんではいたものの、それらは英語かドイツ語かに関係なく難解だった。たしか一度も使わなかったと思う。いまとなっては、聞いて理解できるかどうかもわからない。

逆に、私の記憶に深く刻まれている会談がひとつだけある。視覚的にも、聴覚的にも、内容においても決して忘れることができないそれは、十日間の日程のまさにクライマックス――ダウニング街十番地の首相官邸で、西ドイツの首相候補フリッツ・エルラーと、イギリスの現職首相ハロルド・マクミランが面会したのだ。

✫

一九六三年の九月なかば。同年三月、陸軍大臣のジョン・プロヒューモは、ミス・クリスティーン・キーラーとのあいだに不適切な関係はまったくなかったと庶民院で述べた。キーラーはナイトクラブで働く若いイギリス人女性で、ロンドンで人気の整骨医スティーヴン・ウォードのもとで暮らしていた。既婚の陸軍大臣に愛人がいるというのは、非難されるべきことかもしれないが、前例のない話ではない。ただし、キーラーが同時にロンドン駐在ソ連大使館付き海軍武官とも関係を持っていたことを告白したとなると、いきすぎだ。スケープゴートにされたのは不運な整骨医のスティーヴン・ウォードで、仕組まれたような裁判にかけられ、判決が出るまえに自殺した。六月にプロヒューモは大臣と議員を辞職。そして十月には、マクミランも健康上の理由で辞任する。エルラーとの面会は九月、マクミランがタオルを投げ入れるわずか数週間前のことだった。

のっけから不安なことに、私たちはダウニング街十番地に遅れて到着した。迎えにくるはずの政府公用車が現われず、私が黒いコートとストライプのズボンという恰好《かっこう》で道路に飛び出し、無理やり車を止めて、大至急、官邸まで送ってほしいと頼みこむしかなかった。運転していたのは、助手席に女性を乗せた若いスーツ姿の男性だった。おそらく私を頭のおかしい人間と思ったことだろう。もっともだ。しかし、同乗の女性が彼をなじった。「乗せてあげなさいよ。この人たち、遅れてしまう」そう言われた男性は唇《くちびる》を噛《か》んで、したがった。私たちは後部座席に乗りこみ、エルラーが、いつでもボンに来てくださいと男性に名刺を渡した。それでも十分ほど遅れてしまった。

首相の執務室に案内された私たちは、遅刻を詫《わ》びて腰をおろした。机の向こうに坐ったマクミランは、肝斑《かんぱん》のある手をまえに置いてじっとしていた。ウェルシュ連隊に所属する、首相の個人秘書で、この少しあとにナイト爵を授けられるフィリップ・デ・ズルエタも、隣に坐っていた。エルラーはドイツ語で車が遅れたことを説明し、私は英語で伝えた。首相の手の下にはガラスの板が置かれ、その下には、逆さに見ても充分読めるほど大きな文字でタイプされた首相向けの報告書と、エルラーの経歴があった。〝ダッハウ〟という文字が大書《たいしょ》されている。マクミランは点字でも読むようにガラスの上に指を這《は》わせながら、話しはじめた。いかにも名門らしい不明瞭な発音で、古い蓄音機にかけたレコードをゆっくりとまわしているような声だった。風刺劇『ビヨンド・ザ・フリンジ』でピーター・クックが見事に演じた姿そのものだ。マクミランの右眼の端には止まらない涙の跡があり、それがしわを伝ってシャツの襟《えり》のなかへ消えていた。

エドワード朝ふうの魅力とともに、丁重な歓迎のことばがぽつぽつと述べられた――快適におすごしですか。不自由なことはありませんか。然るべき人々と話ができていますか。そしてマクミランは、明らかに好奇心から、何を話しにきたのですかとエルラーに尋ねた。この問いに、少なくともエルラーは意表を衝《つ》かれた。

「国　防《フェアタイディグンク》です」彼は答えた。

聞いたマクミランは報告書を見て、これは私の推測だが、また〝ダッハウ〟の文字が目に入ったことで――私にも見えた――明るい表情になった。

「そうですか。ヘル・エルラー」マクミランは突然生き生きと宣言した。「あなたは第二次世界大戦で苦しみ、私は第一次世界大戦で苦しんだ」

私がするまでもない通訳をする。

　また儀礼的なやりとり。エルラーさん、あなたは家庭を大切にするほうですか――ええ、大切にしています。私は几帳面《きちょうめん》に訳す。マクミランに訊かれて、エルラーは子供の名前を教え、妻も政治にかかわっていることを話す。私はそれも訳す。

「あなたはアメリカの国防の専門家と話しておられるらしい」マクミランはまたガラス板の下の大きな文字を見たあと、わざとらしく驚いて言った。

「はい《ヤー》」

「そして、あなたの党にも国防の専門家がいる？」マクミランは、困った立場にある者同士という口調で尋ねた。

「はい《ヤー》」エルラーは私が望むより鋭く答えた。

　空白。私は助けてもらえないかと横目でデ・ズルエタを見る。助けはない。一週間エルラーに付き添った私には、会話が期待に沿わなかった場合に、彼が我慢できなくなる性質《たち》であることがよくわかっている。遠慮なく失望の表情を浮かべることも。彼が何にも増してこの会談のために入念な準備をしてきたことも知っている。

「連中は私のところにやってくる」マクミランは残念そうに言う。「国防の専門家たちだがね。やはりあなたのところにも来るわけだ。彼らは私に、爆弾がここに落ちる、あそこに落ちると言う」首相の手がガラス板のあちこちに爆弾を落とす。「だが、あなたは第二次世界大戦で苦しみ、私は第一次大戦で苦しんだ！」また何かを発見したように、「そしてあなたも私も、爆弾は落ちたいところに落ちることを知っている！」

私はなんとかこれを通訳した。ドイツ語でも、マクミランが使った三分の一の時間で言うことができ、ドイツ語にすると二倍に馬鹿げて聞こえた。私が訳し終えると、エルラーはいっとき考えこんだ。考えこむと、痩《や》せた顔の筋肉が勝手に上下する。エルラーはふいに立ち上がってベレー帽を取り、マクミランに会談の礼を述べた。私が立つのを待っているので、私も立ち上がった。マクミランも私たちと同様に驚いて、握手のためになかば腰を上げ、また椅子にどさっと坐った。エルラーはドアのほうに歩きながら私のほうを向き、怒りを吐き出した。

「もうこの男に統治はできない《ディーザー・マン・イスト・ニヒト・メア・レギールンクスフェイヒ》」

ドイツ人には奇妙に聞こえる表現だ。ことによると、少しまえにどこかで読んだか聞いたかしたことばを引用したのかもしれない。どちらにせよ、デ・ズルエタの耳にも入り、なお悪いことに彼はドイツ語が理解できた。横を通りすぎる私に、「聞こえたぞ」と怒気を含んで囁《ささや》いたのでわかった。

今度は公用車が待っていたが、エルラーは歩くことにした——うつむいて背中のうしろで手を組み、舗道をじっと見ながら。私はボンに戻ってから、ちょうど出版されたばかりの『寒い国から帰ってきたスパイ』をエルラーに送り、自分の作品だと打ち明けた。クリスマスのころ、エルラーは親切にもドイツの新聞でこの本を褒《ほ》めてくれた。同じ十二月には議会における野党指導者に選ばれ、三年後、癌《がん》で亡くなった。

5　心当たりのあるかたへ

五十歳以上の人なら誰でも、あの日どこにいたか憶えているはずだ。私はその夜、セント・パンクラスのタウンホールにいたのだが、どれだけ頭をひねって呻吟《しんぎん》しても、誰といっしょにいたのか思い出せない。だから読者のなかに、一九六三年十一月二十二日の夜、私の左側に坐っていた著名なドイツ人ゲストがいたら、ぜひ名乗り出ていただきたい。あなたが有名人だったのはまちがいない。でなければ、どうしてイギリス政府が招待する？　あのホールに行ったのは、あなたをもてなすためだったと記憶している。一日の疲れを癒《い》やすために、ゆったりとくつろいで、イギリスの草の根民主主義を見物してもらおうという趣向だったのだ。

そう、あれはまさしく草の根だった。ホールは怒れる人々であふれ返り、怒号が大きすぎて、壇上に浴びせられる罵詈《ばり》雑言《ぞうごん》が聞き取れないほどだった。もちろん、あなたのために通訳などできるわけがない。壁沿いには厳しい顔つきのスタッフが腕を組んで立っていた。誰かが暴れだそうものなら、私たちも大混乱に巻きこまれる可能性があった。たしかロンドン警視庁公安部《スペシャル・ブランチ》から護衛の申し出があったはずだが、あなたは不要だと断わった。無理にでも説得すればよかったと思ったのを憶えている。私たちは中央付近に押しこめられ、最寄りの出口からもかなり離れていた。

壇上でなんとか人々の怒りに対処しようとしていたのは、クィンティン・ホッグだった。元ヘイルシャム子爵だが、保守党候補としてセント・メリルボーンの議席を争うために、爵位を返上していた。争いこそ彼が好み、そのタウンホールで手にしていたものだった。ハロルド・マクミランは一カ月前に辞職し、総選挙が迫りつつあった。いまでこそクィンティン・ホッグ、またはヘイルシャム卿という名はあまり知られておらず、とくに海外では無名に等しいが、一九六三年当時の彼は、昔ながらの好戦的なイギリス人の見本だった。イートン校卒、古典主義者で、戦時中は従軍、弁護士で登山家、同性愛を嫌悪する口うるさいキリスト教保守派。見せる政治が何よりも得意で、大言壮語と喧嘩《けんか》腰の態度が有名だった。三〇年代には保守党の大勢《たいせい》と同じく有和《ゆうわ》政策を弄《もてあそ》び、チャーチルと運命をともにした。戦後はあらゆる場面で惜しいところまでいく典型的な政治家となり、つねに顕職《けんしょく》をめざしながら、手前で待たされていた。だがこの夜、この喧嘩っ早い上流階級のイギリス人は有権者に嫌われていた。この日だけでなく、その後の長い人生でもずっとそうなる。

あの夜、ホッグが何について話していたのかは、もはや記憶の彼方だ。あの騒ぎのなかで聞き取れていたかどうかも定かではない。だが、当時の人々の例にもれず、憶えていることもある。頬を紅潮させて言い争う様子、短すぎるズボンに、レスラーのように広げた足には いていた編み上げのブーツ、農夫のような丸顔と、握りしめた拳《こぶし》。そして、そう、群衆の叫び声にも負けない、あの上流階級の大声。私は、誰であれ付き添っていた人のために、なんとか話の内容を訳そうとしていた。

そのとき舞台下手《しもて》からシェイクスピア劇の伝令が入ってくる。小柄で灰色の髪の男が、ほとんど忍び足でホッグに近づき、右耳に何か囁《ささや》いたのを憶えている。それまで抗議か愚弄《ぐろう》のために振りまわされていたホッグの腕が、ぱたんと体の横に落ちる。眼が閉じられ、また開く。ホッグは妙に長い頭を傾け、囁かれたことばをもう一度聞き直す。チャーチル派議員のしかめ面が、信じられないという表情になり、やがて完全なあきらめに変わる。彼は控えめな声で失礼と言ったあと、絞首台に向かう男のような直立姿勢で、伝令をしたがえて退く。ホッグの途中退場に勢いづいた数人がさらに罵声《ばせい》を投げかけるが、会場は徐々に不穏な静寂に包まれていく。ホッグが戻ってくる。顔面蒼白で、動きは堅苦しくぎこちない。会場は静まり返っている。ホッグはまだ何も言わず、下を向いて気持ちを奮い立たせている。そしてようやく顔を上げると、頬に涙が流れている。

ついに彼が口を開く。それまでにも、将来にわたっても、ここまで限定的で議論の余地のない宣言はなく、この夜彼が話したどんなこととともちがって、人々からはひと言の異論も出ない。

「いま入った情報によると、ケネディ大統領が暗殺されました。今日はこれで終わりです」

☆

十年後。私は外務省の友人から、オクスフォード大学のオール・ソウルズ・コレッジで開かれる晩餐会《ばんさんかい》に招かれた。亡くなったある後援者に敬意を払う集まりだ。参加者は全員男性。当時はそういう決まりだったと思う。若者はひとりとしていない。料理は極上、会話は知的で、私が理解できた部分に関しては洗練されている。コースがひとつ進むたびに、われわれは蠟燭《ろうそく》が灯された部屋から、次のいっそう美しい部屋へと移動する。そのどれにも長い食卓が設《しつら》えられ、コレッジの年代物の銀器が並べられている。部屋が変わると席の配置も変わる。そうして二回目——あるいは三回目だったか——の移動で、私はあのクィンティン・ホッグの隣になる。座席の名札を見ると、先ごろ新設されたセント・メリルボーンのヘイルシャム男爵になっている。庶民院に入るために以前の爵位を放棄したホッグ氏は、貴族院に戻るために新たな爵位を手にしたのだ。

私はどれほど調子がいい日でも、世間話はうまくない。相手が好戦的な保守党上院議員で、私と相容れない政見——私に政見というものがあればだが——の持ち主となればなおさらだ。私の左にいる高齢の学者は、私にはまったくわからないことを滔々《とうとう》と語っている。向かい側に坐った高齢の学者は、ギリシャ神話のある点について論じているが、私はギリシャ神話に明るくない。右に坐っているヘイルシャム男爵は、私の座席の札をひと目見るなり、むっつりと口を閉ざしている。あまりにも不快そうだったので、私はとにかくこの状態を終わらせるのが礼儀だと感じる。いま思えば、セント・パンクラスのタウンホールにケネディ暗殺の一報が伝えられたときのことを、なぜ話さなかったのだろう。奇妙なことに、それを持ち出すのは社交儀礼上好ましくない気がしたのだ。彼が人前で感情をあらわにしたことを思い出させるのは失礼だと考えたのかもしれない。

ほかに話題を思いつかなかった私は、自分のことを話す。プロの作家だと伝え、ペンネームを明かすが、彼は夢中にならない。あるいは、すでに知っていたのかもしれない。それならば不快そうな態度にも説明がつく。私は、幸いロンドンのハムステッドにも家を持っているけれど、ほとんどコーンウォル西部で暮らしていると話し、コーンウォルの田舎《いなか》の美しさを称《たた》える。そしてホッグに、あなたにも週末にのびのびとくつろげる場所がありますかと尋ねる。こうなるとホッグも答えないわけにはいかない。たしかに彼にもそのような場所がある。そして、吐き捨てるように短く答える。

「ヘイルシャムだ、馬鹿者め」

6　イギリスの司法制度

　一九六三年の盛夏、イギリス政府に正式に招待された西ドイツの著名な連邦議員がロンドンにいるあいだ、私が世話をすることになった。その議員はイギリスの司法制度の現場を見たいと言った。しかも、イギリスの大法官その人のまえでだ。ときの大法官はディルホーンといったが、就任して男爵に叙されるまえの名はマニンガム＝ブラーで、同僚の判事たちにはよく〝弱い者いじめ《ブリイング》のマナー〟と呼ばれていた。

　大法官は国の法廷を司《つかさど》る閣僚だ。あってはならないことだが、特定の裁判に政治的影響力を及ぼせるとしたら、それができる可能性がもっとも高いのが大法官である。ディルホーン自身はまったく興味を示さなかったものの、われわれの会談の話題は、西ドイツの若い判事の雇用と訓練だった。私が案内した著名なドイツ人議員にとって、これはナチズム後のドイツの法曹界の未来を左右する一大事だったのだが、ディルホーン卿にとっては、貴重な時間を奪う不必要な要請であり、そのことを態度にも表わしていた。

　とはいえ、会談が終わって立ち上がるときには、ディルホーンも、あなたのイギリスでの滞在を有益なものにするためにできることはないかと――おざなりではあれ――尋ねる誠意だけは見せた。私のゲストはそれに飛びつき、ぜひともお願いしたいことがありますと言った。前述のプロヒューモ・スキャンダルで、クリスティーン・キーラーに売春行為をさせて生計を立てていたと訴えられた、スティーヴン・ウォードの刑事裁判を傍聴したかったのだ。この屈辱的な事件の訴追で主導的な役割を果たしていたディルホーンは、顔を赤らめ、食いしばった歯のあいだから、「もちろんだ」と答えた。

そんなわけで数日後、ドイツ人ゲストと私はオールド・ベイリーの混雑した一番法廷の傍聴席に並んで坐った。被告人スティーヴン・ウォードのすぐうしろだった。彼の弁護士が最終陳述をおこない、ウォードに対する敵意は検察官にも引けを取らない裁判官が、それをできるだけ被告に不利に解釈しようとしていた。傍聴席のどこかにマンディ・ライス＝デイヴィーズもいたと思うが、これは私の思いちがいかもしれない。彼女のことは大きく報道されていたので、法廷にいた気がした可能性もある。彼女が法廷にもたらす華やかな雰囲気を感じ取れないほど若い人々にとって、マンディはただのモデル、ダンサー、ショーガール、そしてクリスティーン・キーラーのかつてのルームメイトだった。

しかし、ウォードの疲れきった表情は、鮮明に私の記憶に残っている。私たちがなんらかの要人だと気づいた彼は、振り返って会釈した。ワシを思わせる横顔は不安に満ち、緊張で肌は張りつめ、笑みは堅苦しく、充血して飛び出した眼には疲労の隈《くま》ができていた。無頓着《むとんちゃく》を装った、喫煙者のかすれ声で——

「私の形勢はどうですかね」ウォードは突然、私たちふたりに訊いた。

上演中に舞台の上の役者がいきなり振り返って、親しげに話しかけてくるなどとは、ふつう誰も思わない。私はふたりを代表して、だいじょうぶでしょうと請け合ったが、自分のことばを信じていなかった。数日後、ウォードは判決を待つことなく自殺した。ディルホーン卿と仲間の陰謀者たちは、狙った男を仕留めたのだ。

7 イワン・セーロフの背信

冷戦まっただなかの一九六〇年代初め、海外赴任中のイギリスの下級外交官にとって、同じ立場のソ連の外交官と親しく交流するのは褒《ほ》められたことではなかった。偶然だろうと、社交上だろうと、公務だろうと、その種の接触があった場合にはただちに上司に報告しなければならなかった、しかもできるだけ事前に。したがって、私がロンドンの本部に、ここ数週間、毎日のようにボンのソ連大使館の高官とふたりだけで会っていましたとやむなく報告した際、政府の平和な〝鳩小屋〟にはちょっとした動揺が走った。

どういう経緯でそんなことになったのか。上司たちだけでなく、私自身にとっても驚きだった。私の職務は西ドイツの政治情勢を報告することだったが、当時の国内は定期的に訪れる激変期だった。《シュピーゲル》誌の編集長が秘密保護法違反で投獄され、それを命じたバイエルン出身の国防相フランツ・ヨーゼフ・シュトラウスが、西ドイツ空軍の戦闘機スターファイターの調達をめぐる汚職で糾弾された。バイエルン出身の裏社会の住人たち――ヒモ、売春婦、怪しげな仲介者――が日替わりでニュース記事になっていた。

そういう政治的混乱の時期に、私がすることは決まっていた。西ドイツ議会にいそいそと足を運び、外交官席の私の椅子に坐り、機会を逃さず階下におりて、知り合いの議員たちから情報を得るのだ。そんな突撃取材を終えて外交官席に戻ってきたあるとき、驚いたことに、私の椅子に太めの温厚そうな紳士が坐っていた。歳のころは五十代で、眉が太く、縁なしの眼鏡《めがね》をかけて、季節はずれの分厚い灰色のスーツを着ているのが目についた。おまけに、その太鼓腹には何サイズか小さすぎるチョッキまでつけている。

〝私の椅子〟といっても、とくに決まった椅子があるわけではなかった。外交官席は、連邦議会の議場のうしろに設けられたオペラのボックス席のような狭い場所なのだが、どういうわけか、いつ訪ねてもほとんど誰もいない。うろ覚えだが、シュルツという名のCIA職員がたまにいるくらいで、シュルツ氏は私をひと目見るなり、悪い影響を受けるとでも思ったのか、できるだけ離れて坐るようになった。しかしその日は、私の椅子に太った紳士が坐っていた。こちらが微笑みかけると、相手も愛想よく笑みを返す。私は二、三席離れたところに腰を落ち着ける。議場ではさかんに討論がおこなわれている。私たちはそれぞれ熱心に耳を傾け、互いに相手が集中していることを意識する。昼食休憩になると、ともに立ち上がり、どちらが先に出るか気を遣いつつ、別の通路から階下の食堂におりて、別のテーブルにつき、その日のスープ越しに微笑みを交わす。私のテーブルには議会補佐官がふたり加わるが、この外交官席の隣人はずっとひとりだ。私たちは食事を終えて外交官席に戻る。その日の審議が終わり、ふたりとも帰路につく。

翌朝、外交官席に行くと、私の椅子にまた例の紳士がいて、にっこりと微笑む。この日の昼食でも、私が議会担当記者たちと世間話をしているあいだ、彼はひとりでスープを飲んでいる。いっしょに話しませんかと声をかけるべきだろうか。とにかく同じ外交官なのだ。こちらから近づいて隣に腰かけようか。いつもながら、仲間を求める私の衝動にはこれといった根拠がない。彼のほうは、《フランクフルター・アルゲマイネ》紙を読んですっかり満足している。午後には姿を消すが、夏の金曜だから連邦議会も開かれない。

だが次の月曜日、私がいつもの席に坐ったとたんに彼が入ってくる。下から聞こえる騒ぎに配慮して人差し指を唇《くちびる》にあてながら、柔らかい握手の手を差しのべる。その親しげな雰囲気から、彼は私を知っていると確信するが、私には心当たりがなく、うしろめたい気分になる。メリーゴーラウンドのようにめまぐるしいボンの外交カクテルパーティのどこかで会って、以来相手はずっと憶えていたのに、私は忘れてしまったというわけだ。

さらに悪いことに、年齢や態度から見て、彼はボンに数えきれないほどいる小国の大使のひとりだろう。そして小国の大使は、ほかの外交官、とくに若い外交官に認識されないことを嫌う。真実が明らかになるのは四日後のことだ。私たちふたりにはメモをとる習慣があって、彼は赤いゴムで束ねた罫線《けいせん》入りの質の悪いノートを使い、何か書きこむたびにそのゴムをもとに戻す。私のほうはポケットサイズの無地のメモ用紙で、書きこみのところどころに連邦議会の主要人物の似顔絵を混ぜていたから、退屈な午後の休憩中、この隣人が空席越しに私のメモをのぞきこみ、いたずらっ子のような表情で、ちょっと見せてもらえませんかと言うのは避けられなかったのかもしれない。彼はひと目見るなり眼鏡の奥の眼を細め、愉快そうに上半身をくねらせて、手品師のような手つきでチョッキのポケットから角の折れた名刺を取り出し、そこの文字を読む私の様子を観察する。名刺にはまずロシア語、そして愚者のために下に英語が書かれている。

〝ミスター・イワン・セーロフ、西ドイツ、ボン、ソヴィエト社会主義共和国連邦大使館、二等書記官〟。

いちばん下には黒いインクの繊細な手書きの大文字、それも英語でこう書かれている——〝文化担当〟。

☆

いまでもあのときの会話が遠くから聞こえてくるようだ。

「いつかいっしょに飲み物でもどうかな？」

それはぜひ。

「音楽は好きかな？」

大好きです。音痴ですが。

「結婚は？」

しています。あなたは？

「妻はオルガ。彼女も音楽好きだ。持ち家は？」

ケーニヒスヴィンターにあります。ここで嘘をつく必要はない。住所は外交官リストに載っているから、いつでも知ることができる。

「大きい家かな？」

寝室が四つあります。私は数えずに答える。

「電話番号は？」

電話番号を伝え、彼が書きとめる。彼も電話番号を教えてくれる。私は二等書記官（政治担当）の名刺を渡す。

「演奏もするのかな？　ピアノとか」

したいとは思いますが、残念ながらしません。

「そのアデナウアーの絵はひどいね。だろう？」彼はそう言って私の肩をばしんと叩き、大声で笑う。「こうしよう。うちのアパートメントは小さくて、私と家内が演奏すると、まわりから苦情が出る。一度、電話をもらえないかな。そちらの家に招待してくれれば、いい音楽を聴かせるよ。私はイワンだ。どうだね？」

ディヴィッドです。

✲

冷戦のルールその一——見かけをいっさい信用してはならない。あらゆる人間には第二の動機がある。ことによると第三の動機も。ソ連の外交官が誰憚《はばか》ることなく、西側のろくに知りもしない外交官の家に夫婦で押しかけようというのだ。この場合、誰が誰に言い寄っているのか。言い換えれば、そもそも私のどんな言動がこんなありえない提案を引き寄せたのか。もう一度振り返ってみろ、デイヴィッド。会ったこともないと言うが、どこかで会っているのではないか？

決定がなされた。誰の決定かを問うのは私の仕事ではない。私はセーロフの提案どおり、夫妻を家に招く。手紙ではなく電話を使って。教えてもらったバート・ゴーデスベルクのソ連大使館の公式番号にかけて自分の名を告げ、セーロフ文化担当官をお願いしますと言う。こうしたどうということのない手順が、逐一細かく上から指示されていた。そしてセーロフとつながったら——もしつながれば——先日話した音楽会について、夫妻の都合のいい日をさりげなく尋ねる。日付はできるだけ早く。潜在的な亡命者は衝動で動きやすいからだ。奥さんへの賛辞も忘れないように。こういう場合、奥さんが話を知っているだけでも異例なのに、いっしょに来るというのは異例中の異例だ。

電話に出たセーロフは無愛想で、ほとんど私を憶えていないかのようだった。スケジュールを確認して折り返すと言った。さようなら。私の上司たちの予想では、これで彼との連絡は途絶えるということだったが、翌日、電話がかかってきた。おそらく別の電話からかけているのだろう。持ち前の陽気さが感じられた。

オーケイ。金曜の八時でどうだね、デイヴィッド。

おふたりとも来られますか、イワン？

もちろんだ。家内といっしょにおじゃまするよ。

それはよかった、イワン。では、八時に。奥様にもよろしく。

☆

一日じゅう、ロンドンからやってきた音響技術者がわが家のリビングルームの配線をいじり、家内は壁の塗装の傷を気にしていた。約束の時間になると、窓に黒いフィルムを貼った、運転手つきの巨大なジル社のリムジンが私道にゆっくりと入ってきて、停まった。後部座席のドアが開き、まるで自作映画のなかのアルフレッド・ヒッチコックのように、まずイワンが尻から現われ、次に人ほどの大きさのチェロが出てきた。あとは誰も出てこない。結局ひとりで来たのだろうか。いや、ちがった。反対側の後部ドアも開いている。私のいるポーチからはよく見えない。セーロフ夫人を初めて見ることになるかと思いきや、出てきたのは夫人ではない。背が高くて軽やかな身ごなしの男で、黒いシングルのスーツをぴしっと着こなしている。

「こちらはドミトリー」セーロフが戸口で言う。「妻の代わりに来た」

ドミトリーも音楽が大好きだと言う。

セーロフは酒をたしなむらしく、食事のまえに出したものはすべて飲み、皿いっぱいのカナッペをたいらげると、チェロでモーツァルトの序曲を演奏した。私たちは拍手をしたが、ドミトリーの拍手がいちばん大きかった。セーロフは鹿肉に舌鼓を打ち、食事のあいだじゅう、芸術、宇宙旅行、世界平和の推進に対するソ連の貢献についてわれわれの蒙《もう》を啓《ひら》いた。

そして食事が終わると、むずかしいストラヴィンスキーの曲を演奏した。私たちはふたたび拍手した。やはりドミトリーの拍手がいちばん大きい。十時になるとジルのリムジンがやってきて、イワンはチェロを抱え、ドミトリーをしたがえて辞去した。

数週間後、イワンはモスクワに呼び戻された。私は最後まで彼のファイルの閲覧を認められなかったので、イワンがＫＧＢ（国家保安委員会）だったのか、ＧＲＵ（軍参謀本部情報総局）だったのか、あるいはセーロフが本名かどうかもわからなかった。私のなかでは、いまも彼は〝セーロフ文化担当官〟であり、折あらば西側にふらっと足を延ばしたくなるほど芸術を愛する陽気な人物だ。ひょっとすると、本気で西側に亡命する気はなかったにもかかわらず、そう見られるようなサインをいくつか送ってしまったのかもしれない。彼がＫＧＢかＧＲＵで働いていたことはまずまちがいない。でなければ、あそこまで行動の自由が認められるはずがないからだ。〝文化担当〟は〝スパイ〟と読む。つまり彼も、愛国心と、より自由な生活という叶うことのない夢の狭間で苦しんだ、ひとりのロシア人だったということだ。

　彼は私を同じようなスパイだと思っただろうか。もうひとりのシュルツだと。ＫＧＢがきちんと宿題をしていたなら、私の正体を知らないわけはない。私は外交官試験を受けたことがなく、政治担当の外交官の社交能力を査定すると言われる田舎《いなか》の屋敷での催し物に参加したこともなかった。外務省のキャリア組ではないし、ホワイトホールにある本省内を見たこともなかった。どこからともなくボンにやってきて、ドイツ語をぺらぺらと不作法に話していた。

それでも私がスパイに見えないなら、目ざとい外務省職員の妻たちに訊いてみるといい。みなKGBの調査員と同じくらい、夫の昇進や叙勲や最終的な爵位のライバルたちに目を光らせているが、私の履歴をひと目見るや気にかけなくなった。私は家族ではなく〝友人〟だった。立派なイギリス外務省職員は、不本意ながら組織の頭数に入れなければならないスパイをそう表現する。

8 遺産

二〇〇三年。夜明けとともに、運転手のついた防弾仕様のメルセデスがミュンヘンのホテルで私を拾い、十キロほどの道のりを経てバイエルン州のプラッハという心地よい町まで送り届ける。この町の産業は、衰退しつつある醸造と、永遠に続くスパイ活動だ。私が訪れたのは、時のBND（連邦情報局）長官、アウグスト・ハニング博士と、朝食を兼ねた会談をおこなうためだ。会談には局の高官数名も同席する。車は厳重に警備された門を通り、木々のうしろに半分隠れ、カモフラージュ用のネットのかかった低い建物をいくつか通りすぎて、ドイツ南部より北部に似合いそうな白いカントリーハウスのまえに停まる。ハニング博士は戸口に立って待っている。少し時間があるので、なかをひとまわりしてみますか？　ありがとうございます、ドクトル・ハニング。ぜひお願いします。

三十年以上前に外交官としてボンとハンブルクに駐在していたころ、BNDに知り合いはいなかった。私は業界用語で言えば〝公表〟されておらず、まして有名なBND本部に入る機会もなかった。しかし、ベルリンの壁が崩壊し――どんな諜報機関にとっても寝耳に水の出来事だった――ボンのイギリス大使館が驚きながらも、荷物をまとめてベルリンに引っ越さざるをえなくなると、当時の大使は、勇敢にも私をボンでの祝賀会に招いてくれた。それまでに私は、イギリス大使館にもボンの暫定《ざんてい》政府にも容赦のない『ドイツの小さな町』という小説を書いていたのだ。極度に右傾化した西ドイツを舞台に――それ自体は誤った前提だったが――イギリスの外交官と西ドイツの役人たちの企てた陰謀が、不都合な真実を暴こうとしたイギリス大使館員の死を招くという筋立てだった。

したがって、私が旧大使館の幕引きや新大使館のこけら落としにふさわしい人物であるとは、誰も夢想だにしていなかったはずだが、極めつきの文化人である大使はそう考えなかった。式典の締めくくりに私の愉《たの》しい挨拶《あいさつ》(だったらいいのだが)を持ってくるだけでは飽き足らず、ライン川のほとりの公邸に、私が小説でこきおろした登場人物に対応するドイツの現実の高官たちを招待し、豪華な食事の対価として、ひとりずつ小説内の人物に模したスピーチを要求した。

そのとき、アウグスト・ハニング博士は、私の登場人物のなかでもっとも魅力のない男に扮して、堂々と、才気縦横にその難局を乗りきったのだった。私は彼の態度に敬服し、感謝した。

☆

それから十年以上がたち、私たちはプラッハで再会する。ドイツも完全に統合され、ハニングは立派な白堊《はくあ》の邸宅の戸口で私を待っている。私はこの家に来たことはないが、ほかの人々と同様、最低限のBNDの歴史は知っている。東部戦線でヒトラーの軍諜報担当の責任者を務めたラインハルト・ゲーレンが、終戦間際のどこかの時点で、ソ連に関する貴重な資料をバイエルンに運んで埋め、アメリカのCIAの前身であるOSS（戦略事務局）と取引した。資料と部下および自分の身柄をアメリカに引き渡し、その代わりにアメリカの指揮下で反ソ連の諜報活動組織を率いることになったのだ。のちに〝ゲーレン機関〟、内部ではたんに〝機関〟と呼ばれる組織である。

とはいえ、そこまでには、一種の求愛行動も含めていくつかの段階があった。一九四五年、身分的にまだアメリカの捕虜だったゲーレンがワシントンに飛ぶ。アメリカのスパイの元締めでCIAの創設者であるアレン・ダレスが彼のことをひととおり調べ、気に入る。ゲーレンはもてなされ、おだてられ、野球の試合にも連れていかれるが、無口でよそよそしい態度を貫く。スパイの世界では、これがあまりにも安易に、計り知れない人間性の深みと見なされる。さらに、ロシアで総統のためにスパイ活動をしていたあいだ、ゲーレンはソ連の計略に引っかかり、集めた文書はほとんど無価値だったのだが、そのことには誰も気づかないか、見て見ぬふりをしている。とにかく新しい戦争が始まっていて、ゲーレンはこちらの味方だ。一九四六年、おそらく捕虜でなくなっていたゲーレンは、CIAの保護のもと、西ドイツで生まれたばかりの国外諜報機関の長官に就任する。組織の中核となったのはナチス時代の同僚たちだ。都合のいい健忘症によって、過去はもう歴史になっている。

ダレスと西側の同盟者たちは、過去または現在のナチス党員が当然のごとく反共産主義であると勝手に決めつけていたが、もちろんこれは大いなる自己欺瞞《ぎまん》だった。暗い過去を持つ者が脅迫の恰好《かっこう》の標的になることは、小学生にもわかる。そこに軍事的敗北に対してくすぶりつづける恨みや、傷ついたプライド、ドレスデンを初めとして愛する町を集中爆撃で破壊した連合国への怒りが加われば、KGBやシュタージ（東ドイツ国家公安省）にとって願ったり叶ったりの人材ができあがる。

ハインツ・フェルフェ事件がいい例だ。一九六一年、ついに逮捕されたドレスデン出身のフェルフェは――私はそのときたまたまボンにいた――ナチス親衛隊保安部、イギリスのMI6、東ドイツのシュタージ、ソ連のKGBという順番で、次々と主《あるじ》を替えてスパイ活動をしていた。そう、もちろんBNDでも働き、ソ連諜報機関との追いつ追われつのゲームですぐれた功績をあげるプレイヤーだった。それもそのはず、ソ連や東ドイツにいる黒幕は、ゲーレン機関内にいる花形スパイが暴いて手柄にできるように、管理下の不要な諜報員を惜しみなく差し出していたのだ。ソ連の黒幕にとってフェルフェはあまりにも貴重な人材だったので、東ドイツに専門のKGBの出先を設けてフェルフェを管理し、持ちこまれる情報を処理し、BND内での彼の地位をますます高める仕事に当たらせていたほどだった。フェルフェは、ゲーレン機関が連邦情報局《ブンデスナハリッヒテンディーンスト》という立派な名称を得た一九五六年には、同じドレスデン出身でBND幹部であるクレメンスと共謀して、ソ連にBNDの全戦力に関する情報を渡していた。そのなかには外国で秘密裡に活動している九十七名の諜報員の身元も含まれていた。これはグランドスラム級の成果にちがいない。しかし、気取り屋で夢想家のゲーレンは一九六八年までなんの手も打たず、その年の終わりには、東ドイツにいるゲーレンの諜報員の九十パーセントがシュタージのために働き、プラッハでは彼の親族が十六人、BNDで働いていた。

スパイほど知らないうちにごっそり腐りやすい集団はないし、あれほど任務を器用にいつまでも引き延ばす連中もいない。彼らは誰よりもうまく全知のイメージを作り出し、その裏に隠れ、巧みに一流のふりをして、ろくに価値はないのに、入手方法のいかがわしさから価値がありそうに見える二流の情報に最高の報酬を払わせる。控えめに言っても、これらはみなBNDだけに当てはまることではない。

☆

プラッハの私たちには少し時間があり、主人はややイギリスふうの立派なカントリーハウスを案内してくれる。堂々たる会議室にはつやつやした長机が置かれ、二十世紀の風景画が飾られている。窓の外の気持ちのいい庭園では、歓喜力行団《かんきりっこうだん》（ナチス政権下で旅行やスポーツなどの余暇活動を提供した組織）の少年少女の像が台座で勇ましいポーズをとっている。私はおそらく彼の期待どおり、大いに感心する。

「ドクトル・ハニング、じつにすばらしいところですね」私は礼儀正しく言う。

それに対して、ハニングはあるかなきかの笑みを浮かべて答える。「そうですね。マルティン・ボルマン（ヒトラーの側近、個人秘書で、のちに官房長になった）はじつに趣味がよかった」

私は彼のあとについて石造りの急な階段を長々とおり、マルティン・ボルマン版の総統地下壕にたどり着く。ベッド、電話、トイレ、換気ポンプなど、ヒトラーにもっとも愛された部下が生き延びるのに必要なものがすべてそろっている。呆気《あっけ》にとられてまわりを見ていると、ハニングは同じ苦笑を浮かべ、これらはみな正式な歴史記念物としてバイエルン州法で保護されていると請け合う。

一九四七年にゲーレンが連れてこられたのはここだったのだ、と私は思う。この家で、ゲーレンは食べ物や清潔な寝具、ナチス時代の書類、索引カード、ナチス時代の部下を得たのだ。その間、さまざまなナチ・ハンターの集団がマルティン・ボルマンを探しまわり、世界はベルゼン、ダッハウ、ブーヘンヴァルト、アウシュヴィッツなどでの筆舌に尽くしがたい恐怖を受け止めようとしていた。しばらくボルマンが使うことのないこの田舎《いなか》の邸宅が、ラインハルト・ゲーレンとナチスの秘密警察に与えられた。ヒトラーのたいして優秀でもないスパイ組織のリーダーであり、怒れるソ連から逃げていた男は、またたく間に新たな親友となった勝者アメリカに気に入られ、甘やかされた。

まあ、私くらいの年齢の者はあまり驚きを見せるべきではなかったのかもしれない。主人の笑みもそれを物語っている。私自身もこの職業についていたのではなかったか。私がかつて所属した組織も、一九三九年まで積極的にゲシュタポと秘密情報をやりとりし、ムアンマル・カダフィ政権の最後の日までリビアの秘密警察長官と友好関係を維持していたのではなかったか。妊婦も含めてカダフィの政敵をトリポリに移送、監禁し、あらゆる技術を駆使して尋問するほど親密な関係だったではないか。

長い石段をのぼって、朝食を兼ねた会談に向かう時間となる。階段の上は玄関ホールだった気がするが、もはや定かではない。プラッハの名士の栄誉を称《たた》えている壁だろう、そこからふたつの過去の顔が私に目配せしてくる。ひとりは一九三五年から四四年までヒトラーの国防軍情報部長だったヴィルヘルム・カナリス海軍大将。そしてもうひとりはわれらが友人、BND初代局長のラインハルト・ゲーレンだ。カナリスは根っからのナチス党員だったが、ヒトラーに心酔してはおらず、裏でドイツの右派抵抗組織と連携していた。一方でイギリスの諜報機関とも手を組み、戦時中も散発的に連絡をとり合っていたが、一九四五年に裏切りが露見し、親衛隊によって即座に裁判にかけられ、処刑された。ある意味で勇敢だがとらえどころのない英雄で、明らかに反ユダヤ主義ではなく、国の指導部に対する裏切り者だった。ゲーレンも同じく戦時中の裏切り者であり、歴史の冷静な光で彼を見ると、狡猾《こうかつ》さ、口先のうまさ、みずからを欺《あざむ》く詐欺師的な力以上に感心できるものを見つけるのはむずかしい。

これだけなのだろうか、と私は訝《いぶか》る。この不快なふたつの顔だけなのか？　眼を輝かせて入ってくる新入局員にBNDが提供できる過去のロールモデルは、この難のあるふたりだけなのだろうか。イギリスで諜報の世界に入ってくる新人たちのために用意された、贅沢《ぜいたく》な布陣を見るがいい！　あらゆるスパイ組織は自己を神話化するものだが、イギリスのそれはレベルがちがう。冷戦期にKGBに出し抜かれ、ほぼあらゆる機会に侵入を許していた失態については忘れて、第二次大戦のころに戻るのだ。テレビとタブロイド紙の言説を信じるなら、諜報機関がいちばんの国の誇りだったあの時期に。ブレッチリー・パークで働いていた輝ける暗号解読者たちを見よ！　巧妙な二重スパイシステム、偉大なDディ上陸作戦、大胆に敵戦線の背後を突くSOE（特殊作戦執行部）の無線通信者や破壊活動家を！　まえを進む錚々《そうそう》たる英雄たちを見て、新人もMI6の過去に感銘を受けずにいられようか。

何よりも、われわれは勝利した。歴史を書くのはわれわれだ。

だが、どれほど神格化されようと、哀れなBNDには、新入局員に誇れる心温まる伝統はない。たとえば、国防軍情報部《アプヴェーア》の〝北極作戦〟、またの名を〝イングランド・ゲーム〟を声高に語ることはできない。三年にわたってイギリスのSOEを欺きつづけたこの作戦のせいで、イギリスは五十名の勇敢なオランダ人諜報員を占領下のオランダに送りこみ、死かそれよりひどい目に遭わせることになった。ドイツは暗号解読分野でも大きな成果をあげたが、結局それでどうなった？　フランスはリヨンのゲシュタポ治安責任者で、一九六六年にBNDの情報提供者となったクラウス・バルビーの確かな防諜技能を称えるわけにはいかない。連合国側は長いこと隠していたが、バルビーはレジスタンス運動のメンバーの拷問に個人的にかかわっていた。のちに終身刑を宣告され、その手で最悪の残虐行為をくり返していた国の獄中で死ぬ。ただ、そのまえにはCIAに雇われて、チェ・ゲバラを追いつめる作戦にも関与したという。

✫

　本書を執筆している現在、ハニング博士は個人で弁護士業を営んでいるが、ドイツにおける外国諜報機関の活動と、彼らがドイツの諜報機関と共謀ないし協力した可能性について調査している連邦議会の委員会から、猛攻撃を受けている。密室でおこなわれた聴取の例にもれず、この件も世間に知れ渡り、非難やあてつけ、出所の定かでないマスコミの説明が出まわっている。なかんずくセンセーショナルな訴えは、額面どおりには信じがたい――故意なのか、官僚的怠慢《たいまん》なのかはわからないが、二〇〇二年以来、BNDとその通信傍受部門が、アメリカのNSA（国家安全保障局）を支援してドイツの国民や団体を監視していたというのだ。

　これまでの証拠を見るかぎり、事実ではありえない。二〇〇二年に、BNDとNSAはドイツ国民を決して調査対象にしない旨《むね》合意し、それを担保するためにフィルター装置も導入している。つまり、その装置が機能しなかったのだろうか。装置の機能に問題がなかったとすれば、人為的または技術的ミスによるものだったのだろうか。あるいは、たんに時の経過による気のゆるみが原因だったのか。NSAは失敗に気づいていたが、BNDを煩《わずら》わせるまでもないと判断したのかもしれない。

　私よりはるかに連邦議会にくわしい関係者によれば、委員会での討議の結果、首相府はBNDを監督する法律上の義務を果たしておらず、BNDも内部での監督を十全におこなえず、アメリカの諜報機関とのあいだに協力関係はあったが共謀はなかった、という結論に至る可能性がもっとも高いという。そして本書が出版されるころには、事態はさらに複雑で不明瞭になり、歴史以外に責任を負わせる相手もいない状況になっているだろう。

つまるところ、名指しできる犯人は歴史だけなのかもしれない。戦後まもなく、生まれたばかりの西ドイツにアメリカの通信傍受組織が初めて網を広げた際に、アデナウアーの未熟な政府はなんであれ言われたとおりにしたが、そもそもわずかなことしか言われなかった。この関係は時とともに変わったにせよ、上辺《うわべ》だけで、NSAは依然として自由にスパイ活動を続け、BNDの監督もなかった。つまり当初からドイツ国内で動くものすべてが監視対象にならなかったと想像するほうがむずかしいのだ。スパイがスパイ活動をするのは、それが可能だからだ。

BNDがどこかでNSAに影響力を発揮したと考えるのは現実的ではないだろう。少なくとも、NSAがドイツやヨーロッパの監視対象を選び出すことに関与できたはずはない。現在、NSAが発しているメッセージは明確だ。自国のテロの脅威について教えてもらいたいなら、黙ってわれわれにしたがえ、ということだ。

スノーデンによる暴露事件を受けて、イギリスも当然似たような聴取をおこない、似たような無様《ぶざま》な結論に達した。アメリカが自国内では法律で禁止していることを、イギリスの通信傍受組織がアメリカのためにおこなっていたという、似たようなばつの悪い事態に直面したのだ。しかし、あれだけの騒動になったにもかかわらず、イギリス国民は相変わらず秘密から引き離され、甘やかされたメディアからプライバシーの侵害には目をつぶれとうながされている。法律が犯されると、それを受け入れるようにあわてて教育がなされる。抗議に立ち上がると、右翼メディアにつぶされる。アメリカに従順でなくなると、何様になるつもりだと諭《さと》される。

それに対して、一世代でファシズムと共産主義を経験したドイツでは、正直な国民に対する国のスパイ行為は軽く見られない。まして同盟国であるはずの超大国に言われるがまま、その国を利するためにやったとなると大ごとだ。イギリスでは〝特別な関係〟で通るものが、ドイツでは裏切りになる。それでもいまは激動期だから、この本が出版されるころでもまだ明確な結論は出ていないと推測する。ドイツ連邦議会はさらに声を大にして広範なテロ対策の必要性を訴え、不安に駆られたドイツ国民は、保護者の手に嚙《か》みつくべきではないという助言にしたがうだろう。ときにその手があちこち動きまわるとしても。

しかし、あらゆる予想をくつがえして最悪の事態が生じた場合、どんな慰めのことばをかければいいのか。生い立ちに複雑な事情のある者はみなそうだが、BNDも自分たちが何者かわからなかった、ということぐらいだろうか。強すぎる諜報機関との協力関係には、いちばん順調なときでさえ困難がともなう。相手がこちらを地面に立たせ、おむつを替え、小遣いを与え、宿題を手伝い、行くべき道を示してくれた国ならなおさらだ。親同然のその国が一定の外交政策をスパイ活動に頼っているとなれば、さらにむずかしくなる。近年のアメリカには、とりわけそういう傾向がある。

9　無実の男ムラット・クルナズ

私はドイツ北部のブレーメンで、学校の運動場を見おろすホテルの寝室にいる。二〇〇六年のことだ。ブレーメンで生まれ育ち、教育を受けたトルコ系ドイツ人のムラット・クルナズは、五年間グアンタナモ収容所に監禁され、解放されたばかりだった。グアンタナモのまえには、パキスタンで逮捕され、三千ドルでアメリカに売られて、アフガニスタンのカンダハルで二カ月間、アメリカ人から電気ショック、殴打、水責め、吊り下げなどの拷問を受け、強靭《きょうじん》な肉体を持つ彼が死にかけたほどだった。しかし、グアンタナモに収容されて一年後、アメリカとドイツの尋問官――BNDから二名、別のドイツの国内保安機関から一名が参加――は、クルナズが無害な人物で、ドイツやアメリカ、イスラエルにとって危険な人物ではないと結論づけたのだ。

しかし、ここに私が納得も説明もできないし、まして当否を判断することもできない矛盾がある。私がクルナズと知り合ったとき、ともにボンで大使の食卓に招かれ、プラッハでは私をもてなしてくれたハニング博士がクルナズの運命にかかわっているとは夢にも思わなかったのだ。かかわるどころか、重大な影響を及ぼしていた。わずか数週間前におこなわれたドイツの最上級官僚や諜報機関の長が集まる会合で、BND長官のハニングは、どうやら部下の職員の提案をはねつけて、クルナズの帰還に反対したようだった。クルナズに行き場があるとすれば、本来いるべきトルコだけだ、と。さらにひどいことに、クルナズがかつてテロリストでなかったとは信じがたいし、今後テロリストにならないともかぎらないとも言ったようだった。

クルナズがまだグアンタナモに収容されていた二〇〇四年、ブレーメン州の警察と保安機関は、彼が居住許可を更新しておらず、期限が切れているので、今後、母親のいるドイツの国籍を抹消すると発表した。だが、グアンタナモの牢獄でペンやインク、切手や便箋《びんせん》は手に入らないだろうから、更新手続きなど無理な話である。

裁判所がブレーメン州の命令をはっきり無効としたにもかかわらず、ハニングはその日まで態度を変えていなかった。

しかし、六十数年前の冷戦期を振り返ると、私自身もハニングよりずっと慎《つつ》ましい立場ではあったものの、良かれ悪しかれなんらかのカテゴリーに分類された人々――元共産主義者、共産主義のひそかな同調者、隠れ党員、その他――に判断を下さなければならず、同じような苦境に立っていたのだ。一見すると、クルナズという若者の書類にはチェックがたくさんつく。ブレーメンで原理主義を広めるモスクに通《かよ》っていたし、パキスタンに向かうまえにひげを伸ばし、両親にもっとコーランに忠実であれと説教したあげく、彼らにも告げずにこっそり出国した。幸先のいいスタートではない。母親は心配して警察に駆けこみ、息子がアブ

・バクル・モスクで過激化し、ジハード主義者の本を読んで、チェチェンかパキスタンで聖戦をする気だと訴えた。ブレーメンに住むほかのトルコ人も、動機はなんであれ、同じ話をした。それもうなずける。彼らのコミュニティは疑念や失望、相互非難で引き裂かれていた。ツインタワーへの攻撃は、ハンブルクの同じ通りで同じイスラム教徒が企てたのではなかったか？ クルナズ自身は、パキスタンを訪れた目的はたんにイスラム教の教育を受けるためだったと一貫して主張していた。資料にチェックが入ったからといって、テロリストが生まれるわけではないことは、歴史が証明している。クルナズは犯罪とは無縁だったにもかかわらず、言語に絶する苦痛を与えられた。しかし、あのころの私が眼のまえにチェック入りの資料を突きつけられ、あの恐怖のなかに置かれたとしたら、あわててクルナズの救援に駆けつけるとはとても思えない。

☆

ブレーメンの快適なホテルの一室に坐り、コーヒーを飲みながら、私はクルナズに、どうやってまわりの懲罰房の囚人と連絡をとり合ったのかと尋ねる。もちろんそういう行為は禁じられていて、見つかればその場で殴られ、身のまわりのものを取り上げられる。とりわけクルナズは頑固で大柄だったから、罰せられることも多かった。立つことも坐ることもできない大きさの檻《おり》のなかに毎日二十三時間入れられて、さぞ窮屈な思いをしたにちがいない。気をつけなければいけません、とクルナズは少し考えたあとで言う。私は彼の沈黙に慣れてきた。看守だけでなく、ほかの囚人にもです。なぜここに来たのかと訊いてはいけません。アルカイダかと尋ねてもいけない。でも、昼も夜もすぐそこにほかの囚人がいるのだから、遅かれ早かれ話したくなって当然でしょう。

まず独房に小さな洗面台があり、それが最初の連絡手段になった。あらかじめ決めた時間に洗面台を使うのをやめ、排水口に向かって囁《ささや》くのだ。ことばは聞き取れないが、まとまった音が響くだけで一体感を得られる。クルナズは、時間を取り決めた方法については話そうとしなかった。仲間の敵性戦闘員の多くが、まだグアンタナモにいるからだ。*

次の連絡手段になったのが、食事を入れる小窓から古いパンとともに渡される発泡スチロールのスープカップだった。スープを飲んだあと、親指の先ほど縁を壊して取っておき、看守が気にかけないことを祈る。そして、このために伸ばしておいた爪でコーランのことばをアラビア語で彫りこむ。少し残したパンを噛《か》んで小さく丸め、固めておく。囚人服から糸を一本抜き取り、片方の端を丸めたパンに、もう片方を発泡スチロールの板に巻きつける。パンをおもりにして、鉄格子越しに隣の房に投げると、そこの囚人が糸を引っ張って板を手にするという寸法だ。

そのうち返事が来る。

グアンタナモのあいまいな法的基準に照らしてさえ無実であり、五年間も誤って収容され

＊　本書の出版時点で八十名の囚人がいて、約半分が解放される予定になっている。

ていたクルナズがようやく帰国することになったとき、専用機でドイツのラムシュタイン空軍基地まで送られたのも当然だろう。この旅では、清潔な下着とジーンズ、白いTシャツが与えられ、さらに十名のアメリカ軍兵士が機上で彼の世話をした。ドイツ当局への引き渡しの際に、アメリカの将校がこの先使えるようにと簡易型の手錠を渡そうとしたが、それにドイツの将校は次のように答え、永遠に称《たた》えられることになった。

「彼はなんの罪も犯していない。ここドイツでは自由の身だ」

☆

けれども、アウグスト・ハニングの見方はちがった。

二〇〇二年、ハニングはクルナズをドイツの安全を脅かす存在だと非難した。以来、なぜハニングがドイツとアメリカの尋問の結果を無視してきたのかは、私が知るかぎり説明されていない。さらに五年後の二〇〇七年、内務省の諜報の最高権威となっていたハニングは、引きつづきクルナズのドイツ居住を認めないだけでなく(彼がドイツに戻ってきたことで、現在進行形の問題になっていた)、かつての直属の部下でクルナズの無実を宣言したBNDの尋問官たちを、越権行為だと厳しく批判した。

そして、遅ればせながら私がクルナズの応援に立つと、私がいまも尊敬するハニングは、同情する相手をまちがえていると穏やかにたしなめたが、理由は語らなかった。その理由が公《おおやけ》になったことも、クルナズの優秀な弁護士に知らされたことも結局なかったので、私としても彼の助言にはしたがえなかった。あるいは、もっと別の大きな理由があったのだろうか。そう信じたくもなる。クルナズを悪人扱いすることに、なんらかの政治的な必然性があったのか。高潔な人物であるハニングは、悪役になる覚悟で何かを引き受けていたのだろうか。

少しまえ、クルナズは自己の体験を記した本*を宣伝するためにイギリスにやってきた。ドイツで好評を博したこの本はさまざまな言語に翻訳され、私も熱烈な推薦文を書いた。クルナズは各地をまわるまえにハムステッドのわが家を訪れ、人権問題が専門の勅選弁護士フィリップ・サンズから、急遽《きゅうきょ》ロンドンのユニヴァーシティ・コレッジ・スクールの生徒たちに話をするよう依頼された。引き受けた彼は、いつものように語った。シンプルに、慎重に、グアンタナモで学んだ流暢《りゅうちょう》な英語で。尋問官から学んだことも少なくないという。部屋いっぱいに集まったさまざまな宗教の、あるいは無宗教の生徒たちのまえで、クルナズは、生き残れたのはイスラム教の信仰があればこそだと話した。看守や拷問者を責めることはなかった。ドイツへの帰国に反対したハニングらの高官や政治家に触れないのも、いつもどおりだった。解放されるとき、看守たちにドイツの自宅の住所を知らせてきたとも言った。彼らが良心の呵責《かしゃく》に耐えられなくなったときのことを考えてだ。クルナズが感情をあらわにしたのは、残してきた囚人たちに対する義務を語ったときだけだった。自分は決して沈黙しない、

＊ パルグレイブ・マクミラン社から出版された *Five Years of my Life*（『私の人生の五年間』）。

グアンタナモに残された囚人がひとりでもいるかぎり、と言った。話が終わると、多くの生徒が握手を求めて殺到し、きちんと列を作らせなければならないほどだった。

私の小説『誰よりも狙われた男』には、ムラットと同じ年代で同じ宗教と経歴を持つ、ドイツ生まれのトルコ人が登場する。その男メリクも、犯してもいない罪のために同じような代償を払わされる。メリクの大きな体、話し方、態度は、ムラット・クルナズととてもよく似ている。

10　現地に出かける

コーンウォルにある私の書き物机は、崖っぷちに立つ石造りの小屋の屋根裏部屋に作りつけたものだ。晴れた七月の朝、眼のまえには滑稽《こっけい》なほど地中海ふうの青に輝く大西洋だけが広がる。細長いヨットがレガッタ競技のように並んで、穏やかな東風に帆を傾けている。わが家を訪れる友人たちは、その日の天気によって、ここに住むのはとんでもないと思うか、恵まれていると思うかだ。今日は恵まれている。この最果ての地の天気は、気分次第でいつでも攻撃してくる。数日にわたって嵐のような風が吹き荒れたかと思うと、突然やんで沈黙が訪れる。岬には一年のどの時期でも厚い雲のような霧が居坐って、どれだけ雨が降っても動こうとしないことがある。

数百メートル内陸に行くと、ボスコーエン・ローズという美しい名の古い農場があって、隣の荒れ果てた小屋にメンフクロウの家族が住んでいる。一家が勢ぞろいしたところは、私も一度しか見たことがない。壊れた窓枠に成鳥二羽と幼鳥四羽が並んでいたのだが、とても家族写真を撮る時間はなかった。以来、私がつき合っているのは一羽の大人だけだ。とはいえ、こちらが勝手にそう思っているだけで、じつは子供の一羽かもしれない。もうとっくに成鳥になっているはずだから。ともかく父親と見なすことにしたこのフクロウと、私は秘密を共有している。彼はわが家の西側の窓をかすめて飛んでいくまえに、理解を超えたなんらかの方法で到来を告げるのだ。私は原稿の執筆に集中し、現実世界のことは忘れている――そうありたい――が、窓の下の地面を彼の金白色の影が横切るのを見逃すことは決してない。私の知るかぎり、彼に天敵はいない。カラスもハヤブサも、彼と揉《も》め事を起こそうとは思わないようだ。

このメンフクロウは、われわれ人間のスパイから見て神業に思えるほど、監視をかいくぐるのもうまい。海に落ちる断崖の草地の五十センチほど上を飛んで、無防備な野ネズミを見つけては襲いかかるのだが、私が少しでも顔を上げようと思うが早いか、作戦を中断して絶壁の向こうに消える。夜になって運がよければ、彼は私のことを忘れ、牛乳と蜂蜜の色の羽先だけを揺らしてまた飛んでくる。そのときには、私は決して顔を上げまいと心に決めている。

☆

一九七四年のある晴れた春の日、香港に到着した私は、香港島と本土の九龍《カオルーン》地区がいつの間にか海底トンネルでつながっていたことを知った。ちょうど校正をすませた『ティンカー、テイラー、ソルジャー、スパイ』を返送したばかりで、完成版が印刷されるのも間近だった。この本の魅力のひとつと考えていたのが、スターフェリーを使った九龍と香港島のあいだの追跡劇だった。永遠に恥ずべきことだが、私は原稿をコーンウォルで、古いガイドブックを参考にして書いていた。そして、その代償を払わされた。

ホテルにはファックス機があった。荷物のなかから表紙のついた仮綴じの校正刷りを探し出すと、深夜のロンドンにいる著作権エージェントに電話をかけ、出版社に印刷を止めるよう説得してほしいと頼みこんだ。アメリカ版はもう手遅れだろうか。エージェントは、確認してみるがその可能性は高いと言った。膝《ひざ》の上でメモをとりつつトンネルを何往復かしたあと、書き直した文章をロンドンに送り、行ったことのない場所は二度と小説の舞台にするまいと心に誓った。エージェントは正しかった。アメリカ向けの初版には手遅れだった。

だが、これで得た教訓は調査に関することだけではなかった。自分が怠惰《たいだ》な中年期をすごし、過去の経験という財産を食いつぶしていること、そしてそれも底をつきかけていることを思い知らされたのだ。そろそろ未知の世界にくり出すべきときではないのか。グレアム・グリーンのことばが耳の奥で響いた。人の苦しみを伝えたいなら、それを経験する義務がある――そういう趣旨だった。

トンネルが悪いのか、あとで気づいた私が悪いのかという点は重要ではない。ひとつ確かなのは、このトンネルの一件以来、私がバックパックを背負い、ドイツロマン主義のさすらい人の伝統よろしく、経験の旅に乗り出したことだ。まずはカンボジアとベトナム、それからイスラエル、パレスチナ、ロシア、中米、ケニア、東コンゴ。こうした旅はかれこれ四十年以上続いているが、始まりは香港だったといつも思っている。

ほどなく私は、運よくディヴィッド（H・D・S）・グリーンウェイと知り合った。のちに私の山小屋からパスポートも持たずに飛び出し、氷に覆《おお》われた道を駆けおりて、プノンペンを脱出する最後のアメリカ人となる人物だ。グリーンウェイは《ワシントン・ポスト》紙のために紛争地域を取材してひと旗あげようとしていた。あなたもいっしょに行きませんか？　四十八時間後、私は彼と小さな塹壕《ざんごう》に横たわり、心底怯《おび》えて、メコン川対岸に陣取るクメール・ルージュの狙撃手たちをうかがい見ていた。

それまで銃で狙われたことなどなかった。足を踏み入れた場所では、従軍記者だろうと、ふつうの人々だろうと、まわりの誰もが自分より勇敢に見えた。街を完全に包囲され、数キロ先にクメール・ルージュの戦闘員がいて、昼夜を問わずいつでも爆撃されるおそれがあり、アメリカの支援を受けたロン・ノル派の軍隊は無力だとわかっていても、人々はふだんどおりの生活を続けていた。私にはあらゆることが初体験で、彼らは環境に慣れていたというのは事実だ。長く危険と隣り合わせで生きていると、慣れてしまう——あるいは、怖ろしいことに、その中毒にすらなってしまう——のかもしれない。その後ベイルートで、私もそれを信じそうになった。信じてしまわなかったのは、たんに人間同士が争うのは必然であるということを受け入れられない性質《たち》だからかもしれない。

人それぞれに勇気の大きさがあり、それはつねに主観で変わる。自分の勇気の限界がどこにあって、いつどのように訪れるのかを誰もが知りたがり、己の能力を他人と比べたがる。私の場合、勇気らしきものを発揮できるのは、対極にある天性の臆病さを抑えこめたときにかぎられるということしかわからない。たいていそれは、まわりの人たちが私のふだんの想定を超える勇気を見せてくれたとき、彼らの行動を見て私も勇気を借りられたときだ。旅行中に出会ったそういう人々のなかでもっとも勇敢だったのは――もっともクレイジーだったという意見もあるが、私はそれに与《くみ》しない――フランスのメスという地方都市出身の小柄な実業家、イヴェット・ピエルパオリだ。彼女のパートナーはクルトというスイス人の元船長で、ふたりはプノンペンでいつ倒産してもおかしくない輸入業を営んでいた。古い単発機と多彩なパイロットのチームを使って、ポル・ポト派の支配する危険なジャングルを越えて町から町へと飛び、食料や医薬品を運んだり、病気の子供を比較的安全なプノンペンに送り届けたりしていた。

クメール・ルージュがいっそう厳しくプノンペンに迫り、避難民の家族が四方八方から殺到し、砲弾がところかまわず飛び交い、自動車爆弾による被害も増えていたなかで、イヴェット・ピエルパオリは本物の使命に目覚めた――危機的な状況に置かれた子供たちを救うことだ。中国人やほかのアジア人からなるパイロットたちは、会社のためにタイプライターやファックス機を運ぶことには慣れていたが、ポル・ポトのクメール・ルージュの手に落ちようとしている田舎町《いなかまち》から子供や母親を救い出す任務につくようになった。

言うまでもなく、パイロットはみなパートタイムの聖人だった。CIAが設立した航空会社エア・アメリカで働いていた者もいれば、アヘンを運んでいた者もいて、大半はどちらも経験していた。病気の子供のクッションになったのは、パイリンの町で現金購入したアヘンの材料の芥子《けし》や、いくらか貴重な宝石を入れたカバンだった。私が乗った飛行機のパイロットは、モルヒネでハイになりすぎて自力で着陸できなくなったらどうすればいいか、さも愉《たの》しげに説明してくれた。そのときの取材にもとづいて書いた『スクールボーイ閣下』という本で、私は彼をチャーリー・マーシャルと名づけた。

プノンペンで、怖れ知らずのイヴェットは、安全な住まいと希望を失った子供に、その両方を与えつづけた。私が初めて戦争の死傷者を見たのは、彼女といっしょにいたときだった。死んだ血だらけのカンボジア人兵士がトラックの荷台に積み上げられていた。裸足だったのは、誰かが靴を盗んだからだろう。むろん戦場に持ちこんでいた預金通帳、腕時計、小銭などといっしょにだ。トラックが駐まっている横には砲台が並び、どこを狙うでもなくジャングルに向けて砲撃していた。そのまわりを、爆音で一時的に耳が遠くなった小さな子供たちが当惑して歩き、子供のまわりには、夫がジャングルで戦っている若い母親たちが坐っていた。みな夫の帰りを待っているが、もし帰ってこなくても上官がそれを報告せずに、行方不明者の給料を着服することはわかっていた。

イヴェットは微笑み、手を合わせてお辞儀《じぎ》をすると、母親たちに混じって坐り、子供を呼び集めた。砲声が轟《とどろ》くなかでいったい何を言ったのだろうか。次の瞬間、子供も母親も笑いはじめた。砲台についた男たちさえ笑っていた。街に戻ると、埃《ほこり》だらけの舗道《ほどう》に小さな子供たちが坐りこみ、すぐ隣に一リットル壜《びん》が立ち並んでいた。壜には壊れた車の燃料タンクから彼らがくすねてきたガソリンが入っている。爆弾が炸裂《さくれつ》すれば、ガソリンに引火して子供も焼死してしまう。自宅のバルコニーで爆発音を聞いたイヴェットは、ひどく小さな車に飛び乗って戦車のように操り、生存者を探して市街地の通りという通りをめぐるのだった。

✲

陥落前のプノンペンを私はさらに何度か訪ねた。最後にあの地をあとにしたときには、インド人の商店主と、人力車に乗った娘たちだけが居残り組になっていた。商人たちは、物資が不足すればするほど高く売れるから、そして娘たちは、どちらが勝とうが自分のサービスは必要だと無邪気に信じて。やがて彼らはクメール・ルージュに加わるか、戦場で何もかも奪われて死ぬ運命をたどった。私は当時のサイゴンからグレアム・グリーンに手紙を書いた。彼の『おとなしいアメリカ人』（田中西二郎訳、ハヤカワepi文庫）を読み直して、すばらしく説得力があったことを伝えたかったのだ。なんとその手紙は本人の手に渡り、返事も届いた。ぜひプノンペンの博物館に行って、クメールの王がかぶったダチョウの羽根つきの山高帽を愛《め》でなさいということだった。が、プノンペンにもはや山高帽はなく、博物館すらないと返事をしなければならなかった。

イヴェットは突拍子もない逸話《いつわ》を数多く残している。出所の怪しいのもあるが、ありえないような話も含めて大半は真実だ。私がいちばん気に入っている話は、イヴェット本人の口から聞いた。だから真実だという保証にはならないけれど、プノンペン陥落間際にクメール人の孤児たちを連れてフランス領事館へ行き、全員のパスポートを申請したときのことだ。

「ですが、誰の子供ですか」彼らに取り囲まれた領事館の職員は抵抗した。

「わたしの子供よ。わたしが母親」

「といっても、みな同い年じゃありませんか！」

「馬鹿ね、たくさん四つ子がいるの！」

言い負かされたのか、はたまた共謀することを選んだのか、領事は子供たちの名前を要求した。イヴェットはフランス語ですらすらと答えていった。「月曜《ランディ》、火曜《マルディ》、水曜《メルクルディ》、木曜《ジュディ》、金曜《ヴァンドルディ》……」

✲

一九九九年四月、コソボ難民に関する活動中にイヴェット・ピエルパオリは事故死した。アルバニア人の運転手が山道で車のタイヤをすべらせ、数百メートル下の峡谷に転落したのだ。国際難民支援会のデイヴィッドとペニー・マッコール夫妻もいっしょだった。私の家内の多大な助力によって、イヴェットはみずから本を書き、*数カ国語に翻訳もされていた。英語版のタイトルは*Woman of a Thousand Children*（『千人の子供がいる女』）。彼女は六十一歳だった。そのころ私は『ナイロビの蜂』の取材でケニアの首都ナイロビにいた。この小説に登場する中心人物のひとりに、自力で窮地から抜け出せない人を助けるためならなんでもする女性がいる。小説で窮地に立たされるのは、臨床試験の実験台にされるアフリカの部族の女性たちだ。イヴェットもアフリカでさまざまな活動をおこなっていた。グアテマラでも、破滅の地となったコソボでも。小説の冒頭で、テッサというこの女性は死ぬ。私自身、テッサは死なせる覚悟だった。イヴェットと何度か旅をしたあとにも、彼女の運は長続きしないだろうと思った。子供のころイヴェットは強姦《ごうかん》され、虐待されて捨てられた。その後パリに逃げたが、極貧のあまり売春した。カンボジア人とのあいだに子ができたのがわかると、彼を探すためにプノンペンに行ったが、その男はすでに別の生活を送っていた。そしてバーで出会ったクルトが仕事のパートナーになり、人生のパートナーにもなった。

私が初めてイヴェットと会ったのは、包囲されたプノンペンのドイツ人外交官の家に行ったときだ。数百メートル先にロン・ノルの宮殿があり、そこから銃声が絶えず響いてくるなかでのディナーだった。イヴェットはクルトといっしょだった。彼らの商社は〈スイシンド〉という名称で、プノンペンの中心街にある古い木造家屋を営業拠点にしていた。茶色の眼で三十代後半のイヴェットは活発でたくましいが、ときに傷つきやすく騒々《ばとう》しい女性にもなり、どちらか一方に長くとどまることはない。腕を広げて遠慮なく人を罵倒することもあれば、心をとろけさせる笑みを投げかけることもあった。人をおだてたり、言いくるめたり、相手に合わせた方法で説得することもできるが、それもすべて大義があってのことだった。

その大義とは、方法も価格も気にせず、とにかく飢えた人に食料や金を、病人に医薬品を、家を失った人に住む場所を、国を失った人に必要な書類を与えることだとすぐにわかった。

＊　一九九二年にパリの出版社ロベール・ラフォンが出版した。

いちばん世俗的、実務的、現実的な手段で奇跡を起こすのだ。そのためなら、あらゆる策を弄《ろう》する恥知らずな実業家になることも厭《いと》わない。金はそれを必要としている人のために使ってこそ価値があるという揺るぎない信念を持っていて、イヴェットはとりわけそういう資金を貯めこんだ人物に立ち向かうときには手厳しかった。〈スイシンド〉は活動に必要な多額の収益をあげていたが、正面玄関から入ってきた金の大半は直接裏口から出ていき、イヴェットが執心する善良な目的のために使われていた。きわめて賢く辛抱強い男クルトは、それにただ微笑み、うなずいていた。

イヴェットに恋したあるスウェーデン人の援助団体職員が、個人所有するスウェーデン沖の島に彼女を招待したことがあった。すでにプノンペンは陥落し、バンコクに移っていたクルトとイヴェットは資金不足に悩んでいた。このスウェーデンの援助団体が数百万ドル分の米を買って、タイ国境のカンボジア難民に届ける契約を結ぶかどうかは際どいところだった。いちばんの競争相手は非情な中国商人で、イヴェットは、直感以上の証拠はないものの、その中国人が援助団体も難民もだまそうとしていると確信していた。

クルトに強く勧められたイヴェットは、件《くだん》のスウェーデンの島に向かった。ビーチハウスはまるで愛の巣のように設《しつら》えられていた。寝室にはアロマキャンドルが灯っていたという。イヴェットを愛人にしようと企む男は執拗《しつよう》だったが、彼女は少し我慢してと言った。まず、ロマンチックな砂浜を歩いてみない？　もちろん、きみのためなら何だってするよ！　外は凍えるほど寒かったので、ふたりとも厚着しなければならなかった。暗い砂丘を歩いているとき、イヴェットは子供のゲームをしようと誘った。

「じっと立って。そう。わたしのうしろに来て。もっと近く。そう。そうして。眼を閉じるから、手でわたしの眼を覆《おお》って。だいじょうぶ？　わたしも。じゃあ、何かひとつ質問して。どんな質問でもいいけど、ひとつだけね。その代わり、わたしはぜったい本当のことを答える。もし嘘を言ったら、あなたにはふさわしくないということ。どう？　やってみる？　よかった。じゃあ、質問は何？」

予想どおり、相手は彼女の肉体的な欲望について問う。彼女は答えるが、それはあからさまな嘘だ——荒れた海のまんなかにある誰もいない島の、すてきな香りが漂うベッドルームで、男らしくてハンサムなスウェーデンの男性と愛を交わすことよ。さあ、次は彼女が質問する番だ。くるりとうしろを向かせると、哀れな男が想像したより荒っぽく眼を覆い、耳元で叫ぶ。

「タイとカンボジアの国境にいる難民に千トンの米を届ける契約で、〈スイシンド〉と競争しているのはどこ？」

いま思えば、私は『ナイロビの蜂』を出版することでイヴェットの仕事を称《たた》えたかったのだ。いつだったか、最初に構想が浮かんだときからそう思っていたのかもしれない。彼女もわかっていたのではないだろうか。亡くなるまえも、亡くなったあとも、私の執筆をうながしたのはイヴェットの存在だった。そう聞けば彼女はきっとこう言うだろう——もちろんよ。

11　ジェリー・ウェスタビーとの遭遇

ロンドンはフリート街、樽がぎっしり並んだ一階のワインセラーで、ジョージ・スマイリーはピンク・ジンの大きなグラスを挟んで、ジェリー・ウェスタビーと坐っている――『ティンカー、テイラー、ソルジャー、スパイ』の一場面だ。明記されてはいないが、ピンク・ジンはジェリーのものだろう。一ページ先では、ジェリーがブラッディ・マリーを注文する。これはおそらくスマイリーのものだ。ジェリーは昔気質《かたぎ》のスポーツ特派員である。クリケットで州代表チームのウィケットキーパーを務める大男で、筋肉質の〝巨大〟な手、もじゃもじゃの茶色がかったグレーの髪、困ると真っ赤になる赤ら顔。クリーム色のシルクのシャツに、クリケットチームのネクタイ――どのチームかは書かれていない――を締めている。

ジェリー・ウェスタビーはベテランのスポーツ記者であることに加えて、イギリスの諜報員でもあり、スマイリーが働く世界に憧れている。さらに彼は完璧な証言者だ。悪意も反感も持たず、最高の秘密諜報員としてふるまう。正確な情報を提供し、解釈は情報部《サーカス》の分析担当官にゆだねる。そして愛情をこめて彼らを〝フクロウ〟と呼ぶ。

ジェリーはみずから選んだインド料理店で、スマイリーから丁寧な説明を受けながら、メニューのなかでいちばん辛いカレーを注文し、〝巨大〟と表現される手でパパドを砕いて振りかけると、激辛のチリと思われる真っ赤なソースをかけて食べはじめる。店主がこのソースを地下の秘密の場所に隠しているというのは、ジェリーのちょっとしたジョークだ。要するに、彼は照れ屋で、ぎこちなく、無邪気で愛敬のある男だ。恥ずかしくなると、本人の言う〝赤肌の先住民〟のことばをまねる癖がある。スマイリーに〝ハウ！〟と敬礼して〝自分の居留地へ帰っていく〟ほどだ。

場面終了。この小説でのジェリー・ウェスタビーの見せ場も終了する。ジェリーの仕事は、情報部《サーカス》のなかで〝モグラ（二重スパイ）〟と疑われたひとり、トビー・エスタヘイスについて、不穏な情報をスマイリーに渡すことだ。本当は嫌でたまらないのだが、自分の職務だというのはわかっている。ジェリー・ウェスタビーについて『ティンカー、テイラー、ソルジャー、スパイ』からわかるのはそれだけだ。私が知っていたのもそれだけだった――『スクールボーイ閣下』の取材旅行でジェリーを秘密の共有者として南アジアへ連れていくまでは。

もし小説のなかのジェリーについて、私が現実世界の誰かから多少なりとも着想を得たとすれば、それはおそらくゴードンという人物だ。貴族と遠いつながりのある上流階級からの流れ者で、その家の財産から彼を解放したのは私の父だった。しかしその後、彼は絶望のなかでみずから命を絶った。私の記憶にここまであざやかに残っているのは、たぶんそのせいだ。貴族の血を引いているので、名前に〝閣下《オノラブル》〟という馬鹿げた敬称がついていた。だから『ティンカー、テイラー、ソルジャー、スパイ』でも、わがジェリーに〝閣下〟の敬称を進呈したのだが、彼はどう説得されようとそれを使うことはないだろう。『スクールボーイ閣下』での役まわりについては、まあ、ジェリーは経験豊富な従軍記者であり、イギリスの課報員かもしれないが、その内面はといえば、十四歳の心を持つ四十歳である。

それが私の思い描いたジェリーだった。そして、これは私の作家人生で一、二を争う不気味な出来事なのだが、私がシンガポールの〈ラッフルズ・ホテル〉でばったり出会ったのも、そのジェリーだった。しかも肖像画などではなく、分厚い手と〝巨大〟な肩を持つ生身の人間だ。彼の名前はウェスタビーではなかったが、もしそうであっても私はさほど驚かなかっただろう。男はピーター・シムズといい、イギリスのベテラン外国特派員だった。じつはイギリスのベテラン諜報員でもあったことは、いまでこそ有名な話だが、当時は私も含めて誰も知らなかった。身長百九十センチ、茶色の髪、男子生徒《スクールボーイ》のようなはにかみ笑い。挨拶《あいさつ》で熱烈に握手し、「すばらしい《スーパー》！」と叫ぶのが癖だった。

彼に会ったとたんにこみ上げる心浮き立つような仲間意識は、みな忘れることができなかった。私としては、思春期の記憶を頼りにどこからともなく生み出した人物が、百九十センチの実体を持って眼のまえにいることがとても信じられず、罪悪感まじりの畏怖の念を覚えたことが忘れられない。

そのときにはわからなかったが、ピーターについて少しずつわかったことがある——残念ながら、わかるのが遅すぎたことも。第二次世界大戦で、ピーターはインドのボンベイ工兵隊に所属していた。ウェスタビーは若かりしころ、少しばかり大英帝国の植民地にいたはずだと思っていたが、そのとおりだった。その後、ピーターはケンブリッジ大学でサンスクリット語を学び、ビルマ（ミャンマー連邦共和国の旧称）のシャン州からやってきた美しい王女サンダと恋に落ちる。サンダは少女時代には、金色の鳥の形をした儀礼用の船でビルマの湖を遊覧していた。ウェスタビーも、ピーターと同じくらい真剣な恋に落ちただろう。すでにアジアを愛していたピーターは仏教に改宗し、バンコクでサンダと結婚する。ふたりは生涯激しく、誇らしく添いとげ、あらゆる冒険を――みずから選んだものだろうと、女王陛下のMI6のためだろうと――ともにする。ピーターはラングーン（ヤンゴンの旧称）大学で教鞭をとりつつ、《タイム》誌の特派員として、バンコク、シンガポール、それからオマーン、最後にはまだイギリス領だった香港に移って、香港警察の諜報部門で働く。その間ずっと妻のサンダは傍らにいる。

ひと言で言えば、ピーターの人生に、私がジェリー・ウェスタビーに与えたくないものは何ひとつ存在しない。おそらく唯一の例外は、幸せな結婚だ。ウェスタビーには愛を求めつづける一匹狼でいてもらう必要があったから。だが、これらすべてはあとからわかったことだ。シンガポールの〈ラッフルズ・ホテル〉で――ほかにどこがある？――ピーター・シムズと出会ったときには、何も知らなかった。私にわかったのは、エネルギーと夢が満ちあふれるジェリー・ウェスタビーの生きた体が忽然《こつぜん》と現われたことだけだった。これほど熱烈なイギリス人がアジアの文化と一体化しているというのに、まだイギリスの諜報組織のために働いていなかったとすれば、それは組織の怠慢《たいまん》としか言いようがない。

私たちはそれからも香港、バンコク、そしてサイゴンで会った。私はそこでようやく訊いてみた――もしよければ、東南アジアのもっと危険な地域に私を連れていってもらえないか。躊躇《ちゅうちょ》していたのが馬鹿らしいほどだった。喜んでお連れしよう、きみ。では僭越《せんえつ》ながら、私の調査員兼ガイドとして報酬を受け取ってもらえないだろうか。もちろん、いただこう。香港警察の仕事は減っているし、追加の実入りがあれば言うことはない。かくして私たちは出発した。ピーターの尽きることのない活力、アジアに関する深い知識と、アジアの魂をもってすれば、私が『ティンカー、テイラー、ソルジャー、スパイ』でざっと描いたウェスタビーのデッサンを、フルカラー版で完成できないはずはなかった。

二〇〇二年、ピーターはフランスで死んだ。デイヴィッド・グリーンウェイが書いた上品な死亡記事――私は読んで、ピーターばりに「スーパア!」と叫んだ――には〝ジャーナリスト、冒険家、スパイにして友人〟というすばらしい見出しがつき、まさに『スクールボーイ閣下』のジェリー・ウェスタビーのモデルにふさわしい内容だった。しかし、私のウェスタビーはピーター・シムズより先に旅立った。救いようもないロマンチストで、どこまでも寛大だったピーターは、あの巨大な両手でジェリーをつかみ、乱暴に彼の人格を完成させてくれた。

12
ヴィエンチャンにひとり

私たちは、ラオスのヴィエンチャンにあるアヘン窟《フューメリー》の二階でイグサの敷物の上に横たわり、木製の枕に頭をのせて天井を見上げている。客家《ハッカ》帽をかぶったしわだらけの労働者《クーリー》が、薄暗がりのなか、私たちのあいだにうずくまり、パイプにアヘンを詰め直している。私のパイプについては、火が消えたので不愉快そうにまた火を入れる。映画の脚本に〝屋内、アヘン窟、ラオス、七〇年代後半、夜〟と書かれていれば、美術担当はまさにこういう場面を思い描くはずだ。吸引を愉《たの》しんでいたのも、その時代と場所にふさわしい人々だった――北部でひそかに荒れ狂う戦争で何もかも失った植民地農園主のフランス人、ムシュー・エドゥアール、エア・アメリカのパイロットがふたり、従軍記者が四人、レバノンの武器商人と連れの女、気乗り薄で戦地を訪ねた旅行者、つまり私自身。すぐ横に寝そべっているサムは、私が隣に入ってからずっと催眠術にかかったようにひとり言をつぶやいている。アヘン窟にはぴりぴりと緊張した雰囲気が漂っていた。ラオス政府が公式にはアヘンを禁じていたからだ。まじめすぎる記者は、いつ屋上に出て梯子《はしご》から脇道に逃げろと言われてもおかしくないと剣呑《けんのん》な口調だったが、隣のサムは、そんなくだらないことは考えるなとにべもなかった。このサムが何者かは、そのときにもわからなかったし、今後もわからない。私の想像では、自分探しの旅で東洋にやってきて、五年ほどカンボジアやベトナムの前線をぶらぶらしたあげくラオスに流れ着き、イギリスからの送金で暮らしている怠《なま》け者だ。当然、自分探しは続けている。彼が親しげに話す意識の流れから、そのあたりまではわかった。しかしそれ以来、アヘンは評判あとにも先にも私がアヘンを吸ったのはこのときだけだ。しかしそれ以来、アヘンは評判の悪い禁止薬物であるものの、分別のある人が分別のある量だけ吸えば、体にいいことばかりだと無責任に信じている。イグサの敷物に横たわっていると不安になって、愚か者になった気がする。初めてだからしかたがない。指示どおりに一服して、失敗すると、クーリーが首を振って、ますます愚か者になったように感じる。だが、長くゆっくりと吸いこむこつさえつかめば、あるところで温和な自己が出てくる。酔ってはいないし、愚かでも攻撃的でもない。突然の性的衝動に駆られることもない。ただ満足して、いつもどおり自由に物事を連《か》想できるだけだ。そして何よりすばらしいのは、翌朝、二日酔いにならないこと。良心の呵責《しゃく》も苦しい失意もない。ぐっすり眠って目を覚ませば、新しい一日が待っている――少なくとも、私が未経験者だと知ったサムは自信たっぷりに言った。だから私もそう信じている。

とりとめもない話から、サムはごくありふれた前半生を送っていたことがわかった。イギリスの快適な田舎《いなか》の邸宅で育ち、寄宿学校に通《かよ》い、オクスフォードだかケンブリッジだかを卒業して、結婚し、子供もいた――風船が破裂するまで。どんな風船、誰の風船だったのかはわからない。サムとしては、言わなくてもわかると思ったのか、知らないほうがいいと思ったのか。いずれにせよ、私もあえて尋ねるような非礼は冒さなかった。とにかく風船は破裂した。破壊力抜群だったにちがいない。その日のうちにイギリスをあとにし、決して帰らないと誓ってパリに移り住んだのだから。サムはパリを愛したが、それもあるフランス人女性に心を奪われ、拒絶されるまでのことだった。もう一度風船が破裂した。

サムはまずフランス外人部隊に加わろうとした。募集をしていない日に出かけたか、寝すごして遅刻したか、ちがう場所に行ってしまった。ほとんどの人にとってたやすいことが、サムには簡単ではないようだ。あることが次のことにつながるのは当然ではないのかもしれない、と人を不安にするような断絶が彼にはある。サムは外人部隊をあきらめ、フランスに本拠地を置く東南アジアの通信社と契約する。この会社からは旅費も必要経費の類も出ない、という説明だが、わずかでも使えるものを送れば端金《はしたがね》が支払われる。彼によると、多少の所持金はあるので、これは好条件だ。

かくしてサムはここ五年間、戦地をうろつき、チャンスにも恵まれ、フランスの大手二流新聞にひとつふたつ署名入り記事を書いたこともある。おそらく、本物のジャーナリストから情報を聞き出したか、内容をでっちあげたのだろう。しかし、彼がかねて夢想しているのは、自分の人生をフィクションに仕立ててひと山当てることだ。短篇、長篇、なんでも書きたい。それに踏みきれない唯一の理由は、寂しさだという。ジャングルに囲まれて机に向かい、しつこい編集者もおらず、締め切りもないなかで、何日も苦労して書きつづけると考えるだけで寂しくなるらしい。

それでもサムは目標に近づいている。最近書いたものを振り返ると、フランスの通信社のために一から作り出した物語は、厳密に事実にもとづく話より格段に出来がいいと、本人は一点の疑いもなく信じている。そう遠くない日に、ジャングルの机に向かい、寂しさに耐え、しつこい編集者がいないことも締め切りがないことも克服して、作品をものにするだろう。私がまだ理解していないと困るので、手をつけられない理由は寂しさだけだとくり返す。それが彼を蝕《むしば》んでいる。とりわけ、アヘンを吸うか、女と寝るか、〈ホワイト・ローズ〉でフェラチオをされながら人殺しを自慢するエア・アメリカの酔ったメキシコ人パイロットの話を聞くことぐらいしかすることのない、ヴィエンチャンでは。

そしてサムは、寂しさにどう対処するかを語る。それはもはや執筆にかける野望というより、ライフスタイル全体にかかわる問題だと打ち明ける。彼にとって世界でいちばん恋しいのは、パリだ。大いなる愛が拒絶され、ふたつめの風船が破裂してからというもの、パリは足を踏み入れる場所ではなくなった。それは永遠に変わらない。かの失恋のあとでは、とうてい戻れない。あらゆる通り、あらゆる建物、セーヌ川のあらゆる岸辺が彼女の名を叫んでいる。催眠効果のせいかもしれないが、サムは珍しく文学的な修辞を凝らして説明する。あるいはモーリス・シュヴァリエの歌でも思い出しているのか。いずれにせよ、彼の魂はパリにある。心もだ、としばらく考えてつけ加える。聞いているか？　もちろん聞いているよ、サム。

あとパイプを一、二回やったら、次にやりたいことがある、とサムは続ける。私に最大の秘密を打ち明ける決心をしたようだ。いまやきみはいちばんの親友であり、おれを気にかけている世界でただひとりの人間だからだ、と思いついたように言い添える。どうしてもという気分になったらやりたいこと――頭をまっすぐ起こしているから、いますぐ始めるかもしれない――顔なじみの〈ホワイト・ローズ〉に行ってマダム・ルルに二十ドル札を渡し、パリの〈カフェ・ド・フロール〉に三分間の電話をかける。〈フロール〉のウェイターが出たら、マドモワゼル・ジュリー・ドラシュスをお願いしますと言う。これは彼が思いついた架空の名前で、以前使っていた名前とはちがう。そして、店員たちが店じゅうを探しまわり、叫びながら大通りまで出ていくのを聞く――マドモワゼル・ドラシュス……マドモワゼル・ジュリー・ドラシュス……お電話です！

何度も名前を呼ぶ声がはるか遠くに消えていくか、それとも時間切れになるか。どちらがあとになるにしても、彼は二十ドル分のパリの音に耳をすます。

13 現実劇場——アラファトと踊る

この章は、一九八一年から八三年にかけての『リトル・ドラマー・ガール』の取材旅行にまつわる四つの章の冒頭だ。小説で扱ったテーマは、パレスチナとイスラエルの紛争だった。〝ドラマー・ガール〟は、私の異母妹で十四歳年下のシャーロット・コーンウェルから着想を得たチャーリィを指す。〝ドラマー〟というのは、チャーリィが軍楽隊の鼓手さながら紛争の双方の当事者の闘争心をあおるからだ。執筆時、シャーロットは舞台やテレビ(ロイヤル・シェイクスピア劇団や、テレビ連続ドラマ『ロック・フォリーズ』など)で活躍する有名女優だったが、極左勢力の闘志あふれる支持者でもあった。

小説では、同じ女優のチャーリィがジョゼフというカリスマ的なイスラエルの対テロリスト諜報員に勧誘され、彼の言う〝現実劇場〟で主役を演じる。彼女はそれまで自分は過激な自由の闘士だと想像していたが、その闘士を表現し——言い換えれば、現実に演じ——ジョゼフの指示のもとで演技力を新たな高みに引き上げて、パレスチナや西ドイツのテロリストの巣で敵に取り入り、現実の無辜《むこ》の人々を救う。しかし、パレスチナ人を裏切るために送られた彼女は、そのパレスチナ人の苦境に対する同情と、ユダヤ人が祖国で暮らす権利を認めるべきだという考えのあいだで引き裂かれる。言うまでもなくジョゼフにも惹《ひ》かれていたチャーリィは、ふたつの約束をした地で、ふたつの約束をした女になる。

私がみずからに課した仕事は、彼女とともに旅をすることだった。双方からの主張を聞き、チャーリィが葛藤《かっとう》したように葛藤し、決して両立することのない忠誠心、希望、絶望の数々をできるだけ経験するのだ。そこで一九八一年の大晦日《おおみそか》、パレスチナ解放の際に亡くなった——殉教者とも呼ばれる——人々の孤児がいる山間《やまあい》の学校を訪ねた。ヤセル・アラファト、そして彼の司令官たちとともに、ダブケ（パレスチナなど中東の古い民族舞踊）を踊るためだ。

☆

アラファトに至るまでの旅はもどかしかったが、当時は、人目を避ける狡猾《こうかつ》な元テロリストの政治家として名を轟《とどろ》かせていた人物である。すんなりたどり着けたら逆に失望していただろう。私はまず、ベルファスト生まれでオクスフォード大学卒のイギリス人ジャーナリスト、いまは亡きパトリック・シールに連絡した。アラブ通で、《オブザーバー》紙のベイルート特派員として、キム・フィルビーの跡を継ぐイギリス人スパイになったと言われている。シールから助言をもらって次に当たったのは、アラファトに忠実なパレスチナ軍司令官サラー・ターアマリだった。彼は定期的にイギリスを訪れていたので、デヴォンシャー通りのレストラン〈オーディンズ〉で初めて会った。パレスチナ人のウェイターたちが畏《おそ》れ多さに息を呑んでいるまえで、ターアマリは、私がすでに相談した人全員から言われていたことを改めて強調した——パレスチナ人のなかに深く入りこみたければ、解放機構議長の承認が必要だ。

ターアマリは、私のために口添えはするが、公式な窓口を通さなければならないと言った。私もその道を探っていた。私はターアマリとシールの紹介状をたずさえ、メイフェア地区のグリーン通りに事務所があるアラブ連盟のパレスチナ解放機構代表と会う約束を二度取りつけ、路上の黒いスーツの男たちによる身体検査に二度耐え、事務所の入口で武器を隠し持っていないかを調べるガラス製の棺《ひつぎ》のなかに二度立ち、代表の権限ではどうしようもない理由で二度丁重に面会を断わられた。おそらく本当にどうしようもなかったのだろう。その一カ月前に、代表の前任者がベルギーで射殺されていたから。

それでも私は最終的にベイルートに飛び、〈コモドール・ホテル〉を予約した。パレスチナ人が所有し、ジャーナリストやスパイといった人種には甘いホテルだったのだ。そこまでの取材はイスラエルのみだった。数日にわたってイスラエルの特殊部隊とすごし、上等なオフィスでイスラエルの情報機関の現長官や元長官たちと話すことができた。しかし、ベイルートのパレスチナ解放機構の広報事務所は荒廃した市街地にあり、セメントが詰まった波形鉄板製のドラム缶に囲まれていた。私が近づくと、武装して指を銃の用心金《トリガー・ガード》にかけた男たちがぎろりとこちらを見た。薄暗い待合室にはロシア語で印刷された古いプロパガンダ雑誌があり、ひび割れたガラスケースには、パレスチナ難民キャンプから回収された爆弾の破片や不発の対人小型爆弾が展示されていた。雨もりの染みのある壁には、虐殺された女性や子供の写真が画鋲《がびょう》で留められ、縁がめくれ上がっていた。

代表のラパディ氏の私室もさほど明るい場所ではなかった。ラパディは左手に拳銃を持ち、体の横にカラシニコフを置いて机をまえにして坐り、疲労しきった青白い顔で睨《にら》みつける。

「新聞記者か？」

記事も書きます。本も書いています。

「人間動物学者か？」

小説家です。

「われわれを利用して儲《もう》けようという肚《はら》か？」

じかに見てあなたがたの大義を理解したいのです。

「少し待っていろ」

私は何日も、何夜も待ちつづける。ホテルの部屋で横になり、朝の光が入ってくるとカーテンの弾痕を数える。深夜には〈コモドール〉の地下のバーで、眠り方を忘れてしまった従軍記者たちのくたびれたひとり言を聞く。ある夜、風通しの悪い洞穴のようなダイニングルームで三十センチ近い春巻を食べていると、ウェイターが興奮気味に私の耳元で囁《ささや》く。

「議長《チェアマン》がお会いになります」

私は一瞬、ホテルグループの会長《チェアマン》のことかと思う。私を追い出そうというのか、代金を払い忘れたのか、バーで誰かを侮辱してしまったのか、それとも私のサイン本が欲しいのか。そこでやっと意味がわかる。ウェイターについてロビーに向かい、土砂《どしゃぶ》降りの雨のなかに踏み出す。茶色のボルボのステーションワゴンのうしろのドアが開いていて、まわりをジーンズ姿の武装兵士がうろついている。誰も何も話さないので、私も黙っている。ボルボの後部座席に乗りこむと、両側からふたりの兵士が飛びこんできて、もうひとりが助手席に坐る。篠《しの》突く雨のなか、車は破壊された町を走り、すぐうしろから一台のジープがついてくる。車線を変え、車を乗り換え、脇道を走り抜け、混み合う大通りの中央分離帯を強引に乗り越える。対向車があわてて道路脇によける。またしても車を変える。これで四回目か、六回目か、身体検査をされる。私はベイルートのどこかのそぼ濡れた舗道《ほどう》に立っている。まわりの武装した男たちのケープが風になびく。いつの間にか車が消えている。弾痕だらけのアパートメント・ハウスの通りに面したドアが開き、男が手招きする。窓は空《から》っぽで明かりもついていない。合図されて、タイル張りの階段を上がると、武装した男たちが幽霊のように並んでいる。二階分上がったところにカーペットが敷かれていて、消毒薬くさい扉の開いたエレベーターに案内される。エレベーターは揺れながらのぼり、ガクンという衝撃とともに止まる。そこはL字型のリビングルームで、戦闘員の男女が壁に寄りかかっている。意外なことに誰も煙草《たばこ》を吸っていないが、思えばアラファトは煙草の煙が嫌いだった。戦闘員が私の体を叩いて武器をチェックする。もう何度目かわからない。私は説明のつかない恐怖に襲われる。

「失礼ながら、もう何度も調べられました」

男は何も持っていないことを示すかのように両手を広げると、微笑んで下がっていく。

Ｌ字の短いほうに置かれた机に、アラファト議長その人がついて坐っている。白いカフィエ（アラブ社会で男性が頭にかぶる装身具）に、箱から取り出したばかりのような折り目のついたカーキ色のシャツ、茶色のプラスチックで編んだホルスターに銀色の拳銃。客には眼を上げず、忙しそうに書類に署名をしている。私が彼の左側にある木彫りの椅子に案内されても、まだ気づかない。ついに頭を上げ、まっすぐまえを見て、何か幸せなことを思い出したかのように微笑む。そしてこちらを向くと同時に、うれしい驚きの表情を浮かべて立ち上がる。私もさっと立つ。私たちは共謀する役者同士のように、互いの眼をのぞきこむ。アラファトはいつも舞台にいる——私はそう説明されていた。私も舞台にいるのだと自分に言い聞かせる。私も同じ役者であり、三十人あまりの観衆がそれを生で見ているのだと。アラファトは胸を張って両手で握手を求めてくる。両手でそれを握ると、子供の手のように柔らかい。彼の大きな茶色の眼は熱心で好奇心に満ちている。

「ミスター・デイヴィッド！」アラファトは叫ぶ。「どうして私に会いにきた？」

「議長」私も同じ高い声で答える。「パレスチナの心に触れたくて来ました！」

私たちはリハーサルを終えていたのだろうか。すでにアラファトは私の右手を取って、カーキ色のシャツの左胸に持っていこうとしている。しわひとつないボタンつきのポケットの上に。

「ミスター・デイヴィッド、パレスチナの心はここにある！」熱をこめて叫び、観客のためにもう一度くり返す。「ここにある！」

観客は総立ちで、ふたりの息はぴったりだ。左、右、左と頬をこすり、アラブ式の抱擁《ほうよう》を交わす。アラファトのひげは硬くなく、うぶ毛のようになめらかで、ジョンソンのベビーパウダーのにおいがする。抱擁を解いたあともアラファトはしっかりと私の肩をつかみ、観客に向かって演説する——ここにいる彼はパレスチナを自由に歩きまわってかまわない。同じベッドで二度眠らず、わが身の安全をみずから管理し、パレスチナ人としか結婚しないと断言するアラファトが、私には好きなものを見聞きしてかまわないと言うのだ。ただし、真実だけを書き、真実だけを話してほしい。真実だけがパレスチナを自由にできるから。アラファトは、私がロンドンで会っていた司令官、サラー・ターアマリにあとを託す。サラーがみずから選んだ護衛をつけ、南レバノンを案内し、シオニストに対する偉大な闘争について教え、部下の隊長や隊員を紹介してくれるだろう。出会うパレスチナ人はみな率直に話してくれるはずだ。アラファトはいっしょに写真を撮ってくれと言う。私が断わると、理由を訊いてくる。彼の表情がこちらをからかうように、あまりににこやかなので、私はあえて正直に答えてみる。

「あなたより少しまえにエルサレムに行く予定だからです、議長」

アラファトは大声で笑い、観客も笑う。しかし、私は正直すぎたかもしれない。すでに後悔しはじめている。

☆

アラファトに会ってからは、ほかのすべてが正常に思える。ファタハ（パレスチナの独立をめざしてアラファトが創設した政党）の若い戦闘員は全員、サラーの軍司令部の指揮下にあり、そのうち八人が私個人の護衛についた。平均年齢はせいぜい十七歳で、最上階の私のベッドを丸く取り囲んで、眠ったり眠らなかったりしていた。部屋の窓に注意して、地上、空、海からの敵の攻撃のあらゆる兆候を見逃さないようにと命令されていたが、退屈でしかたがなくなると――簡単にそうなる――茂みに隠れている野良猫を拳銃で撃ちはじめた。しかし、たいていは仲間とアラビア語で話したり、私が眠りそうになると、英語の練習をしようと話しかけてきたりした。彼らは八歳のときにアシュバルというパレスチナのボーイスカウトに加わり、十四歳で一人前の戦闘員と見なされた。サラーによると、肩撃ち式のロケットランチャーでイスラエル軍の戦車の砲身を狙わせたら、彼らに敵《かな》う者はいないという。私の現実劇場のスター女優、かわいそうなチャーリィは彼ら全員を愛することになる、と私は使い古しのメモ帳に彼女の考えを書きとめながら思う。

サラーに案内され、チャーリィを道連れに、私はイスラエルとの境界にあるパレスチナの前哨基地を訪ねる。イスラエルの偵察機のエンジン音と断続的な銃声を背景に、戦闘員たちから、ゴムボートでガリラヤ湖を渡って夜襲をかけたという現実なのか想像なのかわからない話を聞く。彼らが自慢するのは自分の勇敢な行動ではない。そこにいるだけで充分なのだという。ほんの数時間であれ、死ぬか捕虜になる危険を冒し、夢を生きる。秘密のボートを湖のまんなかで止め、故郷の花やオリーヴの木や農場の香りを吸いこみ、故郷の山腹でヒツジの鳴き声を聞く——それこそが本物の勝利なのだ。

サラーと並んでシドン（レバノン南西部の港湾都市）の小児科病院のなかを歩く。足を吹き飛ばされた七歳の少年が、私たちに親指を立ててみせる。私はこのときほどチャーリィをすぐそばに感じたことはない。数ある難民キャンプのなかでは、それぞれがひとつの町のようなラシディーエとナバティーエが記憶に残っている。ラシディーエはサッカーチームで有名だ。土のピッチにはよく爆弾が落ちてくるので、あまりまえから試合の予定が立てられない。何名かの優秀なサッカー選手は大義のために殉教し、彼らの写真が銀の賞杯のあいだに置かれている。ナバティーエの白いローブ姿の年老いたアラブ人は、私のイギリス製の茶色い靴と、どことなく植民地ふうの歩き方に気づく。

「そちらはイギリス人かな？」

「イギリス人です」

「これを読んでくれないか」

彼のポケットに書類が入っている。英語で書かれ、委任統治時代にイギリスの役人が残した印影と署名がある。一九三八年の日付で、ベタニア郊外の小さな農地とオリーヴ畑の正当な所有者であることを証明している。

「これはわしのものだ。いまわしらがどうなったか、見るがいい」

私は急に恥ずかしくなり——恥じたところで無益だが——チャーリィは怒りを覚える。

たいへんな一日のあと、シドンにあるサラーの家での夕食の静けさは魔法のようだ。この家も弾痕だらけかもしれない。壁のひとつには、海から発射されたイスラエルのロケット弾が爆発せずに貫通したきれいな穴があいていた。だが、庭には犬たちが寝そべり、花も咲いている。暖炉で薪《まき》が燃え、テーブルにはラム肉のカツレツが並んでいる。サラーの妻ディナは、かつてヨルダンのフセイン国王と結婚していたハーシム家の令嬢だ。イギリスの私立校で学び、ケンブリッジのガートン・コレッジで英語を専攻した。

ディナとサラーは、流暢《りゅうちょう》な英語と細やかな気配りでユーモアたっぷりにパレスチナの大義について教えてくれる。チャーリィも私のすぐそばに坐っている。サラーは、このまえシドンで激戦があったとき、美貌と勝ち気で知られる小柄なディナが古いジャガーを運転して、町のパン屋でピザをたくさん買いこみ、前線まで行って、どうしても自分の手で戦士たちに渡そうとした、と誇らしげに語る。

✳

十一月のある夜、アラファト議長と側近たちがパレスチナ革命の十七周年を祝うためにシドンに来ている。空は青黒く、雨が降りそうだ。パレードがおこなわれる狭い通りは何百という人であふれかえり、私の護衛もひとりを残していなくなっている。その護衛、何を考えているのかわからないマフムードは銃を持たず、サラーの家の窓から猫も撃たず、英語はいちばんうまいが、飄然《ひょうぜん》とした不思議な雰囲気がある。ここ三日間、彼は夜になると姿を消し、夜明けまで戻ってこなかった。動悸《どうき》が早まりそうな混雑した通りには旗や風船が飾られている。ずんぐりしたこの十八歳の眼鏡《めがね》の若者は、私の横にぴたりとついている。

パレードが始まり、まず笛吹きと旗手がやってくる。次にスピーカーを積んだワゴン車が、スローガンを叫びながら通りすぎる。軍服を着た屈強な兵士たち、ダークスーツを着た高官たちが急ごしらえの演壇に勢ぞろいする。そのなかにアラファトの白いカフィエも見える。通りは祝賀ムードで爆発し、緑の煙が頭の上に広がり、赤く変わる。雨が降りだしたにもかかわらず、花火が打ち上げられ、実弾の発射が景気を添える。指導者たちは壇上中央にじっと立ち、花火のきらめく光のなかでVサインの指を上げて、肖像画のようだ。緑の三日月バッジをつけた看護師たち、戦争で足を失い、車椅子に坐った子供たち、アシュバルのガールガイドやボーイスカウトが、腕を振り、そろわぬ歩調で行進していく。そのうしろからジープが山車《だし》を牽《ひ》いてくる。山車に乗っているのは、パレスチナの旗に身を包み、カラシニコフを黒い雨空に向けた戦闘員たちだ。私の横にいるマフムードが彼らに大きく手を振る。驚いたことに、彼らはいっせいにマフムードのほうを向き、手を振り返す。山車の上にいたのは私の護衛たちだ。

「マフムード」私は両手を丸く口にあてて叫ぶ。「どうしてきみは友だちといっしょに銃を空に向けていない？」

「銃を持っていませんから。ミスター・デイヴィッド！」

「なぜ銃を持っていない？」

「夜、働いていますから！」

「いったい夜に何をしてるんだ？　きみはスパイなのか？」私は喧噪《けんそう》のなかでできるだけ声をひそめる。

「ミスター・デイヴィッド、スパイじゃありません」

この騒ぎのなかでも、マフムードは大事な秘密を明かすべきかどうか迷っている。

「アシュバルの制服の胸にアブ・アンマール、つまりアラファト議長の写真がついているのを見たことがありますか？」

ああ、ある。

「ひと晩じゅう秘密の場所で、アイロンを使って、アシュバルの制服にアブ・アンマール、アラファト議長の写真をつけていたんです」

チャーリィはきみがいちばん好きになるだろう、と私は思う。

☆

アラファトから、パレスチナの殉教者の孤児の学校で大晦日《おおみそか》をいっしょにすごさないかと招待された。ホテルに迎えのジープをよこすという。私のホテルはまだ〈コモドール〉だった。ジープは仲間の車とバンパーを接するように並んで、曲がりくねった山道を無謀なスピードで走り抜け、レバノン、シリア、パレスチナの検問を通過した。今度もまた大雨だった。アラファトとの出会いはいつも雨に祟《たた》られる。

一車線の道はろくに整備されておらず、雨で崩壊しそうだった。まえを走るジープの跳ね上げた石がしょっちゅうフロントガラスに当たった。道のすぐ横はぱっくりと開いた谷で、数百メートル下に小さな光のカーペットが見えた。車列の先頭を走るのは装甲仕様の赤いランドローバー。聞いた話では、議長が乗っているらしい。しかし、目的の学校に近づくと、護衛の兵士が、じつは嘘だったと言った。ランドローバーは囮《おとり》だったのだ。アラファトは下の階の安全なコンサートホールで、年越しの客たちと挨拶《あいさつ》を交わしていた。

　外から見ると、学校は質素な二階建てだが、なかに入るとそこは最上階で、建物の残りの部分が谷の斜面沿いに下に伸びているのがわかる。カフィエを巻いたいつもの武装兵士たちと、肩から胸に弾帯をかけた若い女性たちが、下におりる私たちを見張っていた。半円形の巨大なコンサートホールは満員で、アラファトは木製のステージのすぐ下の最前列に立って、客たちと抱擁《ほうよう》していた。リズミカルな拍手の音がホールを揺るがす。天井からは新年を祝う飾りテープが下がり、壁には革命のスローガンが飾られている。私はうながされてアラファトのほうに進み、いま一度お決まりの抱擁を交わした。カーキ色の軍服にガンベルト、白髪《しらが》まじりの男たちが私の手を握り、響き渡る拍手のなかで新年の挨拶を叫んだ。何人かには名前があり、アラファトの副官アブ・ジハードのように仮名を持つ者もいたが、ほかは名もない男たちだった。ショーが始まった。最初に、親を亡くしたパレスチナの少女たちが歌いながら輪になって踊った。次に、親を亡くした少年たち。そして子供全員がダブケを踊り、観客の拍手のなかで木製のカラシニコフを渡し合った。アラファトは私の右側に立ち、両腕を広げていた。その向こうにいる険しい表情の戦士がうなずくのを合図に、私はアラファトの左肘《ひじ》をつかみ、戦士と力を合わせて彼の体を壇上に持ち上げると、すぐあとから壇上に上がった。

愛する孤児たちのなかでまわって踊るアラファトは、彼らのにおいに包まれてわれを忘れているようだ。カフィエの端をつかんでくるくるまわす姿は、映画『オリバー・ツイスト』でアレック・ギネスが演じたフェイギンを思わせる。夢中になった表情。笑っているのか、泣いているのか。どちらでもいい。感情が昂《たかぶ》っているのは明らかだ。アラファトは私に彼の腰をつかめと合図する。私の腰も誰かがつかむ。私たちは全員、軍の司令官も、随行者も、興奮した子供たちも、われらがリーダーを先頭に長い列を作る。世界じゅうから集まったスパイたちも、まちがいなくまぎれこんでいる。歴史上、おそらくアラファトほど徹底的にスパイされた人物はいないのだから。

コンクリートの通路を進み、階段を上がり、観客席を横切って、別の階段をおりる。われわれの足音が拍手に変わる。うしろから、上から、パレスチナの国歌を歌う声が轟《とどろ》く。私たちは床を踏み鳴らしたり、すり足でこすったりしながら、なんとかステージに戻る。アラファトがまえに出て立ち止まる。群衆の大歓声に応え、アラファトは両手を広げて戦士たちの腕のなかに飛びこむ。

私の思い描く、恍惚《こうこつ》としたチャーリィも、天井に届かんばかりの喝采《かっさい》を送っている。

その八カ月後の一九八二年八月三十日、イスラエルの侵攻を受けて、アラファトと司令官たちはレバノンから追放された。彼と戦闘員たちは、ベイルートの港で抵抗の銃弾を空に放ち、チュニスの港へと出発した。チュニジアではブルギバ大統領率いる内閣が待っていて、郊外の豪華なホテルがアラファトの新しい本拠地となった。

それから数週間後、私は彼に会いに行った。

長いドライブの末、砂丘のなかに立つ麗しい白亜《はくあ》のホテルにたどり着いた。ふたりの若い戦闘員が用件を訊いてきた。魅力的な笑顔も、アラブ流の挨拶の仕種《しぐさ》もなかった。アメリカ人か？　私がイギリスのパスポートを見せると、ひとりが辛辣《しんらつ》な皮肉をこめて、サブラとシャティーラの虐殺を知っているかと訊いた。私は、シャティーラ難民キャンプには数日前に行ったばかりで、見聞きしたことに深く心を痛めていると答えた。アブ・アンマールに会いにきた、久しぶりにことばを交わして哀悼《あいとう》の意を表したい。ベイルートとシドンで何度か会っていること、殉教者の孤児の学校で大晦日《おおみそか》をともにしたことも伝えた。若者のひとりが電話をかけた。彼は私のパスポートを持っていたが、私の名前は聞こえてこなかった。若者は受話器を置くと、「来い」と鋭く言い、ベルトから拳銃を取り出して銃口を私のこめかみに押しつけ、長い通路を追いたてるように歩かせた。緑のドアのまえまで来ると鍵を開け、パスポートを返して、私をドアの向こうに押し出した。そこは屋外で、眼のまえには踏み固められた乗馬コースがあった。白いカフィエを巻いたヤセル・アラファトは美しいアラブの馬に乗っていた。コースを一周、二周、三周した。私は彼をずっと見ていたが、彼には私が見えなかったようだ。あるいは、見たくなかったのか。

＊

　そのころ、私をもてなしてくれた南レバノンのパレスチナ軍司令官サラー・ターアマリは、イスラエルに身柄を拘束された最高位のパレスチナ人戦闘員になっていた。悪名高いイスラエルのアンサール刑務所の独房に閉じこめられ、当時好んで〝強化尋問〟と呼ばれていた取り調べを受けた。同時期に、何度か面会にやってきたアハロン・バルネアという著名なイスラエル人ジャーナリストと親交を結び、そこからバルネアの著書 *Mine Enemy*（『わが敵』）が生まれた。ふたりが同意した点はいくつもあるが、そのひとつとして、サラーが永遠に続く絶望的な戦闘ではなく、イスラエルとパレスチナの共存を願っていたことが確かめられた。

14　現実劇場――ブリギッテの別荘《ヴィラ》

その刑務所はネゲヴ砂漠の窪地《くぼち》にあり、鉄条網で囲まれた目立たない緑の兵舎の集まりだった。敷地の四隅に監視塔が立っていた。イスラエルの情報機関では〝ブリギッテの別荘《ヴィラ》〟と呼ばれているが、ほかでその名はまったく知られていない。英語を話すイスラエル公安庁《シン・ベート》の若い大佐が、うねる砂丘でジープを運転しながら、その由来を私に説明してくれた。ブリギッテというのは、パレスチナのテロリスト集団に身を投じた過激なドイツ人活動家の名前だ。彼らはナイロビのケニヤッタ空港に着陸するイスラエルのエル・アル航空機を撃墜する計画を立て、そのために、ロケットランチャーと、航路の真下にある建物の屋上と、ブリギッテを調達した。

北欧ふうの顔立ちで金髪のブリギッテに託された仕事はただひとつ、空港内の電話ボックスで一方の耳に短波無線の受信機、もう一方の耳に受話器をあてて、管制塔の指示を屋上にいる若者たちに伝えることだった。その最中にイスラエルの課報員たちがやってきて、彼女の作戦は終わった。事前に警告を受けたエル・アル航空機はすでに着陸し――乗っていたのは、ブリギッテを捕らえた課報員たちだけだった。旅客機は床に拘束されたブリギッテを乗せてテルアヴィヴに引き返した。屋上の若者たちがどうなったのかは定かでない。対応ずみだと公安庁の大佐は請け合ったが、どう対応したのかは話さず、私も訊かないほうがいいと思った。自分が特別待遇を受けているのはわかっていた。つい先ごろまでイスラエル国防軍参謀本部諜報局を率いていた貴重な知人、シュロモ・ガジット将軍が取り計らってくれたおかげだ。

ブリギッテはイスラエルの囚人となったが、私はこの作戦の秘密を厳に守るよう警告された。ケニア当局はイスラエルに協力したものの、国内のイスラム教徒の感情を刺激することは望まなかった。イスラエルも情報源を明かしたり、貴重な同盟関係をこじらせたりしたくない。私がブリギッテとの面会に向かっているのは、イスラエルが許可するまでこのことは書かないという共通の理解があるからだった。イスラエルは、ブリギッテの両親にもドイツ政府にもまだ彼女の消息を知らせていなかったので、しばらく待たされる可能性もあったが、私にとってさほど問題ではなかった。私は小説のチャーリィに同志を紹介するところだった。彼女が然るべく訓練されて、西ドイツとパレスチナを結ぶテロリスト集団に潜入できたなら、ブリギッテのような仲間とつき合うだろう。そして運がよければ、チャーリィはブリギッテの手ほどきで、テロの理論と実践に関する最初のレッスンを受けることになる。

「ブリギッテは話してくれるでしょうか」私は若い大佐に尋ねる。

「おそらく」

「動機について?」

「おそらく」

まあいい。本人に訊けばわかる。できる気がする。たとえ偽りで、はかない関係であるにせよ、ブリギッテとはなんらかの関係を築けるという予感がある。私がドイツを離れたのは、ウルリケ・マインホフのドイツ赤軍が絶頂期を迎える六年前だったが、その起源はたやすく理解できるし、彼女らの手段は論外としても、主張には共感できる部分もある。この一点だけについては、ドイツ赤軍《バーダー・マインホフ》にひそかに金や物資を提供していたドイツの中産階級の多くと変わるところはない。私もやはり政界、法曹、警察、産業界、銀行、教会などにナチスの元高官が居坐っていることに嫌悪を感じている。ドイツの親たちがわが子とナチス時代の経験を話し合わないことにも、西ドイツ政府がアメリカのもっとも醜い冷戦政策に従順であることにも嫌気がさしている。もっと信用できる証拠を見せろとブリギッテが言うのなら、私はパレスチナのキャンプや病院を訪問して、あの惨状をじかに見、叫び声を聞いてきたではないか。こうした経験をすべて合わせれば、ほんのわずかな時間であろうと、二十代のドイツ人過激派の心に立ち入る、ある種の切符を買うことができるのではないだろうか。

　刑務所には私をとらえて離さない不愉快な思い出がある。収監された父親の姿がいつまでも消えないのだ。想像のなかでは、父は実際より多くの刑務所で暮らしていて、あのアインシュタインの眉で、たくましく、力強く、精力的で落ち着きがない。監房のなかを歩きまわり、無罪を訴えている。若いころ、私は収監された人々の取り調べを命じられるたびに、鉄の扉が背後で閉まるなり尋問相手に嗤《わら》われるのではないかという恐怖を抑えこまなければならなかった。

ブリギッテの別荘に中庭はなかった――少なくとも、私の記憶では。私たちはゲートで止められ、検査を受けたあと、通過を認められた。若い大佐が先に立って外階段をのぼり、ヘブライ語で挨拶《あいさつ》した。刑務所の所長はカウフマン少佐という女性だった。本名だったのか、それとも私が進呈した名前だったのかは憶えていない。私が軍の課報員としてオーストリアにいたころ、被疑者を閉じこめておくグラーツの留置場の看守にカウフマンという軍曹がいた。こちらの少佐についてはっきり憶えているのは、めったに見かけない完璧な制服の左胸に白い名札がついていたことだ。少佐は五十歳前後で、立派な体格だが太ってはおらず、眼は明るい茶色、苦悩をにじませながらもやさしい笑みを浮かべていた。

☆

カウフマン少佐と私は英語で話す。若い大佐とも英語で話していたが、私はヘブライ語がわからないから、英語で話し合うのは当然だ。さて、あなたはブリギッテに会いにきたのですね、と彼女が言う。はい、そうです。特例だということは承知しています。たいへんありがたい。面会中に何か言うべきこと、言うべきでないことはありますか？　私は続けて、大佐にも話していないことを話す――私はジャーナリストではなく、小説家です。作品の綿密な背景調査をするために来ましたが、この面会については、イスラエルのかたがたの同意なく書いたり話したりしないと誓っています。少佐は聞きながら礼儀正しく微笑んでいたが、わかりました、紅茶かコーヒーでもいかがですかと尋ねる。私はコーヒーと答える。

「最近のブリギッテはあまり素直ではありません」少佐は言う。患者の容態について話す医者のような慎重な物言いで。「最初にここに来たときは受け入れていたのです。ただ、ここ数週間は」——小さなため息——「受け入れていません」

監禁を受け入れるという意味が理解できないので、私は黙っている。

「あなたと話すかもしれないし、話さないかもしれない。わかりません。最初はノーと言っていましたが、いまはイエスと。心が決まっていません。本人を呼びましょうか？」

少佐は無線にヘブライ語で話し、ブリギッテを呼ぶ。私たちはしばらく待ちつづける。カウフマン少佐が微笑んでいるので、私も笑みを返す。ブリギッテはまた心変わりしたのだろうかと思いはじめたころ、建物の奥とつながるドアに近づいてくる複数の足音がする。一瞬私の心に、錯乱して髪をかきむしった若い女性が手錠をかけられ、無理やり連行されてくるおぞましい光景が浮かぶ。ドアの鍵が向こう側から開けられ、囚人服を着た背の高い美人が入ってくる。腰のベルトをきつく締めているのでいっそう美しい。両側に小柄な女性看守がついて、軽く彼女の腕をつかんでいる。ブリギッテは長いブロンドの髪を無造作にうしろに梳《と》かしつけ、囚人服さえ似合っている。看守ふたりが下がると、まえに進み出て皮肉のこもった会釈をし、深窓の令嬢のごとく私に手を差しのべる。

「お目にかかっているのはどなた？」ブリギッテは上品なドイツ語で尋ねる。私はカウフマン少佐に英語で話したことを、ドイツ語でくり返す——小説家です、取材のためにここに来ました。それに対してブリギッテは何も言わず、ただこちらを見ている。部屋の隅の椅子に坐ったカウフマン少佐が、流暢《りゅうちょう》な英語で助け船を出す。

「坐ったらどう、ブリギッテ」

ブリギッテは取りすました態度で背筋を伸ばして坐る。優秀なドイツの小学生のようにふるまおうと決めているようだ。私はありきたりな質問から始めるつもりだったが、思いつかなかったので、いきなり本題に入り、「いま振り返って、自分のしたことを後悔していますか、ブリギッテ」とか、「どうして過激派の道を進むことになったのですか」といった面倒な質問を投げかける。ブリギッテはどちらにも答えず、両手を机にのせて坐ったまま、困惑と軽蔑の表情でこちらを見つめるだけだ。

またもやカウフマン少佐が助けてくれる。

「グループに加わった経緯を話してあげればどう、ブリギッテ?」と外国語訛《なま》りのある英語教師のように提案する。

ブリギッテには聞こえていないようだ。無礼とはいわないまでも、ずいぶん念入りに私を見ている。品定めを終えたときの彼女の表情から、知るべきことがすべてわかる——私もまた高圧的なブルジョワジーの無知蒙昧《もうまい》な従僕のひとりで、物見遊山のテロ訪問者、よくて半人前の男だ。なぜわざわざこんな輩《やから》と話さなければならない? それでもブリギッテは話す。私のためというより自分のために、与えられた使命を説明する。客観的に分析すれば、自分は知的に共産主義かもしれないが、かならずしもソ連が考える共産主義者ではない。ひとつの教義に縛られているとは思いたくない。自分の使命は、両親を典型とするまだ目覚めぬブルジョワジーのためにある。父親は少し啓蒙されてきたかもしれないが、母親はまだまだまったくわかっていない。西ドイツは、アウシュヴィッツ世代のブルジョワ国家のファシストたちが運営するナチス国家だ。プロレタリアートはたんにそれにしたがっているにすぎない。

話題は両親の話に戻る。ブリギッテは両親、とりわけ父親を転向させたい。ナチズムが残した彼らの潜在意識の壁をどうやって破壊するか、いつも考えている。両親に会えない寂しさを遠まわしに表現しているのだろうか、と私は訝《いぶか》る。むしろ両親を愛している？ 日夜、胸が悪くなるほど彼らのことを心配している？ そんな私のブルジョワ的な感傷を打ち消すように、ブリギッテは範としてきた預言者たちの名前を次々とあげる——ハーバーマス（一九二九年〜。ドイツの哲学者・社会学者）、マルクーゼ（一八九八年〜一九七九年。アメリカの哲学者。六〇年代の新左翼の父）、フランツ・ファノン（一九二五年〜一九六一年。アルジェリア独立運動で指導的役割を果たした）、そして私が聞いたことのない名前もいくつか。そこから武装資本主義の害悪、西ドイツの再軍備化、イランの国王《シャー》などファシスト独裁者に対する帝国主義アメリカの支援などに話が及ぶ。ブリギッテが私の意見にわずかでも注意を払うなら、私もいくつか同意できたかもしれないが、もとより私など眼中にない。

「そろそろ独房に戻りたいのですが、カウフマン少佐」

ブリギッテはふたたび私に皮肉のこもった会釈をして、握手を交わし、連れていってと看守に合図する。

☆

カウフマン少佐は部屋の隅から動いていない。私も、主《あるじ》がいなくなったブリギッテの椅子の、机を挟んだ向かいの席から離れていない。沈黙が少し奇妙に感じられる。ふたりで同じ悪夢から目覚めたかのように。

「訪問の目的は果たせましたか」カウフマン少佐が訊く。

「ええ、ありがとう。とても興味深い話でした」

「今日のブリギッテはいくらか混乱していたようです」

そうですね、と答えるが、じつは私自身が少し混乱している。夢中になっていたので気づかなかったが、私たちはドイツ語で話している。カウフマン少佐のドイツ語には、イディッシュ語などほかのことばを思わせる訛りがない。私の驚きに気づいた少佐は、こちらがまだ発していない問いに答える。

「ブリギッテとは英語でしか話しません」と説明する。「ドイツ語はいっさい使いません。ひと言も。彼女がドイツ語を話すと、わたしは何をしてしまうかわからないのです」そして、補足が必要だと思ったかのように、「つまり、ダッハウにいましたから」

15　現実劇場——罪の問題

エルサレムのある暑い夏の夜、私はアメリカ人のアナウンサーでジャーナリストのマイケル・エルキンズの家にいた。エルキンズはまずアメリカのＣＢＳ局、次にイギリスのＢＢＣ局で十七年間働いた。私が彼を訪ねたのは、多くの同世代人と同じく、たいてい荒涼とした戦地からのレポートであの完璧な文章を綴《つづ》るニューヨーク訛《なま》りの豊かな声を聞いて育ったからだ。しかし、頭の片隅には別の理由もあった。小説に登場するふたりのイスラエル諜報員を探していたのだ。仮にジョゼフ、クルツと名づけ、ジョゼフは若手でクルツは古参という設定だった。

具体的に何を期待してエルキンズと会ったのか。それはいま考えてもはっきり説明できないし、当時もできなかったはずだ。エルキンズは七十代だった。私が探していたのは、クルツの一部だったのか。エルキンズが〝ちょっとしたあれこれ〟以上の活動をしてきたのは知っていたが、どの程度までかは知らなかった。彼はかつてＣＩＡの前身のＯＳＳで働くかたわら、ハガナーというユダヤ人の軍事組織のために、イスラエル建国前のパレスチナに違法な武器を送っていたのだ。それが発覚してＯＳＳを解雇され、農業共同体《キブツ》に身を隠した。そのころは妻といっしょだったが、のちに離婚する。しかし、私は一九七一年に出版された彼の本 ***Forged in Fury***（『怒りのなかで鍛えられ』）を読んで予習しておくべきだったのに、怠《なま》けていた。

エルキンズがクルツと同じ東欧系で、移民の両親が衣類の商売をしていたニューヨークのロウワー・イースト・サイドで育ったことも知っていた。そう、だから私は彼のなかにクルツの一部を探していたのだろう。といっても、外見や独特の癖ではない。すでにクルツの身体的なイメージは固まっていたので、エルキンズのなかに見つける必要はなかった。私が求めていたのは、彼が消えた過去を回想するときにのぞかせるかもしれない、珠玉の知恵だった。たとえば私はウィーンで、人騒がせだが著名なナチ・ハンター、サイモン・ヴィーゼンタールを表敬訪問したことがあった。そこで聞いたことは旧知の事実ばかりだったが、思い出はずっと消えずに残っていた。

しかし本音を言えば、相手がマイク・エルキンズであり、それまでラジオで聞いたなかでもっともタフで魅力的な声の持ち主だったから会いたかったのだ。注意深く組み立てられたあざやかな文章が、ブロンクス訛りのいぶし銀の声に乗ってくると、みな背筋を伸ばし、きちんと聞いて、信じるしかない。だから、ホテルに電話がかかってきて、エルサレムにいるそうだねと彼に言われたとき、私は本人に会えるチャンスに飛びついたのだった。

✳

エルサレムの夜はいつになく暑苦しい。私は汗をかいているが、マイク・エルキンズは汗をかいたことなどないように見える。長身でたくましい体、声と同じくらい強烈な存在感、大きな眼、窪《くぼ》んだ頬、長い手足。片手にウイスキーのグラスを持ち、もう一方の手でデッキチェアの肘《ひじ》かけをつかんだシルエットが私の左側に坐り、その頭の向こうに大きな月が浮かんでいる。ラジオにうってつけの声がいつもどおり安心感を与え、注意深いことば遣いも、文が少し短めではあるけれど変わらない。ときおり話をやめて、自分を遠くから見るように考えこみ、スコッチをひと口飲む。

彼は直接私に話しているのではない。前方の闇のなかの、そこにはないマイクロフォンに語っている。構文や韻律《いんりつ》に気をつけて話しているのも明らかだ。会話を始めたのは屋内だったが、あまりに美しい夜だったので、ふたりでグラスを持ってバルコニーに出た。いつ、どうしてナチス狩りの話題になったのかはわからない。おそらく私がヴィーゼンタールを訪ねたことに触れたのだろう。とにかくマイクはそのことを話している。いや、彼の話題はナチス狩りではなく、殺人だ。

こちらの仕事の説明をしている暇がないこともあった、とマイクは言う。そうなるとわれわれは、たんに彼らを殺して去った。時間があるときには、どこかへ連れていって説明した。野原や、倉庫に。泣いて罪を告白する者もいれば、怒鳴り散らす者も、命乞いをする者もいた。ほとんど何もできない者も。その男の家にガレージがあれば、そこに連れこんだ。首にかけた輪縄の端を梁《はり》につないで、自分の車の上に立たせてから、その車を発進させる。そしてガレージに戻り、死んだことを確認する。

〝われわれ〟と言いました？　〝われわれ〟とは具体的に誰ですか。あなた――マイク――自身も復讐に加わっていた？　それとも、もう少し一般的な〝われわれユダヤ人〟という意味で、あなたはたんにそのひとりということですか？

マイクは、私にはよくわからない〝われわれ〟を使いつづけ、別の殺しの方法を説明する。やがて彼の思考は、ナチスの戦犯を殺す倫理的正当性へと移る。彼らは身元を隠して、たとえば南米にもぐりこんでいるのだから、そうでもしなければこの世で正義を教えてやることができない。そこから話題がそれて、一般的な罪のことになる。もはや殺された男たちの罪の話ではなく、殺したほうの罪――もしあるとすれば――の話だ。

✡

遅まきながら、私はマイクの本を見つけ出す。この本の出版はかなり物議をかもした――とりわけ、ユダヤ人のなかで。語り口や内容は、タイトルから想像できるとおりの怖ろしさだ。マイクはガリラヤのキブツで、マラカイ・ワルドという人物からしきりに執筆を勧められたらしい。著書のなかで、彼自身がユダヤに目覚めたのは、子供心に知ったアメリカの反ユダヤ主義がきっかけだったと書いている。それがホロコーストの暴虐と、占領下のドイツでＯＳＳの一員として働いた経験によって絶対的なものになった。個人の心情を切々と述べたかと思うと、次の瞬間には痛烈な皮肉を浴びせる。ナチスがゲットーや収容所にいるユダヤ人に加えた、想像を絶する蛮行を細大もらさず描写し、抵抗して死んだユダヤ人の英雄的行為を同じくらいあざやかに描き出している。

しかし、もっとも重要で論議を呼ぶ点は、ＤＩＮというユダヤ人組織の存在を明かしていることだ。これはヘブライ語で〝裁き〟という意味で、創設者はほかでもないマラカイ・ワルド、すなわち、ガリラヤのキブツでマイクに本の執筆をうながした人物だ。

一九四五年と四六年だけでも、ＤＩＮは千人を超えるナチス戦犯を追跡し、殺害したと書いてある。この組織は七〇年代に入るまで活動を続け、幸い実行には至らなかったが、六百万人のユダヤ人殺害に対する報復として、女性や子供を含む百万人のドイツ人を殺すために、二十五万世帯の水道水に毒を入れる計画まで立てていた。マイクによれば、ＤＩＮは世界じゅうのユダヤ人に支持されていた。発足時のメンバー五十人には、実業家、宗教家、詩人など、あらゆる職業や階層の人間が集まっていたという。

そしてそこには――マイクはなんの説明もなく書き添えている――ジャーナリストもいた。

16　現実劇場——愛情のことば

あの緊張の時代、といっても、ベイルートが緊張していなかった時代は思い出すのもむずかしいが、〈コモドール・ホテル〉は、本物（または見せかけ）の従軍記者や、武器商人、麻薬密売人、偽物（または本物）の救援活動家の憩いの場だった。常連客はあのホテルを映画『カサブランカ』のリックの酒場と比べたがるけれども、私には何が似ているのかよくわからない。カサブランカは戦場の街ではなく、ただの中継地だった。ベイルートに人が集まるのは、金やトラブル、あるいは平和を生み出したいからで、逃げ出したいからではなかった。

〈コモドール〉は歴史の証人ではない。少なくとも一九八一年にはちがったし、現在はもう存在しない。平凡な垂直の建物で、建築物としての価値はないが、入口ロビーにある百二十センチほどの高さの硬化コンクリートの受付デスクは別だ。物騒な時期には二倍の高さがあり、銃がすえつけられていた。もっとも崇拝されていた居住者はココという年寄りのオウムで、鉄の棒に止まって地下のバーを取りしきっていた。市街戦の技術が、セミオートマチックからロケット推進に、軽量級から中量級に、正しい表現はよくわからないが、とにかく進化するにつれ、ココの戦闘音のレパートリーは増えていき、初めてバーに来た客は、シューッというミサイルの飛来音や、「伏せろ、馬鹿、早くケツをおろせ！」という声にぎょっとしたものだった。戦争に疲弊《ひへい》し、またしても地獄のような一日から楽園に帰ってきた記者たちにとっては、マホガニー色のウイスキーをちびちびやりながら、新参者があわててテーブルの下に隠れるのを見るのが何より愉《たの》しい余興だった。

　ココがまねるフランス国歌《ラ・マルセイエーズ》の出だしの数小節と、ベートーヴェンの交響曲第五番の冒頭部分も評判だった。彼がいなくなった理由は謎に包まれている。ひそかに安全な場所に連れ出されていまも歌っているのか、シリアの民兵に撃たれたのか、はたまた餌に入れられたアルコールでついに体を壊したのか。

　その年、私はベイルートとレバノン南部に何度か足を運んだ。小説のためでもあり、そこから生まれた、どうも配役がしっくりこない映画のためでもあった。記憶のなかでは、それらの訪問が途切れなくつながって、ひとつの超現実的な体験になっている。臆病な人間にとっては、ベイルートは四六時中、恐怖のもとだ。銃声が響く海岸通り《コルニッシュ》で食事をするときであれ、パレスチナ人の少年が頭にカラシニコフを突きつけてきて、ハバナの大学で国際関係論を学びたいから援助してくれないかと言うのを真剣に聞くときであれ。

☆

〈コモドール〉では新入りの私は、ひと目でモーに引き寄せられた。彼はある一日の午後だけで、私が全人生で見てきたより多くの死や、死にかけた人を見る生活を送り、世界でもっとも深い闇の奥からスクープを届けてきた。いつものように前線ですごした一日が終わり、ぼろぼろのカーキ色の袋を肩にかけ、混雑したロビーをプレスオフィスへ大股で歩いていく彼の姿が目に入るなり、余人とちがうことがわかった。モーは街でいちばん実地経験を積んでいるという噂だった。あらゆることを見聞きし、実行し、戯言《たわごと》は口にせず、苦境で誰よりも力を発揮する。それがモーだ。なんなら知り合いに訊いてみるといい。ときには少し落ちこみ、少しおどけたりもする。酒壜と一日か二日、部屋に閉じこもることもあるだろう。最近の生活で彼の連れ合いとして知られていたのは一匹の猫だけだったが、〈コモドール〉の言い伝えによると、その猫は絶望のあまり最上階の窓から身を投げたらしい。

だから、私が初めてベイルートに入った二日目か三日目に、モーがちょっとした遠征に同行しないかと声をかけてくれたときには、ここぞとばかりに飛びついた。それまでに残りのすべてのジャーナリストから助言をもらっていたが、モーだけはずっと離れたところにいたのだ。私はうれしかった。

「砂漠に出かけようか。おれが知ってるいかれた連中に会うというのはどうだい？」

ぜひ会いたい、と私は答えた。

「変わり種を探してるんだろう？」

私は変わり種を探している。

「運転手はドルーズ派だ。あいつらは、自分以外の人間のことはいっさい気にかけない。わかるかな?」

　よくわかるよ、モー。ありがとう。

「ほかのやつら、シーア派やスンニ派やキリスト教徒はトラブルを探してるが、ドルーズ派はちがう」

　願ってもないことだ。

　それは検問所めぐりの旅だった。私は空港、エレベーター、火葬場、国境、国境警備隊が大嫌いだが、検問所はそれらの上を行く。検問所でチェックされるのはパスポートではなく、手や顔だ。そして、カリスマがあるかないか。ある検問所を通過できたとしても、その幸せな知らせが次の検問所に伝わることはない。どの検問所も、あそこは楽に通してくれると侮《あなど》られたくないからだ。私たちは、二本の石油のドラム缶のあいだに差し渡された理髪店の看《サイン》板柱《ポール》のまえで停車している。カラシニコフをこちらに向けた少年は、黄色いウェリントンブーツと、膝丈《ひざたけ》のすり切れたジーンズをはき、胸ポケットにマンチェスター・ユナイテッドのサポーターバッジをつけている。

「ろくでなし《アスホール》モー!」幻のように現われたその姿が歓迎の叫び声をあげる。「こんにちは! 今日の調子は?」——まじめに学んだ英語で。

「元気だよ、ろくでなしアンワル。このとおり」モーはくつろいだ口調でのんびり話す。

「ろくでなしアブダラに会えるか? 友人のろくでなしデイヴィッドを紹介したい」

「ろくでなしデイヴィッド、ようこそ。大歓迎します」

彼がロシア製の無線機に大声でうれしそうに話しているあいだ、私たちは待つ。いまにも折れそうな赤と白のポールが上がる。ろくでなしアブダラと会ったときの記憶はぼんやりしている。事務所は煉瓦《れんが》と岩でできていて、あちこちに弾痕があり、ペンキでスローガンが書かれていた。アブダラは巨大なマホガニーの机について坐り、そのまわりを仲間たちがセミオートマチックをいじりながらうろついていた。彼の頭上には、スイス航空のダグラスDC－8が滑走路で爆発している写真が額入りで飾られていた。その滑走路がヨルダンのドーソンズ・フィールドと呼ばれる小空港にあり、DC－8がバーダー・マインホフに支援されたパレスチナの戦闘員にハイジャックされたことは正確に憶えていた。当時私はしょっちゅうスイス航空を使っていた。誰がわざわざこんな写真を画材店に持っていって額縁を選んだのだろうと考えたことも憶えている。しかし、何より記憶に刻まれているのは、私たちの会話が、どれほどひいき目に見ても中途半端な英語しかしゃべれない通訳を介しておこなわれ、みなが都合よく解釈したのを神に感謝したことだ。健全で心地よい〈コモドール・ホテル〉に戻るまでのあいだ、私は、トラブルを探さないドルーズ派の運転手が聞く英語も中途半端でありつづけますようにと祈っていた。アブダラが胸に手をあて、ひげ面《づら》にうれしそうな笑みを浮かべて、ろくでなしモーと、ろくでなしディヴィッドの来訪に心から感謝したことも憶えている。

「モーは人をぎりぎりまで追いつめるのが好きだ」ある親切な人物がそう警告してくれた。すでに手遅れだったが、言外の意味は明らかだった——モーの世界では、戦地の見学者は自業自得の目に遭う。

☆

はるか外の世界から電話がかかってきたのは、その日の夜だったか。もしちがったのであれば、あの夜にかけてくるべきだった。私がベイルートに通《かよ》いはじめたばかりの時期だったのは確かだ。初めての宿泊客でもないかぎり、不思議なほど空いた〈コモドール〉最上階のブライダル・スイートへの無料アップグレードを受けるような愚かなことはしないから。一九八一年のベイルートの夜間オーケストラは、のちの時代ほどの質ではなかったが、腕前は上がりつつあった。通常、公演は午後十時ごろ始まり、深夜にクライマックスを迎える。最上階にアップグレードした客に供されるのは、すばらしい光景だ。夜明けが来たかと思うほどの閃光、撃ちつ撃たれつの――どちらの方向かはわからない――砲撃の轟音、そして小火器の応酬とそのあとの雄弁な沈黙。聞き慣れない耳には、これらすべてが隣の部屋で起きているように聞こえる。

部屋の電話が鳴っていた。私はベッドの下で寝ようかと考えていたが、受話器を耳にあて、ベッドに坐った。

「ジョン？」

ジョン？　私のことか？　一部の人々、おもに知り合いではないジャーナリストには、ジョンと呼ばれることがある。だから私はイエスと答え、どなたですかと尋ねると――堰《せき》を切ったように罵言《ばげん》が返ってくる。電話をかけてきたのは女性だ。アメリカ人で、何かに腹を立てている。

「いったいどういうことよ――どなたですか？　あたしの声がわからないふりなんかするな！　このいやらしいくそイギリス人が。弱虫のくせに、浮気しやがって――口をはさまないで、わかった？」たいへんな剣幕で私の抗議を抑えこむ。「バッキンガムくそ宮殿でお茶してるとか、いいかげんなイギリス人の嘘はつかないでよ！　あんたを信じてたのに、わかる？　これを信頼っていうの。いいから黙って聞きなさい。あたしは美容院に行ったあと、小さなバッグにくだらないものを詰めて、売春婦みたいにくそ二時間も歩道に突っ立ってたの。あんたがドブで死んでるんじゃないかなんて思いながら、むちゃくちゃ悲しんでた。なのに、あんたはどこにいる？　ベッドのなかよ！」突然考えが浮かんで、声を落とす。「そこでどこかの女とやってるの？　もし――黙って！　あんたの声なんて聞きたくない。このイギリス人のクズ！」

ゆっくり、ごくゆっくりと、私は彼女の誤解を解いていく。あなたはちがうジョンと話している。そもそも私はジョンではなく、デイヴィッドで――活発な砲撃がいっときやむ――誰かは知らないが、本物のジョンはもうチェックアウトしているにちがいない――またドーン、ドーンという砲撃――なぜなら、ホテルが今日、このすばらしいスイートルームを私に使わせてくれたから。申しわけない、と私は言う。本当に申しわけない。あなたにまちがった男を罵倒《ばとう》する屈辱を味わわせてしまった。そして私は、彼女の苦悩に心から感謝する。無料のスイートルームのベッドの下でひとり寂しく死ぬのではなく、同じ人間と話していることがありがたい。そんなふうに歩道に立たされて、なんて気の毒なんだろう、と騎士道精神を発揮する。なぜなら、もはや彼女の問題は私の問題であり、本気で彼女と友人になりたいと思っているからだ。ことによると、本物のジョンが現われないのには、ちゃんとした理由があるのかもしれません。ともかく、この街ではいつ何が起きてもおかしくないから。でしょう？——またドーン、ドーン。

たしかにそうよね、デイヴィッド、と彼女が言う。でも、どうしてあなたは名前をふたつ持ってるの？　私はその理由も説明し、どこから電話をかけているのかと尋ねる。地下のバーだという答え。彼女のジョンもイギリス人作家だという。すごく奇妙じゃない？　彼女の名前はジェニーだ。いや、ジニーかもしれない。あるいは、ペニー。というのも、ドーン、ドーンという爆音のなかで、とてもすべてを理性的には聞き取れないからだ。階下《した》に来ていっしょに一杯飲まない？

私はことばを濁し、本物のジョンはどうするのかと尋ねる。

あんなのはほっとけばいいわ、ジョンはだいじょうぶ、いつもそうだから、と彼女は言う。なんであろうと、ベッドの上や下で寝ているあいだに爆撃されるよりはましだ。落ち着いて話しだすと、彼女の声はとても感じがいい。しかも私はひとりで怯《おび》えている。そこから先は、ぎこちない言いわけしか思い浮かばない。私は服を着て、階下に行く。エレベーターが嫌いだし、自分の真の動機を疑いはじめていたので、のろのろと時間をかけて階段をおりる。

そして地下のバーにたどり着くと、ふたりの酔っ払ったフランス人武器商人と、バーテンダー、そしてわかるはずもないが雄にちがいないオウム以外には、誰もいない。オウムはあの十八番《おはこ》の火器のものまねを披露している。

✫

イギリスに戻った私は、『リトル・ドラマー・ガール』を映画化しようと、以前にも増して固く決意する。チャーリィを演じるのは、アイデアのもととなった妹のシャーロットでなければならない。ワーナー・ブラザースが権利を買い、『明日に向って撃て!』で名をあげたジョージ・ロイ・ヒル監督と契約する。私はシャーロットの名をヒルに伝える。彼は感激し、実際にシャーロットに会って、気に入る。会社と話してみるよ、とジョージ。だが、チャーリィ役はダイアン・キートンにまわる。そのほうがよかったのかもしれない。しかし、歯に衣着せぬ物言いで知られたジョージ自身は、のちに私に打ち明けた——

「デイヴィッド、私はきみの映画をぼろくそにしてしまった」

17 騎士ソヴィエトは鎧《よろい》のなかで死にかけて

私がロシアを訪ねたのは二度だけだ。まず一九八七年、ミハイル・ゴルバチョフのおかげでソ連の寿命が尽きかけ、CIAだけがそれを知らなかったころ。二回目は六年後の一九九三年、破綻《はたん》国家が禁じていた資本主義に熱狂し、国全体が〝ワイルド・イースト〟になっていたころだった。私は風が吹き荒れるその新しいロシアも見たかったのだ。よって、二回の訪問は偶然、ロシア史上ボリシェヴィキ革命以来の社会の大混乱期をまたぐことになった。そして、ほかに類を見ないその移行は──多少のクーデターや殺人依頼、ギャングの銃撃戦、政治がらみの暗殺や強奪、拷問による数千人の犠牲者を別とすれば──ロシアの基準で見て無血でおこなわれた。

最初の訪問に至るまでの二十五年間、私とロシアの関係はとても友好的とは言えなかった。『寒い国から帰ってきたスパイ』の発刊以降、ロシアの文学界からは激しい非難を浴びせられていた。あるときには批評家から、スパイを英雄の地位に押し上げたとなじられた。それを芸術の域にまで高めたのは、まさしく彼らだったのだが。また別のときには、冷戦についての認識は正しいが結論はまちがっていると責められた。これには論理的な答えを返せなかったが、あのころわれわれがやりとりしていたのは、論理ではなくプロパガンダだった。KGBが支配する《リテラトゥルナヤ・ガゼータ》紙、CIAが支配する《エンカウンター》誌という塹壕《ざんごう》から、ことばによる不毛なイデオロギー戦争に勝者はいないと知ったうえで、きまじめに爆弾を投げ合っていたのだ。一九八七年、私がビザを取得する必要からケンジントン・パレス・ガーデンズにあるソ連大使館の文化担当官を訪ねると、私が入国できるなら誰でも入国できると無愛想に言われた。状況を考えれば、驚くにはあたらない。

その一カ月後、ソヴィエト作家同盟の招きで――イギリス大使とミハイル・ゴルバチョフの妻ライサが、KGBの頭越しに手配してくれたのだろう――モスクワのシェレメチェヴォ空港に降り立つと、ガラスの檻《おり》の向こう側にいる赤紫色の肩章をつけた若者が、硬い表情で、このパスポートは偽物ではないかと文句をつけてきた。さらに、不可解にも私の荷物は四十八時間、行方不明になり、なんの説明もなく、丸められたスーツともどもホテルの部屋に現われた。加えて〈ホテル・ミンスク〉の陰気な部屋は、私がしばらく外出するたびに箪笥《たんす》が引っかきまわされたり、新聞が机の上に散らばったりと、これ見よがしに荒らされていた。ひとりで外を歩くときにはいつも、KGBの太めで中年の監視人がふたり――私は勝手にムツキー、ジェフスキーと名づけていた――二メートルほどうしろをついてきた。こうしたことすべても、やはり驚くにはあたらない。

彼らに心から感謝する。反体制派ジャーナリストのアルカジー・ワクスベルクの家でにぎやかな夜をすごしたあと、リビングルームで酔いつぶれている当人を残して家を出ると、私はたったひとりで見知らぬ通りにいる。真っ暗な夜で、月もなく、夜明けもまだ遠い。中心街のかすかな光でも見えれば、その方向に歩くことができるのだが、それすらない。通行人に道を尋ねようにも、ロシア語は話せない。それにそもそも通行人がいない。しばらくすると、職務に忠実なふたりの監視人が公園のベンチで並んでぐったりしているのが見えてほっとする。おそらく交替で眠ろうとしていたのだろう。

「英語は話せますか」

ニェット。

「フランス語は？」

ニェット。

「ドイツ語は？」

ニェット。

「私はとても酔っ払っている」間の抜けた笑みを浮かべ、右耳のそばで右手をゆっくりとまわして、「〈ホテル・ミンスク〉、オーケイ？　〈ミンスク〉、わかります？　いっしょに行ってもらえますか？」友愛と無抵抗のしるしに、両手を広げてみせる。

うんざりする〈ホテル・ミンスク〉に向かって、人気《ひとけ》のない片側三車線の大通りを三人並んでゆっくりと行進する。快適さを重視する私としては、数ドルで泊まれるモスクワのホテルに滞在したかったのだが、わが主人たちにそういう考えはなく、〈ミンスク〉最上階のＶＩＰ用スイートルームに泊まることになった。部屋には古い盗聴マイクが永遠に設置され、廊下では恐るべき女性コンシェルジュが見張っている。

とはいえ、監視者も人である。時がたつにつれ、ムッキーとジェフスキーには、あきらめたような、じっと耐えているような雰囲気が生じ、いたわりのことばさえかけてやりたくなった。常識的にはありえないが、私は彼らから遠ざかるのではなく、近づきたくなった。ある夜、あの多難な時期に《インディペンデント》紙のモスクワ支局長を務めていた弟のルパートと食事をした。当地に普及しはじめた、個人が所有して協同組合が経営するレストランだった。ルパートとはずいぶん歳が離れているが、薄暗い明かりの下なら私たちはどことなく似て見える。酔っていればなおさらだ。彼は同僚のモスクワ特派員たちを連れてきていた。私たちが飲んで話しているあいだ、ふたりの監視人はやるせなさそうに隅の席に坐っていた。私は気の毒に思い、ウェイターを呼んで彼らにウォッカのボトルを一本差し入れてもらった。あえて彼らのほうは見なかったが、次に眼を向けると、ボトルはどこかに消えていた。そしてルパートと別れたとき、彼らが家まで送っていったのは弟のほうだった。

☆

当時のロシアをウォッカなしで描写するのは、競馬を馬なしで描写するようなものだ。同じ週に、私はモスクワの出版社を訪ねる。午前十一時、狭苦しい屋根裏のオフィスには、ディケンズの時代を思わせる埃《ほこり》をかぶったファイルが散らばり、謎の段ボール箱や、紐《ひも》で縛られて黄色くなったタイプ原稿が積み重なっている。私が入っていくと、部屋の主《あるじ》は机のうしろから飛び出し、喜びの声をあげて私を固く抱擁《ほうよう》する。

「グラスノスチです！」彼は叫ぶ。「ペレストロイカです！　検閲は終わった！　ご友人、これからあなたの作品を未来永劫、すべて出版しますよ。古い本も、新しい本も。駄作だってかまやしない！　あなたが書いたものなら電話帳でも出版します。あの卑劣な党の検閲局が出版させたがるもの以外なら、なんだってね！」

ゴルバチョフが制定したばかりのアルコール消費に関する法律を清々《すがすが》しく無視して、彼は抽斗《ひきだし》からウォッカを取り出し、蓋《ふた》を引きちぎるように開ける。それをうれしそうに屑籠《くずかご》に投げ入れるのを見て、私の心は沈む。

☆

私が入った鏡の国では、監視され、尾行され、最大級の疑いをかけられながら、同時に栄誉あるソ連政府の賓客《ひんかく》として扱われるということが完全に成り立つ。《イズベスチヤ》紙に載った私の写真には好意的な説明が添えられ、招待主のソヴィエト作家同盟からは豪華なもてなしを受けた。作家同盟の作家たちの文学的素質は大部分があいまいで、なかには神話のような話すらあった。

業績が三十年前に出した詩集一冊だけという偉大な詩人がいたが、じつはその作品は、反乱を企ててスターリンに射殺された別の詩人によるものとの噂があった。真っ白なひげと涙のいっぱいたまった赤い眼のひどく年老いた男もいたが、半世紀を強制労働収容所《グラーグ》ですごし、グラスノスチ（情報公開）の一環で解放されたということだった。その老人は人生で受けた試練についてどうにか日記をつけ、昔のドアストップほどの大きさの本を出版した。その本はいま私の書斎にあるが、ロシア語で書かれているので読めない。何年ものあいだ政府の検閲を受けながら、寓話に暗号のメッセージをこめ、解読できる聡明な人に向けて送るという綱渡りをしてきた文学の曲芸師たちもいた。荒野に放たれたとき、彼らは何を書くのだろうか。明日のトルストイやレールモントフになるのだろうか。それとも、長いこと屈折した考え方をしてきたせいで、まっすぐに書くことができなくなっているのか。

モスクワ郊外の緑あふれるペレジェルキノの作家村で野外パーティが開かれた。あまりにも党の路線に従順だった作家たちは――ゴルバチョフの政治経済改革政策であるペレストロイカの登場で――無規律を売りにしてきた作家たちに比べてすでに肩身が狭そうに見えた。その無規律なグループに属するという飲んだくれの劇作家イーゴリは、やたらと私の首に腕をまわし、共謀者のように耳に囁《ささや》きかけてきた。

イーゴリと私はプーシキン、チェーホフ、ドストエフスキーについて語り合った。というより、イーゴリが一方的に話し、私は聞いていた。私たちはジャック・ロンドンを称《たた》えた。というより、イーゴリが称えた。大失敗した真の共産主義ロシアについて本当に知りたいのなら、レニングラードの彼の家からノヴォシビルスクの祖母に中古の冷蔵庫を送り、どこまで届くか確かめてみるといい、と彼は言う。崩壊しつつあるソヴィエト連邦という国の状態を知るにはいい方法だと私たちは同意し、大いに笑った。

翌朝、イーゴリは〈ホテル・ミンスク〉にいる私に電話をかけてきた。

「ぼくの名前は言わないでくれ。声でわかるだろう、な？」

ああ。

「昨夜、ぼくは祖母《ばあ》さんについてくだらない冗談を言った。オーケイ？」

オーケイ。

「憶えているか」

憶えている。

「ぼくはくだらない冗談は言わなかった。オーケイ？」

ふたたびオーケイ。

「誓ってくれ」

私は誓う。

私が会ったある芸術家は、どんな箍《たが》をはめられようと確実に生き残り、それを愉《たの》しみすらした。イリヤ・カバコフというその男は、何十年にもわたってソ連に気に入られたり見放されたりし、自分の作品に別の名前を書きこまざるをえなくなったこともあった。カバコフのアトリエに行くには、まず信頼されたうえで、誰かを知っている必要があり、屋根裏部屋の梁《はり》に板を渡しただけの長くて危なっかしい通路を、懐中電灯を持った少年に照らしてもらう必要もある。

ついにアトリエにたどり着くと、微笑む女性や讃美者たちに囲まれた、元気いっぱいの隠《いん》遁者《とんしゃ》で稀代《きたい》の画家、カバコフがいた。キャンバスには彼がみずからを閉じこめたすばらしい世界が描かれていた——無敵の創造主の愛《いと》おしげな眼で嘲《あざけ》られ、赦《ゆる》され、美と普遍性を与えられた世界だ。

ロシアのヴァチカンとも呼ばれるザゴルスクの至聖三者大聖堂では、黒い服を着たロシアの老女たちが敷石の上にひれ伏し、聖遺物が収められた墓を覆《おお》う、曇った厚いガラスにキスをしていた。スカンジナビアのしゃれた家具を設《しつら》えたモダンな事務所では、豪華なローブをまとった修道院長代理が、国家機関を通してキリスト教の神がなしとげた御業《みわざ》のすばらしさについて説明してくれた。

「いまの話は共産主義国にかぎったことですか」私は彼の決まりきった案内文句が終わったときに尋ねる。「それとも、神はどの国にも御業を示されるのですか」

返ってきたのは、拷問者が浮かべるような寛大な笑みだけだった。

寡聞《かぶん》にして知らなかったチンギス・アイトマートフという作家に会ったときには、イギリス人通訳とともに、アエロフロート機でフルンゼという軍事都市に飛んだ。現在はビシュケクと呼ばれるキルギス共和国の街だ。私たちにあてがわれたのは、フルンゼ版の〈ホテル・ミンスク〉ではなく、五つ星級に豪華な共産党中央委員会の療養所だ。

鉄条網をめぐらした敷地を、犬を連れたＫＧＢの武装兵士が警備している。山からやってくる泥棒からわれわれを守ってくれるらしい。まだ反体制派のイスラム部族のことは話題にならない。療養所のゲストは私たちだけで、地下には設備が充実したプールやサウナがある。

ロッカー、タオル、ビーチローブにはふわふわの動物が刺繡《ししゆう》されていて、私はヘラジカを選ぶ。プールはやたらと温かい。支配人にいくらか米ドルを渡すと、お返しに、さまざまな味の禁制ウォッカや街の女性たちを勧められる。私たちは前者をもらい、後者は断わる。

モスクワに戻ると、なぜか赤の広場が立入禁止になっている。レーニン廟《びょう》の巡礼は別の日に延期。世界がすでに知っていることをわれわれが知らされるまでに、さらに十二時間かかる。マティアス・ルストという若いドイツ人パイロットが、小型のセスナ機でソ連の陸と空の防衛網をかいくぐり、クレムリンのすぐまえに着陸したのだった。これは期せずして、改革に反対する国防相や軍上層部をゴルバチョフが解任する恰好《かっこう》の理由になる。この噂が伝わっても、ペレジェルキノの文学者たちが偉大な飛行を祝って騒いだり、笑ったりしなかったことを憶えている。そこにあったのは、想像もつかないほど暴力的な結果になるのではないかという、いつもの恐怖から来る緊張と静けさだけだった。政治クーデターが生じるのか、軍の反乱が起きるのか、それとも、いまの時代にあってさえ、われわれのような好ましからざる知識人の粛清が起きるのか。

まだレニングラードと呼ばれていた街で、私は物理学者にしてノーベル平和賞受賞者のアンドレイ・サハロフと、その妻エレーナ・ボンネルに会う。サハロフは同世代を代表する反体制派の偉人だ。夫妻は国内流刑処分で六年間ゴーリキーにいたが、グラスノスチの精神にもとづき、ペレストロイカを支援するために、ゴルバチョフによって解放されたばかりだ。たいへんな努力の末、初めてクレムリンに水爆をもたらしたのは、物理学者のサハロフだった。ある朝起きて、無法者の集団に爆弾を渡してしまったと悟り、声を大にしてそれを語る勇気を持っていたのは、反体制派のサハロフだった。私たちは街で唯一の協同組合経営のレストランで、丸テーブルについて坐る。エレーナ・ボンネルがサハロフの隣にいて、KGBの若い政治局員たちがテーブルを取り囲んでいる。一九三〇年代のストロボつきカメラを絶えずこちらに向けて、閃光を浴びせるのだが、その行為はあまりにも現実ばなれしている。レストランのなかであれ、通りであれ、振り返ってアンドレイ・サハロフを見たり、偉人と握手を交わそうとこっそり近づいてきたりする人などいないからだ。流刑以来、彼の顔を公開することが禁じられているので当然だ。要するに、写真家ではない連中が外には出せない顔を撮影している。

　サハロフは私に、クラウス・フックスと会ったことがあるかと訊く。ソ連のスパイだったイギリスの原子物理学者だ。すでにイギリスの刑務所から出て、東ドイツに移り住んでいた。

いいえ、会ったことはありません。

では、フックスが捕まった経緯は知らないかな？

　彼を取り調べた人物は知っていますが、どうやって捕まえたのかは知りません。スパイの最大の敵は別のスパイでしょう。私はそう言い、まわりの偽写真家たちにうなずく。あなたがたのスパイが私たちのスパイにクラウス・フックスのことを話したのかもしれない。サハロフは微笑む。妻のボンネルとちがって、サハロフはよく笑顔を見せる。自然にそうなるのか、それとも尋問官を懐柔する方法として身につけたのか。しかし、なぜ私にフックスのことを訊くのだろう。私は口には出さなかったが、不思議に思った。おそらく、フックスが西側のより開かれた社会にいながら、あえてみずからの信念を明らかにし、ひそかな裏切りの道を選んだからだ。一方のサハロフは、断末魔のあがきを始めた警察国家にいて、言論の自由のために拷問され、監禁された。

☆

サハロフは、ゴーリキーの居住区の外に立っていた制服姿のKGBの守衛について話す。その守衛は囚人と眼を合わすことを禁じられていたので、毎日、うしろ向きで肩越しに《プラウダ》紙を渡した——受け取れ、ただ眼は見るなよ。サハロフは隅から隅までシェイクスピアの作品を読んだことも話す。アンドレイはあの吟遊詩人のことばをまるごと憶えようとしたの、とボンネルが言う。けれども、流刑の身で英語の話しことばを聞いたことがなかったので、単語の発音がわからなかった。話は、六年間の刑が終わった夜、住まいのドアに雷のようなノックが響き渡ったことにも及ぶ。ボンネルは「開けないで」と言ったが、サハロフは開けた。

「彼らがわれわれにできることで、まだしていないことなど何もないじゃないか、とエレーナに言ったのだ」サハロフは説明する。

ドアを開けると、男がふたり立っていた。ひとりはKGBの制服、もうひとりはオーバーオールの作業服だった。

「電話を取りつけにきた」KGBの将校が言った。

サハロフはここでにやりとする。ロシアの閉ざされた街で電話を取りつけるというのは、サハラ砂漠でウォッカのロックが出てくるのと同じくらいありえないことだ。もっとも、サハロフは酒を飲まない、というより絶対禁酒主義者だったが。

「電話はいりません。持ち帰ってください」ボンネルはKGBの将校に言った。

しかし、またサハロフが割りこんだ。つけてもらおうじゃないか。失うものがあるかい？

ボンネルは喜ばなかったが、結局電話を取りつけてもらった。

KGBの将校は出がけに、「明日の正午、電話がかかってくる」と言い、ドアを閉めた。

サハロフは科学者らしい慎重な話し方をする。事実は細部に宿るのだ。正午が来て、すぎた。一時、二時……。ふたりは空腹になっていることに気づいた。前夜はよく眠れず、朝食もとっていなかった。サハロフは守衛のうしろ姿に、店でパンを買ってくると言った。出かけようとしたところで、ボンネルに呼び止められた。

「あなたに電話よ」

サハロフは部屋に戻り、受話器を取った。さまざまに無礼な取り次ぎが出てきたあとで、ソヴィエト共産党書記長、ミハイル・ゴルバチョフその人につながった。過去は過去だ、とゴルバチョフは言う。中央委員会がこの件について検討し、あなたは自由にモスクワに帰ってこられることになった。昔のアパートメントが空いているし、科学アカデミーにもすぐに再入会できる。あらゆる障害は取り払ったので、ペレストロイカの新たなロシアの責任ある市民として、然るべき地位についていただきたい。

〝責任ある市民〟ということばがサハロフを苛立たせた。彼はゴルバチョフに、自分の考える〝責任ある市民〟とは、この国の法律を守る人間ですと伝えた――おそらく、笑みを絶やさないサハロフにしては激しい口調で。この閉ざされた街だけを見ても、法廷に近寄ったことすらない囚人たちが歩きまわっています。なぜここにいるのか見当もつかない者たちも。

「あなた宛てにそういう趣旨の手紙を出しましたが、返事のかけらすら受け取っていませんん」

「あなたの手紙は受け取った」ゴルバチョフはなだめるように言った。「中央委員会が検討している。モスクワに戻ってきなさい。過去は終わった。国の再建を手伝ってもらいたい」

勢いづいて抑えがきかなくなったのだろう、サハロフはゴルバチョフに対し、すでに手紙に書いた過去から現在にわたる中央委員会の職務怠慢《たいまん》を次から次へとあげつらう。やはり今回も、のれんに腕押しだ。しかし、その最中にボンネルと眼が合った。そして、これ以上続ければゴルバチョフに〝そういう考えなら、同志、そこにずっといてもらってもかまわない〟と言われることになると思った。

そこでサハロフは電話を切った。唐突に。〝さようなら、ミハイル・セルゲーエヴィチ〟とすら言わずに。

そのあと、こんな考えが浮かんだ――サハロフの茶目っ気たっぷりの笑みが広がり、ボンネルすらいたずらっ子のように眼を輝かせている。

「こんな考えが浮かんだのだ」サハロフは困ったようにくり返す。「六年ぶりの電話だというのに、私はソヴィエト共産党書記長からの電話を一方的に切ってしまったのだとね」

☆

数日後、私はモスクワ国立総合大学の学生たちのまえで講演をしている。壇上にいるのは、わが勇敢なイギリス人ガイド兼通訳のジョン・ロバーツ、国際ペンクラブか作家同盟——どちらかは最後までわからなかった——から来たロシア人ガイドのヴォロージャ、そして私を新たなグラスノスチの産物と紹介した青白い大学教授。私に言わせれば、あまりありがたくない紹介だ。彼はたぶん、私がいないほうがグラスノスチはもっとうまくいくと思っている。その教授がおざなりな態度で聴衆から質問を募る。

最初のいくつかの質問はロシア語だったが、青白い教授が露骨に聞き流すので、業を煮やした学生たちが英語で質問を叫びはじめる。私たちは、私が尊敬する作家、尊敬しない作家について話し、冷戦の産物としてのスパイについて語り、生意気にも、同僚を密告することの道徳性などについて議論する。もう充分だと言わんばかりの青白い教授は、最後の質問ですと宣言する。女学生の手が上がる。はい、きみ。

女学生——教えてください、ミスター・ル・カレ。マルクスとレーニンについてどう思われますか？

大笑い。

私――どちらも大好きです。

最高の返答だとは思わないが、学生たちは長々と拍手し、うれしそうに叫ぶ。青白い教授が終了を宣言すると、私はあっという間に学生に取り囲まれ、階下の休憩室のようなところに連れていかれる。そこで彼らは私のある小説について熱心にあれこれ訊いてくる。ソ連ではこの二十五年間、まちがいなく発禁になっている小説だ。いったいどうやって読んだのかと私は訊いてみる。

「もちろん、内輪のブッククラブですよ」ひとりの女学生が不恰好なコンピュータ画面を指しながら、ジェイン・オースティンを切り貼りしたような英語で誇らしげに言う。「イギリス人がこっそり持ってきてくれた原書をチームで手分けして打ちこんだんです。夜中にみんなで何度も読みました。そうやって発禁本を何冊も読んでいます」

「で、捕まったら？」

学生たちは笑う。

別れの挨拶《あいさつ》のために、ずっと親切に世話してくれたガイドのヴォロージャと妻のイレーナが暮らす小さなアパートメントを訪ねたときには、クリスマスにはほど遠いものの、私はサンタクロースを演じる。彼らは大学卒の有能な夫婦で、まだ小さい利発な娘もふたりいるが、生活水準は最低だ。ヴォロージャにはスコッチウイスキー、ボールペン、シルクのネクタイ、そしてヒースローの免税店で選んできた、ソ連では手に入らないいくつかの宝物を渡す。イレーナにはイギリスの石鹼《せっけん》、歯磨き粉、タイツ、スカーフなど、家内のアドバイスで買ってきたものを、ふたりの娘たちにはチョコレートとタータンチェックのスカートを。彼らに感謝されて、私はばつの悪い思いをする。私はこういう人間を演じたくないし、彼らもこういう人間ではいたくないはずだ。

☆

一九八七年のロシア、さまざまな出会いが詰めこまれたあの短い二週間を振り返ると、いまも不憫《ふびん》でならない。とうていふつうではない〝ふつうの人々〟の苦労や忍耐に胸が痛んだ。彼らは生活必需品を求めて列に並んだり、自分や子供の身を捧げて糧《かて》を得たり、うっかり口をすべらせて命が危うくならないように注意したりという屈辱を強いられていた。マティアス・ルストが筋書きもなく現われたあと、私はある年老いた女性作家と赤の広場を歩いた。そこで私がレーニン廟を守る衛兵の写真を撮ると、彼女は真っ青になって、カメラをしまいなさいと言った。

ロシアの大衆心理がもっとも嫌がるのはカオス、もっとも夢見ているのは安定、そしてもっとも怖れるのは予測できない未来だ。スターリンの粛清によって二千万人、ヒトラーとの戦争でさらに三千万人の命が奪われた国で、そうならない人間がいるだろうか。彼らにとって、共産主義のあとの生活は本当によくなるのだろうか。たしかに芸術家や知識人は、信頼できる相手に対しては、あるいは自信満々の者なら、まもなく手に入る輝かしい自由——どうかそうなりますように——について話していた。しかし話しながらも、ためらいがあった。

新しい世界が来るとして、彼らはどういう地位を得るのか。党の特権を享受していた場合、それに代わるものは何か。党に公認されていた作家は、自由な世界で誰が公認するのか。そしていま不遇に甘んじている者は、新しい体制で優遇されるのか。

一九九三年、私はその答えを探しにロシアに戻る。

18
ワイルド・イースト――一九九三年モスクワ

ベルリンの壁は崩壊。ミハイル・ゴルバチョフはクリミアの別荘に軟禁されたり、クレムリンでふたたび権力を掌握したりと、ジェットコースターのような浮き沈みを経たあと、長年の宿敵だったボリス・エリツィンに取って代わられた。ソヴィエト共産党は活動停止となり、モスクワの党本部は閉鎖された。レニングラードはまたサンクトペテルブルクに、スターリングラードはヴォルゴグラードになった。組織犯罪が急拡大し、正義はどこにもない。失敗したアフガニスタンの軍事作戦から戻ってきた賃金未払いの兵士たちが、国じゅうをうろつき、いつでも雇うことができる。市民社会は存在しない。エリツィンはそれを強要したくないか、したくてもできないかだ。こうしたことは、一九九三年の夏にモスクワへ出発するまえにすべて知っていた。ならば、どんな思いこみで二十歳の大学生の息子を連れていったのか。それは永遠の謎だが、息子は喜んでついてきて、私たちは大きな災難にも遭わず、喧嘩《けんか》もせずに、どうにか最後まで行動することができた。

旅の目的は明らかだった。少なくともいまはそう言える。私は新秩序を味わってみたかったのだ。新しい犯罪組織のボスたちは、新しい服を着た昔の顔なのか。KGBは本当にエリツィンによって解体させられたのか。それともご多分にもれず、別の名前で再編成されただけなのか。出立地となったハンブルクでは、一九八七年のロシアに持っていったのと同じ生活必需品を粛々《しゅくしゅく》と買いだめするところから始めた――プレゼント用の石鹸《せっけん》やシャンプー、歯磨き粉、〈キャドバリー〉のチョコレート・ビスケット、スコッチウイスキー、ドイツの玩具。しかし、うなずきひとつで通してくれたシェレメチェヴォ空港にいる時点で、すでに物質的な豊かさが感じられた。なんの心づもりもなかった私がいちばん驚いたのは、五十ドルの保証金を預けると空港出口の売店で携帯電話を借りられるようになっていたことだ。

ホテルはどうか――〈ミンスク〉よ、さらば。そこは燦然《さんぜん》と輝く大理石の宮殿だった。ゆるやかに曲がってのぼる広々とした階段に、オペラハウスを照らせるくらい大きいシャンデリア、ロビーではいかにもひとり身の垢抜《あかぬ》けた娘たちがおしゃべりをしている。寝室は塗りたてのペンキと空気清浄機、配管のにおいがした。街を車で走って、店先をざっと見るだけでわかった。伝説の国営デパート〈グム〉がなくなり、アメリカの化粧品会社〈エスティローダー〉の店になっていた。

✲

今回、ロシアの発行人の抱擁《ほうよう》はない。机の抽斗《ひきだし》からうれしそうにウォッカを取り出し、開けた蓋《ふた》を屑籠《くずかご》に投げ入れることもない。彼はまず鋼鉄のドアののぞき穴から私を見ると、いくつかの鍵を開け、私をなかに入れてすぐに鍵を閉める。そして低い声で、オフィスで私を迎えるのがひとりだけであることを詫《わ》びる。保険会社が現われてから、社員が来なくなったのだという。

保険会社？

ブリーフケースを持ったスーツの男たち。火災、盗難、洪水の保険を売っているが、おもに火災保険だ。放火が多発して、近隣はとても危険になっています。だから保険金が高いのですが、いたしかたありません。火事はいつ起きてもおかしくない。すぐに契約したほうがいい。このペンでどうぞ。契約しなければ、知り合いが火炎瓶を投げこみますよ。そこらじゅうにある古いファイルや原稿はどうなります？

警察は何をしているのですか、と私は尋ねる。

金を払って黙っていろと。警察もこれに一枚嚙《か》んでいるから。

では、金を払うのですか？

おそらくね。ちょっと考えます。闘わずにあきらめるつもりはありません。彼はかつて影響力のある人々を知っていたが、その人たちにもう影響力はない。

私は元KGBの友人に会い、どうすればマフィアのトップに会えるかと訊く。その友人から電話がかかってくる。木曜の朝一時にどこそこのナイトクラブに行けば、ディマと会える。息子は？　いっしょでかまわない。歓迎してくれる。ガールフレンドがいるなら、彼女もいっしょに。ディマのナイトクラブだ。ディマがオーナーで、客も上品なら音楽も上品。もちろん安全だ。私たちに欠かせないボディガードは、プーシャだ。アブハジア自治共和国のレスリングのチャンピオンで、国の自由化運動の顧問もしている。ミシュラン・マンのようにずんぐりしてたくましいが、博識で外国語にも堪能な学者であり、いささか矛盾しているけれども、われわれが出会いそうななかでもっとも平和を好む人物だ。しかも国じゅうに知られた有名人なので、それだけでさらに安全になる。

ナイトクラブの入口には、マシンガンを持った体格のいい若者が並んでいる。プーシャが穏やかに見守るまえで、彼らは私たちのボディチェックをする。円形のダンスフロアは緋色の豪華な長椅子で囲まれ、六〇年代の音楽に乗ってカップルが悠然と踊っている。ミスター・ディマはもうすぐお見えになります——支配人が私たちを壁際の長椅子に案内しながら、プーシャに言う。私たちはプーシャが運転する車でクラブまで来たが、途上ですでに彼の平和的な仲裁の一例を目撃した。小型車と大型車がもつれ合うように道をふさいでいて、運転者同士がいまにも殴り合いを始めそうな雰囲気だった。物見高い群衆も、どちらかの肩を持とうとしていた。プーシャはそこでドアを開け、好戦的な集団にのんびりと近づいていった。当事者ふたりを引き離すのか、なだめるのだろうと私は思った。が、彼は小型車のうしろのバンパーをつかむと、大型車から引きはがし、群衆の喝采《かっさい》を受けながら道路脇まで運んでいったのだった。

私たちはソフトドリンクを飲む。ミスター・ディマは遅れるかもしれません、と支配人。ミスター・ディマはビジネスに時間がかかるかもしれません。新しいロシアで〝ビジネス〟は問答無用の取引を表わす流行語になっている。通路のあたりから聞こえてくる音で、大物が到着したことがわかる。歓迎するように音楽が大きくなり、いきなり沈黙が訪れる。まず入ってくるのは、ふたりのたくましい若者で、髪を短く刈り、イタリア製のタイトな濃紺のスーツを着ている。スペッツナズ（特殊任務部隊）だ、とプーシャが囁《ささや》き声で教えてくれる。モスクワの新富裕層にとって、元特殊部隊員は好適なボディガードだ。鳥のように頭だけ動かして、ふたりの男は部屋の各部を調べる。そしてプーシャを見つけると、じっと視線をすえる。プーシャは穏やかな笑みを返す。ふたりの男が一歩うしろに下がり、入口の両脇に立つと、まるで満座の要望に応えるかのように、ニューヨーク市警の刑事コジャック、またの名をディマが美女と追加の若い男の一団を連れて入ってくる。

テレビドラマ『刑事コジャック』を見たことがあるなら、ぴかぴかのスキンヘッド、幅広の肩、体を揺すって歩く姿、シングルのスーツ、サルのように両腕を脇から離している様子、極めつきはレイバンのサングラスまで、滑稽《こっけい》なくらいそっくりだと思うはずだ。ひげをきれいに剃《そ》った丸顔にうすら笑いが張りついている。コジャックは新生ロシアでもちょうど大ヒットしている。ディマはわざとまねているのだろうか。自分を映画の主人公と見なす犯罪組織のボスは彼だけではないだろう。

最前列は家族席のようだ。ディマがまんなかに坐る。取り巻きがその横を埋める。右側には宝石をつけた類まれな美女。左側には無表情のあばた面《づら》の男、おそらく顧問役《コンシリエーレ》だろう。ナイトクラブの支配人がソフトドリンクのトレイを持ってくる。ディマはいっさいアルコールを飲まない、とプーシャが言う。そう言う当人もいっさい飲まない。

「ミスター・ディマが話すそうです。こちらへ」

プーシャはじっとしている。私はロシア人通訳と、ダンスフロアを横切る。ディマが手を伸ばし、私は握手する。こちらと同じくらい柔らかい手だ。私はディマの正面でダンスフロアに膝《ひざ》をつき、通訳も隣で膝をつく。いい姿勢とは言えないが、ほかの姿勢をとるスペースはない。ディマと取り巻きが手すり越しに私たちを見る。ディマはロシア語しかしゃべらないと教えられたものの、私はロシア語ができない。

「何が望みだ、とミスター・ディマが言っています」通訳が私の右耳に大声で話しかける。音楽が大きすぎて私にディマの声は聞こえなかったが、通訳には聞こえたらしい。重要なのはそこだ。彼の口は私の右耳から十センチほどしか離れていない。ひざまずいているせいか、私はふと大胆な気持ちになり、音楽を小さくしてもらえないか、そして眼が見えない状態で会話をするのはむずかしいので、できればサングラスをはずしてもらえないかとディマに訊く。ディマは音を小さくさせ、不機嫌そうにサングラスをはずす。豚のような眼があらわになる。依然として、私が望むことを話すのを待っている。考えてみれば、私も同じだ。

「あなたはギャングだと聞いていますが、まちがいありませんね？」

通訳がこれをどう訳したのか知りようもないが、かなり柔らかく表現したのだろう。ディマはとくに殺気立ったりしない。

「ミスター・ディマは、この国では誰もがギャングだと言っています。すべてが腐っていて、ビジネスマンはみなギャングで、会社はみな犯罪シンジケートだと」

「では、ミスター・ディマが実際にどんなビジネスをしているのか、訊いてもいいかな」

「輸入や輸出です」通訳は、そこには立ち入らないでという声で私に訴える。

しかし、ほかに立ち入る場所がない。

「どんなものを輸出入しているか訊いてもらえないか。ただ訊いてくれればいい」

「それはいい質問ではありません」

「わかった。では、自分の価値はどのくらいあるのか訊いてみてくれ。五百万ドルくらいはあるのか」

しぶしぶながら、通訳は訊いたにちがいない。あるいは、似たようなことを。なぜなら、取り巻きたちがにやにや笑い、ディマ本人は馬鹿にしたように肩をすくめている。まあいい。私には話の方向が見えてきた。

「わかった。一億、二億、なんでもかまわない。いまロシアで大金を稼《かせ》ぐのはとても簡単だということに同意しよう。そして状況が変わらなければ、数年後、おそらくディマは大富豪になっている。途方もない金持ちに。そう伝えてくれ。単純な話だ」

通訳はそれをディマに伝えたようだ。スキンヘッドの頭の下半分に、当たりまえだというような冷笑が浮かぶ。

「ディマに子供はいるのかな」私は向こう見ずにも尋ねる。

いる。

「孫は？」

「どうでもいいことだ」

ディマは、話は終わりだと言わんばかりにレイバンのサングラスをかけ直している。だが、私にとっては終わっていない。不器用に深入りしすぎて、やめられなくなっている。

「つまり、こういうことだ。ディマももちろん知っているだろうが、昔のアメリカの悪徳資本家は〝非公式〟な方法で財産を築いた」

うれしいことに、レイバンのうしろにちらっと興味の光が見える。

「しかし、悪徳資本家も歳をとって、わが子や孫を見るようになると、みな理想主義者に変わり、みずから金を巻き上げた世界をもっと明るく、親切な場所にしようと決意した」

通訳が話しているあいだじゅう、サングラスの奥の眼はずっと私を見つめている。

「だから、ディマに訊きたいのは、歳をとったとき、たとえば十年、十五年後に、彼が病院や学校、美術館などを建てているところを想像できるかどうかだ。ひとつの慈善事業として。私は真剣だ。訊いてみてくれ。ロシアの人々に対して、いままで――なんというか――奪ってきたものを、慈善事業で返すところを想像できるかと」

古いコメディ映画の定番のジョークにこういうのがある。通訳を介して話し合っているときに、ある質問が投げかけられる。問われたほうは翻訳に耳を傾けたあと、腕を振りまわして映画のなかで二分ほど滔々《とうとう》と演説する。そこで通訳がもったいぶった間を置き、たんに「ノー」とか「イエス」とか「たぶん」と言うのだ。ディマは腕を振りまわさないし、落ち着いたロシア語を話す。後援会が忍び笑いを始める。ドアのまえにいる短髪の見張りもくすくす笑いだす。しかしディマは話しつづける。ようやく満足すると、手を合わせて、いまのメッセージを通訳が伝えるのを待つ。

「ミスター・デイヴィッド、とても言いづらいのですが、ミスター・ディマは〝失せろ〟と言っています」

＊

モスクワの豪華なホテルのロビー。クリスタルのシャンデリアの下に、グレーのスーツに眼鏡《めがね》の、痩《や》せて内気そうな三十がらみの男が坐って、炭酸入りのオレンジジュースを飲みながら、犯罪組織《ヴォリー》の行動規範について説明している。彼はヴォリーの正式メンバーで、聞くところによるとディマの兵士のひとりだ。私の出版社に火災保険を売りつけようとしたスーツの男たちのひとりかもしれない。ことばを慎重に選んで話すさまは、外務省の報道官を思わせる。

「ソヴィエト共産主義が崩壊してから、ヴォリーはずいぶん変わりましたか」

「ヴォリーは拡大しただろうね。ポスト共産主義の時代で自由に動けるようになったし、通信手段も向上したから、ヴォリーは多くの国で影響力を広げているといっていい」

「具体的にどういった国で？」

国というよりも街をあげるほうがいい、と彼は言う。ワルシャワ、マドリード、ベルリン、ローマ、ロンドン、ナポリ、ニューヨークはみなヴォリーの活動に好意的だ。

「ここロシアでは？」

「ロシアの社会的混乱はヴォリーの多くの活動に有利だろうね」

「たとえば？」

「え？」

「たとえば、どんな活動に？」

「ここロシアでは、ドラッグが儲《もう》かるだろうね。多くの新事業も恐喝なしにはうまく機能しない。賭博場やクラブもたくさんある」

「娼館は？」

「ヴォリーに娼館は必要ない。女を確保しておいて、ホテルを手配するほうが便利だ。ヴォリーが所有しているホテルもある」

「人種的な基準はありますか」

「え？」

「ヴォリーの組織は特定地域の出身者で構成されているのですか」

「いまはロシア民族ではないメンバーも大勢いるだろうね」

「たとえば？」

「アブハズ人、アルメニア人、スラヴ人。ユダヤ人も」

「チェチェン人は？」

「チェチェン人と組むのはむずかしいだろうね」

「ヴォリーのなかに人種差別はありますか」

「そいつが腕利きで規則にしたがう泥棒《ヴォル》なら、ヴォリーは平等だ」

「ヴォリーにはたくさん規則がありますか」

「規則は多くないが、厳しい」

「そのうちのいくつかを説明してもらえますか」

彼は喜んで説明する。ヴォルは権威者のために働いてはならない。国は権威者だから、国のために働いたり、戦ったりはしない。いかなるかたちでも国に尽くしてはならないのだ。国に税金を払うことも禁じる。

「ヴォリーは神を愛していますか」

「もちろん」

「ヴォルは政界に入れますか」

「政界に入る目的がヴォリーの影響力を拡大することで、権威者を助けるためでないなら、それもありうるだろうね」

「では、もし彼が政治家として有名になったら？　人気が出て、成功を収めたら？　それでも心はヴォルでいられますか」

「いられる」

「ヴォリーの掟を破った場合、ヴォルが別のヴォルを殺すことはありますか」

「評議会からの命令があれば」

「親友でも殺しますか」

「必要とあれば」

「あなた自身も多くの人を殺しましたか」

「かもな」

「弁護士になろうと考えたことはありますか」

「ない」

「ヴォルは結婚できますか」

「ヴォルは女の上に立つ男でなければならない。女をたくさん抱えてもいいが、言いなりになってはいけない。女は関係ない」

「つまり、結婚しないほうがいい？」

「ヴォルは結婚するなというルールだ」

「とはいえ、結婚する人もいる？」

「それがルールだ」

「ヴォルは子供を持てますか」

「持てない」

「でも、子供がいる人もいる？」

「かもしれない。だが、望ましいことではない。ほかのメンバーを助け、ヴォリーの評議会の命令にしたがうほうがいい」

「ヴォルの母親や父親はどうですか。親がいてもだいじょうぶですか」

「親は望ましくない。縁を切ったほうがいい」

「親は権威者だから？」

「感情を外に出せば、組織の掟のなかにはとどまれない」

「しかし、ヴォリーのなかには母親を愛する人もいるでしょう」

「かもしれない」

「あなたは親と縁を切ったのですか」

「いくらか。まだ充分ではないかもしれない」

「女性を愛したことはありますか」

「それは適切ではない」

「この質問が適切ではないということですか、それとも、女性を愛することが適切ではない？」

「それは適切なことではない」彼はくり返す。

だが、彼は顔を赤らめて、小学生のように笑っている。通訳も笑い、私も含めて三人で笑いはじめる。私はドストエフスキーの慎《つつ》ましい読者として、現代ロシアの犯罪者のどこに道徳観やプライドや人間性が見つかるのだろうと考えている。構想中の登場人物がひとりいて、彼が知りたがっていたのだ。

じつはその人物はひとりではなく、まだ形が定まっていない二篇の小説に出てくるふたりだったことがわかる。共産主義が潰《つい》えた直後の新生ロシアについてやがて書き上げる『われらのゲーム』と『シングル&シングル』に登場するふたりが、私をロシア、ジョージア、西コーカサスへと導いた。そのふたりが、ロシアのおぞましい犯罪の規模と、南部のイスラム圏で続いている戦いについて語ろうとしていたのだ。私はその十年後に、当時エネルギーに次ぐロシアの最大輸出品とも言われていたブラックマネー——ロシアの国庫から盗み出された膨大な金《かね》——について、もうひとつの小説となる『われらが背きし者』を書いた。

☆

アブハジアのレスリング・チャンピオンであるプーシャは、つねに近くにいたが、近寄りすぎることは決してなかった。私たちが彼の肉体的な力に頼らざるをえないと思ったのは、たった一度だけだ。

今回のナイトクラブはサンクトペテルブルクにあり、ディマのクラブと同じように、ビジネスで成り上がったカールという男が所有している。カールの脇にはたいていイリヤという弁護士が控えている。私たちは装甲仕様のミニバスでクラブまで送られ、うしろには装甲仕様のランドローバーがついていた。紙のランタンで飾られた敷石の歩道を進むと、突き当たりの入口にもはや見慣れた武装警備の男たちが並び、サブマシンガンに加えて、弾帯についたピカピカの真鍮《しんちゅう》のフックから、これ見よがしに手榴弾までぶら下げている。クラブのなかでは、耳を聾《ろう》するロックミュージックに合わせて、客が現われるのを待つ店の娘たちが互いを相手に物憂げに踊っている。

ところが、十一時半すぎだというのに客は誰もいない。

「ペテルブルクは朝寝坊だからな」カールが訳知り顔で微笑みながら、私たちを長いダイニングテーブルに案内する。わざわざ私たちのために用意した席で、豪華な椅子に囲まれている。カールは口先が尖《とが》って学者然とした風貌で、若いわりに態度は古風だ。横にいるイリヤは動きがぎこちなく、カールと比べて垢抜《あかぬ》けない。イリヤのブロンドの妻は、真夏なのにクロテンの毛皮のコートを着ている。その席は急な段のいちばん上だ。下に見えるダンスフロアはボクシングのリングとしても使える、とイリヤが誇らしげに言う。しかしこの夜、ボクシングはない。プーシャが私の左に、息子のニックが右に坐る。イリヤも主人の横に坐り、次々と着信がある携帯電話に無表情で何かつぶやいている。

それでもまだ客は来ない。まわりはすべて空席で、ロックだけが鳴り響き、退屈した女たちがダンスフロアで律儀にくるくると踊っている。私たちのテーブルで交わされる世間話もだんだん気楽でなくなる。渋滞だ、とカールがイリヤの巨体越しに言う。街の新たな繁栄で、近ごろは誰もが車を持っていて、夜のペテルブルクの道路はたいへんなことになっている。

さらに一時間がすぎる。

木曜だからだ、とカール。木曜にはペテルブルクの名士はまずパーティに行き、それからナイトクラブに来る。私は彼を信じない。プーシャも信じていないようで、私と不安な眼差しを交わす。いろいろなよくない筋書きが頭に浮かんでくる。プーシャも同じらしい。ペテルブルクの名士は、私たちが知らない何かを知っているのだろうか。たとえば、カールがビジネスのライバルと衝突していて、ここに坐っていると爆発に巻きこまれたり、撃たれたりするとか。それとも——真鍮《しんちゅう》のフックからぶら下がった手榴弾の影——私たちはすでに人質に取られていて、イリヤの携帯電話のつぶやき声はその交渉なのか。

プーシャは人差し指を唇《くちびる》にあてて、トイレに行くと言い、暗闇のほうへ曲がる。数分後に戻ってきたときには、見たこともないほど柔和な笑みを浮《う》かべている。プーシャは音楽のなかで静かに説明する。私たちのホストであるカールは商売が下手だ。弾帯に手榴弾をつけたボディガードはチェチェン人だが、ペテルブルクの社会で、チェチェン人のボディガードはやりすぎだ。この街のひとかどの人物は誰であれ、チェチェン人が警備するナイトクラブにいるところなど見られたくない。

✫

ディマはどうなったか？　一年後、当時としては珍しいことに、ディマはモスクワ警察から出頭を求められ、質問された。ライバルの誰かが根まわししたのかもしれないし、本当に税金を払っていなかったのなら、クレムリンから命令が出たのかもしれない。最後に聞いた話では、獄中にいるらしい。彼の地下室から、壁に鎖でつながれて大怪我《おおけが》をしたビジネスマンがふたり見つかったことについて、まだ説明がついていないという。私は『われらが背きし者』で私自身のディマを書いたが、共通するのは名前だけだ。私が作り上げたのは、筋金入りのギャングではあるが、オリジナルのディマとちがって、人目につかない学校や病院、美術館にしぶしぶ金を出すような男だ。

19　血と宝

子供じみていると言われればそうだが、近年、私は自分について書かれたものを読むのが大嫌いになった。質の良し悪しは関係ない。しかし、どれほど守りを固めていても、くぐり抜けて目に入ってくるものがある。一九九一年秋のある朝もそうだった。《タイムズ》紙を開いたとき、紙面から睨《にら》みつけてきたのは、まぎれもない自分の顔だった。気むずかしそうな表情から、まわりの文章も好意的ではないことはすぐにわかった。写真編集者はそのあたりの勝手を心得ている。読んでみると、こういう記事だった——ワルシャワ劇場は苦闘している。ポスト共産主義の自由を祝おうと舞台版の『寒い国から帰ってきたスパイ』を上演しているのに、強欲なル・カレ氏（写真）が「いわば、自由の代金」として上演一回につき百五十ポンドを要求しているからだ。

もう一度写真を見る。たしかに写っているのは、苦闘しているポーランドの劇場からいかにも金を搾《しぼ》り取りそうな男だ。まさに貪欲。腐臭のする金銭欲。あの眉毛を見るがいい。私はすっかり朝食をとる気が失せてしまった。

落ち着いてエージェントを呼ぼう。最初はつながらないが、次はつながる。私の著作権エージェントの名前はライナーだ。小説家が〝震える声〟と形容しそうな声で、私は記事を読んで聞かせる。かなり気を遣い、ひょっとしたら今回にかぎって、私のためにというのはわかっているけれども、少々吹っかけすぎたということはありえないだろうか、と尋ねる。

ライナーは、それとは正反対だと明言する。ポーランドはまだ共産主義の崩壊から回復途上にあるから、かなり控えめな条件にした。その証拠に、と彼はポーランドの劇場と交渉した際の条項を読み上げ、われわれが上演一回あたりに要求したのは百五十ポンドではなく、たったの二十六ポンド、最低限の標準価格だと請け合う。忘れていた？　そう、じつは忘れていた。さらにこちらは作品の使用料を取らない提案もしている。つまり、最高に甘い条件だ、デイヴィッド。ポーランドの劇場がもっとも助けを必要としているときに、救いの手を差しのべている。すばらしい、と私は言ったものの、やはり戸惑い、腸《はらわた》が煮えくり返っている。

落ち着いて、《タイムズ》の編集者にファックスを送ろう。のちに私はこの編集者の人生と執筆活動に大きな敬意を払うが、一九九一年の時点では、まだ相手の美点を知らなかった。彼の受け答えも高慢で、とうてい納得できず、率直に言えば、腹が立った。実害のある記事ではない、あなたのように幸運な立場にいるかたは、もっと大らかであるべきだ、と言うのだ。そんな助言を受け入れられるわけがない。では、誰に訴えればいい？

もちろん、新聞社のオーナーにしてわが旧友、ルパート・マードックだ！

いや、旧友というのは正確な表現ではない。社交の場でマードックとは実際に何度か会っていたが、彼が憶えているかどうかは疑問だった。最初に会ったのは一九八〇年代なかば、レストラン〈ブーレスタン〉においてだった。当時の著作権エージェントと食事をしていたときに、マードックが入ってきた。エージェントが紹介してくれて、マードックは私たちとドライ・マティーニを愉《たの》しんだ。私と彼は同い年だ。当時、マードックとフリート街の印刷労働組合との死闘が激しさを増していて、話題はそのことだった。私は冗談めかして——酒の席という気のゆるみもあって——オーストラリア出身のマードックに、なぜあなたは伝統を破ったのかと訊いた。かつて貧乏なイギリス人は、富を求めてオーストラリアに行った。ところがいまは、貧乏でもないオーストラリア人が富を求めてイギリスに来ている。いったい何が悪かったのか。どれほどいい雰囲気もぶち壊しにしてしまう愚問だったが、マードックは飛びついてきた。

「教えようか」彼は切り返した。「きみたちのここ、ここ、ここから上が木だからだよ！」

そして手で首を切るような仕種《しぐさ》をして、どこから上が木であるかを示した。

☆

次に会った場所は、彼の自宅のひとつだった。マードックはソ連の崩壊について心置きなく否定的な見解を述べた。その夜の別れ際には、親切なことに電話番号、ファックス番号、自宅の住所が書いてある名刺をくれた。いつでも連絡をくれたまえ、私の机の電話に直接つながるから。

落ち着いてマードックにファックスを送ろう。私は三つの条件を示した。一、《タイムズ》紙の目立つ場所に充分な謝罪を掲載してもらいたい。二、苦闘しているポーランドの劇場に気前よく寄付をお願いしたい。そして三――まだあのドライ・マティーニが効いているのか――またいっしょに昼食でもどうだろう。翌朝、私のファックスのまえの床に返事が落ちていた――

〝条件はすべて了解。ルパート〟。

☆

当時の〈サヴォイ・グリル〉には大立者向けの中二階のようなところがあり、華やかなりしころには、赤いビロード張りの馬蹄形のソファで金持ちの紳士が淑女をもてなしていた。ホテルの支配人にマードックの名を告げると、個室に案内される。少し早かったらしい。マードックは時間ぴったりに入ってくる。

彼は私が憶えているよりも小柄で、好戦的に見える。偉大な実業家同士がカメラのまえで近づくときに、あわただしく腰を揺すって歩き、握手の手を伸ばすが、このときのマードックもそうする。体に合わせた首の傾きも、以前と比べて大きくなったようだ。彼が眼尻《めじり》にしわを寄せて陽気な笑みを浮かべると、私は照準を合わされたような奇妙な感覚になる。

私たちは坐って向き合う。彼の左手には、見た者が落ち着きを失うような指輪が並んでいて、私も気づかずにはいられない。食事を注文し、しばらく世間話をする。ルパートは新聞に書かれた私の記事について謝り、イギリス人には文才があるが、いつも物事を正しく処理できるとはかぎらないと話す。私は、そのとおりだ、公正な返答に感謝していると言う。だが、雑談はそれで終わりだ。マードックは私をまっすぐ見すえる。陽気な微笑みは消えている。

「ロバート・マクスウェルを殺したのは誰だね？」

ロバート（ボブ）・マクスウェルを憶えていない幸運な人のために説明すると、チェコ生まれのメディア王で、イギリスの国会議員、そしてイスラエルやソ連、イギリスなど、数カ国のスパイでもあったと言われている。若きチェコの自由戦士としてノルマンディー上陸作戦に加わり、イギリス陸軍の将校に昇進してギャラントリー・メダル（市民や、敵前ではない場所での軍人の勇敢な行為に与えられる勲章）も贈られた。戦後は外務省職員としてベルリンで働いた。大嘘つきで巨体の大食漢としても知られ、みずから経営する複数の会社の年金基金から四億四千万ポンドもの金を奪い、返すあてのない借金を四十億ポンドも抱えていた。そして一九九一年十一月、大西洋に浮かぶテネリフェ島の近海で死んでいるのが発見され、娘の名前をつけた豪華ヨットから転落したと見なされた。

しかし、数々の陰謀説も囁《ささや》かれていた。自分の犯罪で窮地に陥ったことによる明らかな自殺と見なす人もいれば、かかわっていた情報機関のいずれかによる暗殺だという説もあった。だが、どの国の情報機関だろう。その答えを、ほかの誰より私がくわしく知っているとマードックが考えた理由はわからないが、とにかく私は相手を満足させようと努力する。ルパート、まあ、自殺でないとしたら、おそらくイスラエルだろうね。

「なぜ？」

私も世間の人々と同様に、あちこちを飛び交う噂を知っていたので、それをくり返す。長年イスラエルの情報機関のために働いていたマクスウェルは、かつての雇い主を脅迫していた。以前、ペルーの反政府組織〝輝ける道《センデロ・ルミノソ》〟に対して、戦略上重要なコバルトと引き替えに、イスラエルの武器を提供するという取引を交わしていたのだ。マクスウェルは、イスラエルが金を払わなければ、それを公《おおやけ》にすると脅していた。

しかし、ルパート・マードックはもう立ち上がり、私と握手して、また会えてよかったと言っている。彼も私と同じく気まずい思いをしていたのか、それともただ退屈しただけか、すでに出口に向かっている。偉大な人物は請求書にサインなどせず、部下にまかせる。昼食にかかった時間は、おそらく二十五分ほどだ。

いま振り返ると、あの昼食が数カ月後だったらよかったのにと思う。そうすれば、ボブ・マクスウェルの死因についてもう少し興味深い推理を話せたはずだ。

☆

私はロンドンにいる。新しいロシアについて書くうちに、このゴールドラッシュに加わった西側の移住者に会ってみたくなる。バリーという男に会うといいと誰かに言われたが、そのとおりだ。遅かれ早かれバリーが現われる。そのときには接着剤のようにぴったりくっついて離れないこと。友人Aが友人Bを紹介し、友人Bは力になれないが、友人Cなら知っているかもしれない。Cもやはり知らないが、たまたま町にいるDならあてになるかもしれない。Dに電話をかけて、Cの友人だと言ったらどうか。Dの番号はこれだ。するといつの間にか、部屋で目的の男と会っている。

バリーはロンドンのイースト・エンドで生まれ、ウェスト・エンドで成功した。ことば巧みで階級とは無縁な男であり、作家と会うのは好きだが、必要に迫られないかぎり本を読むことはない。たいした努力もせずに短期間で富を築いたらしく、崩壊しつつあるソ連で大儲《おおもう》けする可能性について、学術的な興味以上のものを持っている。本人曰《いわ》く、ある日ボブ・マクスウェルに呼ばれたのは、そういったことすべてが関係している。ボブだけにできることだが、とにかくオフィスにすぐ来て、一週間以内にロシアでひと財産こしらえる方法を助言してくれと言うのだ。さもないと私はくそまみれになる、と。

ああ、たまたまだけど、ちょうど今日は昼を食べにいく時間があるよ、デイヴィッド。こちらはジュリアだ。ジュリア、すまないが、午後の予定を取り消してもらえるかな。よろしく。デイヴィッドとちょっと抜け出して、〈シルバー・グリル〉で食べてくるから。マーサに電話して、ふたり分の静かな隅の席を予約しておいてくれ。

非常に重要なことはだな、デイヴィッド――とバリーはまずタクシーのなかで、次に好みの焼き加減のフィレステーキを食べながら、厳しい顔つきで言う――ボブ・マクスウェルから電話があった日付だよ。一九九一年の七月、つまり死体が塩水に浮かんでいるのが見つかる四カ月前だ。わかる？　ここがわかってないと、話の要点が見えなくなる。よし。では始めよう。

☆

「ミハイル・ゴルバチョフは私のものだ」ロバート・マクスウェルは、所有する豪華なペントハウス兼オフィスにバリーが入って、向かい側に坐ったとたんに切り出す。「そしてバリー、きみにやってほしいのは、ヨットに最長三日間乗って」――マクスウェルが海に落ちて死ぬことになる豪華ヨット、レディ・ギレーヌ号を指す。もしそのまえに死んでいなければだが――「私のところへ提案を持ってくることだ。さあ、行け」

もちろん、バリーにもかなりの金が入るはずだった。でなきゃ、おとなしく坐って話を聞いたりしない。だろう？　考えた提案に対して前金が支払われ、その後の行動についても一定の割合が上乗せされる。バリーは、ヨットは好きではないので乗らなかったが、じっくりものを考えたいときに行く田舎《いなか》の奥地に出かけて、ボブの想定していた三日後ではなく二十四時間後に、提案をたずさえてペントハウスに戻る。というより、デイヴィッド、じつは提案は三つあったんだ。どれも成功まちがいなしで、かならずしも同じ割合ではないけれど、大きな利益になるのは目に見えていた。

ひとつめは、ボブ、とバリーはマクスウェルに話す。わかりきったことだが、石油だ。まもなくコーカサスで提示される鉱業権をゴルビーがひとつでもまわしてくれるなら、入札で石油王たちに競わせてもいいし、油井をリースしてロイヤルティを取ってもいい。どちらにしても、ぼろ儲けだ、ボブ——

で、マイナス面は？　とマクスウェルが口をはさむ。さっさとそれを説明しろ。

マイナス面は、ボブ、時間だ。あんたの言うとおり、時間は大きな問題だ。この規模の石油取引を一夜で片づけることはできない。たとえあんたのクレムリンの相棒が裏で手を引いたとしてもね。だから、入札させるものが手に入らない可能性も——

興味はない。次は？

次の案は、ボブ、鉄屑だ。だからといって、ケーブル通りで手押し車を押して、古い鉄屑を集めてまわろうってわけじゃない。いま話してるのは、史上最高の品質の金属だ。それが山のようにある。いかれた指令経済のもと、コスト度外視で大量生産されたのさ。公園を埋めつくす錆《さ》びた戦車、兵器、廃棄された工場、使えない発電所、その他、五ヵ年計画や七ヵ年計画や無計画で生産されたガラクタの数々。なんでもいい。だが、世界の市場では、ボブ、計り知れない価値のある金属材が、あんたみたいな人が来るのを待っている。しかも、あんた以外に誰もそれを手に入れようとしない。ロシアにも恩を売ることができる。ゴミを処分してやるんだからね。クレムリンの相棒からは、わざわざありがとうという丁重な手紙が届くだろう。金属業界にいる知り合いにおれがいくつか電話するだけで、あんたは手を汚さず、家でくつろいでいればいい。

何か裏があるんだろう？

マイナス面かい、ボブ？　回収コストだ。それと、あんたが人生のいまの時期に有名人であることかな。世界じゅうの視線が注がれてると言ってもいい。いずれ誰かが、どうしてゴミ掃除をしてるのがボブ・マクスウェルで、善良なロシア人じゃないんだと難癖をつけはじめる。

マクスウェルは苛立って、バリーの三つ目の提案は何だと尋ねる。バリーは答える——血だよ、ボブ。

☆

「血はな、ボブ」バリーは言う。「どんな市場でもとても貴重な商品だが、ロシアの血は、うまく抽出《ちゅうしゅつ》して市場に出せば、それはもう桁《けた》はずれの金脈になる。ロシア市民は愛国的だ。どこかの小さな戦争とか、列車事故、飛行機事故、地震、ガス管の爆発、テロリストによる市場爆破、なんでもいいが、そういう国の悲劇を、ラジオやテレビや全国紙で知ると、ロシア人は居ても立ってもいられずに、いちばん近くの病院に行って献血する。分け与えるんだ、ボブ、無料《ただ》で。善良な市民だから。数百万ガロンも。彼らは静かに列を作って——それには慣れてる——血を無料で分けてやる。ロシア人が善意ですることだ。無料で」

バリーは、私から質問があるかもしれないので、ステーキをまえにして少し間を置くが、私は質問を思いつかない。バリーが話を売りこんでいる相手は、もはやロバート・マクスウェルではなくて私だという、ぞっとする感覚があるからかもしれない。

「ロシアの血が無料で、無尽蔵に手に入る場合」バリーは物流の専門家になって続ける。「ほかに必要なものは何か？　ロシアのことだから、いちばん心配なのは組織に決まっている。輸血サービスはすでにあるから、集めるようなことはしていたわけだが、それをさらに充実させなければならない。次は流通だ。ロシアの町にはかならず保冷庫があるから、そこで扱う量を増やすだけでいい。もっと大きくていい保管場所を増やす。その事業に資金を提供するのは誰だ？　ソヴィエト、あの国の残っている部分だ。ソヴィエトの国が、善意にもとづいて、長らく懸案だった全国的なサービスの改善と最新化をおこなう。ゴルビーは自画自賛だ。ソヴィエトの国庫がこの事業に一元的に資金を提供し、各共和国は、資金の見返りとして同意した割合の血を、モスクワのどれかの空港の近くにある中央血液銀行に送る。モスクワの中央血液銀行はその血の使い途をどう公式発表する？　未知の国家レベルの超非常事態に対する備蓄だと言うのさ。で、あんたはそれをどう使う？　まず、シェレメチェヴォとケネディの両空港を往復する冷蔵装置つき747を二機調達しなきゃならない。買うことはないよ。おれを通してリースするんだ。血をニューヨークに送り、機上で化学者にHIV検査をさせる。ちょうどいい連中を紹介してやる。世界の市場がエイズ検査ずみのコーカサス人の血液一ガロンにいくら払うか知ってるか？　教えてやろう……」

それでバリー、マイナス面は？　今回尋ねるのはマクスウェルではなく私だ。バリーはすでに首を振っている。

「デイヴィッド、これにマイナス面はない。血はなんの問題もなく輸出される。いまこの瞬間にも、誰かがすんなり輸出してないなら、そのほうが驚きだ」

では、なぜボブがやっていない？

日付だよ、デイヴィッド。だろう？　バリーは話の最初に念押ししていた重要な日付に立ち返る。

「一九九一年の夏だ。わかるか？　ゴルビーは指の先だけで権力にぶら下がってる。党は継ぎ目が裂けてばらばらになりそうで、エリツィンがうしろから迫ってる。秋になれば、各共和国は独立を求めて騒ぎだし、誰もモスクワに血を送ろうなんて考えなくなる。たまにはモスクワから共和国に何か送ってこいよと考えている可能性のほうが高い」

それで、友人のボブはどうした？　と私は尋ねる。

「ボブ・マクスウェルは迂闊《うかつ》でも愚かでもなかったのさ、デイヴィッド。ゴルビーが終わりだとわかるや、血の件もご破算で、最後のチャンスも失われたと悟った。あと一カ月居坐れば、ソ連が永遠に沈没して、ゴルビーも船といっしょに沈むのを見ることになっただろう。ボブはゲームが終わったことを知り、つきまとうのをやめた。だろう？」

やがて書く小説のなかで、私はロシア人の血液を売買するというバリーのアイデアを使ったが、意図したほどの強い効果は得られなかった。おそらく、そのために自殺した者がいなかったからだろう。

✫

〈サヴォイ・グリル〉でルパート・マードックとすごした二十五分間のランチデートには、ちょっとした後日談がある。マードックの元側近のひとりが、かつての雇い主について書き残した逸話《いつわ》だ。マードックは、所有する新聞社のひとつがイギリスで電話盗聴事件を起こし、議会の委員会で追及されることになった。そのまえに顧問団が彼を説得して、左手にずらりと並んだ金の指輪をなんとかはずさせようとすると、マードックは声を詰まらせて、まわりの人間に、今日は人生でいちばんみじめな日だと言ったらしい。

20　庭先にいた大熊たち

私はこれまでの人生で、ふたりの元ＫＧＢ最高幹部と会ったことがあり、どちらにも好感を抱いた。汚点はそのままにＫＧＢの呼称が変わるまえの最後の議長だったのが、ワジム・バカーチンだ。どこかの賢者が言ったことがある――諜報機関というのは、家のなかの配線のようなものだ。新しい主《あるじ》が引っ越してきてスイッチを入れれば、それまでと同じ照明がつく。

一九九三年。絶滅したＫＧＢの元議長ワジム・バカーチンは、落書き帳に折れた矢を何本も描いているところだ。きれいにそろった羽根がつき、細い矢柄《やがら》が伸びているが、どれも途中で直角に曲がってブーメランのような形になり、やじりはあちこちを向いて、例外なくページの外にはみ出している。バカーチンは、モスクワの全連邦（のちの全ロシア）外国語文学図書館で長机につき、厳粛な面持ちで坐っている。百人隊長のような背を丸め、閲兵式のまえの点検を受けているかのように、頭を両肩のあいだに引っこめている。質の悪い名刺の英語の面には〝改革基金《しょうが》〟とある。〝社会経済改革のための国際基金〟だ。

バカーチンは大柄で生姜色の髪、北欧ふうの顔に悲しげな笑みを浮かべ、有能な手には染みが浮いている。生まれ育ちはノヴォシビルスクで、技師や国営建設企業の役員として働いたあと、共産党中央委員、内務大臣などを務めた。そして一九九一年、驚いたことに――本人はあまりうれしくなかった――ミハイル・ゴルバチョフから毒杯を手渡された。彼のためにKGBの議長に就任して、組織を解体してほしいというのだ。私は坐ってバカーチンの話を聞いているうちに、なぜゴルバチョフが彼にその仕事を託したのか、よくわかる気がした。バカーチンには、深く根ざした、頑固とも言えるほどの良識がある。その表われであるぎこちない沈黙のあいだに、訊かれたことを慎重に吟味し、さらに慎重に吟味した答えを返す。

「私の提案はKGBでは人気がなかった」バカーチンは言い、もう一本矢を描く。そして思いついたように、「あれは簡単な仕事ではなかった」

つまり、ある夏の朝にジェルジンスキー広場のKGB本部に入り、独裁的な一撃で旧体制を浄化し、ゴルバチョフが夢見る民主的に再建されたロシアで、新しく衛生的な、社会意識の高いスパイ組織を作るのは簡単な任務ではなかったということだ。むずかしいのは最初からわかっていたが、バカーチンがどこまでそれを認識していたのかは想像するしかない。KGBがすでに国庫の多額の現金や金銀を着服し、KGB上層部が国外にも貯めこんでいる効率的な略奪政治組織であることは知っていたのか。KGB上層部が国内の犯罪シンジケートと共謀していることや、多くの職員がゴルバチョフを大破壊者と見なす旧弊なスターリン主義者であることは?

何を知り、何を知らなかったにせよ、バカーチンは、いまも世界の諜報機関の年代記で独自の位置を占めているグラスノスチを実行した。議長に就任して数週間後、ロシア駐在アメリカ大使だったロバート・ストラウスに一枚の図面と使用説明書を渡したのだが、それはKGBの音声班が既存のアメリカ大使館に代わる新しい建物に仕掛けた盗聴器の説明書だった。ストラウスによれば、バカーチンは「無条件で、協力と善意のしるしに」そうしたという。モスクワの多数の識者が認めるところでは、アメリカの掃除人がKGBの装置をすべて取り除いたあと、建物は崩壊寸前になったらしい。

「ああいう技術者連中は最後まで何を隠しているかわからないが」バカーチンは真剣な口調で私に打ち明ける。「ストラウスには、私にできるのはここまでだと伝えた」

この勇気ある情報公開に対して、バカーチンはみずから率いる組織から激しい怒りを買うことになった。裏切り者という声があがり、議長職は廃止され、ボリス・エリツィンのもとでいっときKGBは解体されて、ほかのさまざまな部署に吸収されたが、すぐに旧KGB出身のウラジーミル・プーチン直々《じきじき》の指示で甦り、権限も増して、別の名前を得たのだった。

折れた矢の話に戻る。ワジム・バカーチンはスパイ行為について考えている。スパイを生業《なりわい》とする者は強迫観念に取り憑《つ》かれていて、ふつうの人生は送れないと彼は言う。バカーチン自身はスパイの世界に初心者として入り、初心者として去った。

「あなたのほうが私よりはるかにくわしいはずだ」突然、バカーチンは言って顔を上げる。

「それはちがいます」私は否定する。「私も初心者です。若いときにはそういう仕事をしていましたが、三十年前に離れました。あとは知力で生計を立てています」

バカーチンは矢をまた一本描く。

「つまり、ゲームというわけだ」

私が獲物《ゲーム》という意味だろうか。それとも、スパイの世界のことを言っているのか。バカーチンは、どちらでもいいというふうに首を振る。ふいに彼の質問が、確信を失って当惑した男の叫びになる。世界はどこへ向かっている？　ロシアはどこへ向かっている？　行きすぎた資本主義と行きすぎた社会主義のあいだの道、人道的な道はどこにある？　自分は社会主義者だとバカーチンは言う。社会主義者として育ったのだ——

「子供のころから、共産主義が人間性を尊重する唯一の道と信じるように育てられてきた。たしかに、それではうまくいかなかった。権力はまちがった者の手に渡り、党はまちがった方向に進んだ。だが私はいまだに、世界を善《よ》き方向に導く道義的な力があると信じている。いまのわれわれは何者だ？　道義的な力はどこにある？」

☆

このふたりほど対照的な人間はなかなか見つからないだろう。かたやノヴォシビルスク出身の技師で、忠実な党員である内省的なバカーチン。かたや女医であるユダヤ人の母親と政治的迫害を受けたロシア人の父親のもとに生まれ、ジョージアで育ったエフゲニー・プリマコフ。プリマコフはアラブ学者で政治家、逆らう者に対して寛容とはとても言えない国家に半世紀仕えた点で、生き残りの達人でもある。

バカーチンとちがって、エフゲニー・プリマコフは明らかにKGBに向いていた。ほかのどんな大諜報機関でも通用しただろう。ソ連の若き諜報員時代に〝マクシム〟という暗号名を与えられた彼は、モスクワ・ラジオの特派員として、あるいは《プラウダ》紙の記者として、中東やアメリカでスパイ活動をおこなった。しかし、現場で活動しながらも、経済学者および政治家としての地位は上がりつづけた。ソ連が崩壊してからも栄進は続いたので、プリマコフがSVR（ロシア対外情報庁）初代長官を五年間務めたのち外務大臣に就任しても、驚く者はいなかった。ある日、そのプリマコフ外相が、イギリスの外務大臣マルコム・リフキンドとNATO（北大西洋条約機構）について議論するために、ロンドンを訪問した。

その日の夜、私と家内は突然予告もなく呼び出され、ケンジントン・パレス・ガーデンズにあるロシア大使館でプリマコフ夫妻と夕食をともにした。午前中に、私の著作権エージェントはリフキンドの個人事務所から息せき切った電話を受けた。イギリスの外相がロシアの外相、すなわちエフゲニー・プリマコフへの贈り物として、私のサイン本を欲しがっているというのだ。

どの本ですか？　なんでもよろしいのでしょうか？　とエージェントは尋ねる。

『スマイリーと仲間たち』を。大至急。

私は自分の本をまわりに置いていないが、なんとか状態のいいハードカバー版の『スマイリーと仲間たち』を見つけ出した。リフキンドの事務所が宅配業者をよこすと言わなかったのは、まちがいなく国家経済を思ってのことだろう。しかたなく私たちは業者を呼び、本を包装して、郵便番号SW1、外務省気付でリフキンド宛てに発送した。

数時間後、ふたたび個人事務所から電話がかかってきた。本が届かない。いったいどうなっている？　家内が必死になって宅配業者に電話した。お問い合わせの品物は何時何分に外務省にお届けし、受領のサインもいただいております。その情報を個人事務所に伝える。なんてこった、だとすると、忌々《いまいま》しいセキュリティに引っかかっているにちがいない。確認してみる。彼らは確認する。においを嗅《か》がれたり、振られたり、X線を通されたりした本は、忌々しい警備部門の手から奪い取られ、おそらくリフキンドが自分の名前や同業の外相宛ての短いメッセージを書き添えたのだろう。エージェントも私も、リフキンドや個人事務所から本を二度と見せてもらわなかったので、結局どうなったのかはわからずじまいだが。

＊

正装して黒塗りのタクシーを呼ぶ時間になる。家内は招待主のロシア大使夫人のために白いランの鉢植えを買っていた。私はプリマコフのために本やビデオを手さげ袋に入れていた。タクシーがロシア大使館に到着するが、建物に明かりはついていない。遅刻だけはしてはならないと気にしすぎて、十五分ほど早く着いたのだ。しかし外は穏やかな夜で、数メートル先に外交使節の警備にあたる赤いパトカーが駐まっている。

こんばんは、お巡りさん。

こんばんは。

少々困っていることがありまして。ロシア大使館で夕食会があるのですが、早く着きすぎました。大使夫妻に贈り物を持ってきたのですが、ケンジントン・パレス・ガーデンズを散策するあいだ、預かっていていただけませんか？

もちろんかまいませんよ。ですが、この車のなかには置けません。その舗道《ほどう》に置いてください。見ていますから。

そこで荷物を舗道に置いて散歩し、戻ってきて回収する。私たちがいないあいだに爆発してはいなかった。大使館の階段をのぼると、突然強烈な光があふれ、正面のドアが開く。スーツ姿の巨漢の一団が、私たちの荷物を睨《にら》みつける。ひとりがランに手を伸ばし、もうひとりが手さげ袋のなかを探る。彼らがうなずき、私たちは豪華な客間に進む。誰もいない。私は嫌なことを思い出す。二十歳すぎのころ、イギリスのために働く志も盛んな若いスパイだった私は、まさにこの部屋で何度かおこなわれた不愉快な英露親睦会《しんぼくかい》に参加したのだ。妙になれなれしいKGBのスカウトマンに階上に連れていかれ、何度目かわからなくなるほどエイゼンシュテインの映画『戦艦ポチョムキン』を鑑賞し、人生や、出自、ガールフレンド、政治的傾向、将来の願望について、丁寧《ていねい》な質問にくり返し答えた。それらすべてはソ連の諜報機関に私を雇わせ、イギリス上層部が理想と考える二重スパイになるためだったが、意味はなかった。そんなことが起きないのは、当時ソ連のスパイがどれほどイギリスの諜報機関に潜入していたかを考えれば、自明の理だった。それとも、私からは適材のにおいがしなかったただけなのか。だとしても驚かない。

あのころ、美しいこの部屋の隅には小さなバーがあった。人混みをかき分けてそこまで到達できたたくましい同志には、ぬるい白ワインが授けられた。バーはまだそこにあり、今宵《こよい》は七十代の老婆《バーブシユカ》が立っている。

「飲み物かい？」

「ぜひ」

「何を飲む？」

「スコッチをお願いします。ふたつ」

「ウイスキー？」

「ええ、ウイスキーです」

「ふたつ？　奥さんにも？」

「お願いします。ソーダ割り、氷なしで」

「水は？」

「入れてください」

だが、口をつけるかつけないかのうちに両開きの扉がさっと開き、プリマコフの妻とロシア大使の妻、続いてプリマコフ本人が入ってくる。それから大使と、陽焼けして薄手のスーツを着た強そうな男たち。プリマコフは私たちのまえで立ち止まると、愉《たの》しげな笑みを浮かべ、私のグラスに非難の指を向ける。

「何を飲んでいる？」

「スコッチです」

「いまはロシアにいるんだ。ウォッカを飲みたまえ」

私たちはまだ飲んでいないスコッチをバーブシュカに返し、彼らの輪に入って、軽歩兵の足取りで革命前の優雅なダイニングルームに移動する。長い食卓に蠟燭《ろうそく》が灯っている。私は指示されるままに、プリマコフの斜向《はす》かい一メートルほどの席に坐る。家内は同じ側のふたつ向こうにいるが、私よりずっと落ち着いて見える。肩幅の広い給仕がグラスの縁までウォッカを注ぐ。プリマコフはすでに飲んでいたのだろう、上機嫌で顔を輝かせている。隣は彼の妻だ。エストニア出身の美しい金髪の医師で、母の慈愛が感じられる。プリマコフを挟んだ反対側には通訳が坐っているが、プリマコフはときおり助けられながらも、みずから精力的に英語を話すことを好む。

そのときまでに、薄手のスーツの屈強な男たちは、会議のためにロンドンに集まった中東諸国駐在のロシア大使たちだと教えられていた。食卓についた面々のなかでロシア人でないのは、私と家内だけだ。

「エフゲニーと呼んでくれ。私もきみをデイヴィッドと呼ぶ」プリマコフが提案する。

食事が始まった。プリマコフが話しだすと、全員が口を閉じる。プリマコフはじっくり考えたうえで急に口を開く。通訳に相談するのは、ことばに詰まったときだけだ。私がそれまでに会ったたいていのロシアの知識人と同じように、世間話をする時間はないようだ。今夜の話題は、サダム・フセイン、ジョージ・ブッシュ・シニア、マーガレット・サッチャー首相、そして実を結ばなかったプリマコフ自身の湾岸戦争阻止の努力という順番だ。プリマコフはたいへん魅力的で、頭の回転が速く、表現もあざやかだ。眼が相手を捕らえてなかなか離さない。ときに話を中断して私ににっこりと笑い、グラスを上げて乾杯をうながす。私もグラスを持ち上げ、笑みを返して応じる。客の一人ひとりにウォッカを持った給仕がついていたにちがいない。まちがいなく私にはついていた。私が初めてロシアに行くときに、イギリス人の友人が、ウォッカの耐久レースに巻きこまれたらウォッカだけを飲みつづけろと忠告してくれた。まちがっても、クリミアのゼクト（シャンパン）に手を出してはいけない、あれは致命的だ、と。これほどありがたい忠告はなかった。

「〝砂漠の嵐《デザート・ストーム》〟作戦は知っているだろう、デイヴィッド？」プリマコフが訊いてくる。

ええ、エフゲニー。知っています。

「サダム、彼は私の友人だった。友人というのはどういうことかわかるかな、デイヴィッド？」

ええ、エフゲニー。いまの文脈で〝友人〟というときの意味はわかります。

「サダムが私に電話をかけてくる」——怒りが募る——「〝エフゲニー。私の顔を立ててくれ。クウェートから救い出してほしい〟と」

プリマコフは、この要求の重大さが伝わるまで間を置く。徐々にそれは伝わる。クウェートからイラク軍の名誉の撤退ができるように——サダム・フセインの顔が立つように——ジョージ・ブッシュ・シニアを説得してほしい。プリマコフはそう頼まれたのだ。それが実現すれば、アメリカとイラクが戦争をする必要はなくなる。

「そこで私はブッシュのところへ行く」プリマコフは続ける。ブッシュと言うときに怒りがこもっている。「あの男は——」プリマコフは険しい口調で通訳と相談する。ジョージ・ブッシュ・シニアを罵《ののし》ることばが喉元まで出かかっていたのかもしれないが、自制する。

「あのブッシュという男は、協力的ではない」プリマコフはしかたなく選んだことばを叩きつけ、かまうものかと怒りに顔をゆがめる。「だから私はイギリスに来る。イギリス、きみたちのサッチャーのところに」またしても通訳とすばやくことばを交わす。今度は〝別荘《ダーチャ》〟というロシア語が聞こえる。私が知っているロシア語はそのくらいだ。

「チェッカーズ（ロンドン郊外にあるイギリス首相の別荘）」通訳が言う。

「私はチェッカーズに来る」プリマコフは沈黙を命じるように手を上げるが、すでに食卓のまわりは静まり返っている。「あの女は私に一時間説教する。アメリカとイギリスは戦争をしたいのだ！」

☆

　私と家内がロシア大使館の玄関から出てイギリスに戻るのは夜中すぎだ。この長い夜のあいだ、プリマコフは私に個人的な質問や政治的な質問をひとつでもしただろうか。文学や、スパイや、人生について話しただろうか。もししたのだとしても、私にその記憶はない。憶えているのは、プリマコフがやり場のない気持ちをどうやら私と共有したがっていたことだけだ。調停者として、道理をわきまえた人間として、プリマコフは戦争を止めようとできるかぎりのことをしたが、彼の考えでは、西側のふたりの指導者が強情だったせいで失敗に終わった。

この話には、最近聞いたばかりの皮肉なエピローグがついている。十年後、ブッシュ・ジュニアが大統領になり、またイラクへの侵攻が目前に迫っていたときに、プリマコフはバグダッドに飛んで旧友サダムに会い、持っているのかどうかわからない大量破壊兵器を国連の管理下に置けと説得を試みる。このときプリマコフを拒絶するのは、ブッシュ・ジュニアではなく、サダムのほうだ。イラクと秘密をたくさん共有しているアメリカが攻撃してくるはずはない、とサダムは踏んでいたのだ。

あの夕食会以来、私はプリマコフと話したことも会ったこともなかった。手紙もメールもやりとりしなかった。ときどき第三者に誘いのことばがおりてくることはあった——デイヴィッドに、モスクワに来たらいつでも連絡するよう伝えてほしい、というふうに。しかし、私はプーチンのロシアに魅力を感じず、こちらから電話をかけることもなかった。そして二〇一五年の春、病床にあるプリマコフに何冊か本を送ってもらえないかというメッセージを受け取った。どの本という指定はなかったので、家内に手伝ってもらって大きな箱にハードカバーを詰めた。すべての本にサインと献辞を書きこみ、与えられた住所に送ったが、その箱はロシアの税関から返送されてきた。一度に送る本の量が多すぎたようだ。結局小さな包みに分けて送り、その後はなんの連絡もなかったが、おそらく届いたのだろう。

いまとなっては、連絡が来ることはない。エフゲニー・プリマコフは本を読むまえに亡くなった。仄聞《そくぶん》したところでは、親切にも回顧録に私のことを書いてくれたらしい。望外の喜びだ。本書の執筆にあたって、私はその箇所を手に入れようとしたが、しかしそこはロシアのことである。*

いま、あの夜を振り返ってどう思うか？　まえまえから気づいていたのだが、私の場合、まれに権力者と対面する機会が訪れると、批判的な思考がどこかへいってしまい、ただそこで耳を傾け、注目していたくなる。プリマコフにとっては、私は一夜の好奇心の対象であり、ちょっとした休息だったが、同時にあの夜は、共感を覚える小説を書く作家と胸襟《きょうきん》を開いて

＊そのときの様子が、のちに明らかになった。プリマコフが Vstrechi na perekrestkach（岐路における会合：https://www.litres.ru/evgeniy-primakov/vstrechi-na-perekrestkah-2/chitat-onlayn/）のなかで次のように書いている。「一九九七年三月、外相としてイギリスの首都ロンドンを訪ねた際に私を待っていたもうひとつの〝サプライズ〟は、政治スリラーの最高の書き手のひとりである（少なくとも私はそう思う）ジョン・ル・カレに会ったことだった。私からの要望にアダミシン大使が応えて、彼と奥さんを食事会に招待してくれたのだ。完全に打ち解けた話し合いで、私も家内もこの興味深い作家との会話を愉しんだ。元スパイのデイヴィッド・コーンウェル、いまやル・カレの名で世界的な声望を得ている作家の昔からのファンとして、『スマイリーと仲間たち』を贈ってもらったのは、ことのほかうれしかった。著者からの献辞には、〝エフゲニー・マクシモヴィチ・プリマコフ殿、心よりご多幸を祈り、将来私たちが、ここに描かれているよりましな世界に生きられるようにとの願いをこめて〟とあった」

語る機会でもあった。私はそう思いたい。

ワジム・バカーチンは、友人への好意として私と話したにすぎない。しかしやはり私は、あのとき彼が感じていたことを話すきっかけになったと考えたい。物事の震源地にいる人々は、私のかぎられた交流範囲で見るかぎり、身のまわりで起きていることをほとんど把握していない。中心にいるからこそ、理解するのがむずかしいのだ。モスクワを訪問したあるアメリカ人がプリマコフに、私の本の登場人物でいちばん親しみを感じるのは誰かと尋ねたことがあったらしい。プリマコフの答えは――

「ジョージ・スマイリーに決まっているじゃないか！」

✲

オルドリッチ・チェルニーは、同時代に自他ともに認める共産主義者だったバカーチンやプリマコフとは比べようがない。ベルリンの壁が崩壊して四年がたった一九九三年、友人にはオルダと呼ばれていたオルドリッチ・チェルニーは、チェコの対外諜報機関の責任者になり、共産党体制をくつがえして大統領になった旧友ヴァーツラフ・ハヴェルの命により、そこを西側のスパイにとって心地よい場所に変えはじめた。組織を指揮した五年間で、イギリスのＭＩ６と親密な関係を築き、とくにトニー・ブレア政権下でＭＩ６長官を務めたリチャード・ディアラヴとの関係は深かった。私は退官直後のチェルニーをプラハの小さなアパートメントに訪ね、数日いっしょにすごした。彼は長年連れ添っている妻のヘレナとそこに住んでいた。私たちはプラハに数多くある地下の酒場に出かけ、年季の入った松材のテーブルでスコッチを飲んだ。

仕事を引き受けるまえ、チェルニーはワジム・バカーチンと同じように、諜報の世界のことは何も知らなかった。ハヴェルの説明によれば、だからこそ彼を選んだのだという。実際に就任してみて、彼は自分が入りこんだ世界に愕然《がくぜん》とした。

「あの連中は、くそ冷戦が終わったことを知らなかったんだ」チェルニーは大笑いの合間に叫んだ。

英語で説得力のある悪態をつける外国人は少ないが、チェルニーは例外だった。プラハの春の時期に受け取った奨学金を使って、イギリスのニューカッスルで学んだときに、悪態のつき方を学んだのかもしれない。またロシアの影響下に入った自国に戻ると、昼間は子供向けの本を翻訳し、夜は匿名《とくめい》で反体制のパンフレットを書いた。

「ドイツでスパイ活動をしている人員がいた」チェルニーは信じられないというふうに続ける。「一九九三年にだぞ！　警棒を持った職員が通りを歩きまわって、聖職者や、党に逆らう人間をぶん殴ろうとしていた。だからこう言ってやった。〝いいか、もうそういうことはやらなくていい。くそ民主主義なんだから！〟とね」

チェルニーが解放された男の喜びを語っているのだとすれば、それは当然の権利だ。彼は生まれながらの反共主義者だった。父親は戦時中のチェコのレジスタンス闘士であり、ナチスによってブーヘンヴァルトの収容所に入れられたあと、反逆罪で共産党から二十年の懲役を宣告された。チェルニーの幼少期の記憶のひとつは、父親の棺《ひつぎ》を刑務所のならず者たちが家の戸口に乱暴に落としていったことだった。

だから、その後大学で英文学を専攻し、作家、劇作家、翻訳家になったチェルニーが、生涯にわたって専制政治と戦ったのは驚きでもなんでもない。何度となくKGBやチェコの諜報機関に勾留《こうりゅう》され、尋問を受けたことも。当初、彼らはチェルニーを勧誘しようとしたが、それがうまくいかなかったので代わりに迫害したのだ。

興味深いことに、スロバキアと分離したチェコでスパイ組織を引き受けるにはあまりにも能力不足だと本人が抵抗したにもかかわらず、チェルニーは五年もこの職につき、すぐれた業績を残して退官した。のちには友人のハヴェルが設立した人権基金の理事になり、安全保障を研究するシンクタンクも設立した。そのシンクタンクは設立から十五年、チェルニーの死から三年たっても繁栄の一途をたどっている。

☆

チェルニーが亡くなる少しまえ、ロンドンでチェコ大使が催した内輪の昼食会で、私は年老いたヴァーツラフ・ハヴェルと会った。ぐったりして明らかに体調が悪そうだったハヴェルは、ほとんど何も話さず坐っていた。親しい人たちは、そっとしておくのがいいことを知っていた。私はおずおずとハヴェルに近づき、チェルニーの名前を口にした。プラハでいっしょに愉しい時間をすごしたのです、と話しかけると、突然彼の表情が輝いた。

「ならば、きみは幸運だったのだ」ハヴェルは言い、しばらく笑みを浮かべて坐っていた。

21　イングーシ族のなかで

私はイッサ・コストエフのことを知っていたが、おそらく五十歳に満たない人は知らないだろう。彼は重要犯罪を担当するソ連の警察官で、一九九〇年に五十三人を殺害したウクライナ人技師の連続殺人犯アンドレイ・チカチーロから、巧みに自白を引き出した。現在は疲れ知らずで遠慮なく発言するロシアの国会議員として、北コーカサスの人々、とくに自身の出身であるイングーシ族への敬意と、彼らの市民権を強く要求している。イングーシ族の運命はまわりの世界にほとんど知られていないと感じているのだ。

コストエフが生まれてまもないころ、スターリンが、チェチェン人とイングーシ人はすべて侵略者ドイツに協力する犯罪者だと宣言した。もちろん、彼らはそんなことはしていなかった。コストエフの母親を含めて、イングーシ人がまるごとカザフスタンの強制収容所に送られた。コストエフの幼少時代の最初の記憶は、馬に乗ったロシアの看守が母親を鞭《むち》で打ち、トウモロコシを集めろと命じている場面だった。イングーシ人はあらゆる侵略者を等しく嫌う、と彼は暗い声で言う。スターリンが死に、帰宅を不承不承認められた人々は、故郷の家がオセチア人に奪われていることを知った。南の山を越えてきたオセチア人はキリスト教化された簒奪者《さんだつしゃ》の民族で、スターリンの息がかかっていた。しかし、コストエフがいちばん怒りを感じるのは、ふつうのロシア人によるイングーシ人への人種差別だ。
「私はロシアの黒人だ」彼はアジアふうの鼻や耳を憎々しげに引っ張って言う。「こういうのがついているだけで、モスクワの市街地ではいつ逮捕されてもおかしくない！」そして悪びれずに、イングーシはロシアのパレスチナという別のたとえを持ち出す。「彼らはまずわれわれを町や村から叩き出しておいて、次にまだ生きているという理由でわれわれを嫌悪する」

コストエフは仲間を集めて、私をイングーシ共和国まで連れていってくれるという。突然ではあるが、心からの招待だというのはすぐにわかる。雄大な景色を眺め、イングーシの人々に会って、あなた自身が判断すればいい。私はまだ少し混乱しているが、とても名誉なことです、これほどうれしいことはない、と答えてすぐに握手を交わす。一九九三年のことだ。

☆

最高の尋問者には一種の流儀があって、個性の一部を説得の武器に変える方法を身につけている。やさしく説き諭《さと》すのを旨《むね》とする者もいれば、相手を怖がらせ、動揺させるのが得意な者も、誠実さと魅力で圧倒する者もいる。しかし、大柄で、きわめてタフで、慰めようのない悲しみをたたえたイッサ・コストエフはちがう。会った瞬間から、なんとかしてこの男を喜ばせたいという気持ちが芽生えるのだ。何を言っても、何をしても、彼の年老いたやさしい笑みの裏にある悲しみは消えそうにない。

「チカチーロについて」私は尋ねる。「突破口になったのは何ですか?」

コストエフは重いまぶたをなかば閉じ、小さなため息をつく。煙草《たばこ》をゆっくりと吸い、「息のにおいだよ」と言う。「チカチーロは被害者の局部を食べていた。それをくり返すうちに、消化機能がおかしくなったようだ」

トランシーバーが音を立てる。私たちが向かい合って坐っているのは、モスクワの壊れかけた古いビルの最上階で、窓のカーテンが閉められ、つねに薄暗い。武装した男たちがノックをして入ってきて、短いことばを交わし、出ていく。警官だろうか。それともイングーシの愛国者? そもそもここは事務所なのか、隠れ家なのか。いずれにしても、コストエフの言うことは正しい。私のまわりにいるのは追放された者たちだ。〝検察官〟とだけ紹介された若い厳格な女性は、シドンやベイルートにいるサラー・ターアマリ配下の戦士としても通用しそうだ。喘息《ぜんそく》のような音を立てるコピー機や、年代物のタイプライター、食べかけのサンドイッチ、吸い殻があふれる灰皿、ぬるい缶コーラは、パレスチナの自由の戦士の明日をも知れぬ存在には欠かせない品々だ。コストエフの巨大な拳銃も然り。いつもは腰のうしろに留めてあるが、邪魔になると股間のほうに移動する。

私がイングーシに興味を抱いた理由は、ひとつにはコストエフがまさに言ったとおり、西側世界の誰も彼らの声に耳を傾けていないように思えたからだ。アメリカの私の著作権エージェントなど、イングーシ族は私の創作なのかと訊いてきたほどである。しかし、おもな理由は、取材旅行を重ねるうちに、ソ連に隷属してきた国々が冷戦後にどういう運命をたどったか知りたくなったことだった。別の時期にケニア、コンゴ、香港、パナマを訪ねたのと同じ動機だ。一九九〇年代の初め、北コーカサスのイスラム系共和国の将来は、まだどちらにも振れる可能性があった。冷戦期の〝共産圏〟は生き延びられるのか。ロシア人がボリシェヴィズムの軛《くびき》から解放されたいま、南部の従属国もロシアから逃れたいと思っているのだろうか。その場合、長年続いていた〝熊〟との戦争がまた始まるのだろうか。

現在のわれわれにはわかっているが、それに短く答えれば、イエスだ。戦争は怖ろしい犠牲をともなって再開される。けれども、私がコストエフと話していたときには、アジアの共和国の独立を求める叫びが大きくなりすぎ、それを抑圧した代償として何百万もの穏健なイスラム教徒が過激化するとは、誰も予想していなかった。あるいは、予想していたとしても、気にかけなかった。

私は新作の舞台をチェチェンにしようと考えていたが、コストエフに会ってからは、自分たちがいないあいだに小さな国を奪われた隣のイングーシのほうがいいのではないかと思いはじめた。コーンウォルの自宅に戻り、約束された旅行の準備に取りかかった。コストエフの助けを借りてビザを申請し、取得した。ペンザンスのスポーツ用品店でリュックサックと、自分でも驚いたことにマネーベルトを買った。ヨーロッパ有数の高地で恥をかかないように、少々体も鍛えた。ロシアのイスラム共同体にくわしいイギリスの学者にも連絡をとった。探す気になって探せばたいていそうなるものだが、朝から晩まで北コーカサスのことしか考えないし話さない、熱心な学者たちの国際コミュニティが見つかった。私も一時的に末席に加えてもらい、ヨーロッパで国外追放の憂き目にあったチェチェン人やイングーシ人について調べて、知識を得た。

コストエフはコーカサス出身でない仲介人を通して連絡し合うことを望んだ。私のほうから理由は訊かなかったが、だいたい想像はつく。大量のアメリカ煙草と多少の装身具を持ってきてほしいと言われた。金メッキの安い腕時計や、ジッポのライター、金属製のボールペンなどがいいらしい。南に向かう列車が盗賊に襲われたときに使うのだ。コストエフが言うには、彼らは品位のある盗賊で、できれば誰も殺したくないと思っている。たんに自分たちの領土を通る者から通行料を取るのは正当な権利だと見なしているにすぎない。

護衛の人員は六人に減らされた。六人いれば充分らしい。私は装身具やライターを買い、リュックサックにしまった。モスクワ経由でナズランに入る計画を立てていたが、出発の四十八時間前に仲介人から電話があり、旅行は中止になったと告げられた。〝関係当局〟が私の安全を保証できないため、状況が落ち着くまで待ってほしいということだった。どの当局だったのかはいまだにわからないが、数日後、夜のニュースをつけたときに彼らに感謝することになった。ロシア赤軍が地上と空からチェチェンに大規模な攻撃を仕掛けたのだ。隣のイングーシ共和国もその戦いに巻きこまれたようだった。

☆

それから十五年がたって、『誰よりも狙われた男』を書くことになったとき、私は、いわゆる対テロ戦争に巻きこまれた無実の若いロシア人イスラム教徒をチェチェン人に設定した。コストエフにちなんで、彼をイッサと名づけた。

22 ヨシフ・ブロツキーの受賞

一九八七年秋の晴れた日。私と家内はハムステッドの中華レストランで昼食をとっている。招いた客のひとりがヨシフ・ブロツキーだ。国内流刑になった元ソ連の政治犯にして詩人、そして多くのファンにとってはロシアの魂そのものという人物である。ヨシフとはここ数年連絡をとり合ってきたが、じつを言えば、なぜ自分たちがこの日のもてなし役になったのかはよくわからない。

「何をしてもかまいませんが、ぜったいに酒と煙草《たばこ》はやらせないでください」彼をロンドンに招いた文化方面に顔の広い女性からはそう言われていた。ヨシフは何度も心臓病を再発しているのに、酒も煙草もやめようとしていなかったのだ。私は、最善は尽くすけれども、わずかながら知っているかぎりでは、彼は最終的にやりたいことをやる男だと答えた。ヨシフは決して会話しやすい相手ではなかったが、珍しくこの昼食のあいだはずっと快活だった。家内がやんわりとたしなめたにもかかわらず、景気よく飲みはじめた黒ラベルのウイスキーと、鳥のように口をとがらせてチキンヌードルスープを飲みながら吸う煙草の効用も、多分にあったはずだ。

私の経験によれば、作家というのは著作権エージェントや出版社や読者について文句を言い合うことぐらいしか話題がないので――少なくとも私の耳に入ってくるのはそれだけだ――いまとなっては、ヨシフと何を話したのか想像することすらむずかしい。私たちのあいだには、これ以上考えられないほど広い溝があった。私はヨシフの詩を読んだことはあったが、解説書が欲しいと思うような内容だった。彼のエッセイ、とくに収監されていたレニングラードに関するものはおもしろく、亡くなった詩人のアンナ・アフマートヴァに対する敬意には感動した。しかし彼のほうは、おそらく私の書いたものを一語も読んだことがなかったと思う。読むべきだと感じることもなかっただろう。

それでも私たちは愉《たの》しい時間をすごしていたが、そのとき、背が高くてエレガントな、ヨシフの接待役の女性が厳粛な面持ちで戸口に現われた。私がまず思ったのは、テーブルのボトルとその上に漂う煙を見た彼女が、ヨシフに好き放題させている私たちを非難するということだった。興奮を抑えようとしているのはすぐにわかった。

「ヨシフ」彼女は息せき切って言った。「受賞が決まったわよ」

ヨシフが煙草をふかし、煙に向かって顔をしかめるあいだ、長い沈黙が続いた。

「なんの賞だね」ヨシフは不機嫌そうに言った。

「ヨシフ、ノーベル文学賞の受賞が決まったの」

ヨシフは、自分の口が勝手にとんでもないことをしゃべるとでも思ったのか、すばやく手で口を覆《おお》い、助けを求めるかのように私のほうに眼を向ける。無理もない。家内も私も、彼がノーベル賞候補になっていたとは知らなかったし、まして今日が発表の日だとは夢にも思わなかった。

　私は接待役の女性にわかりきったことを訊く。

「どこで知ったのですか」

「どこって、スカンジナビアのジャーナリストがいま店の外にいるんです。ヨシフ、あなたに祝辞を伝えてインタビューをしたいそうよ。ヨシフ！」

　ヨシフは傷ついた眼でまだ私に訴えていた。なんとかしてくれ、ここから救い出してくれ、と言っているようだ。私はまた女性のほうを向く。

「スカンジナビアのジャーナリストは、候補者全員にインタビューしたいのかもしれない。受賞者だけではなく、全員に」

　レストランの通路に公衆電話がある。彼女はヨシフのアメリカの出版社のロジャー・ストラウス会長が、この瞬間に立ち会うためにロンドンに来ていることを知っている。決断力のある彼女はさっそくホテルに電話をかけて、ストラウスを呼び出す。そして電話を切ると、微笑んでいる。

「すぐに家に帰らないと、ヨシフ」彼女はやさしく言って、彼の腕に触れる。

　ヨシフは愛《いと》おしそうにスコッチを最後にひと口飲み、痛ましいほどゆっくりと立ち上がる。接待役を抱擁《ほうよう》して、祝福を受ける。家内と私もお祝いを言う。私たち四人は陽の射す舗道《ほどう》に出て、私はヨシフと向き合う。一瞬、レニングラードの刑務所に連れていかれる囚人の友だちになった気がする。彼はロシア人らしくいきなり私を抱きしめてから、私の両肩をつかんで遠ざける。その眼には涙がたまっている。

「これからの一年は、いろいろとしゃべらなければならん」彼は言い、おとなしく尋問者のもとへ連行されていく。

23　見当はずれの相談役

グランプリレースの内情を知りたいときに、想像力ばかりたくましいレース経験ゼロの見習いメカニックに話を聞こうと思う人はまずいないだろう。ところが、そのメカニックとまったく同じように、私は小説を書いてきたというだけで、突然あらゆる諜報活動に通じた専門家という地位を与えられた。

初めてそういう役割を押しつけられたときには、諜報活動のことをにおわせるだけでも公職守秘法に違反するという現実的な根拠で抵抗した。すでに私の本の出版を許したことを後悔しているＭＩ６が、腹立ちまぎれに私を同業者への見せしめにするのではないかという恐怖も、頭から離れなかった。暴露できるような秘密の知識などなきに等しかったのだが。しかし、それよりも重要なことがあった。私自身も認めていなかったのだが、重要なのは私の作家としての自尊心《アムール・プロプル》だった。私は自分の作品を、文学界に亡命した人間が小説形式を借りて秘密を暴露したものとしてではなく、わずかながら現実に助けられた想像の産物として読んでもらいたかった。

一方、秘密の世界に足を踏み入れたことなどないという私の主張は、日ごとにうつろに響くようになった。遠慮なく私の正体を暴く元同僚たちの力によるところも大きい。私は事実を突きつけられて、自分は執筆を始めたスパイではなく、たまたまスパイだったこともある作家だと弱々しく反論したが、返ってきた世間の声は、屁理屈を言うな、だった。一度でもスパイだった者は、永遠にスパイだ。作品のなかで言っていることを私自身が信じていないとしても、ほかの人は信じた。だから、それを背負って生きていくしかない。

好むと好まざるとにかかわらず、私はそうした。いま振り返ると、何年も続いた気がするが、その間――なんなら私の黄金時代と言ってもいい――ほとんど週に一度は誰かから、どうすればスパイになれますかという問い合わせの手紙が来た。私は取りすましてこう答えた――国会議員か外務省に手紙を書くか、まだ学生さんなら就職アドバイザーに相談してください。

だが、当時の現実としては、応募もできないし、応募者がいることも想定されていなかった。いまとちがって、MI5やMI6、あるいはかつて極秘だったイギリスの暗号解読機関、GCHQ（政府通信本部）をグーグルで検索することもできなかった。《ガーディアン》紙の一面に、部屋にいる三人を思いどおりに行動させることができれば、あなたはおそらくスパイに向いていますという広告が載るわけでもない。スパイになるには、目に留まる必要があった。わざわざ応募してくる人間は敵のスパイかもしれないが、自然と諜報機関の目に留まる人間は敵であるはずがない。この考え方に実績があったことは誰もが知っている。

そして、目に留まるには生まれもっての幸運が必要だった。優秀な学校、できれば私立校を出て、大学、できればオクスフォードかケンブリッジへ行く。家族の系譜にスパイか、少なくとも軍人がひとりふたりいるのが理想だ。そうでない場合には、本人の知らないどこかの時点で校長や指導教官、学寮長などの目に留まって、適切な候補者と見なされる必要がある。すると彼らの部屋に呼ばれ、閉まったドアの内側でシェリー酒のグラスを勧められたあと、ロンドンで興味深い友人たちに会ってみないかと誘われるのだ。

それに対して、イエス、会ってみたいと答えると、封の二カ所に政府機関の印が捺《お》された、目を惹《ひ》く薄い水色の封筒が届くかもしれない。なかの手紙には、ホワイトホールのどこそこに出頭されたしと書いてある。そうしてスパイとしての人生が始まるかもしれないし、始まらないかもしれない。私の時代には、勧誘活動に洞窟のようなペルメルのクラブでの昼食も含まれていて、威圧的な将官が、きみはインドア派かアウトドア派かと訊いてきた。私はいまだにどう答えればいいのか悩んでいる。

✲

そのころのファンレターの大部分がスパイ志望者からだったとすれば、諜報機関による迫害の犠牲者が僅差《きんさ》の二位だった。必死に訴えてくる内容には、ある種の類似性があった。手紙の主は尾行され、電話を盗み聞きされ、車や家にも盗聴器がつけられ、買収された隣人に偽証されていた。彼ら宛ての手紙は一日遅れで届き、夫や妻、愛人には密告され、駐車すればかならず違反切符を切られた。国税当局にも目をつけられ、どう見ても本物の作業員ではない男たちが家の外の排水溝で何かしている。曜日を問わずうろついているのに、仕事をしている様子がないのだ。あなたの言うことはすべて正しいと私が返信したところで、なんの役にも立たなかっただろう。

しかし、スパイの達人という偽りの姿から、ひどいしっぺ返しをくらうこともあった。たとえば一九八二年、〝ポーランド反乱国内軍〟を名乗る若い反体制派の一団が、ベルンのポーランド大使館を占拠し、三日間立てこもったことがあった。ベルンはたまたま私が学生時代をすごした街だ。

ロンドンの私の電話が鳴ったのは深夜だった。電話の主は、ふとしたことで知り合ったスイスの有力な政治関係者だった。至急、極秘で私の助言が欲しい、彼の同僚も同じ意見だという。ずいぶん仰々《ぎょうぎょう》しい口調だと思ったが、私が少し寝ぼけていたからかもしれない。共産主義者は支持しない、と彼は言った。正直なところ、共産主義者のいる国には虫酸《むしず》が走る。きみも同じ考えだろう。だが、共産主義だろうとなんだろうと、ポーランド政府が正当であることに変わりはなく、ベルンのポーランド大使館はスイスの完全な保護を受ける権利がある。

ここまではわかるかな？——ええ、わかります——けっこう。というのも、たったいま若いポーランド人の一団がベルンのポーランド大使館を占拠したのだ。拳銃を突きつけているが、幸い、いまのところ弾は一発も発射されていない。聞いているかね？——ええ、聞いています——彼らは反共主義者だ。こういう状況でなければ応援したいところだが、個人の好みを言っている場合ではない。だろう、デイヴィッド？

はい、そのとおりです。

だから、若者たちを武装解除しなければならない。ちがうかね？　可及的すみやかに、まわりに知られないように大使館から連れ出して、国外に送り出す。きみはこういうことにくわしいから、スイスに来て彼らの国外退去を手伝ってくれないか？

私はそんなことに関してはまったくの素人《しろうと》だし、ポーランド語もポーランドのレジスタンス運動も何ひとつ知らない、人質解放の交渉術も、ポーランド人、共産主義者、反共主義者、その他の知識もまったくないと相手に伝えた。ヒステリーに近い声だったにちがいない。自分が不適格であることを思いつくかぎりの方法で訴えたあと、たしか、ポーランド語を話せる聖職者を探したらどうかと提案したのだった。それがうまくいかなければ、ベルンのイギリス大使を叩き起こして、正式にイギリスの特殊部隊の派遣を要請するといい。

彼と同僚が私の助言にしたがったのかどうかは知る由《よし》もない。私の著名な友人は、あの件がどういう結末を迎えたのか話してくれなかった。しかし、報道ではスイス警察が大使館に突入し、四人の活動家を取り押さえて人質を解放したらしい。半年後、私はスキー場で偶然この友人に出会い、事件について文句を言ったが、彼はただ笑顔で、悪気のないジョークだったと言うだけだった。スイス当局とどんな取引をしたにせよ、ただの外国人に話すべきではないということだろう。

☆

イタリア大統領にまつわる話もある。

ロンドンに駐在しているイタリア大使館の文化担当官から電話があった。イタリアのコシガ大統領が私のファンで、ローマのクイリナーレ宮殿（イタリアの大統領官邸）で催される昼食会に招待したいという。これほどの光栄に浴する作家は少なく、私はたいへん誇らしかった。この機会に大統領の政見や、イタリア国民から見た彼の立場を知りたいと思ったただろうか。それは記憶にない。私は夢見心地だった。

大統領がとりわけ気に入っておられる本があるでしょうか。私はおずおずと文化担当官に尋ねた。それとも、全作品に好意的な印象をお持ちということでしょうか。文化担当官は問い合わせてみると言った。そして正式に告げられたタイトルは――『ティンカー、テイラー、ソルジャー、スパイ』。

大統領閣下への献本は英語版がよろしいでしょうか、それとも、読みやすいイタリア語の翻訳版にしましょうか。その返事は私の胸を打った――大統領はあなたの母国語で読みたいそうです。

翌日、私はその一冊を持ってロンドンの高級製本店〈サンゴルスキー&サトクリフ〉を訪ねた。この際費用はどうでもいい。最高の仔牛革で製本してもらおう――たしか、ロイヤルブルーの地に金箔《きんぱく》で著者名をあしらってもらったと思う。当時、イギリスの本の紙質は、新品でもみすぼらしいものが多かったので、有名な古い写本を装幀し直したような見映えになった。

私は本扉に献辞を書いた——イタリア共和国大統領、フランチェスコ・コシガ閣下。そしてペンネームを大きな文字で入れた。丁重な敬意や忠誠のことばも書き添えたのではなかったか。まちがいないのは、何を書いたにせよ、適切なことばを考えるのに多くの時間を費やし、歴史に残すまえに何枚かの紙を使って練習したことだ。

私は装幀した本をたずさえてローマに向かった。

〈グランド〉という名前のホテルを予約してもらったと思う。よく眠ることができず、上《うわ》空で朝食をとり、緊張すると広がりがちな髪を気にして鏡のまえから離れられなかったのは、はっきり憶えている。そしてたしか、コンシェルジュが鍵を持っているホテル内のガラス張りの小さなブティックで、高価すぎるシルクのネクタイを買った。

約束の時間のかなりまえからホテルの前庭をうろついていた。迎えにくるのはせいぜい運転手つきの車と広報担当だろうと思っていた。まさか窓にカーテンのついた輝かしいリムジンが、青いライトをまたたかせてサイレンを鳴らす警察の白いバイクの一団とともに現われようとは。すべて私ひとりのためにだ。私は車に乗りこみ、もっと乗っていたいという思いを抱きながら降りた。フラッシュを焚《た》くカメラの一群が待っていた。立派な階段を上がっていくと、中世のタイツ姿で眼鏡《めがね》をかけた真剣な表情の男たちが、気をつけの姿勢をとっていた。

おわかりいただけるだろうが、私はこのころにはもはや〝現実〟のすべてに別れを告げていた。タイムワープしてこの日のこの機会、この場所にたどり着いたのだ。私は〈サンゴルスキー〉の装幀本を手にしたまま、巨大な部屋にひとりぽつねんと立っている。このスケールに太刀打ちできるのは誰だろう。自問の答えは、豪華な石段をゆっくりとおりてくるグレーのスーツの人物から返ってくる。彼こそまごうかたなきイタリア大統領だ。うれしそうに両手を広げてこちらに向かってくるその姿、極めつきのエレガンス、温かい歓迎のことば、柔らかい発音のイタリア英語からは、自信と安心感とパワーがあふれ出す。

「ミスター・ル・カレ。わが人生。あなたが書いたすべてのことば。私の記憶にある一言一句」――喜びのため息――「ようこそ。ようこそクイリナーレへ」

私はつかえながら感謝のことばを述べる。私たちのうしろに、グレーのスーツを着た中年男の一団が霧のように集まってくるが、こちらに敬意を払ってか、あまり近づいてこない。

「階上《うえ》に上がるまえに、宮殿を案内させていただきましょうか」わが招待主が同じ流れるような声で言う。

私は同意し、ふたり並んで、永遠の都を見おろす縦長の窓が並ぶ壮麗な廊下を歩いていく。グレーの一団は表敬の距離を保ったまま、音もなくついてくる。招待主はちょっとしたユーモアを示すために立ち止まる。

「右側に小さな部屋が見えるでしょう。ガリレオが入っていた部屋です。あそこで自分の考えが変わるのを待っていたのです」

私は小声で笑う。彼も小声で笑う。そして少し歩き、今度は広大な窓のまえで立ち止まる。ローマの街全体が足元に広がる。

「左側に見えるのがヴァチカンです。つねにヴァチカンと意見が一致してきたわけではありませんがね」

また知的な笑みがこぼれる。角を曲がると、いっときふたりだけになる。私は〈サンゴルスキー〉の仔牛革からすばやく汗をぬぐい、それを招待主に渡す。

「これをお持ちしました、と私は言う。

彼は本を受け取り、品よく微笑むと、ほれぼれと眺め、表紙を開いて私の献辞を読む。そして本を私に返す。

「とても美しい」彼は答える。「大統領に直接お渡しになられては？」

☆

昼食会のことはほとんど憶えていない。つまり、何を食べて飲んだのかは記憶にないが、まちがいなく極上だった。天界さながら美しい中世の建物の最上階で、グレーの霧の一団も含めて三十名ほどが長いテーブルについた。色つきの眼鏡をかけ、意気消沈した顔つきのフランチェスコ・コシガ大統領は、中央に肩を丸めて坐っていた。ロンドンにいた文化担当官は、大統領は英語を話せると請け合ったが、そうでもないようだった。同席していた通訳の女性は遺憾なく能力を発揮していたものの、私たちがフランス語で話しだすと不要になった。

もっとも、私たちふたりだけの通訳ではなく、両側にいるグレーの一団のためにも働いていたのだが。

　大統領本人に仔牛革の本を渡したことは憶えていないが、どこかで渡したにちがいない。食事の話題で憶えているのは一般的なことだけだ。というのも、話に出たのは、文学や芸術や建築や政治ではなく、もっぱらスパイだったのだ。その話題は大統領が気まぐれにさっと顔を上げ、色つきの眼鏡越しにこちらを不安にさせる鋭い視線をよこすたびに飛び出してきた。

　スパイがまったくいなくても社会は成り立つだろうか、と大統領は訊いてきた。きみはどう思う？　いまの民主主義でスパイをどのように管理する？　イタリアはスパイをどう管理すべきだろうか――まるでイタリアが民主主義ではなく、きわめて特異な事例であるかのように。そしてあけすけに、イタリアの諜報組織全般《アン・ジェネラル》についてどう思うか、私自身のことばで答えてほしいと言ってくる。彼らは賃金に見合った働きをしているかね？　彼らは負の力だろうか、正の力だろうか、ぜひ意見を聞かせてほしい。

　私はこの手の質問すべてに対して、当時もいまもなんら価値のある答えを持っていない。イタリアの諜報組織のことなど何も知らなかった。大統領が質問を放つたびに、あらんかぎりの知恵を絞って答えていると、まわりのグレーの一団があたかも指揮者の棒に反応するかのごとく、食事をやめて頭を上げることに気づいた。話がどこかに着地すると、また食事に戻る。

大統領は急にいなくなった。もういいと思ったのかもしれない。あるいは、世界を動かす仕事が待っていたのか。勢いよく立ち上がると、ありがたくも駄目押しで鋭く睨《にら》み、握手し、私を残りの客に預けて去っていった。

使用人に案内されて、コーヒーとリキュールが待つ隣の部屋へ移動した。誰も口を開かなかった。低いテーブルのまわりのソファにグレーのスーツの男たちが坐り、まるで聞かれるのを怖れるかのように、ときおり互いに低い声でことばを交わすだけだった。彼らもひとりずつ、握手や会釈をしながら辞去した。

事情にくわしい人から彼らの正体を聞いたのは、ロンドンに戻ってからだった。私が昼食をともにしたのは、イタリアのさまざまな諜報機関の責任者だったのだ。彼らがこの道のプロからいくらかためになることを聞けると大統領は考えたらしい。傷つき、当惑し、愚か者になった気分で彼について調べると、〈サンゴルスキー&サトクリフ〉に出かけるまえに知っておくべきだったことがわかった。

選挙でみずから国父と名乗ったコシガ大統領は、国の懲罰者になっていた。左派、右派を問わず元同僚を激しく責めたて、〝つるはし男〟の異名をとるほどだった。そしてことあるごとに、イタリアは狂気の国だと言っていた。

共産主義を反キリストと見なす急進的な保守派のローマ・カトリック教徒だったコシガは、二〇一〇年に死去した。《ガーディアン》紙の死亡記事によれば、歳を重ねるにつれて奇矯《ききょう》な言動が増えたようだ。私の助言が何かの役に立ったのかどうかは書かれていなかった。

サッチャー女史から昼食に招かれたこともある。彼女の政権下で、首相府が私を叙勲候補者にあげたときのことだ。私はそれを断わっていた。サッチャーには投票していなかったが、それが辞退の理由ではなかった。昔もいまも、自分はわが国の栄典制度に向いていないと感じているからだ。あの制度は私がイギリスに関して嫌いなことの代表格であり、かかわらないほうがいいと思っている。さらに言えば——あげればきりがないが——イギリスの文芸評論に重きを置いていないので、そこで受勲作家に推挙されても自分にとっては意味がない。首相府への返事の手紙では、今回の無礼は個人的、政治的な敵意があってのことではないと理解してもらえるように充分気を配り、感謝の念と首相への敬意を表して、この件はこれで片づいたと思った。

だが、片づいてはいなかった。二通目の手紙はさらに懇切丁寧《こんせつていねい》で、私が性急な決断で後悔しないように名誉への扉はまだ開かれていると伝えてきた。私は同じくらい礼儀正しくありたいと願いながら、自分にとってこれは固く閉ざされた扉であり、いかなる状況でもそれは変わらないとしたため、もう一度謝意と首相への敬意を表して返信した。今度こそ片づいたと思ったところ、なんと三通目が届き、それが昼食への招待だったのだ。

その日、ダウニング街十番地のダイニングルームにはテーブルが六つ置かれていたが、私は自分のテーブルしか憶えていない。サッチャー女史が上座、その右にはオランダ首相のルード・ルベルス、左には新調したきつめのグレーのスーツを着た私が坐っていた。一九八二年だったはずだ。私は中東から帰ってきたばかり、ルベルスは首相に就任したばかりだった。ほかに三人のゲストがいたが、私にとってはピンクの染みでしかない。北方の実業家だった気もするけれど、いまとなってはそう思う理由すらわからない。最初にこの六人で挨拶《あいさつ》し合ったかどうかも忘れた。席につくまえに、カクテルを飲みながら挨拶したのだったか。だが、はっきり憶えているのは、サッチャー女史がオランダ首相のほうを向いて、私を紹介したことだ。

「さて、ミスター・ルベルス」彼女は相手を愉《たの》しく驚かせようという口調で言った。「こちらはミスター・コーンウェル。ですが、作家のジョン・ル・カレと言うほうがわかりやすいかもしれません」

ルベルス氏は身を乗り出して私をとくと見た。若々しく、いたずらでもしかけそうな顔つきだった。彼は微笑み、私も微笑んだ――じつに友好的な雰囲気だ。

「知りません」彼は言った。

そして、笑顔のまま椅子に坐り直した。

しかし、広く知られているように、サッチャー女史は簡単にノーという答えを受け入れる人ではない。

「まあ、ミスター・ルベルス。ジョン・ル・カレはご存じでしょう。『寒い国から帰ってきたスパイ』や……」――言いよどんで――「……数多くの名作の著者です」

政治家以外の何物でもないルベルスは、自分の立場を再考した。ふたたび身を乗り出し、さらに時間をかけて私を見た。最初と同じく好意的だが、より注意深く、政治家らしく見ていた。

「ノー」彼はくり返した。

正解を見つけたことに満足して、ルベルスはまた椅子に深くかけた。

次に私を長々と見つめたのはサッチャー女史だった。彼女の不興を買ったときに、男性ばかりの内閣*が味わっているにちがいない経験を、私も味わった。

「ところで、ミスター・コーンウェル」サッチャー女史は使い走りの小学生に説明を求めるような口ぶりで言った。「せっかくここに来たのですから、何かわたしに言っておきたいことはありますか」私がうまい具合にもぐりこんだとでも言いたげだった。

遅まきながら、私はぜひ彼女に言っておきたいことがあったのを思い出した。ただし、あまり適切な内容ではなかったかもしれない。南レバノンから帰ってきたところだったから、国を持たぬパレスチナ人の窮状を訴えなければと思ったのだ。ルベルスは聞いていた。北の実業家たちも。だが、誰よりも真剣に聞いていたのはサッチャー女史だった。よく非難される短気は微塵《みじん》も感じられなかった。私がつかえながら独唱を終えたあとも、まだ耳を傾けていて、ようやく自分の意見を述べた。

＊　調べたところ、女性閣僚がひとりいた（バロネス・ヤング）が、閣内内閣には含まれていなかった。

「お涙頂戴の話はしないで」彼女はキーワードを強調して、いきなり激しく命じた。「皆さんは毎日、わたしの感情に訴える。それでは統治はできません。フェアではない」

そしてサッチャー女史は、戦争の英雄で政治家、彼女の顧問で友人でもあったエアリー・ニーヴを殺したINLA（IRAの分派）の爆弾テロリストはパレスチナ人が訓練した、と私の感情に訴えた。その後はたいした話はしなかったはずだ。じつに賢明なことだが、彼女はルベルス氏や実業家たちとの話に時間を割《さ》いていた。

いまでもときどき、サッチャー女史は何か下心があって私を招いたのではないかと思うことがある。たとえば、権威はあるが権力はない――いや、逆だったか――あの奇妙な準公的機関である特殊法人のひとつでもまかせられないかと、私を品定めしていたとか。

しかし、私をどう使うつもりだったのかは想像がつかなかった。もちろん、内輪もめの絶えないスパイたちをまとめる方法について、彼女も見当はずれの相談役から助言を得ようとしていたのなら、話は別だが。

24
弟の守者《まもりて》

（創世記第四章第九節。カインとアベルの物語より）

友人で同僚のスパイでもあったイギリス人の反逆者、キム・フィルビーとの関係について、ニコラス・エリオットが語った話をここに書くかどうかは迷った。第一の理由――実態としてエリオットの説明は、客観的な事実というより、彼が信じるようになったフィクションだから。第二の理由――私の世代にとってフィルビーがどんな存在であろうと、いまの世代にとってはさほど大きな意味を持たなくなっているから。だが最終的には、戦後のイギリスの諜報体制や、みずからを一流と見なしていた諜報機関の思い上がりをうかがう窓となるこの話を、解説抜きで記しておきたいという誘惑に勝てなかった。

フィルビーの裏切りがどれほど大きな衝撃だったかは、この業界を体験したことのない人にはわからないだろう。東欧だけでも何十人、ことによると何百人というイギリスの諜報員が捕らえられ、拷問され、射殺された。フィルビーに裏切られなかった者は、もうひとりのMI6の二重スパイ、ジョージ・ブレイクによって売られた。

私はずっとフィルビーのことが頭から離れなかった。ほかの場所でも述べたように、それがフィルビーの友人だったグレアム・グリーンとの公開論争につながり、心が痛んだ。歴史家ヒュー・トレヴァー＝ローパーのような名士たちとも論争になったが、こちらにはまったく心を痛めなかった。彼らにとってフィルビーはたんなる三〇年代の優秀な子供のひとりだった。三〇年代は彼らの時代であって、私たちの時代ではない。フィルビーは、当時の左翼にとってファシズムと同義だった資本主義と、〝新たな夜明け〟だった共産主義のどちらかの選択を強いられ、共産主義を選んだが、グリーンはカトリックを選び、トレヴァー＝ローパーはどちらも選ばなかった。フィルビーの選択はたまたま西側諸国の利益に反したけれども、それは彼の選択であり、そうする権利もあった。議論終了。

とはいえ、フィルビーが国を裏切った動機には、欺瞞《ぎまん》中毒の症状が大いに関係していたように思える。あるイデオロギーへの傾倒として始まったものが、心理的依存になり、やがてそれなしでは生きられなくなる。一方の側にいるだけでは満足できず、世界を股にかけたゲームが必要だったのだ。だから、フィルビーとエリオットとの友情を見事に描いたベン・マッキンタイアーの著作*のなかで、MI6とKGBの諜報員としてのキャリアを不名誉なかたちで終えたフィルビーが、ベイルートで落ち着かない日々をすごし、ソ連の管理官に見捨てられたのではないかと怖れながらも、とりわけ懐かしがっていたのは、クリケット観戦を除くと、長いこと彼を支えてきた二重生活のスリルだった、と書かれているのを読んでも、私は驚かなかった。

私のフィルビーに対する嫌悪は時を経て和らいだか？　そうは思わない。イギリス人のなかには、帝国主義の罪を嘆きながら次の偉大な帝国主義的覇権を夢見、そこで自分が国の運命を左右できると妄想するタイプがいる。フィルビーはそのような男だったのだろう。彼の伝記を書いたフィル・ナイトリーと話したときに、私はなぜフィルビーにわだかまりを抱いているのかと訊かれた。その答えとして考えられるのは、自分もフィルビーと同じく、型破りな父親が引き起こす矛盾の嵐について多少知っているが、社会を罰するならもっとましな方法がある、ということだけだ。

さて、ニコラス・エリオットに登場願おう。彼はフィルビーの腹心の友であり、戦時も平時も互いに支え合った仲間だ。父親はイートン校の元校長で、エリオット自身もイートン校を出た。アルプスを愛する冒険家で、だまされやすいカモでもある。そして何より、私が出会ったスパイのなかで最高に愉《たの》しい男だ。振り返ってみると、いちばん謎めいてもいる。エリオットの容姿は、いまから見ると少し滑稽《こっけい》かもしれない。潑溂《はつらつ》とした古風な美食家《ボン・ビヴァン》で、完璧に仕立てたスリーピースのダークスーツ以外の恰好《かっこう》は見たことがない。魔法の杖のように体が細く、それをつねに気取った角度で傾けて、地面からわずかに浮き上がっているように歩く。顔には静かな笑みを浮かべ、片方の肘《ひじ》を曲げてマティーニのグラスか煙草《たばこ》を持っている。チョッキのラインはかならず細身にぴったりで、外側にはふくらまない。外見や話しぶりは、P・G・ウッドハウスが書く遊び人そのもの。ちがうのは、驚くほど率直で知的な会

＊ *A Spy Among Friends* のタイトルで二〇一四年にブルームズベリー社から刊行された（邦訳は『キム・フィルビー――かくも親密な裏切り』小林朋則訳、中央公論新社）。

話をすることと、無謀と思えるほど権威を軽んじていたことだ。記憶にあるかぎり、私は彼の機嫌を損ねたことはないが、ロンドンの難物のひとりである実業家のタイニー・ローランドが、彼を〝チープサイド（ロンドンの大通り）のハリー・ライム（グレアム・グリーン『第三の男』〔小津次郎訳、ハヤカワepi文庫〕に登場する悪役）〟と表現したのも故なきことではない。

しかし、エリオットが人生でおこなった数多くの非凡なことのなかで、まちがいなくもっとも非凡で最大の痛みをともなった出来事は、ベイルートでキム・フィルビーと対峙《たいじ》し、親友であり同僚、そして師でもあった男に、知り合ったときからずっとソ連のスパイだったと認めさせたことだった。

☆

私がＭＩ６にいたころ、エリオットとは会釈し合う程度の間柄だった。ＭＩ６で最初に面接を受けた際の面接官のひとりが彼だった。私が新入部員になったときには、エリオットは六階に席がある高官であり、その見事なスパイ作戦は、有能な現場担当官がなしうる仕事の模範として訓練生に教えられるほどだった。エリオットは本部と中東をエレガントに往き来しながら、講義をしたり、作戦会議に出たり、姿を消したりしていた。

私がたいした貢献もしないままＭＩ６を辞《や》めたのは一九六四年、三十三歳のときだった。第二次大戦の勃発以来、あらゆる主要な作戦の中心にいたエリオットは、一九六九年に五十三歳で退職した。私たちはときどき連絡をとり合った。エリオットは元の職場に対して苛立っていた。彼に言わせればとっくの昔に守秘義務が終わった秘密ですら、公開する許可が得られなかったからだ。エリオットは、自分の話を後世に伝えるのは権利というより義務だと信じていた。だからこそ、私を引き入れようと考えたのかもしれない――本来公《おおやけ》であるべき彼のユニークな体験を公に戻すのを手伝う、一種の仲介者か連絡係として。

その場が持たれたのは、フィルビーがエリオットに事実の一部を打ち明けてから二十三年後の一九八六年五月の夜、ハムステッドの私の自宅においてだった。エリオットは胸の内を吐露した。そこから数回にわたって、私たちは同じような話し合いをする。彼が話しているあいだ、私はノートにメモをとった。三十年ほどたったいま、そのメモを見返してみると――手書きで、紙面は色褪《いろあ》せ、隅を留めたホチキスは錆《さ》びている――消した箇所がほとんどないことに安心する。会話のどこかの時点で、私はキムとニコラスだけが出てくる戯曲の執筆にエリオットの協力を得ようとしたが、現実のエリオットはその気にならなかった。

〝あの戯曲のことは二度と考えないようにしよう〟と彼は一九九一年に書いてきた。そして私はいま、あの件をあきらめて本当によかったと思っている。ベン・マッキンタイアーのおかげだ。なぜなら、エリオットが私に話したのは、彼の人生の物語ではなく、偽りの物語だったからだ。持ち前の痛烈な皮肉や軽快さがどれほどあろうと、本当に個人的な秘密も仕事の秘密も無条件に分かち合っていた親友が、長い友情の始まった最初の日から彼を裏切り、敵のソ連に売っていたのがわかったときの苦痛を取り除くことはできない。

☆

フィルビーに関するエリオットの話――

「途方もなく魅力的で、人をびっくりさせたいという衝動がある。彼のことは知りすぎるほど知っている、とくに家族についてはね。私は彼の家族をいつも大事にしてきた。あんなふうに酔っ払うやつは見たことがない。尋問しているあいだも、ずっとスコッチを飲んでいるんだ。家に送り届けるのに、文字どおりタクシーに運びこまなければならなかった。そのあと運転手に五ポンド払って上の階に上げてもらった。一度、ディナーパーティに連れていったことがある。彼はみんなを魅了したかと思うと、次の瞬間には招待主の夫人の胸について話しはじめた。ＭＩ６でいちばんのおっぱいだとね。下品なことこの上ない。ふつうディナーパーティで女主人の胸のことなんか話さないだろう。だが、そういうやつだった。人をぎょっとさせるのが好きだった。私は彼の父親も知っている。亡くなった夜に、＊ベイルートで彼を食事に連れ出したんだ。親父さんも魅力的な人だった。イブン・サウードとの関係について話しだすと止まらなくてね。フィルビーの三番目の奥さんのエレナーは、あの親父が大好きだった。どうしたものか、彼は他人の奥さんを口説《くど》いていなくなったんだが、その数時間後に亡くなった。辞世のことばは〝ああ、退屈でたまらん〟だったそうだ」

☆

「フィルビーの取り調べには長い時間がかかり、ベイルートでの会合はその最後だった。情報源はふたりいた。ひとりは信頼できる亡命者、もうひとりは母親役というやつだ。本部の精神科医から聞いた。電話をかけてきてね、彼が。フィルビーの二番目の奥さんのアイリーンを診断していたんだが、〝彼女が守秘義務から解放してくれた。どうしてもあなたと話したい〟と言うんだ。そこで会いに行くと、その精神科医は、フィルビーは同性愛者だと言った。彼の浮気癖だとか、私もよく知っているアイリーンが、彼はセックス好きでうまいと言ったことなどとは関係なくね。とにかく同性愛者で、それは大きな症状の一部であり、医師が知るかぎり証拠はないものの、ぜったいに悪いこともしていると言う。ロシア人のために働いているか、それに類することとか、正確なところはわからないが、まちがいない。母親役を探しなさいと医師は言った。どこかに母親役がいるはずだ、と。それがソロモン†という女性だった。ユダヤ人で、マークス・アンド・スペンサー百貨店の仕入れ担当か何かだ。ふたりとも長年の共産主義者だった。ソロモンはユダヤ人にまつわることでフィルビーに腹を立てていた。フィルビーはエルサレム支局長のティーグ大佐のもとで働いていて、ティーグが反ユダヤ主義者だったから、ソロモンが怒ったのだろう。そしてわれわれにフィルビーのことを話した。古い共産主義者とのつながりについてね。ファイブ（ＭＩ５）がすでに調査を

＊　サウジアラビアの建国者で初代国王。

†　一九三九年にフィルビーをアイリーンに紹介したフローラ・ソロモン。

始めていたから、私はすべての情報を彼らに伝えた――母親役のソロモンにあたれ、と。もちろん彼らは耳を貸さなかった。あまりにも官僚的な連中だから」

☆

「フィルビーのことになると、みな強情だった。シンクレアもメンジーズも（ともにMI6元長官）フィルビーに不利なことはいっさい聞こうとしなかった」

☆

「そして本部から電報が届いた。証拠があるという。私はホワイト（元MI5長官で当時のMI6長官だったサー・ディック・ホワイト）に、私自身がベイルートに行ってフィルビーから直接話を聞かなければならないという返事の電報を送った。この件はあまりにも長引きすぎていて、家族のためにも本人から真実を引き出さなければならない。どう感じていたか？　まあ、私は感情的な人間ではない、さほどね。だが、彼の奥さんや子供たちのことは好きだった。フィルビー自身も胸につかえていたものをすべて吐き出して楽になり、大好きなクリケットの応援をしたいはずだ、と思っていた。クリケットの記録はなんでも知っていたからね。クリケットのことなら本当にいつまでも話していられた。結局、ディック・ホワイトはオーケイを出した。行ってこい。そこで私はベイルートに飛び、フィルビーに会って、きみが私の思っているとおり賢い男なら家族のために自白するだろう、ゲームはもう終わっているのだから、と告げた。いずれにしろ、裁判で有罪にはできなかったし、そうなれば彼も否定していただろう。ふたりのあいだの取り決めはいたって単純だった。彼はすべてを白状しなければならない。自分でもそうしたいはずだと私は思っていたのだが、そこはだまされた。損害を及ぼす可能性のあることは、何から何まで白状してもらう。それが何より重要だった。損害の拡大を防ぐことが。たとえば、彼はKGBから、ほかにKGBが接触できて、KGBのために働いてくれそうな情報部員は誰かということをずっと訊かれていたはずだ。フィルビーは何人か候補をあげていたかもしれない。それをすべて知る必要があった。そして、ほかにKGBに提供していた情報も、ひとつ残らずね。そこはぜったいに譲れなかった」

私のメモには会話がそのまま記されている。

私：彼が協力しなかった場合、どんな制裁を考えていました？

エリオット：どんな何だって？

「制裁です、ニック。最悪の場合にはどうなると脅したのか。たとえば、こてんぱんに殴ってロンドン行きの飛行機に乗せるとか？」

「ロンドンには彼を連れ戻したい人間はひとりもいなかった」

「では、究極の制裁として――こんなことを言うのは失礼ですが――彼を始末する、殺してしまうということは？」

「おいおい。われわれの仲間だぞ」

「では、何ができたのです」

「私は、協力しないなら完全に切り捨てられるぞと言った。彼の身に何かひどいことがおきても、中東全域の大使館、領事館、公使館は何もしない。実業界からも接触がなくなり、ジャーナリストとしてのキャリアも潰《つい》える。世間からのけ者扱いされ、人生は終わったも同然になる。私は彼がモスクワに行くとは思ってもみなかった。過去にもこういうことがあったから、それを避けたければ自白するしかない。自白したあとはお互い忘れる――そんなつもりだった。だって、家族やエレナーはどうなる？」

私はあまり人気のなかったイギリスの反逆者の運命に触れた。フィルビーよりはるかに小さな被害しかもたらしていないが、そのために長年刑務所に入れられた人物だ。

「ああ、ヴァッサル*ね。まあ、彼は一部リーグじゃなかった。だろう？」

☆

エリオットは続ける――

「それが最初のセッションで、四時にまた会うことになった。四時になると、彼は供述書を持ってきた。びっしりと文字をタイプしたものが八、九ページあった。損害についても、ほかのことについても、すべて書かれていた。彼はひとつ頼み事があると言った。エレナーはきみがベイルートにいることを知っている。ぼくの件については何も知らない。だから、きみが一杯やるために立ち寄らなければ、何かがおかしいと感づく。私は、わかったと言った。

エレナーのために立ち寄って一杯飲むよ。だがまず、ディック・ホワイトに暗号電報を打たなければならない。電報を打ち終えてフィルビーの家に行くと、彼はすでに酔いつぶれて床に寝ていた。エレナーと私はしかたなく彼をベッドに運んだ。エレナーが頭を持ち、私が足を持ってね。彼は酔っ払うと何も言わない。私の知るかぎり、うっかり秘密をもらしたことなど一度もなかった。私はエレナーに、〝どういうことかわかるだろう?〟と訊いた。〝わからない〟と言うので、私は〝こいつは忌々《いまいま》しいロシアのスパイなんだ〟と教えてやった。フィルビーはエレナーには悟られていないと言っていたが、そのとおりだった。私はフィルビーの尋問をピーター・ラン[†]にまかせて、ロンドンに帰った。ディック・ホワイトはこの件をじつにうまく処理していたが、アメリカにはひと言も伝えておらず、私がワシントンに飛んでいって報告しなければならなかった。ジム・アングルトン[‡]もかわいそうにな。アングルトンは、フィルビーがMI6のワシントン支局長だったときにあれほど仲よくやっていたの

＊　ジョン・ウィリアム・ヴァッサル。イギリス国教会の牧師の息子で、同性愛者。モスクワのイギリス大使館付き海軍武官の書記だったが、KGBのスパイになったことで懲役十八年を言い渡された。

†　MI6のベイルート支局長で、私のボン時代の支局長ふたりのうち、最初のほう。

‡　CIAの防諜部門のトップを務めたジェイムズ・ジーザス・アングルトン。妄想癖のあるアルコール依存症者で、西側の世界の隅々にまでKGBの赤い網が張りめぐらされていると確信していた。フィルビーはワシントンに駐在中、優雅にチェスをしながら、二重スパイの運用法についてアングルトンに相談していた。

に、真実を知ると——つまり、私が教えたわけだが——まったく逆の態度をとった。じつは数日前にも彼と食事をしたんだ」

☆

「私の考えでは、いつかKGBがフィルビーの自伝の残りの部分を出版するだろうね。最初の本は一九四七年で唐突に終わったような代物《しろもの》だった。思うに、別の本が鍵つきの戸棚にしまわれている。フィルビーはKGBに、ならず者を垢抜《あかぬ》けさせろと進言したんだろうね。きちんとした服を着せて、あまりにおわないようにする。見映えをよくする。おかげで近ごろはまったく別の集団に見える。やたらと賢くて人当たりがいい一流の人間に。あれはフィルビーの仕業《しわざ》だ。賭けたっていい。そう、彼を殺すことは考えなかった。だが、私はだまされた。私は彼があのときいたところにとどまりたいのかと思っていた」

☆

「わかると思うが、振り返ってみると——きみは同意しないか？——あのころ私たちがやっていたことは——そう、みんなで大いに笑ったものだが——いや、本当に大笑いした——どれもこれもひどく素人《しろうと》くさかった、ある意味で。諜報員が往き来していたコーカサスのああいうルートとか、まったくの素人だ。もちろん、フィルビーはヴォルコフを裏切り、ヴォルコフは殺された。*だから、フィルビーから手紙が届いて、私の妻のエリザベスやディック・

ホワイトには知らさずベルリンかヘルシンキで会いたいと書いてあったとき、私は、代わりにヴォルコフの墓に花を供えてやってくれと返事を書いた。気が利いていると思ったよ。つまり、私を誰だと思っているのかということさ。彼らに言わないでほしい？　私が真っ先に伝えるのはエリザベスだし、その直後にディック・ホワイトにも伝える。あの日は外でゲーレン†と食事をしていた。ゲーレンは知っているね？　夜遅く帰宅したら、玄関のマットの上に〝ニック〟と書かれた地味な封筒が置いてあった。誰かが直接届けたのだ。〝もし来られるなら、ヘルシンキの場合、ネルソン記念柱の絵葉書を、ベルリンの場合、ホース・ガーズの絵葉書をぼく宛てに送ってくれ〟とか、そういう馬鹿なことが書いてあった。いったい私を誰だと思ってる？　アルバニア作戦‡？　そうだとも。おそらく彼はあれも失敗させた

＊　一九四五年、イスタンブールのソ連領事館の副領事で諜報員だったコンスタンティン・ヴォルコフが、イギリス外務省に三人のソ連スパイがいて、ひとりは防諜にたずさわっていると主張した。フィルビーが対策の責任者になると、ヴォルコフは拘束されてモスクワ行きの飛行機に乗せられた。私はこの事件を脚色して『ティンカー、テイラー、ソルジャー、スパイ』に使った。

†　ラインハルト・ゲーレン。当時の西ドイツの諜報機関BND（連邦情報局）の局長だった。本書8章を参照。

‡　一九四九年に実行された、アルバニア政府を転覆させるためのMI6とCIAの合同作戦。その失敗で少なくとも三百名の諜報員が死亡し、一般市民も大勢逮捕、処刑された。キム・フィルビーが立案者に含まれていた。

んだろう。昔はロシアにも、われわれのすばらしい人材がいた。彼らがどうなったかもわからない。なのに、寂しくなったから私に会いたい？　ああ、そりゃ寂しいだろうよ。あっちに行くべきではなかった。彼は私をだました。私は彼について本を書いた。出版社はシャーウッド・プレスだ。大手はみんな尋問のことを書いてくれと言ってきたが、書くつもりはなかった。書くとすれば、登山仲間に関する回顧録だ*。MI6のことなんて書けない。尋問はひとつの技術だ。きみならわかるだろう。非常に長い時間がかかる。どこまで話したかな？」

✲

ときどきエリオットは脱線し、過去にかかわった別の事件の思い出を語りはじめた。なかでも重要なのは、キューバのミサイル危機が近づいていたときに、ソ連の死活にかかわる国防機密を西側に流したGRU大佐オレグ・ペンコフスキーの事件だ。エリオットは、CIAが捏造《ねつぞう》し、冷戦期のプロパガンダとして『ペンコフスキー機密文書』（佐藤亮一訳、集英社）の題名で公表した本に怒りを隠さなかった。

「ぞっとする本だよ。あの男が聖人か英雄のようなものに祭り上げられている。そういう柄じゃないのに。彼はないがしろにされて腹を立てていた。アメリカは興味を示さなかったが、シャーギー†にはペンコフスキーの価値がわかった。そういう嗅覚《きゅうかく》があったのだ。私とシャーギーはまったく似ていないが、相性はすばらしくよかった。両極端が仲よくなる《レ・ゼクストレーム・ス・トゥーシュ》のさ。

私が作戦の責任者で、シャーギーがナンバーツー。現場での彼の活躍はめざましかった。感覚が非常に鋭くて、めったにまちがわない。かなり早い段階からフィルビーのことも正確に見抜いていた。ペンコフスキーを調べたシャーゴールドがいけると考えたから、私たちは彼を受け入れた。スパイ活動で誰かを信用するというのは、とても勇気がいることだ。そこの愚か者は、机に戻って〝こいつは信頼できない。どっちに転ぶかわからない〟と言う。書類を見て〝彼を信じる〟と言うのにはかなりの覚悟が必要になる。だが、シャーギーはそう判断し、私たちは支持した。女を使ったんだ。ペンコフスキーがパリにいるときに、娼婦を何人か送りこんだ。ところが、彼は何もできなかったと文句を言ってきた。ひと晩に一度きりだったとね。そこで本部の医者をパリにやって、勃起するようにケツに注射をしてやった。大笑いだろう？　ときには笑わないと人生がつまらない。大爆笑がないとね。どうしてそんな男を英雄にできる？　まあたしかに、裏切りには勇気が必要だから、フィルビーもその点は評価してやらないとな。彼には勇気があった。シャーギーは一度退職しかけたんだ。ひどい気分屋だから。私がオフィスに入ると、机の上に辞表が置いてあった。〝ディック・ホワイトが〟――もちろん、CSS（MI6長官）と書いてあったわけだが――〝私の同意なしにアメリカに情報を渡し、それによって、対処のむずかしい私の情報源が危険にさらされた事実

＊　エリオットは父親と同じく熱心な登山家だった。
†　MI6のソ連圏の作戦責任者だったハロルド・シャーゴールド。

に鑑《かんが》み、残りの情報部員の規範となるべく退職を願い出ます〟。そんなことが書いてあった。ホワイトが謝罪して、シャーギーは辞表を撤回した。ただ、私が説得しなければならなかった。簡単ではなかったよ。あれは本当に気分屋だから。だが、現場での働きは最高だし、ペンコフスキーについてはずばり的中した。まさに芸術家だ」

☆

第二次大戦中のMI6副長官、Z大佐としても知られるサー・クロード・ダンシーについて――

「まったくのゴミだ。頭も悪い。だが、頑健で打たれ強い。短くてくだらないメモをよこす。つねに喧嘩《けんか》腰。本物のゴミだよ。私が戦後、ベルン支局長になったときに、彼の情報網を引き継いだ。ハイレベルのビジネス分野の情報網だった。あれは上出来だった。ビジネスマンを働かせるこつは心得ていたようだ。それは得意だった」

冷戦期にサー・ディック・ホワイトのもとで副長官を務めたサー・ジョージ・ヤングについて――

「欠陥人間だな。優秀だが大ざっぱで、何事も自力でやらないと気がすまない。MI6を辞《や》めたあと、ハンブローズ銀行に入った。あとで銀行の連中に、ジョージとはうまくやっているかと訊いてみた。黒字決算になりそうか、それとも赤字か？　どっこいどっこいという返事だった。ジョージはイランの金をいくらかもたらしたが、それをほぼ打ち消す大失敗もやらかした、と」

　歴史家で、戦時中にMI6で働いていたヒュー・トレヴァー＝ローパー教授について——

「すぐれた学者だが、腰抜けで使いものにならなかった。どこかひねくれたところもあった。ヒトラーの日記に飛びついたときには、死ぬほど笑ったよ。MI6の全員が偽物だとわかっていたのに、ヒューは疑いもしなかった。どうしてヒトラーにあんなものが書ける？　戦時中、私は彼を近寄らせなかった。キプロスの支局長だったときには、トレヴァー＝ローパー大尉がやってきたら銃剣をケツに突きつけてやれと入口の見張りに言っておいた。で、本人が現われると、見張りは私のことばをそのまま伝えた。ヒューは困っていたよ。あれには腹を抱えた。MI6のいいところはここだ。笑い話には事欠かない」

　中東から来たMI6の協力者候補に娼婦をあてがうことについて——

「セント・アーミンズ・ホテル。彼女は行こうとしなかった。庶民院に近すぎてね。〝夫が議員なの〟。しかも、イートン校にいる子供を迎えにいくために、六月四日は休まなければならないという。私は〝別の女性を探せということか？〟と訊いた。すると彼女はためらわずに言った。〝知りたいことはひとつだけ。いくら？〟」

　グレアム・グリーンについて——

「戦時中にシエラレオネで会った。グリーンは港で私を待っていた。声が届くところまで近づいたとたん、〝フランスの手紙（コンドームのこと）は持ってきてくれたか〟と叫んだ。彼は宦官《かんがん》にこだわっていた。支局の暗号帳を読んで、MI6に宦官という意味の暗号があることも知っていた。ハーレムの宦官を諜報員として使っていたころの名残《なごり》だろうね。グリーンは宦官を含む暗号を送りたくてたまらなかったのだが、ある日、チャンスがめぐってきた。本部から、どこかの会議に出席せよと命じられたときだ。ケープタウンだったと思う。決まった作戦か何かがあってね。いや、作戦ではないな。彼を知っていれば、作戦にはかかわらなかったことがわかる。それはともかく、彼は〝宦官みたいに私はイケない〟と返した」

戦時中、外交官に偽装してトルコにいたときの思い出——

「大使主催の夕食会だった。戦争の真っ最中でね。大使夫人が、私が先っぽを切り落としたと叫んだ。〝何の先っぽです？〟〝チーズよ〟〝これは執事から手渡されたんですよ〟と私は言った。〝そしてあなたはその先っぽを切り落とした〟と夫人。いったい忌々《いまいま》しい戦時中にどうやってチェダーチーズを手に入れたんだろうな。それに、私にチーズを手渡したのはキケロ*だった。われわれの秘密をすべてドイツの国防軍情報部《アプヴェーア》に売っていたやつさ。ノルマンディー上陸も含めて、いろいろ。だがドイツ人は彼を信じなかった。よくあることだ。信用がない」

グレアム・グリーンの『ハバナの男』が出版されたのは、私がMI5にいたときだった。そこでグリーンが支局長とトップの諜報員との関係を明かしたため、MI6の法律顧問が公職守秘法違反容疑で彼を訴追したがっていた。私がそのことをエリオットに話すと、

「そう、ぎりぎりのところだったんだろう。いっそ逮捕されれば、いい教訓になっただろうに」

☆

そしておそらくいちばん印象深かったのは、エリオットが思い出した、ケンブリッジ時代のフィルビーに関する肚《はら》の探り合いだ――

「〝きみには少々汚点があると思われているようだぞ〟と私が言った。

〝どういう?〟

〝昔熱心だったこととか、団体への加入とか〟

〝どこの?〟

〝名前を聞くかぎり、じつに興味深い団体だよ。大学がそのためにあるような。左の人間がみんな集まる。ケンブリッジ使徒会†だ。そうだろう?〟」

☆

---

* アンカラのイギリス大使、サー・ヒュー・ナッチブル＝ヒューゲッセンの執事をしていたエリエサ・バズナというドイツの諜報員を指す。今日では、彼は終始イギリスの諜報員でドイツに偽情報を渡していたと考えられている。エリオットも私に同じことをしていたのかもしれない。

† 一八二〇年、大学のエリートが秘密裡に知的な議論をするために設立した討議グループ。〈コンヴェルサツィオーネ・ソサエティ〉としても知られる。会員曰《いわ》く、〝同性愛〟と〝プラトン的恋愛〟を実践した。三〇年代にソ連の人材発掘人に悪用され、若く有望な学生たちが共産主義に勧誘された。ただ、キム・フィルビーの名は名簿にない。

ベルリンの壁が崩壊する二年前の一九八七年に、私はモスクワを訪問した。ソヴィエト作家同盟の歓迎レセプションで、ゲンリク・ボロヴィクという、KGBとつながりのあるパートタイムのジャーナリストが私を家に招待したいと言ってきた。私のファンである旧友を紹介したいという。その友人の名を尋ねると、キム・フィルビーという答えが返ってきた。信頼の置ける筋から聞いてわかったのだが、当時フィルビーは死期が近いことを悟り、回顧録の二巻目で私の手を借りたいと考えていたらしい。ひそかに用意しているとエリオットが確信していた、例の本だ。しかし、結局私はフィルビーに会うのを断わった。エリオットはそれを喜んだ——少なくとも私はそう思う。だが、ことによると、それでも心の底では私が旧友の情報を持ち帰ることを期待していたのかもしれない。

エリオットが私に話したのは、キム・フィルビーとの最後の遭遇と、そこに至るまでの長年の疑惑から都合の悪い部分を取り除いた話だった。ベン・マッキンタイアーのおかげで明らかになった真実は、フィルビーに疑惑の眼が向けられるたびに、エリオットは親友かつ同僚を守るためにあらゆる手を尽くしたということだ。どうしても否定できないところまで来て、初めてフィルビーの自白を得ようと動きだした。それもせいぜい部分的な自白である。そのときエリオットは、フィルビーがモスクワに逃亡する余地を与えよと命じられていたのだろうか。そこが明確になることはおそらくないだろう。いずれにせよ、エリオットは彼自身をだましたのと同じように、私もだましたのだ。

25　なんたる醜聞《ケル・パナマ》！

一八八五年、パナマのダリエンに海抜ゼロの運河を作ろうとしたフランスの莫大な努力は、無惨な結果に終わった。掘削にかかわった大小さまざまな投資家が破滅し、やがて国じゅうから〝なんたる醜聞《ケル・パナマ》〟という悲痛な叫びがあがった。フランス語にいまもこの表現が残っているかどうかは疑わしいが、私にとっては、あの美しい国に似合っているように思える（〝ケル・パナマ〟は、字義どおりなら〝なんてすごい「すばらしい」パナマ〟）。私とパナマとの関係が始まったのは一九四七年、父のロニーに命じられて、フランス駐在のパナマ大使から五百ポンドを回収するためにパリに行ったときだった。大使はマリオ・ダ・ベルナスチーナ伯爵といい、つねに女性の香水の香りが漂う、エリゼ宮のはずれのエレガントな通りに面した美しい家に住んでいた。

約束の大使邸に着いたのは夜だった。当時十六歳だった私は学校のグレーの制服を着て、髪をきれいに分けていた。父からは、大使は一流の人物だから、ずっとまえに信用貸しした金を喜んで返してくれると聞かされていた。そのことばをなんとしても信じたかった。同じ日の昼間、似たような用件で〈ジョルジュ・サンク・ホテル〉を訪ねたところ、不首尾に終わっていたからだ。父がゴルフクラブを預けていたのは、同じく一流の人物であるホテルのコンシェルジュ、アナトールで、私は彼に十ポンドを渡すのと引き替えにゴルフクラブを返してもらうはずだった。当時の十ポンドはかなりの額で、この出張のために父がくれた金のほぼ全額だった。

アナトールはその十ポンドをポケットに入れると、親しげにロニーは元気かと尋ね、もちろん返したいのは山々だが、残念ながらロニーが請求全額を完済するまでクラブを預かるよう支配人に指示されていると言った。私は着払いでロンドンに電話をかけたが、問題は解決しなかった。

何を言ってる。どうして支配人を呼ばない？　あいつらは、おまえの親父にだまされるとでも思ってるのか？

もちろんちがうよ、父さん。

エレガントな大使邸の正面玄関を開けたのは、見たこともないような美人だった。私は階段の一段下に立っていたにちがいない。記憶のなかの彼女は、まるで救い主の天使のようにやさしく私を見おろしている。黒髪で、両肩を出した薄いドレスをまとい、シフォンが何枚重なっていてもその下の体形ははっきりとわかった。十六歳のころには、あらゆる年代の美人が現われる。いま考えると、彼女はたぶん三十そこその、花が咲きこぼれるような時期だった。

「ロニーの息子さん？」その人は疑っているように尋ねた。

そしてうしろに下がると、私をなかに入れた。玄関の明かりの下で私の両肩に手を置き、おもしろがるように頭のてっぺんから爪先まで観察して、すべてに満足したようだった。

「それで、マリオに会いにきたの？」

できればそうしたい、と私は答えた。

両手を肩に置いたまま、彼女はさまざまな色に見える眼で私を観察していた。

「まだ坊やね」心のどこかに書きとめるように言った。

伯爵は応接間で暖炉を背に立っていた。当時の映画に出てくる大使の例にもれず、丸々と太った体にビロードのジャケットを着て、手をうしろに組み、白髪《しらが》まじりの髪を完璧なスタイルにまとめて——当時はマルセルウェーブと呼ばれた——男同士の力強い握手をした。私はまだ坊やだったけれど。

伯爵夫人——私はそう思っていた——は、私がアルコールを飲むかどうか尋ねないし、まして ダイキリでいいかとは訊かない。もし訊かれたら、私はどちらにも〝はい〟と嘘を言っていただろう。彼女は串刺しのチェリーが入った水滴のついたグラスを渡してくれる。私たちはソファに坐り、大使にふさわしい世間話を少しする。パリは愉しんでいるかね？　ここにはたくさん友人がいるのかな？　ひょっとして、ガールフレンドとか？　わかっているぞというようなウィンク。それに対して私は、ゴルフクラブやコンシェルジュのことには触れず、もっと説得力のある偽りの答えを返したにちがいない。そして会話が途切れると、ついに訪問の目的を切り出さねばならなくなる。その場合、正面突破を図るより横から入ったほうがいいことは、経験上わかっている。

「父と大使とのあいだに、清算がすんでいないちょっとしたビジネスがあると聞いております」ダイキリのせいで自分の声が少し離れたところから聞こえる。

ここでその〝ちょっとしたビジネス〟について説明しておくべきだろう。ロニーの仕事の大半とちがって、これはごく単純だった。伯爵は外交官かつトップクラスの大使として――ロニーが私を使いに出すまえに熱く語ったことばをくり返すと――税金とか輸入関税などというものには煩《わずら》わされない。伯爵はなんでも好きなものを輸入し、輸出できる。たとえば誰かが、外交特権を持つ大使に、熟成前のノーブランドのスコッチウイスキーの樽を一パイント数ペンスで送り、伯爵がウイスキーをボトルに詰め替えて、外交特権のもとパナマかどこかへ送ったとしたら、それは伯爵のビジネスであって、他人は口出しできない。

同じように、もし伯爵がその熟成前のノーブランドのウイスキーを、あるデザインのボトル――たとえば、このごろ有名なジョン・ヘイグ社の〈ディンプル〉に似たようなものでもいいが――に入れて輸出したとしても、それはラベルの選定やボトルの中身の表示も含めて、伯爵が自由に決めることだ。おれが気にしなきゃならないのは、伯爵に金を全額払ってもらうこと――いいか、息子よ、現金だ。ごまかしはなし。それをもらったら、豪華なミックス・グリルでも食べろ、費用はこのロニーが持つから。領収書は取っておいて、翌朝いちばんのフェリーに乗り、ロンドンのウェスト・エンドにまっすぐ向かって、父のオフィスに差額を届けるのだ。

「ビジネスと言ったかね、デイヴィッド？」伯爵は私の学校の寮監と同じ口調でくり返した。

「それはいったいどんなビジネスかな？」

「父に五百ポンドの借りがあると聞いていますが」

彼の困ったような寛大な笑みをいまでも憶えている。豪華な布で覆《おお》われたソファと、すべすべのクッション、古い鏡、調度品の金色の輝き、そしてシフォンの重なりの下で長い脚を組んでいたわが伯爵夫人の姿も。伯爵は困惑と心配が入り混じった表情を浮かべて、私を眺めつづけた。わが伯爵夫人も同じだった。そしてふたりは、観察ノートを突き合わせるかのように、視線を交わした。

「残念だな、デイヴィッド。私はきみが会いにくると聞いて、親愛なる父上の事業に私が投資した莫大な金額の一部が戻ってくるものと思ったのだが」

この驚くべき返答に自分がどう応じたか、いまだに思い出せない。そもそも私はそれ相応に驚くことができたのだろうか。一瞬、時間と場所の感覚がなくなったことは憶えている。ダイキリに酔ったせいでもあるし、話せることも、そもそも彼らの応接間に坐っている権利もないことがわかったからでもある。とにかく口実を見つけて出ていくしかなかった。ふと気づくと、部屋のなかには私しかいなかった。しばらくして、大使夫妻が戻ってきた。伯爵は心からの笑みを浮かべ、伯爵夫人はことのほかうれしそうだった。

「デイヴィッド」伯爵がすべてを赦《ゆる》すような調子で言った。「これから食事に出かけて、もう少し愉《たの》しい話をするというのはどうだね？」

邸宅から五十メートルほどのところに、彼らが気に入っているロシア料理店があった。私の記憶によれば、こぢんまりとした店で、ゆったりした白いシャツを着てバラライカを爪弾《つまび》く男を除くと、私たち三人しかいなかった。食事を味わいながら、伯爵はもう少し愉しい話をし、伯爵夫人は靴を脱いで、ストッキング越しに私の脚に触れてきた。小さなダンスフロアで、彼女は私に『黒い瞳』を歌ってくれた。私にぴたりと体を寄せて耳たぶをそっと嚙《か》みながら、同時にバラライカの男の気を惹《ひ》き、伯爵はそれを大らかに眺めていた。私たちがテーブルに戻ると、伯爵はそろそろベッドの時間だと言った。伯爵夫人も私の手をぎゅっと握って同意した。

どんな言いわけをしたのか憶えていないが、とにかく何か言ったのだろう。私はどうにか公園のベンチを見つけ、どうにか伯爵夫人が宣告した坊やのままでいられた。数十年後、パリでひとりになったときに、私はあの通り、あの家、あのレストランを探そうとしたが、見つかったとしても、現実があの夢を上まわることはなかっただろう。

✫

半世紀後、二冊の小説と一本の映画の舞台となるパナマに私を引き寄せたのは、あの伯爵と伯爵夫人の魅力だったとは言わない。ただ、心地よくも満たされずに終わったあの夜は、終わりのない思春期の空振りのひとつだったにせよ、私の記憶に残っていた。パナマシティに着いて数日のうちに、私は名前で人探しを始めた。ベルナスチーナ？　誰も聞いたことがなかった。伯爵？　パナマの？　ありえないという反応だった。もしかして、あれはすべて夢の出来事だったのか。いや、そうではなかった。

私は小説の取材のためにパナマを訪ねていた。珍しくタイトルは決まっていた――『ナイト・マネジャー』だ。そこに登場するリチャード・オンズロウ・ローパーというイギリスの悪徳武器商人の人生を彩る、詐欺師や口先のうまい人間、汚い取引を探していたのだ。ローパーは敏腕家《ハイフライヤー》だが、私の父のロニーは低空飛行でたびたび墜落した。インドネシアで武器を売ろうとして刑務所に入るはめにもなった。ローパーはあまりにも大物で失敗することなどなかったが、それも特殊部隊員からホテルのナイト・マネジャーに転身したジョナサン・パインという運命の男に出会うまでのことだった。

秘密の共有者であるパインとともに、私はきらびやかな〈ルクソール・ホテル〉のなかにパインと愛人の隠れ場所を見つけ、カイロとチューリッヒの高級ホテルや、ケベック州北部の森や金鉱を探索した。それからマイアミへ行き、麻薬取締局に助言をもらったところ、ローパーが武器と麻薬の取引をするのに、パナマ運河の西の端にあるコロンの自由貿易地域ほど恰好《かっこう》の場所はないことがわかった。コロンなら、ローパーはどんな当局からも注目されずに事業に必要な行動がとれる、と彼らは請け合った。

そして、もしローパーが無用の関心をかき立てずに商品を大々的に宣伝したいと思ったら？　私はそう尋ねた。それもパナマだ、という答えだった。中央の山地に行けば、誰も、何も質問はしない。

✲

コスタリカとの国境に近いパナマの山岳地帯のぐっしょり濡れた森のなかで、すでに退職しているると言い張るアメリカ人の軍事顧問が怖ろしい宿営地を案内してくれる。かつてCIAの教官が中米の半ダースほどの特殊部隊の訓練をおこなっていた場所だ。そのころアメリカは、共産主義と見なされるものと戦っているあらゆる地域で、麻薬王たちを援助していた。針金を引っ張ると、下草のなかから銃弾で穴だらけになった派手な色の標的が姿を現わす。胸をむき出しにしてカラシニコフを持ったスペイン植民地の女性。三角帽をかぶり、剣《カトラス》を振り上げた血まみれの海賊。「わたしは子供、撃たないで」とでも叫ぶように口を開いた赤毛の少女。森の端には、宿営地で捕まえた野生動物を入れておく木製の檻《おり》が置かれている——ジャガー、ヤマネコ、シカ、ヘビ、サルなどが檻のなかで飢え死にして腐っている。汚らしい鳥小屋には、インコ、ワシ、ツル、トビ、ハゲタカなどの残骸《ざんがい》。無慈悲になることを教えこむのだ。苛烈な若者を育てるためだ、と私のガイドが説明する。

✲

パナマシティでは、ルイスという礼儀正しいパナマ人の案内で、白鷺宮《エル・パラシオ・デ・ラス・ガルサス》にいるエンダラ大統領に謁見《えっけん》することになっていた。宮殿に向かう途中、ルイスは最近のスキャンダルで私を愉しませる。

宮殿の前庭を気取って歩く伝説のサギたちは、一般に考えられているように何世代も住みついているわけではない。あいつらは偽物なんですよ、とルイスは怒ったふりをして言う。夜中にこっそり宮殿に運びこまれたんです。ジミー・カーター大統領がパナマ大統領を訪問した際、シークレット・サービスの男たちが宮殿じゅうに消毒薬をまいたところ、夜には大統領のサギが前庭で全滅した。そこで、どこの生まれかもわからない代わりの鳥をコロンで捕まえて、カーターが到着する数分前に旅客機で空輸したのだという。

少しまえに夫人を亡くしたエンダラは、数カ月たたないうちに愛人と再婚した、とルイスは続ける。大統領は五十四歳で、花嫁となったパナマ大学の学生は二十二歳。パナマの報道機関は、エンダラを〝幸せな太っちょ《エル・ゴルド・フェリス》〟と揶揄《やゆ》した。

私たちは偽物のサギたちを眺めながら宮殿の前庭を横切り、スペインの植民地時代の壮麗な階段を上がる。初期の写真からうかがえるエンダラはかつての街の乱暴者だが、実際に私を迎えてくれたエンダラは、燕尾服と白い巨大なチョッキに斜《なな》めにかかった赤いサッシュを別にすれば、わが伯爵にそっくりで、夢のなかだったら五百ポンドを返してくださいと頼んでいたかもしれない。足元には若い女性が四つん這《ば》いになって、デザイナージーンズで包んだ形のいい臀部《でんぶ》を突き出し、大統領の子供たちとレゴの宮殿作りに取り組んでいる。

「ダーリン」エンダラが私のことを考えて英語で彼女に声をかける。「珍しいお客様だよ！聞いたことがあるだろう……」などなど。

這いつくばったままのファーストレディは不思議そうに私を見上げ、またレゴを組み立てはじめた。

「ほら、ダーリン、もちろんこの人の名前は聞いたことがあるだろう！」大統領は哀願するように言った。「彼のすばらしい作品を読んでいるはずだ、きみも私も！」

いまさらながら、私のなかの元外交官が動きはじめる。

「奥様、私のことをご存じないとしてもなんの不思議もありません。ですが、ショーン・コネリーはおわかりでしょう、俳優の。最近映画化された私の作品に出演しています」

長い沈黙。

「ミスター・コネリーのお友だち？」

「じつはそうです」と答えたものの、知らないも同然だった。

「パナマへようこそ。歓迎いたします」彼女は言う。

✲

パナマの富豪や著名人が地上で集う〈クラブ・ユニオン〉でも、私はフランス駐在大使のマリオ・ダ・ベルナスチーナ伯爵――おそらくはあの伯爵夫人の夫で、ノーブランドのスコッチの調達者――を探す。みな彼を憶えていないか、憶えていても知らないふりをしている。しかし、ロベルトという根気の塊のようなパナマ人の友人が、長い時間をかけて調べた結果、伯爵は実在しただけでなく、自国の激動の歴史でちょっとした役割を果たしていたことがわかる。

意味はよくわからないが、伯爵の称号は〝スペインからスイス経由で授けられた〟。彼はパナマ大統領アルヌルフォ・アリアスの友人でもあった。トリホスの軍事クーデターでアリアス政権が転覆すると、ベルナスチーナは当時アメリカの支配下にあった運河地域に逃亡し、アリアスの元外相と名乗った。実際にはまったくちがったが、それでも数年間は贅沢《ぜいたく》な暮らしができたようだ。しかしある夜、アメリカ人向けクラブで食事をしていたときに――豪華な食事だったと想像したい――トリホスの秘密警察に拉致《らち》された。その後、悪名高いラ・モデロ刑務所に収監され、国家反逆罪や煽動《せんどう》罪に問われたが、どういうわけか三カ月後に釈放された。老後、本人は二十五年間パナマの外交官を務めたと自慢していたものの、実際にはパナマの外務省で働いたことさえなかった。もちろん、フランス駐在パナマ大使だったわけがない。伯爵夫人については――本当に伯爵夫人だったのだとしても――何もわからなかった。わが少年時代の幻想は、幻想のままでいることができた。

ノーブランドのウイスキーの樽はどうなったのか。そしていったい誰が――そもそも存在しなかったのかもしれないが――五百ポンドを借りていたのか。謎は残るが、ひとつだけはっきりしていることがある。詐欺師と詐欺師が顔を合わせれば、どちらもしまいに相手が悪いとなじるものだ。

＊

国もまた小説の登場人物である。『ナイト・マネジャー』で通行人役だったパナマは、五年後に構想中の新作ではスター級の待遇を要求する。私が主役をまかせようと思っているのは、スパイの世界では存在感の薄い居留民だ。偽情報を流すことが専門で、業界用語では〝行商人《ペドラー》〟という。たしかに、グレアム・グリーンが『ハバナの男』で偽情報を流す男の強い衝動について書いているが、気の毒な主人公ワーモルドの偽情報は、突然の戦争を引き起こさなかった。私は笑劇を、悲劇にしたかった。アメリカはパナマを支配しながら、パナマに軍事侵攻するという驚くべき功績もあげている。ならば、私の行商人がでっちあげた情報でもう一度侵攻させてやろう。

だが、わが行商人を演じるのはどんな人物なのか。社会のなかで目立たず、やさしく、無邪気で、愛すべき人物。世界のゲームとは無関係だが、努力家でなければならない。愛するもの、妻や子供や自分の職業には徹底的に尽くす。そして夢想家だ。課報機関は夢想家に甘いことで有名だ。アレン・ダレスが好例だが、諜報機関の名高い寵児《ちょうじ》は生まれもっての夢想家だ。私のその人物はサービス業にたずさわり、善良で影響力はあるもののだまされやすい大物とつき合っていなければならない。流行《はやり》の理髪師、つまりフィガロのような男はどうだろう。古美術商は？　画廊のオーナーは？

それとも、仕立屋？

私の小説のなかで、「あれが最初のきっかけだった」と明確に言えるものは二、三作しかない。『寒い国から帰ってきたスパイ』のきっかけはロンドンの空港だった。私がバーのスツールに腰かけていると、ずんぐりした四十がらみの男が隣の席について、レインコートのポケットをあさり、五、六カ国の通貨が混じった小銭をひとつかみ、バーカウンターに置いたのだ。その男は戦士のごつい手で硬貨を選《え》り分けて、一種類の通貨で酒代をそろえた。

「スコッチの大を」彼は注文した。「氷はいらん」

私が聞いたのはそれだけだ。少なくとも、いまはそう思っている。しかし、わずかにアイルランド訛《なま》りがあった気がした。グラスが出てくると、よく飲む男ならではの慣れた手つきでそれを口に運び、ふた口で飲み干した。そして誰の顔も見ずに去っていった。おそらく、つきに見放された訪問販売員か何かだったのだろう。が、その男は私のスパイになった。『寒い国から帰ってきたスパイ』のアレック・リーマスの誕生だった。

✳

それから、ダグがいた。

ロンドンを訪問しているアメリカの友人が、贔屓《ひいき》にしている仕立屋のダグ・ヘイワードのところに立ち寄りたいと言う。ダグの店はウェスト・エンドのマウント通りにある。一九九〇年代なかばのことで、ハリウッドから来たその友人によれば、ダグ・ヘイワードは多くの映画スターや俳優の衣装を仕立ててきた。坐っている仕立屋というのは想像しにくいが、私たちが店に入ると、ダグは王のごとく肘《ひじ》かけ椅子に坐って、誰かと電話で話している。あとで本人から聞いたところでは、背が高くて客を見おろすことになるので、できるだけ坐るようにしているのだという。

電話の話し相手は女性だ。〝ディア〟や〝ダーリン〟や亭主の話が何度も出てくることから、そう感じるのかもしれない。ダグの声は芝居がかって堂々としており、コックニーの名残《なごり》が聞き取れるものの、抑揚はある。ダグは若いころ、店で上品な会話ができるように、長い時間をかけて発声法を学んだ。それが六〇年代になると、上品な話し方が廃《すた》れ、方言が戻ってきた。とりわけ顧客のひとりだった俳優マイケル・ケインのおかげで、その十年はコックニーがもてはやされた。しかしダグは、身につけた上品な話し方を無駄にするつもりはない。上品だった連中は方針転換してふつうの口調に変わったが、ダグはこだわりつづけた。

「いいですか、ダーリン」と電話に話しかけている。「あなたのご主人が遊びまわっているのは残念ですよ。私はあなたがたふたりとも好きだから。ですが、こう考えてみましょう。あなたがたがいっしょになったとき、あなたは彼の愛人で、彼には正式な妻がいた。そして彼は妻と別れ、愛人であるあなたと結婚した」そこであえて間を置く。私たちが聞いているのを知っているからだ。「つまり、空席ができた。でしょう、ダーリン？」

「仕立屋というのは劇場です」昼食をとりながら、ダグは私たちに言う。「スーツが必要だから私の店に来るお客さんはいない。浮き浮きしたくて来るんです。若さを取り戻すとか、おしゃべりをするために。お客は自分が求めていることをわかっているか？　もちろんわかっていません。マイケル・ケインのような人の服は誰でも作れますが、個性派俳優チャールズ・ロートンの服は？　誰かが責任を持ってスーツを作らなければならない。このまえ、どうしてアルマーニのようなスーツを作らないのかと訊かれたんです。私はその人に答えました。〝いいですか、アルマーニは私より上手にアルマーニのスーツを作れる。だから、アルマーニが欲しいなら、ボンド通りに行って、六百ポンド出して買えばいい〟」

私は仕立屋をヘイワードではなくペンデルと名づけ、本にはビアトリクス・ポターの『グロースターの仕たて屋』（いしいももこ訳、福音館書店、他）を連想させる『パナマの仕立屋』というタイトルをつけた。ペンデルはユダヤ人のハーフにした。アメリカの初期の映画製作者たちのように、当時の仕立屋の家族はほとんど中欧からイースト・エンドにやってきた移民だったからだ。ペンデルということばはドイツ語の〝振り子〟だから、真実と虚構のあいだで揺れる彼のイメージにぴったりだ。あとはペンデルを雇って操り、私腹を肥やす、良家出身で退廃的なイギリス人の悪党がいればよかった。私のようにイートン校で教えていた人間にとって、その手の候補者は山のようにいた。

26 偽装の果てに

彼に別れを告げてからまだ数年しかたっていないが、それがいつ、どこだったかはここに書くことができない。火葬だったか、土葬だったかも。都会だったか、地方だったかも。彼の名前がトムなのか、ディックなのか、ハリーなのかも、そして葬儀がキリスト教式だったか、別の形式だったかも、教えるわけにはいかない。

彼をハリーと呼ぶことにする。

ハリーの妻も葬儀に加わり、背筋をすっと伸ばして立っていた。彼と五十年連れ添った夫人だった。夫のために魚を買う行列に並んでいるときに唾《つば》を吐きかけられたり、夫のせいで隣人から嗤《わら》われたりしてきた。地元の共産党員に嫌がらせをするのが職務だと考える警察から、家宅捜索されたこともあった。ふたりのあいだには子供もひとりいた。いまは大きくなっているが、学校やその後の生活で同じような屈辱を味わった。その子が男なのか女なのかも書くことができない。ハリーが守っていると信じていた世界のどこかに、その子が安全地帯を見つけられたのかどうかも。夫を亡くした妻は、それまで追いつめられてもそうしていたように、しっかりと立っていたが、成長した子は悲しみに打ちひしがれ、母親はそれを情けなく思っているようだった。苦難に満ちた人生から彼女が学んだのは、耐えることの大切さであり、それをわが子にも期待していたのだ。

☆

私が葬儀に参列したのは、かなり昔に彼の管理にかかわったからだ。それは神聖であると同時に繊細な任務だった。ハリーは子供時代の終わりからずっと、自国で敵と考えられている集団のなかに入りこんで、彼らの妨害をすることに全力を注いできたからだ。共産党の教義を、第二の天性になるまで徹底的に吸収し、以前何を考えていたかわからなくなるほど没頭した。われわれの助力もあって、ハリーは忠実な党員と同じように条件反射で考え、反応できるように修練した。それでも、毎週の報告のために担当官のもとへやってくるときには笑顔を欠かさなかった。

順調かい、ハリー？　私はいつもそう尋ねた。

「最高に順調だよ、ありがとう。あなたと奥さんも元気かな？」

ハリーはほかの党員がやらずにすませたがるような、夜間や週末の汚れ仕事もすべて引き受けた。通りの角で機関紙《デイリー・ワーカー》を売ったり、拒まれたりし、売れ残りを処分して、われわれが渡す現金で補塡《ほてん》した。ソ連大使館の文化担当官やKGBの三等書記官を訪問する際には、使い走りや人材探しまで担当し、住まいの近くの技術産業に関する噂話を集めるという気鬱《きうつ》な仕事も手がけた。まわりに噂がないときには、無害なことを確認したうえでわれわれのほうから話題を提供することもあった。

その勤勉さと、党の目標に対する献身によって、ハリーは徐々に貴重な党員と見なされ、陰謀めいた任務も託されるようになった。彼もわれわれも、できるだけそれを有利に用いようとしたが、諜報市場に影響を与えることはめったになかった。しかし私たちは、成功しなくても気にするなとハリーを励ました。きみはまさに適材適所の情報収集係だ。何も聞こえてこなくても、ハリー、べつにかまわない。こちらも少しばかり安心して眠れるということだから。するとハリーはうれしそうに言う。まあね、ジョン――あるいは、私はちがう名前を使っていたかもしれない――誰かが排水溝の掃除をしなきゃならないだろう？　そこで私たちは言う。そのとおりだ、ハリー、誰かがやらなくちゃいけない。きみがそのひとりになってくれてありがたい。

ときどき、ハリーの士気を高めるためだったのだろう、残留部隊になったことを想定した訓練もおこなった。もし赤軍がやってきて、ハリー、ある日目覚めたきみが地域の共産党の高官になっていたとしたら、そのときこそ、やつらを海の向こうに押し戻すために、レジスタンス運動との連絡係になってもらう。そんな仮想世界の状況にわれわれは本気で取り組み、ハリーの屋根裏部屋の隠し場所から無線発信機を探し出し、埃《ほこり》を払って、彼が想像上の地下作戦本部に仮のメッセージを送り、返ってくる仮の命令を受けるのを見守った。すべてはいつ起きてもおかしくないソ連によるイギリス占領に備えての演習だった。やっているあいだは少々ばつが悪く、それはハリーも同じだったが、これも仕事の一部だったのでやり通した。

諜報の世界から離れたあとで、私はハリーやその妻や、似たような境遇の男女の動機について考えた。精神科医ならハリーとすごすのを大いに愉《たの》しんだことだろう。とはいえ、ハリーも精神科医といることを愉しんだはずだ。「それなら、私はどうすればいい？」と尋ねただろう。「眼と鼻の先でこの国が共産党に奪われるのを、忌々《いまいま》しくも黙って見ていろと？」

ハリーは二重生活に喜びを感じていたわけではなかった。天職にともなう重荷として耐えていた。われわれはわずかな手当を支払っていたが、額を増やせば彼は困っただろう。金を使って愉しむ人間ではなかった。だから、生活費という名目でわずかな個人収入と年金を提供し、保安上許されるかぎり最大の敬意と友情をもって接した。やがて、ハリーと、共産党員の良き伴侶を演じてきたその妻は、ある宗教をひそかに信じはじめた。彼らが信奉した宗教の聖職者は、なぜ熱烈な共産党員の夫妻が祈りを捧げにくるのか尋ねなかったようだ。

葬儀が終わり、友人や家族や党員たちが去ったあと、レインコートに黒いネクタイの感じのいい顔つきの男が私の車に近づいてきて、握手を求めた。「情報部の者です」彼ははにかむように囁《ささや》いた。「今月でハリーが三人目です。みんないっしょに死んでいくかのようです」

ハリーは、愛する国を共産主義者が壊そうとしていると信じ、何かしなければならないと感じていた、誇り高く痛ましい男女の歩兵集団のひとりだった。共産主義者は理想主義で、彼らなりにいいところもあるが少しゆがんでいる、とハリーは考え、その信念にしたがって人生を送り、冷戦の名もなき戦士として死んだ。破壊活動が疑われる組織にスパイを潜入させる慣行は、きわめて古くからある。キム・フィルビーがソ連の二重スパイだったことについて、FBI初代長官のJ・エドガー・フーヴァーが、珍しく機知に富んだことを言っていたらしい——

「彼らに言ってやれ。イエス・キリストの使徒は十二人しかいなかったのに、そのうちのひとりは二重スパイだったとな」

今日でも、平和団体や動物保護団体にまぎれこみ、偽名で愛人を作ったり子供の父親になったりする囮《おとり》警官の記事を読むと、私たちは嫌悪を覚える。どんな目的も、人をだましたり傷つけたりする言いわけにはならないからだ。ありがたいことに、ハリーはその手の活動はしなかったし、自分の仕事は道義的に正しいと確信していた。国際的な共産主義を自国の敵と見なし、イギリスでの共産主義の出現を自陣の敵と考えていた。私が会ったことのあるイギリスの共産党員は、ひとりとしてその見方に与《くみ》しないが、イギリスの支配層はむしろそういう見解を強調していて、ハリーにはそれで充分だった。

27　将軍を追って

この小説にはすべてがそろっていた——『ミッション・ソング』というタイトルまで。舞台はロンドンと東コンゴ（コンゴ民主共和国〔旧ザイール共和国〕の東部）。主人公はサルヴァドールをつづめてサルヴォ。アイルランド人宣教師とコンゴの村長の娘とのあやまちから生まれた男だ。サルヴォは幼いころから、熱心なキリスト教宣教師たちに洗脳され、父親が犯したという罪によって追放された。だから私にとって、彼の境遇を悲しみ、みずからに重ね合わせるのはむずかしいことではなかった。

三人のコンゴ人の将軍もいた。いずれも出身の部族や社会集団の頭領だ。私はイギリスの小隊、南アフリカの傭兵隊とそれぞれ酒杯を交わして会食し、小説の展開とともに生じる登場人物の要求や気まぐれに応える、柔軟なプロットを練り上げた。

若く美しいコンゴ女性の看護師もいた。キヴ出身で、ロンドン東部の病院で働き、故郷の家族のもとに帰ることだけを願っている。私は彼女の病院の廊下を歩き、待合室に坐って、医師や看護師が往き来するのを眺めた。シフトの交替を観察し、失礼にならないように充分距離をとって、疲れきった看護師たちが仮眠室や簡易宿泊所に向かうのを追った。ロンドン間をすごし、ベルギーのオーステンデでは、コンゴからひそかに抜け出してきた亡命者たちと長い時と、集団強姦《ごうかん》や迫害の話を聞いた。

しかし、ひとつ小さな障害があった。書こうとしていた国の直接の情報が何もなく、そこに住む人々のこともほとんど知らなかったのだ。わが傭兵隊長のマクシーが、キヴで実権を握るための作戦に巻きこもうとしている三人のコンゴ人の将軍は、私の又聞《またぎ》きや画一的な想像力で継ぎはぎされたモンタージュにすぎず、まだまったく実体がともなっていなかった。すばらしいキヴ州にしても、その州都ブカヴにしても、私にとっては古いガイドブックやインターネットから作り出された幻想の地で、構想のすべては、家庭の事情で旅行ができなかった人生の一時期に頭のなかで考え出したものだった。状況がもっと整っていれば一年前にやっておくべきだったことが、ようやくできるようになった――現地取材だ。

その魅力には抗しがたいものがあった。ブカヴは二十世紀初めにベルギーからの入植者が作った町だ。アフリカの主要な湖のなかでいちばん標高が高くて涼しいキヴ湖の南端にあり、説明を読むかぎり、失われた楽園のように思われた。霧のかかった理想郷《シャングリラ》、ブーゲンビリアが咲き乱れる広々とした通り、湖畔に向かってなだらかに傾斜する、緑豊かな庭のある住宅――そういう光景を夢想した。まわりの丘陵地帯の火山性土壌はきわめて肥沃で、気候も穏やかだ。そこにない果物や花や野菜を見つけるほうがむずかしい。ガイドブックにはそう書かれていた。

東コンゴは死の罠でもある。私はそれも読んでいた。何世紀ものあいだ、うろつきまわるルワンダの民兵から、ロンドンやヒューストン、サンクトペテルブルク、北京に輝かしいオフィスを持つ利権狙いの企業に至るまで、あらゆる種類の捕食者が東コンゴの豊かさに引き寄せられてきた。ルワンダ大虐殺以来、ブカヴは難民危機の最前線になっていた。ルワンダの国境を越えて逃れてきたフツ族の反政府派が、この町を拠点にして、自分たちを追い出した政府への復讐を果たそうとしたのだ。第一次コンゴ戦争と呼ばれるその戦いで、町は荒廃した。

ブカヴはいまどのような場所になっているのだろうか。そこに行くと、どんな感じがするのだろうか。ブカヴはわが主人公のサルヴォの生地だ。近くの森のどこかにローマ・カトリックの神学校が隠れている。サルヴォの父親、部族の娘の魅力に屈した寛大であやまちを犯しやすいアイルランド人聖職者が住んでいた場所だ。その学校も見つかればすばらしい。

✫

私はミケラ・ロングの *In the Footsteps of Mr Kurtz*（『クルツ氏のあとをたどって』）という作品を読んで、強い感銘を受けていた。ロングはコンゴ民主共和国の首都キンシャサに住んだことがあり、アフリカ大陸で合計十二年をすごしていた。ロイターとBBCの特派員として虐殺後のルワンダの取材もした。私は彼女を昼食に誘った。協力してもらえないだろうか？　かまいませんよ。ブカヴまでいっしょに来てもらえないだろうか？　かまいませんが、条件があります。ジェイソン・スターンズにも来てもらいたい。

二十九歳のジェイソン・スターンズは、数カ国語を操るアフリカ研究家で、〈国際危機グループ〉のシニア・アナリストでもあった。私にはほとんど信じられないことだが、国際連合の政治顧問として三年間、ブカヴで働いたこともあった。完璧なフランス語と、スワヒリ語を初めとする無数のアフリカの言語を話す。コンゴに関しては西側きっての権威だった。

これも驚くべきことだが、ジェイソンとミケラはちょうど仕事で東コンゴに行こうとしていて、ふたりとも自分の訪問を私の旅程に合わせることに同意してくれた。私の気恥ずかしい初期の草稿も苦労して読み、おかしな点を数多く指摘してくれたが、それで私がどうしても会いたい人物や、見ておかなければならない場所のことはわかってもらえた。私のリストのトップは三人の将軍、次いでカトリックの宣教師や神学校、サルヴォが子供のころ通《かよ》った学校だった。

外務省の勧告は、このときにかぎってはわかりやすかった――東コンゴには行かないこと。しかし、ジェイソンが独自に打診したところでは、コンゴ民主共和国が四十一年ぶりとなる複数政党制での選挙を控え、ある種の緊張が漂っているせいで、ブカヴはかなり平穏だという。ふたりの案内人はこれを絶好の機会ととらえた。それは私や私の登場人物たちにも言えた。小説の設定もその選挙が迫っているときだったからだ。二〇〇六年、ルワンダ大虐殺の十二年後だった。

いま考えると、ふたりを説き伏せて同行させてもらったことが少々恥ずかしい。もし何か不都合なことがあったら――キヴではあるに決まっていた――彼らはあまりすばやく動けない七十代の白髪《しらが》男の面倒を見なければならなかったのだ。

☆

ジープがルワンダの首都キガリを出て、コンゴとの国境に差しかかるはるかまえから、私の想像の世界は現実世界に取って代わられた。映画『ホテル・ルワンダ』の舞台になったキガリの〈オテル・デ・ミル・コリン〉からは重苦しい日常が感じられた。私は映画で主人公を演じたドン・チードルやそのモデルであるポール・ルセサバギナの記念写真を探したが、無駄な努力に終わった。ルセサバギナは実在するホテルの支配人で、一九九四年に鉈《なた》や銃で虐殺されそうになった大勢のツチ族をこっそり〈ミル・コリン〉にかくまった人物だ。

しかし時の権力者には、そんな話はもはや関係なかった。ルワンダで十分ほど眼を開けていれば、ツチ族政権がじつに厳格な統制をおこなっているのがわかる。ブカヴに向かってつづら折りの山道を登っていく車の窓から、ルワンダの正義が執行される様子を垣間見ることができた。スイスの谷と言ってもおかしくない、よく手入れされた牧草地で、村人が夏の小学生の遠足のように輪を作ってうずくまっていた。その中央の教師が立つ位置には、ピンクの囚人服を着た人々がいて、激しい身ぶりを交えて話したり、うなだれたりしている。裁判を待つ虐殺の容疑者がたまりすぎたので、ルワンダ政府が旧来の村民裁判制度を復活させたのだ。誰もが告発し、弁護することができるが、裁判官を務めるのは新政府が任命した人物だった。

コンゴ国境まであと一時間というところで、私たちは道から離れ、虐殺者《ジェノシデール》に殺された犠牲者を見るために丘を登った。かつて中学校だった建物から、人々が愛情をこめて守る谷を見おろすことができる。自身もかろうじて一命を取りとめた館長が次々と教室を案内してくれた。何百人という死者が、木製の寝床に四人から六人ずつ並べられていた。あらゆる家族が、保護してやるとだまされて集まり、人の手で殺されたのだ。みな水溶きの小麦粉のようなものでコーティングされている。マスクをつけてバケツを持った女性がそれをさらに塗り重ねていた。いつまで作業を続けるのだろう。コーティングはどのくらいもつのだろう。犠牲者の多くは子供だった。農民がみずから家畜を解体する国では、技術は自然と身につく。まず腱《けん》を切れば、焦《あせ》る必要はない。手、腕、足は別々の籠《かご》に入れられていた。破れて血で茶色くなった衣服はほとんどが子供サイズで、洞穴のような講堂の軒下にぶら下がっていた。

「いつ埋葬するのですか？」

「仕事が終わったときに」

実際に起きたことの証拠をそろえる仕事だ。

犠牲者たちには名前もつかないし、嘆いてくれる人も、埋葬してくれる人もいない、とガイドの館長が説明する。嘆いてくれる人も死んだのです。死体を残しているのは、この事実を疑う人や否定する人に見せて黙らせるためです。

☆

アメリカ式の緑の軍服を着たルワンダ軍が道端に並んでいた。キヴ湖からルジジ川が流れ出す場所に鉄橋が架かり、渡った先にコンゴの国境警備の掘っ建て小屋がある。女性職員の一群が私たちのパスポートや予防接種証明書を見て顔をしかめ、首を振って相談し合う。混乱している国ほど役人も強情だ。

とはいえ、私たちにはジェイソンがいる。

小屋の奥のドアが開き、喜びの声が交わされてジェイソンが姿を消す。私たちの書類が返却され、祝福の大笑いが生じる。完璧に舗装されたルワンダの道路に別れを告げ、キヴの大きな穴だらけの赤土の道をホテルに向かって五分ほど走る。ジェイソンはサルヴォと同じくアフリカの言語の達人だ。相手の感情がかっと燃え立つと、彼も最初はいっしょに興奮するが、徐々に中心人物を説得して、落ち着かせる。それは駆け引きではなく、本能に根ざした行為だ。私はサルヴォを思い浮かべる。幼いころから対立のなかで育ち、生来人をなだめるのが得意なサルヴォも、まったく同じことをしている。

☆

これまで私が注意深く訪問したどの紛争地域にも、まるで秘密の取り決めでもあるかのように、記者やスパイ、援助活動家、詐欺師らが一手に集まる〝水飲み場〟があった。サイゴンでは〈コンチネンタル〉、プノンペンでは〈プノン〉、ヴィエンチャンでは〈コンステレーション〉、ベイルートでは〈コモドール〉だ。ここブカヴでは、オーキッドと呼ばれる植民地時代の邸宅がそれにあたる。湖畔に立ち、門がついていて、まわりには質素な小屋が集まっている。所有者は世故に長《た》けたベルギー人入植者《コロン》だが、キヴで起きた戦争のひとつでいまは亡き兄が安全な場所にかくまってくれなければ、彼も血を流して死んでいたはずだった。ダイニングルームの隅に年老いたドイツ女性が坐り、ブカヴの住人が白人ばかりだったころ、自家用車のアルファロメオで大通りを時速百キロ近くで飛ばした話を懐かしそうにしてくれる。翌朝、私たちは彼女のルートをたどってみる。ただし、スピードは別として。

大通りは広くてまっすぐだが、ブカヴのあらゆる道と同じく、まわりの山から流れてくる赤い雨水で穴だらけだ。並んだ家々はアール・ヌーヴォーが産み落とした宝石のようで、角が丸く、縦長の窓と、古いシネマオルガン（無声映画の雰囲気作りに使われたパイプオルガン）の鍵盤のような階段状のポーチがついている。町は、詩心のあるガイドブックでは〝湖に浸った緑の手〟にたとえられる五つの半島の上にある。なかでもいちばん大きく、かつて最高の人気を誇った半島が、ラ・ボットだ。ザイール（コンゴ民主共和国でモブツが権力を握っていた一九七一年から九七年まで用いられていた国名）の狂気の独裁者モブツの数ある邸宅のひとつがそこにあった。私たちの行く手を阻んだ兵士たちによれば、その家はコンゴの新大統領ジョゼフ・カビラのために改築中らしい。カビラはキヴ出身で、マルクス・毛沢東主義革命の申し子だ。彼の父親は一九九七年にモブツを権力の座から追い落としたが、四年後にみずからの護衛によって暗殺された。

蒸気のような靄《もや》に包まれた湖は、ルワンダとの国境で縦に二分されている。ラ・ボットの指先は東を向いている。湖にいる魚は小さい。この湖には、体の半分が人間の女で半分がワニの〝マンバ・ムッ〟という怪物がいて、人の脳を食べることを何よりも好む。私はガイドの話を聞きながら、使うことはないだろうと思いながらすべてをノートに書きとめる。私にとってカメラは無用の長物だ。メモをとれば考えが記憶に蓄えられる。写真を撮っても、カメラに自分の仕事を奪われるだけだ。

私たちはあるローマ・カトリックの神学校に入る。サルヴォの父親はこの学校の修道士だった。窓のない煉瓦《れんが》の壁は、通りの景色とはまったく印象がちがう。壁の向こうには、庭、衛星放送のパラボラアンテナ、客室、会議室、コンピュータ、図書室、寡黙な使用人の世界がある。食堂では、ジーンズ姿の老いた白人聖職者がすり足でコーヒー沸かし器に近づき、私たちに長々と不気味な視線をよこしたあと去っていく。サルヴォの父親がまだ生きていたら、こんな感じに見えるのかもしれない、と私は考える。

茶色い修道服を着たコンゴ人の聖職者が嘆くのは、人種的な嫌悪を雄弁に語る告解者によって、アフリカ人の修道士が危険にさらされていることだ。本来なだめてやめさせなければならない、強烈な感情のこもったレトリックに刺激されて、修道士たち自身が最悪の過激派になりうるという。そうしてルワンダでは、もとは善良だった聖職者たちが、教区のすべてのツチ族を教会に呼び集め、祝福しながら建物に火をつけて、ブルドーザーで打ち壊した。

話を聞きながら、私はメモをとる。彼は自分の話を金言と思っているかもしれないが、私が書きとめているのは、ことばではなく話し方だ――しわがれた声でゆっくり話す、教養の高いアフリカ系のフランス語、そして同胞の罪について話す悲しみ。

トマスは私が創造した人物とはかけ離れているので、またしても私はいっさいの先入観を捨てることになる。彼は長身で人当たりがよく、上等な仕立ての青いスーツを着て、完璧な外交官の柔和な物腰で私たちを迎え入れる。セミオートマチックのライフルを抱えた見張りが警備するその家は広々として、一つひとつのものに存在感がある。私たちが話すあいだ、巨大なテレビの画面にはサッカーの試合が無音で流れている。私の画一的な想像のなかには、このような将軍はいなかった。

✲

トマスはツチ系のバニャムレンゲ族のひとりだ。彼の部下たちはここ二十年、コンゴで絶え間なく戦いつづけてきた。バニャムレンゲは当初ルワンダからやってきて、この数百年間は南キヴのムレンゲ山地の高原で遊牧をしてきた。戦闘技術の高さに定評があり、閉鎖的で、ルワンダとの親和性があるとされて嫌われる彼らは、この不満の時代には真っ先に攻撃の標的になりやすい。

近々おこなわれる複数政党制の選挙で状況は好転しそうか、と私はトマスに訊く。答えは芳《かんば》しくない。敗者は選挙が不正操作されたと言うだろうが、おそらくそれは正しい。勝者はすべてを手に入れ、いつもどおり悪いことはすべてバニャムレンゲのせいになる。彼らが西アフリカのユダヤ人と言われるのも無理からぬことだ。うまくいかないことがあれば、バニャムレンゲのせいなのだ。トマスは、コンゴの民兵をまとめてひとつの国軍にしようという中央政府の動きにもいい顔をしない。

「うちの部族の若者も大勢加わったが、みな山に逃げこんだ。軍はわれわれを殺したり侮辱したりする。多くの戦いで勝利をもたらしたのはわれわれなのに」

だが、わずかながら希望があることはトマスも認める。コンゴから〝外国人〟、とりわけバニャムレンゲを追い出そうとしている民兵組織マイマイは、コンゴ政府の兵隊になることの代償の大きさを学びつつある。トマスはくわしく語らない。

「マイマイがキンシャサの政府を疑いはじめれば、こちらに近づいてくるだろう」

その真偽はもうすぐわかる。ジェイソンがマイマイの大佐と会う約束を取りつけてくれた。マイマイはコンゴに数多《あまた》ある民兵組織のなかでも、最大にしてもっとも悪名高い一団だ。それが私のふたりめの将軍になる。

☆

トマスと同じように大佐も完璧な服装で現われるが、着ているのは上等な仕立ての青いスーツではなく、汚名を背負ったコンゴ軍の正装だ。キンシャサから支給されたカーキ色の厚手の軍服にはきれいにアイロンがかけられ、階級を示すバッジが真昼の日差しのなかで輝いている。右手の人差し指から小指のすべてに金の指輪がはまり、眼のまえのテーブルには携帯電話がふたつ置かれている。私たちが坐っているのは野外のカフェだ。道向かいの土嚢《どのう》が積まれた砲床から、青いヘルメットをかぶった国連軍のパキスタン人が銃身越しにこちらを見ている。戦いこそわが人生だと大佐は話す。若いころには八歳の戦闘員を率いていた。いま彼らはみな大人になっている。

「わが国には、ここにいる価値のない人種が存在する。神聖なコンゴの土地を彼らに奪われないように、われわれは戦う。キンシャサの政府はあてにならない。だから自分たちでやる。モブツが失脚したときには、鉈《なた》と弓矢を持って前線で戦った。マイマイはわれわれの先祖が作った軍隊だ。ダワが盾になる」

〝ダワ〟とは、マイマイの魔法の力のことで、飛んでくる銃弾をそらしたり、水――〝マイ〟――に変えたりできる。

「正面からAK－47で撃たれて何も起きなければ、われわれのダワが本物だとわかるだろう」

だとすると、マイマイに死者や負傷者が出ることをどう説明します？　と私はできるだけ彼を刺激しないように気をつけて尋ねる。

「マイマイの戦士が倒されたら、それはその男が泥棒や強姦者だからだ。あるいは、儀式にしたがわなかったり、戦うときに同僚によくない考えを抱いたりした。マイマイの死者は罪人だ。呪術医には、儀式なしで埋葬させている」

では、バニャムレンゲは？　現在の政治情勢で彼らをどう見ていますか？

「やつらがまた戦争を始めるのなら、殺すしかない」

しかし、政府への憎しみを吐き出すときには、本人が思っているよりも、前夜私たちが話した不倶戴天《ふぐたいてん》の敵であるトマスと似たような意見を述べる。

「キンシャサのくそども《サロー》はマイマイを軽んじている。われわれが連中のために戦って、あの太ったケツを救ってやったことを忘れている。われわれに金を払いもしなければ、話を聞こうともしない。こっちが兵士でいるかぎり、投票権も認めない。それなら森に戻るまでだ。コンピュータは一台いくらする？」

☆

小説の最後のアクションシーンの舞台、ブカヴの空港に向かう時間になった。この一週間のあいだに町では何度か暴動があり、散発的に銃声も響いていた。戒厳令も続いている。空港に向かう道を支配しているのはマイマイだが、ジェイソンは安全に通れると言った。おそらく大佐から通行許可をもらっていたのだろう。しかし出発間際になって、戒厳令とは関係なく、町の中心部がデモ隊と燃えるタイヤで封鎖されていることがわかった。ある男が妻に手術を受けさせようと家を担保に四百ドルを借りたのだが、給与を支払われていない政府軍の兵士たちがそのことを聞きつけて家に押し入り、男を殺して金を盗んだ。激怒した隣人たちが問題の兵士を捕まえて監禁したが、兵士の同僚が仲間を取り返すために援軍を送った。その際、十五歳の少女が銃撃戦に巻きこまれて死亡し、住民の暴動に発展したということだった。

でこぼこの裏道を眼のまわるようなスピードで走り、キヴ湖の西岸に沿ってゴマ通りを北に向かった。空港でも最近激しい戦闘があった。ルワンダの民兵が数カ月占拠していたが、すでに掃討され、空港はインド軍とウルグアイ軍からなる国連部隊の支配下にあった。ウルグアイ兵は私たちに気前よく昼食をふるまい、本物のパーティをするからまたすぐに戻ってこいと言った。

「ルワンダ人が戻ってきたらどうするのですか」私は招待主のウルグアイ人に訊いた。

「逃げる《バモス》」彼はためらわずに答えた。

じつのところ、もし重装備の白人の傭兵団が予告なく現われたらどうするのかと訊いてみたかった。私の小説ではそういうことが起きるからだ。さすがに直接その仮説をぶつけるのは気が引けたが、もし彼が私の質問の裏にある真の意図を知っていたとしても、答えは同じだったと思う。

私たちは空港をひとまわりして町に引き返した。赤土の道が熱帯の豪雨に打たれていた。丘をおりていくと、湖の水嵩《みずかさ》が増して数時間前は駐車場だった場所にまで達していた。黒いスーツを着た男が半分水に浸かった車の屋根に立ち、腕を振って助けを求めていたが、続々と集まってくる群衆にとっては見世物でしかないようだった。白人の男ふたりと白人の女ひとりが乗った私たちのジープも、もうひとつの見世物になった。すぐに子供の集団が左右から私たちに石を投げはじめた。ジェイソンが飛び出して、現地語で彼らを笑わせてなだめなければ、その熱狂的な投石で湖に突き落とされていたかもしれない。

ミケラはこの出来事を憶えていないという。日常茶飯事だからだ。しかし私の記憶には残った。

☆

ブカヴでの最後の、そしてもっとも感動的な思い出はディスコだ。私の小説では、貿易で巨財を築いた東コンゴ人の息子で、フランスで教育を受け、のちにサルヴォの救世主になる男がディスコを所有している。彼もある種の将軍だが、その力の源はブカヴの若い知識人や実業家であり、ディスコに集まるのはそういう人たちだ。

戒厳令が敷かれているので、町は死んだように静かだ。雨が降っている。私の記憶では、このナイトクラブの入口にはまたたく看板もなければ、ボディチェックをする大男もいなかった。映画館〈エソルド座〉のミニチュアのような建物が一列に並んで闇のなかへ消え、薄暗く照らされた石段にロープの手すりがついているだけだ。そこを手探りでおりていくと、突然、音楽とストロボライトに呑みこまれる。「ジェイソン!」という叫びがあちこちであがり、ジェイソンは歓迎するたくさんの黒い腕のなかに消える。

コンゴ人はどこの誰より愉《たの》しむことを知っていると私は聞いた。そのコンゴ人がようやく愉しんでいる。ダンスフロアから少し離れたところでビリヤードをしていて、私はその見物人に加わる。ショットのたびにビリヤード台のまわりが緊張でしんと静まる。最後の玉がポケットに入ると歓声があがり、勝者は抱え上げられて部屋じゅうを連れまわされる。バーカウンターでは美しい娘たちがしゃべり、笑っている。私のテーブルでは、誰かがヴォルテールについて――いや、プルーストだったか――意見を言う。ミケラは丁重にアルコールを断わり、ジェイソンはダンスフロアの男たちに加わっている。旅が終わるとき、私はジェイソンにこう言い残すだろう。

「これだけ厄介なことのあるコンゴだけれど、町で落ちこんでいる人の数は、ニューヨークよりブカヴのほうが少ないよ」

☆

この台詞《せりふ》を小説に入れておけばよかったが、口にしたのはずいぶん昔だ。私が紛争地帯に足を踏み入れるのは、東コンゴが最後になった。その経験を充分小説に反映させることができたか？　もちろんできていない。しかし、あそこで得た教育はとても文字に移し替えられるものではないのだ。

28　リチャード・バートンには私が必要

『寒い国から帰ってきたスパイ』の映画を撮ったアメリカのベテラン映画監督、マーティン・リットと初めて会ったときのことを思い出すたびに、私はいまだに自分の馬鹿げた服装を恥ずかしく思う。

一九六三年のことだった。小説はまだ出版されていなかったが、リットはどこからか手に入れたタイプ原稿を見て映画化権を購入していた。おそらく著作権エージェントか出版社から受け取ったのだろう。あるいは、印刷所にいた気の利いた人間がパラマウント・スタジオの友だちに渡したとか。のちにリットは、格安の買い物だったと自慢する。そして私もその意見に納得することになる。当時の私はリットをどこまでも気前のいい人だと思っていた。わざわざ仲間を連れてロサンジェルスから飛んできて、エドワード様式の豪華なホテル〈ザ・コノート〉で昼食に招待してくれたうえ、私の小説をずいぶん持ち上げてくれたからだ。

そして私は、わざわざ女王陛下の費用で西ドイツの首都ボンから飛んでいった。当時私は三十二歳の外交官で、映画関係者に会ったことはなかった。小さいころには、当時の少年がみなそうだったようにディアナ・ダービンに憧れ、『三ばか大将』を見て笑いころげた。戦時中の映画では、レスリー・ハワードになった気分で、エリック・ポートマンが操縦するドイツの戦闘機を撃ち落とし（父はポートマンがナチス党員であると信じきって、拘禁すべきだと言っていた）、ゲシュタポに勝利した。しかし、外交官時代は早婚で子供も小さく、金もなかったので、映画もほとんど見なかった。当時の私の著作権エージェントはロンドンにいて、事情が許せばジャズバンドでドラムを演奏するのが生涯の夢だと語る魅力的な男だった。私よりは映画業界のことを知っていたが、さほどちがいはなかったと思う。とにかく映画化の話をまとめたのは彼で、私はいっしょに愉しく昼食を食べたあとで契約書にサインをした。

すでに述べたとおり、ボンのイギリス大使館で二等書記官だった私の仕事のひとつは、ドイツの高官がイギリス政府や野党を訪問する際の付き添いだった。そのためにはロンドンに行く必要がある。というわけで、公務の合間にマーティン・リットと昼食をとろうと〈ザ・コノート〉へ行った私は、きつめの黒いジャケット、黒いチョッキ、銀色のネクタイ、グレーと黒のストライプのズボンという姿だった。ドイツ人なら、わずかな期間ワイマール共和国を治めた不運なプロイセン人政治家、シュトレーゼマンになぞらえるだろう。リットが私と温かい握手を交わし、しゃがれ声で、いったいどういう考えでホテルの支配人のような恰《かっ》好《こう》をしているのだと訊いたのも無理はない。

火種になりかねない質問を遠慮なく投げてきたリット自身の服装はどうだったか。〈ザ・コノート〉のダイニングルーム〈ザ・グリル〉には厳格な服装規定があったが、一九六三年にはしぶしぶ多少の例外を認めていた。その隅で、私より十七年と数世紀歳上のマーティン・リットは、白髪の映画関係者四人に囲まれ、背中を丸めていた。革命家の黒いシャツを着て首までボタンをかけ、足首ですぼまっただぶだぶのズボンをゴムで吊っている。私の眼に何より奇妙に映ったのは、職人がかぶるような平たい帽子を、ふつうは下向きのつばを跳ね上げてかぶっていたことだ。しかも室内でかぶったままである。おわかりだろうが、当時のイギリスの外交界で、これは豆をナイフですくって食べるのと同じくらい不作法なことだった。体は熊のように大きく、引退して太りすぎたサッカー選手を思わせ、陽焼けした中欧ふうの大きな顔には過去の長い年月の苦労が刻まれていた。白髪まじりの豊かな髪をうしろになでつけ、黒縁眼鏡《めがね》の奥には、用心深そうな暗い眼があった。

「若いのが来ると言っただろう?」リットが仲間に誇らしげに言っているあいだ、私はホテルの支配人の恰好をしている理由をどう説明しようかと悩んでいた。

たしかに言ったよ、マーティ、と仲間が賛同した。いまや私も知っているが、映画監督というのはつねに正しいのだ。

＊

そしてマーティ・リットの場合、ほかのほとんどの監督よりさらに正しかった。度量の大きな業界の重鎮で、気が遠くなるような人生経験を積んでいるのだ。第二次大戦ではアメリカ軍に加わり、共産党員ではなかったかもしれないが、熱心なシンパのひとりだった。臆面もなくカール・マルクスを称賛したせいで、俳優およびディレクターとして名をなしたテレビ業界でブラックリストに載った。さまざまな舞台監督も務めたが、マディソン・スクウェア・ガーデンでロシア戦争救済基金のためにおこなったショーを初めとして、ほとんどが左寄りの内容だった。長篇映画も立てつづけに十本撮影していた。なかでも有名なのは、前年に撮ったポール・ニューマン主演の『ハッド』だった。リットは私が席についた瞬間から率直に語った。私の小説のなかに、自分の初期の確信が現在の状態につながるまでの、ある種の通過点を見たというのだ。現在の状態とは、赤狩りに対するどうしようもない嫌悪感、証人席に立った多くの仲間や同僚の臆病さ、共産主義の失敗、吐き気をもよおす冷戦の不毛さだ。

そしてリットは、本人がすぐ口にするように、骨の髄《ずい》までユダヤ人だ。彼の家族がホロコーストの直接の被害者かどうかはわからないが――私の見立てでは、被害者だ――たとえそうでなかったとしても、彼個人としてユダヤ人全体のために、いまに至るまで苦しんでいる。彼にとってユダヤのアイデンティティは、生涯を通じて真剣で明確なテーマだった。そのことは、私の小説からどういう映画を作りたいかという話になるといっそうはっきりした。『寒い国から帰ってきたスパイ』には、理想主義的な共産主義者がふたり登場する。ひとりはロンドンの純朴な女性司書、もうひとりは東ドイツの諜報員。無情にもこのふたりは西側（資本主義）の大義の犠牲になるが、ふたりともユダヤ人だ。

マーティ・リットにとって、この映画は個人的なものになる。

私にとっては？　それまでの人生経験でリットに返礼として提供できることがあっただろうか。シュトレーゼマンのものまね？　中途半端に終わったが、イギリスのパブリック・スクールでの教育？　登場人物に代わって得た体験の断片から夢想した小説？　それとも、あのころの時間の大部分をイギリスの諜報機関という隔離された果樹園ですごし、リット自身が熱烈に支持していると正直に明かしたまさにその大義を抑えこむために闘っていたという驚愕の事実？　ありがたいことに、それは明かさずにすんだ。

しかし、話の途中で気づいたことがあった。私もまた、青くさく安直な自分の忠誠心に疑問を持ちはじめていたことは別として、映画の製作というのは、相容れない対立者同士を強引に結びつける仕事だということだ。それがとりわけ明白になったのは、主役のアレック・リーマスをリチャード・バートンが演じると決まったときだった。

☆

バートンの主役抜擢《ばってき》をどの段階で知ったのかは忘れた。〈ザ・グリル〉で昼食をとったときには、マーティ・リットに、リーマス役は誰に演《や》らせるべきだろうと訊かれて、私はトレヴァー・ハワードを推《お》した。あるいは、オーストラリア人ではなくイギリス人を演じるならという条件つきで、ピーター・フィンチの名もあげた。この作品はイギリスの諜報活動に関する非常にイギリス的な話というこだわりがあったからだ。すぐれた聞き手であるリットは、言いたいことはわかるし、ふたりとも好きだが、残念ながらどちらも今回の予算をまかせられるほど大物ではないと言った。数週間後、私がパラマウントの予算でロケ地をまわるためにロンドンに飛ぶと、リットは主役をバート・ランカスターに打診していると言った。

イギリス人を演じさせるのですか、マーティ？

カナダ人だ、デイヴィッド。バートは偉大な役者だ。カナダ人を演じきるだろう。

うまい返答は思いつかなかった。たしかにランカスターは偉大な俳優だが、リーマスは偉大なカナダ人ではない。だがそのころには、すでに〝不可解な長い沈黙〟が始まっていた。

私の作品の映画化——あるいは、非映画化——には、かならず〝最初の興奮〟に続いて〝不可解な長い沈黙〟があり、それが数ヵ月から数年、場合によっては永遠に続く。企画が水中に没したり、蒸気のように消えてしまうというときに、誰も私に教えてくれない？下流の人間のあずかり知らぬところで巨額の金が動き、脚本家が指名されて、脚本が書かれたり却下されたりし、エージェントたちが一騎打ちで戦い、嘘をつき合う。鍵のかかった部屋で、ネクタイを締めたひげのない若者たちが、貴重な若い創造性を武器にのし上がろうとしているが、〝キャンプ・ハリウッド〟の塀の外で確実な情報を得るのはむずかしい。というのも、ウィリアム・ゴールドマン（アメリカの脚本家・小説家）の不朽のことばによれば、誰も、何も知らないからだ。

リチャード・バートンが急に浮上した。私がここで言えるのはそれだけだ。無数のバイオリンが彼の到来を告げることはなく、ただ畏怖の念が生じただけだった。「デイヴィッド、ニュースがある。リチャード・バートンがリーマス役の契約にサインした」電話でそう教えてくれたのはマーティ・リットではなく、宗教的な恍惚《こうこつ》状態に入ったジャック・ゲーガン、アメリカでの私の本の発行人だった。「それだけじゃない。デイヴィッド、きみはバートンと会うことになるんだ！」ゲーガンは書籍販売の大ベテランだった。靴革の販売員から身を起こし、ダブルデイ社の販売責任者になって、退職間際にみずからカワード・マッキャンという小さな出版社を買収した。そこから出した私の小説が思いがけず成功しただけでなく、その映画版にリチャード・バートンが出演するというのは、ゲーガンにとってはまさしく夢の実現だった。

一九六四年の終わりごろだったはずだ。なぜなら私はすでに政府の仕事を辞《や》め、フルタイムの作家としてまずギリシャ、次にウィーンに落ち着いていたから。そのころ初めてのアメリカ訪問を考えていて、バートンもたまたまブロードウェイでハムレットを演じていた。名優ジョン・ギールグッドが共同で演出にあたり、亡霊役もこなしていた。ドレスリハーサルと称されていたが、録画して映画館で上映する企画である。私はゲーガンといっしょにそれを見学したあと、楽屋でバートンを紹介してもらうことになった。ゲーガンは、ローマ法王に謁見《えっけん》するとしても、あれほど興奮することはなかっただろう。

バートンの演技は見事だった。私たちが坐った席も文句なしだった。さらに控室のバートンはとても魅力的で、私の作品は久しぶりに読んだ最高の本だと褒《ほ》めてくれた。私のほうは、彼のハムレットはローレンス・オリヴィエよりも、ギールグッドよりも――と本人がおそらく部屋にいたにもかかわらず、口をすべらせてしまった――ほかの誰よりもよかったと言った。とはいえ、互いに褒め合いながらも、私はひそかに心配していた。この美しく、よく響くバリトンの声を持つウェールズ出身の歴代最高クラスの俳優は、本当に適任なのだろうか、と。彼が演じるのは、とくにカリスマもなく、話し方も古風で、あばた面《づら》のギリシャ神のような、くたびれたイギリス人中年スパイなのだ。

そのときにはわからなかったが、リットも同じことで悩んでいたにちがいない。のちにふたりのあいだで起きる数多くの口論は、初期のころ、どうやってバートンの声を封印するかという点にかかわっていたからだ。バートン自身は、封印したくなかった。

☆

一九六五年、私は偶然こんなことを耳にした。そのころ私にまだ映画関係のエージェントはいなかったから、どこかにスパイがいたにちがいない。直近の脚本では、バートンが演じる予定のアレック・リーマスが、食料品店の主人を殴って刑務所行きになるのではなく、監禁されている精神科病院の二階の寝室の窓から逃げ出すというのだ。私の小説に出てくるリーマスは、どんなことがあろうと精神科病院に近づいたりはしない。リーマスがそこで何をするというのか。どうやら理由は、ハリウッドが刑務所より精神病の治療のほうが魅力的と考えているということだった。

数週間後、またニュースが流れてきた。リット同様、かつて赤狩りのブラックリスト入りしていた脚本家が病気になり、ポール・デーンがあとを引き継いだらしい。気の毒だとは思ったが、じつはほっとした。デーンは私と同じイギリス人で、映画『私に殺された男』のすぐれた脚本を書いていた。それだけでなく、〝家族〟の一員でもあった。戦時中には、連合軍の諜報員に無音殺傷の訓練をおこない、フランスやノルウェーでの秘密任務にも参加していたのだ。

私はロンドンでデーンと会った。彼も精神科病院の件には納得できず、食料品屋を殴るシーンを書くことも問題ないと言い、然るべき期間、リーマスを刑務所に戻してくれることになった。数カ月後、コメントが欲しいというリットからの手紙とともに、デーンの脚本が私の家に届けられた。

そのまえに私はウィーンに引っ越し、予想外の成功が舞いこんだ作家の例にもれず、気に入らない次の小説や、夢にも見たことがない大金や、すべて身から出た錆《さび》の結婚生活の混乱と格闘していた。送られてきた脚本を読んで気に入り、リットに気に入ったと伝え、小説と混乱のなかに戻った。数日後の夜、電話が鳴った。アイルランドのアードモア・スタジオで撮影を始めているはずのリットからだった。彼はまるで人質に取られた男の最後のメッセージのような、息を詰まらせた震える声でこう言った。

リチャードにはきみが必要だ、デイヴィッド。どうしても必要なんだ。きみが書き直さなければ、台詞《せりふ》はひと言もしゃべらんと言っている。

リチャードの台詞の何が問題なんですか、マーティ？　なんの問題もないように思えますが。

そういう話じゃないんだ、デイヴィッド。リチャードにはきみが必要で、きみが来るまで撮影は延期だと言っている。ファーストクラスの旅費は払うし、スイートルームも手配する。ほかに何が欲しい？

もしバートンが私のために撮影を延期しているのが事実なら、月が欲しいと言っても手に入っただろう。しかし、何も要求しなかったと思う。半世紀もまえの話だし、パラマウントにはちがった記録が残っているかもしれないが、たぶん何もないだろう。ことによると、自分の映画を完成させるのが第一で、要求は二の次、いや、要求などすべきではないと思ったのかもしれない。あるいは、たんにウィーンで私みずからが作り出した混乱から逃げ出したかったのか。

それとも、まだ青二才だったから、これが映画のエージェントなら母親を売ってでも利用したい一生に一度のチャンスであることがわからなかったのだろうか。撮影にゴーサインが出て、パラマウント・ピクチャーズの撮影隊が全員そろい、電気技師だけでも六十人が、現場で無料のハンバーガーを食べる以外に何もすることがなくうろつき、当代最高の人気を誇る映画スターが撮影を拒否し、さまざまな映画関係者のなかでもっとも軽蔑される存在——よりにもよって原作者——がパラシュートで降りてきて手を握ってくれるのを待っているのだ！

たしかに言えることは、私が受話器を置いた翌朝にダブリンに飛んだことだ。リチャードには私が必要なのだから。

☆

リチャードは本当に私を必要としていたのか。

それとも、マーティのほうがもっと私を必要としていたのか。

理屈の上では、私はバートンの台詞を書き直すためにダブリンに行った。つまり、バートン流の演技ができるようにシーンを書き直すということだ。しかし、バートン流がリット流と一致するとはかぎらない。というわけで、私はいっときふたりの仲を取り持つかたちになった。リットと膝《ひざ》を突き合わせてシーンを書き換え、次にバートンと膝を突き合わせ、あわててまたリットのもとに戻ったことを憶えている。三人で話し合った記憶はない。しかし、この方式は数日しか続かなかった。そのころにはリットは改訂に満足していると言い、バートンも喧嘩《けんか》を売らなくなっていた——少なくとも私には。けれども、ウィーンへ帰ると私がリットに告げると、リットは彼にしかできないやり方で私を咎《とが》めた。

誰かがリチャードの面倒を見なきゃならないんだ、デイヴィッド。リチャードは飲みすぎる。リチャードには友だちが必要だ。

友だちが必要？　リチャードはエリザベス・テイラーと結婚したばかりではないか。彼女は友だちではない？　テイラーは彼といっしょに来ていて、白いロールスロイスに乗ってセットに現われるたびに撮影を中断させているのではないか？　しかもほかの友だちも引き連れている。ユル・ブリンナーやフランコ・ゼフィレッリ、エージェントや弁護士に加え、ダブリンの最高級ホテルの一フロアを占拠していると言われる十七、八人が――ふたりの別の結婚で生まれたさまざまな子供、その家庭教師、ヘアメイク係、秘書、それに一隊の無礼な者の言によれば、オウムの爪切り係まで――いるのではないか？　にもかかわらず、リチャードには私が必要？

もちろん必要だ。リチャードはアレック・リーマスになるのだから。

そしてアレック・リーマスとしてのリチャードは、落ちぶれてさまよう孤独な男だ。出世も見込めず、私のようなよそ者としか話せない。そのときにはまるで理解していなかったが、私は、役作りのために自分の人生の暗い部分を引き出そうとしている俳優を初めて目撃していたのだ。落ちぶれたアレック・リーマスが最初に身につけなければならないのは、孤独である。要するに、バートンがリーマスでいるかぎり、彼の宮廷全体が受け入れがたい敵になるのだ。リーマスがひとりで歩くなら、バートンもそうしなければならない。リーマスがジョニー・ウォーカーのハーフボトルをレインコートのポケットに入れるのなら、バートンもそうしなければならない。そして孤独に耐えられなくなると、ぐいとあおる――すぐにわかるとおり、たとえバートンがリーマスとちがって大酒飲みではないにしろ。

これが彼の私生活にどんな影響を及ぼしたのか、私には想像できない。ときおり男たちがスコッチをちびちびやりながらする噂話が耳に入ったくらいだ。それによると、バートン夫妻はうまくいっておらず、テイラーは不満だったらしい。だが、私はこの種の風聞をあまり信用しなかった。多くの俳優と同じく、バートンも相手が誰だろうと、すぐに仲よくならないと安心できなかった。そのことは、照明係からお茶汲みまであらゆる人に愛想を振りまいて、監督の不興を買う彼の姿を見てよくわかった。

一方、ティラーの不満には別の理由があったのかもしれない。バートンは監督にヒロイン役としてティラーを推したが、リットはクレア・ブルームにその役をまかせた。噂によれば、彼女はかつてバートンといい仲だったらしい。ブルームは撮影のとき以外は断固として自分のトレーラーに閉じこもっていた。軽んじられたエリザベスは、セットでこのふたりがいちゃつく演技を見て愉しむことなどできなかっただろう。

☆

まばゆい光に照らされ、灰色のコンクリートブロックと鉄条網でできた、怖ろしいほど本物そっくりのベルリンの壁、そしてその壁でまっぷたつに区切られたダブリンの広場を想像してほしい。パブも閉まり、ダブリンじゅうの人々がこの光景を見に集まっている。来ない人がいるわけがない。この日にかぎって雨が降っていないので、市の消防隊が待機している。撮影監督のオズワルド・モリスは夜の路面を濡らしておきたかった。壁のまわりでは、セット・デザイナーや技術担当が最後の調整をおこなっている。壁の一カ所には鉄製のボルトが打たれ、ほとんど見えない梯子《はしご》になっている。オズワルド・モリスとリットが忙しそうにそのあたりを確認している。

いますぐにでもリーマスがその梯子をのぼり、鉄線を押しのけて壁の上に腹這《はらば》いになり、嵌《は》められてだますことになった哀れな女の死体が横たわる壁のたもとを見おろして、恐怖におののく。彼女は小説ではリズと呼ばれるが、明白な理由から（リズはエリザベスの愛称）、映画ではナンという名前になっている。

いますぐにでも助監督かほかの担当者が階段をおりてきて、私とバートンが数時間ほど閉じこもっている殺風景な半地下室の窓の向こう側にやってくる。すると、ここから粗末なレインコートを着たアレック・リーマスが出ていき、壁のそばの位置について、リットの合図で運命の壁をのぼりはじめる。

ところが、そうはならない。ジョニー・ウォーカーのハーフボトルはとうの昔に空いている。中身の大部分は私がどうにか飲んで、リーマスはおそらくまだ壁をのぼれる状態だが、バートンはとてもそうは見えない。

そのとき、フランス人のお抱え運転手が白いロールスロイスを運転してきて、人々が歓喜の声をあげる。外の騒ぎでようやく目を覚ましたバートンが、だみ声で「まったく！　エリザベス、あの馬鹿！」と叫び、広場へと階段を駆け上がっていく。そして、リットが断固使いたがらなかったバリトンの声を精いっぱい張り上げて、エリザベスをダブリンの群衆のなかに連れてきた運転手を怒鳴りつける――運転手はちゃんと英語を話せるのに、わざわざ不得手なフランス語で。しかし、ダブリンの警官が全員出てきて愉《たの》しげに見物しているから、あまり脅しの効果はない。

とはいえ、バートンの芝居がかった怒りはとても抑えこめない。車の下げた窓からエリザベスが不快そうに睨《にら》みつけているうちに、運転手はロールスロイスのギアをバックに入れ、脱兎《だっと》のごとく走り去る。ベレー帽をかぶって壁のそばにぽつんと立ったマーティ・リットは、この惑星でもっとも孤独で怒れる男のようだ。

✫

あのときにも、その後たまに別の映画で俳優と監督が働くのを目にしたときにも、私はバートンとリットのあからさまな敵対関係の原因は何だったのだろうと思ったものだ。ああなる運命だった、というのが結論である。もちろん、リットがナン役にテイラーではなくブルームを選んだことへの苛立ちはあっただろうが、私が思うに、原因はそのずっとまえ、リットが過激派としてブラックリストに載り、傷つき憤慨していたころにある。社会意識はリットにとって、あとから身につけたひとつの態度ではなく、彼を育てた母乳だったのだ。短い騒ぎのあいだに私がバートンと交わしたいくつかの意義深い会話のなかで、彼はショーマンとしての自分を軽蔑しきっているとほとんど自慢げに話していた。〝ポール・スコフィールドのようになれたら〟と言うのだ。つまり、大画面で英雄を演じたり、それにともなう大金をもらったりすることを避け、真に芸術的なもののみ演じるのだ。これにはリットも心から賛同するだろう。

ただ、だからといってバートンの状況が変わるわけではない。禁欲、献身、結婚重視の左派活動家から見れば、バートンは条件反射で非難したいもののすべてを代表していると言っていい。リットの次の発言がそのことを如実に示している――〝私は才能にあまり敬意を払わない。才能は遺伝だから。大事なのは、それを使って何をするかだ〟。リットにとって、芸術より利益を優先させたり、家族よりセックスを重視したり、富や女をひけらかし、露骨に酒に溺《おぼ》れ、正義を求めて叫ぶ人々のなかで神を気取って歩いたりするのは、それだけで充分悪いことだが、才能を無駄遣いするのは神と人類に対する大罪だ。そしてリットには、才能が大きければ大きいほど――バートンの才能がずば抜けていたことは言うまでもない――罪も大きく見えた。

彼がブラックリストに載った一九五二年、黄金の声を持つ二十六歳だったウェールズの神童バートンは、ハリウッドでの挑戦に乗り出した。映画版『寒い国から帰ってきたスパイ』のキャストに、同じようにブラックリスト入りした者――たとえば、クレア・ブルームやサム・ワナメイカー――がいたのは偶然ではない。そのころ誰かの名前を出せば、リットは即座に「われわれが必要としていたときに、あいつはどこにいた?」と反応した。あいつはわれわれのために声をあげたのか、われわれを裏切ったのか、それとも沈黙する臆病者だったのか、ということだ。もしリットの心の底、もしくはその前面に、バートンとの関係について同じ疑問がしつこく引っかかっていたとしても、私は驚かない。

☆

オランダの海岸、スヘフェニンゲンにある吹きさらしのビーチハウス。『寒い国から帰ってきたスパイ』の映画の撮影最終日だ。窮屈な屋内セットがあり、リーマスはみずからの破滅について話している。東ドイツに渡り、母国の敵に貴重な秘密情報を渡すことに同意するシーン。私は邪魔にならないように最善を尽くし、オズワルド・モリスとマーティン・リットのうしろあたりにいる。バートンとリットのあいだの緊張関係は明らかで、リットの指示はみな短くてそっけない。バートンもほとんど反応しない。このような近接シーンでは、俳優は静かにさりげなく話すので、慣れていない者には本番の演技というより練習のように見える。だから私は、リットが「終了《ラップ》」と言ってそのシーンの撮影が終わったのを知って驚く。

だが、まだ終わっていない。当然のように沈黙がおりてくる。私以外、全員これから何が起きるかわかっているようだ。そこで、自身すぐれた俳優でもあり、タイミングのことは心得ているリットが、このときのために取っておいたとしか思えないようなコメントを口にする。

「リチャード、年寄りの売春婦と最後に寝られてよかったよ、しかも鏡のまえで」

これは事実なのか。正当な評価なのか。

とうてい事実ではないし、正当な評価でもない。リチャード・バートンは教養のある真摯《しんし》な芸術家だった。独学でさまざまな知識を貪欲に習得していた。欠点もあったが、人間なら誰にでも多少の欠点はある。たとえみずからの弱さの囚人だったとしても、彼のウェールズ人らしいピューリタニズムは、リットの立場からかけ離れていたわけではない。バートンは不遜《ふそん》で、腕白《わんぱく》で、広い心の持ち主ではあるが、なかなか人の言いなりにはならなかった。有名俳優にとって、人の言いなりになることは仕事のうちだ。結局私は、バートンがもっと穏やかにすごしているところを見られなかったが、見てみたかった。彼は掛け値なしにすばらしいアレック・リーマスであり、別の年であれば、生涯逃しつづけたオスカーを受賞できたかもしれなかった。『寒い国から帰ってきたスパイ』の映画は厳めしい白黒の作品だ。一九六五年の世相はそうではなかった。

監督、俳優のどちらかのレベルが低ければ、映画のレベルも低くなっていただろう。当時の私はどちらかといえば、派手で予想がつかないバートンより、太めでどっしり構え、苦々しい思いをしているリットに同情していた。監督は映画の全責任を負う。むろん強烈な個性を持つ俳優を使いこなすことも含めてだ。何度か私は、バートンがリットを見下す行動をあえてとっていると感じたこともあったが、最終的には、ふたりとも同じくらい相手を困らせていたと考えるに至った。それに、最後の決め台詞《ぜりふ》を言ったのはリットだ。優秀で情熱的な監督は、絶えず正義の怒りを燃やしていた。

29　アレック・ギネス

アレック・ギネスは亡くなる直前まで思慮深かった。逝去一週間前に私にくれた手紙には、自分の妻のメルーラの病を心配する内容が綴《つづ》られていた。彼らしく、みずからの病にはほとんど触れていなかった。

アレックの偉大さをことばで言い表わすことはできない。当然だ。そうしてみようという愚か者がいたとしても、まわりから睨《にら》みつけられるだけだ。しかし一九九四年、彼の八十歳を祝うために、シンクレア＝スティーヴンソンという出版社が、秘密の作戦を成功させた。すばらしい装幀の『アレック』という本を作って、誕生日に本人に贈ったのだ。そこには思い出話や詩のほか、おもに旧友たちによる思慕と感謝の短いことばが記されていた。私は贈呈の場に居合わせなかったが、彼のことだから例によって無愛想に受け取ったにちがいない。とはいえ、少しはうれしかったはずだ。賞賛を毛嫌いするのと同じくらい、友情を大切にしていたし、少なくともその場には、ひとつ屋根の下にたくさんの友人が集まっていたのだから。

その贈り物にかかわった大半の人と比べれば、私がアレックの人生に登場したのはかなりあとになってからだ。しかし私たちは五年ほどのあいだ、そのときどきの仕事でとても親しくつき合い、以後も愉しく連絡をとり合っていた。私はつねにこの友情を誇らしく思っていたが、もっとも誇らしい瞬間が訪れたのは、彼の八十歳の誕生日のために書いた文が、回顧録の最終巻の序文に採用されたときだった。

アレックは葬儀や友人による別れの会、人々が感情を吐露する場を頑《かたく》なに拒んだ。しかし私には、極度にプライバシーを重んじた彼が、私のささやかな文章に満足して世に出してくれたという大切な思い出がある。

☆

以下はアレックの自伝的な回顧録の序文の一部に、あとで思いついたことを多少足したものである――

彼はいっしょにいて気の休まる仲間ではない。そもそもそんな必要があるだろうか。八十歳の男の注意深い子供の眼には、いまだに安全な港や安易な答えは映らない。七十五年ほどまえに体験した剝奪《はくだつ》と屈辱はまだ解決しておらず、まわりの大人の世界を受け入れようともがいているかのようだ――そこから愛を引き出し、笑みを求め、その怖ろしさを避けたり、抑えこんだりするために。

しかし、彼は大人の世界の褒《ほ》めことばを嫌い、称賛に疑いを持つ。意図的にそう育てられた子供のように慎重だ。何かを信用するときにはゆっくりと、最大級の注意を払う。さらにいつでも撤回する準備をしている。私のように救いがたいほど彼のことが好きな人間は、その事実を忘れないように努力している。

彼にとって型はきわめて重要だ。混沌《こんとん》を知りすぎた者のように、正しい態度と秩序を大切にしている。美しい人を愛《め》でて心を寄せながらも、道化や猿、通りにいるひねくれ者も愛していて、彼らを生まれながらの同志のように見つめる。

日夜、彼は学び、敵である大人の作法や癖を蓄積して、自分の顔、声、体を使って私たちの無数のバージョンを作り出す。一方で、自身の性格の可能性も探っている。こちらのほうがいいか？——それともこちらか？——あるいはこちら？——探究は無限に続く《アド・インフィニトゥム》。人格を作り上げるときには、悪びれもせずまわりの人間から盗み取る。

ひとつの個性を身につける彼の姿を見ていると、使命を帯びて敵地へ向かう男のようだ。この扮装は彼らしいか（彼というのは、新しい人格をまとった彼自身のことだ）？　眼鏡《めがね》は？　いや、こっちを試してみよう。靴が高級すぎたり、新しすぎたりして怪しまれないか？　この歩き方、この膝《ひざ》の動かし方、この一瞥《いちべつ》、この姿勢はわざとらしくないか？　外見を現地人に近づけるのなら、話し方もそうしないと——地元のことばは身につけたか？

その日の上演や撮影が終わると、彼はまたアレックに戻る。メイクの下から現われるつやつやした変幻自在の顔。分厚い手のなかでかすかに震える小さな葉巻。見る者は、先ほどまでいたあちらの世界での冒険に比べれば、彼がなんとつまらない世界に戻ってきてしまったのかと感じずにはいられない。

孤独を愛しつつ、この元海軍士官はチームの一員であることも好む。巧みに指導されることと、与えられた指示や同僚の演技に敬意を払えることを何よりも望んでいる。そういう人たちと演じるとき、彼は自分の台詞《せりふ》と同じように、まわりの人々の台詞も憶えている。あらゆる自意識を越えて、そこに集団的な幻想が生まれる。彼がもっとも大切にしているその貴い世界――〝ザ・ショー〟――では、人生に意味と形と解答が与えられ、物事は明確なルールにしたがって進む。

彼といっしょに脚本を考えることは、アメリカ人の言う〝学習経験〟だ。ひとつのシーンに十いくつものバージョンを検討して、初めて納得してもらえることもある。理由もなく、議論すらせずに首肯《しゅこう》されるものもある。あとになって、彼がこれと決めた演技を見たときにようやく理由がわかる。

彼がみずからに課す規律は厳格で、他人にも同じことを期待する。私はかつて、ある俳優が酔っ払って映画の撮影にやってきたところに居合わせたことがある。その俳優は爾後《じご》いっさい酒を飲まなくなった。ギネスのまえで演じて震え上がったことと無縁ではないだろう。アレックから見れば、それは絶対的な罪だった。愚かな見張り番が仕事の最中に眠りこけてしまうようなものだ。しかし、十分後にはアレックの怒りはどこかに消え、懸命にそうしていると思えるほどの親切さに変わった。次の日の撮影は夢のようだった。

アレックを夕食に招くと、約束した時間に時計が鳴っているあいだに、完璧な身だしなみの彼が戸口に現われる。ブリザードがロンドンじゅうを麻痺《まひ》させていても関係ない。もし彼に招かれれば――アレックは主人役として気前よくふるまわずにはいられない性質《たち》なので、こちらの可能性のほうが高いが――訪問の前日に、電話での約束を改めて確認する手紙が、美しく右に傾いた優雅な手書きの文字で届く。

そしてこちらは、彼の時間厳守の礼儀にふさわしい行動をとって報いる。こちらの態度は彼にとって非常に重要だ。それは人生の脚本に欠かせない一部であり、彼自身のみじめな前半生の屈辱や無秩序から私たちを切り離す。

だが、ここまでで彼を厳格な人間のように描き出していたとしたら、とんでもない。

アレックが思わずこぼす笑いや人づき合いのよさは、そのまえの先の読めない雰囲気があるだけに、なおさら奇跡のように思える。突然の笑顔、驚くほどぽんぽんと飛び出す逸話《いつわ》、一瞬の形態模写に声帯模写、ぱっと広がって消える無邪気なイルカの微笑み――こうして書いていてもあざやかに眼に浮かぶ。あらゆる世代や来歴の俳優仲間に彼が囲まれているところを見ると、炉端《ろばた》に好きな場所を見つけた男のように心地よさげにしている。彼はどんな新奇なことにも驚かない。若い才能を見出して、自分が歩いてきた険しい道を進むための助力の手を差しのべるのが大好きだ。

そして、よく本を読む。

俳優のなかには、仕事の話をもらうと台詞の数を数えて役の重要性を計算する者がいる。アレックはその対極だ。私の知る映画監督、プロデューサー、脚本家のなかに、作品の構造や会話に関して彼以上の眼を持つ人はいない。あるいは、彼が一年じゅう追い求めている

〝特別な何か〟――大多数の凡作のなかからその作品を際立たせる魔法のようなひと工夫《マクガフィン》――を見きわめることに関しても。

アレックのキャリアには、意表を衝《つ》く輝かしい役柄がちりばめられている。そうした役を演じた才能は類を見ないが、それらを選んだ才能も同じくらい比類ない。役選びには奥さんのメルーラが大きな影響力を持っているという話も聞いた――これもまたアレックが巧みに隠している秘密のひとつだろうか。事実だとしても私はまったく驚かない。夫人は賢く静かな女性であり、とてもやさしい芸術家で、はるか遠くまで見通せる眼を持っている。

では、幸運にもアレックの長い人生のうち、数キロを共有できた私たちを結びつけるものは何だろう。おそらく、誰が彼のためになれるかと絶えず困惑することだ。私たちは自分の愛情を示したいが、彼が明らかに必要としている空間も残しておきたい。彼の才能はあまりにも身近に見えるので、こちらは直感的にその才能を日々の生活の打撃から守りたいと思うが、自分でうまく対処しているよ、ありがとう、と返されるだけだ。

そうして私たちも、残りの多数の観客と同じになる。もどかしくも彼に何も与えることができず、感謝の気持ちも表現できず、自分は断じて天才ではないと言い張るこの天才から、一方的に利益を受けるだけの存在に甘んじるのだ。

☆

一九七九年の夏の昼時、BBC局の最上階に、『ティンカー、テイラー、ソルジャー、スパイ』の出演者、スタッフ、プロデューサー、監督、脚本家が最高のスーツを着て集まり、それぞれのグラスからぬるい白ワインを飲んでいる。その先のダイニングルームには、打ち上げを祝う冷製のチキンが用意されている。

なのに、予定が少し遅れている。ゴングが鳴り、BBCの重役たちが入ってくる。作家やプロデューサー、監督といった人たちはすでに長いことそこにいる。重役は時間にうるさい。出演者も早くから来ていて、アレックはいつものようにさらに早い。だが、バーナード・ヘプトンはどこだ？　われらが助演俳優の筆頭、トビー・エスタヘイス役は？

グラスのワインはさらにぬるくなり、眼という眼が両開きの扉に注がれている。バーナードは体調不良か？　まさか忘れたのか？　それとも、すねている？　撮影中にアレックとバーナードのあいだに対立があったという噂もある。

ドアが開く。バーナードが懸命に無頓着《むとんちゃく》を装って入ってくる。私たち全員が着ている平凡なグレーや濃紺の服ではない。目の覚めるような緑のチェック柄のスリーピースのスーツに、オレンジ色のエナメル靴をはいている。

そんな彼が微笑みながら部屋に入ってくると、ジョージ・スマイリーの柔らかい歓迎の声が響く――

「やあ、バーナード。カエルの衣装で登場か」

30 失われた傑作

たぶんいつの日か、私の作品の映画でもっともすぐれているのは、結局世に出なかったものだと言われるだろう。

『寒い国から帰ってきたスパイ』の映画が公開された一九六五年、私はイギリスの出版社に説得されて、フランクフルトのブックフェアに参加した。しかし、みずから期待していない小説を宣伝することも、メディアのまえで好感の持てる興味深い人物を演じることも怖くてたまらず、自分の声には虫酸《むしず》が走り、商品が入った袋のように外国人ジャーナリストにたらいまわしにされることにもうんざりして、〈フランクフルター・ホフ〉のスイートルームに引きこもっていた。

そんなある日の夕方、部屋の内線電話が鳴って、ハスキーな声の女性が訛《なま》りのある英語で話しかけてきた。ロビーにフリッツ・ラングがいて会いたがっているので、おりてきてもらえないかという。

私はとくになんとも思わなかった。ドイツでラングという名前はありふれている。フリッツもだ。何時間かまえに振りきってきた、あのいやらしい文学界のゴシップ記者の類か？

おそらくそうだ。おびき出すために女性を使っている。私は彼女に、ラング氏はどんな仕事をしているのかと訊いた。

「映画監督のフリッツ・ラングです」非難するような声が返ってきた。「ある提案についてあなたと話したいと言っています」

私の反応は、ゲーテがロビーで待っていると言われたのに近かった。四〇年代後半にベルンでドイツ語を学んでいたとき、われわれ学生は夜を徹してワイマール時代の天才映画監督フリッツ・ラングについて語り合ったものだった。

ラングがどういう人生を送ってきたかも、ある程度知っていた。オーストリア生まれのユダヤ人で、カトリック教徒として育てられたが、第一次世界大戦でオーストリアのために戦って三度負傷し、その後、俳優、作家と立てつづけに職を変え、一九二〇年代、ベルリンにあった〈ウーファ〉という映画製作会社の栄光の時代を支える表現派の監督になった。学生時代に、私たちは表現派の古典『メトロポリス』について熱く語り、『ニーベルンゲン』で五時間、『ドクトル・マブゼ』で四時間坐りつづけた。悪党を英雄ととらえるところが私の性に合っていたのかもしれない。その点、『M』はとりわけ気に入っていた。ピーター・ローレ演じる、子供ばかりを狙った殺人鬼が、暗黒街の犯罪者に追いつめられる話である。

だが、一九三三年以降はどうだろう。あれから三十年たったラングは？　映画を作るためにハリウッドに渡ったことは知っていたが、作品を見た記憶はなかった。私にとって彼はワイマール時代の人であり、それだけだった。じつを言うと、まだ生きていることも知らなかった。さらに、これはいたずら電話ではないかという疑いも消えなかった。

「つまり、階下《した》でドクトル・マブゼが待っているということですか」私は魅力的な声の女性に対して、高慢な疑問に聞こえればいいがと思いながら尋ねる。

「映画監督のフリッツ・ラングが、あなたと前向きな話がしたいと言っています」彼女は一歩も譲らずくり返す。

本物のラングなら眼帯をつけているはずだ。私はきれいなシャツを着て、ネクタイを選びながら自分にそう言い聞かせる。

✮

彼は眼帯をつけていた。さらに眼鏡《めがね》も。これには少しまごついた。なぜひとつの眼に左右のレンズが必要なのだろう。体は大きく威圧的、顔の線は筋肉質だった。闘士のように突き出した顎、さほど魅力的でない笑顔。高さのある灰色の帽子のつばが頭上からの光をさえぎって、いいほうの眼が影のなかにある。年老いた海賊よろしく、ホテルの椅子に背筋を伸ばして坐り、頭をのけぞらせて、好きかどうか決めかねる何かに耳を傾けていた。力強い手は、膝《ひざ》のあいだに挟んだステッキの柄を握りしめている。伝説では、『M』の撮影中に創造的な熱意に駆り立てられ、ピーター・ローレを階段から突き落とした男だ。

先ほどのハスキーな声の女性も隣に坐っていた。愛人か、若い新妻か、それとも秘書だったのかは、いまもわからない。彼より私の年齢に近く、これからの話が成功すると確信しているようだった。彼女はイギリスの紅茶を注文し、ブックフェアは愉《たの》しいかと訊いてきた。私はとても愉しいと嘘をついた。ラングは厳《いか》めしい笑みを浮かべたまま、遠くを見ていた。挨拶《あいさつ》が終わると、しばし沈黙が流れるのを放置したあとで、口を開いた。

「きみの『高貴なる殺人』というささやかな本を映画化したい」分厚い手を私の腕に置いて、ドイツ訛《なま》りの演説調の英語で言った。「カリフォルニアに来てくれないか。いっしょに脚本を書いて、映画を作ろう。どうだね？」

〝ささやかな本〟とは言いえて妙だ。冷静になった私はそう思った。ボンのイギリス大使館に赴任したばかりのころ、数週間で書き上げた作品だった。退官間際のパブリック・スクールの教師が以前の犯罪を隠すために生徒を殺し、乞われて捜査に来たジョージ・スマイリーがその正体を暴くという話だ。改めて考えると、いろいろ欠点はあるものの、たしかに『M』の監督が好みそうだと察しがついた。唯一の問題は、ジョージ・スマイリーだった。サインすべきではなかった映画化契約の条項によって、スマイリーの権利は大手映画スタジオが握っていた。ラングはかまわず続けた。

「いいかね、私は彼らを知っている。私の友人たちだ。たぶん製作資金を引き出すことができるだろう。スタジオにとってもいい契約だ。きみの登場人物を所有して、その映画を作ることができる。彼らにもいいビジネスだ。カリフォルニアは好きかね？」

大好きです。

「なら、カリフォルニアに来たまえ。いっしょにやろう。脚本を書いて、映画を作る。白黒で。『寒い国から帰ってきたスパイ』のように。白黒では嫌か？」

まったく問題ありません。

「映画のエージェントはいるかね？」

私はエージェントの名を告げる。

「その男を出世させてやろう。きみのエージェントと話し、契約して、クリスマスが終わるころカリフォルニアに落ち着いて、脚本を書く。クリスマス後でいいかな？」まだ遠くに笑みを向け、手を私の腕に置いている。

クリスマス後でかまいません。

そのころには、ラングがもう一方の手をカップに伸ばすたびに隣の女性がそっとサポートしていることに気づいていた。紅茶に口をつけると、また彼女に助けられてカップを置き、手をステッキの柄に戻す。また手を伸ばすと、カップをつかめるようにまた彼女が手を添える。

☆

結局その後、フリッツ・ラングから連絡は来なかった。私の映画担当のエージェントは、連絡はないだろうと言った。彼はラングが視力を失いはじめていることには触れなかったが、それでも口にした死刑宣告は揺るぎなかった――フリッツ・ラングはもう金にならない。

一九六八年、私の小説『ドイツの小さな町』が、短期間ながらシドニー・ポラックの目に留まった。私たちの共同作業は、シドニーがスイスのスキー場に魅せられたことで当初の見込みどおりに進まず、しかもオリジナルの映画化権を購入した会社が事業から撤退して、権利が法律の迷宮から出られなくなった。この件で私が映画ビジネスについて何かを学んだとすれば、それはシドニーの輝かしいが長続きしない情熱の奔出にまかせておいてはいけないということだ。

したがって、その二十年後、真夜中にシドニーが電話をかけてきて、あの極上の音楽のような声で、私の新作『ナイト・マネジャー』は彼のキャリアのなかでもとくに刺激的な作品になると言ったとき、私がすべてを放り出していちばん早く予約できた便でニューヨークに飛んだのも当然だった。今回、シドニーと私は、齢《よわい》を重ねた賢い人間としてふるまおうと合意した。まわりにはスイスの村もなければ、魅力的な雪も、マーティン・エップも、アイガー北壁も存在しない。今回は、当時の映画脚本界最大のスターで、もちろん最高の費用が必要なロバート・タウンその人が脚本を書いてくれるという。パラマウントも権利を買うことを承諾していた。

確実になんの邪魔も入らないサンタモニカの隠れ家で、シドニー、ボブ・タウン、私の三人は代わる代わる部屋を歩きまわって、熱心に仕事をした。ところがある日、突然すさまじい爆発音が響いて、われわれの討議が中断した。テロリストの攻撃と確信したタウンはさっと床に伏せた。大胆な行動家であるシドニーは、ロサンジェルス市警の直通回線に電話をかけた。おそらく一流の映画監督だけが使える回線だろう。いつもどおりの私は呆然と見ているだけだったと思う。

警察の反応は落ち着いていた――ただの地震だよ、シドニー、怖がることはない。ところで、いまそこでどんな映画を考えてる？　われわれは仕事を続けたが、さほどはかどらず、じきに解散した。タウンが第一稿を書くことになった。それをシドニーと検討し、私は何かあった場合に相談を受ける役になった。

「試してみたいアイデアがあったら、ボブ、いつでも連絡してくれ」私は寛大な口調でタウンに言い、コーンウォルの電話番号を渡した。

✲

その後、二度とタウンと話すことはなかった。私の飛行機がロサンジェルス空港から飛び立つと、機内放送で大地震の警報が流れた。シドニーはタウンの第一稿ができ次第、コーンウォルを訪ねると言っていた。そのころ私は、自宅から小径《こみち》を少し行ったところに来客用のコテージを持っていて、シドニーに使ってもらおうと準備していた。ちょうど彼は、トム・クルーズ主演で撮影を終えたばかりのジョン・グリシャムのスリラーを編集中だった。私の企画はその次になる。ボブはやる気満々だ、きみの作品に夢中なんだよ、デイヴィッド。この挑戦を愉しんでいる。興奮していて、すぐにでも取りかかれるんだが、そのまえにいくつか仕上げなければならない脚本があってね。やがて連絡の間隔は少しずつ広がっていった。タウンが終盤で苦労してる、いやまったく、コーンウェル、どうしてこういうややこしい本ばかり書くんだね？

　そしてついに、例によって夜中のコーンウォルに待ちかねた電話がかかってくる――金曜にヴェネツィアに来てくれないか。ちなみに、クルーズの映画はあらゆる記録を塗り替えそうだ、とシドニーが言う。試写会は熱狂の渦で、スタジオは大喜び。それはよかったと私は応じる。すばらしい。で、ロバートはどうしている？　金曜に会おう。きみの泊まるスイートルームを手配させておくよ。私はすべてを投げ出してヴェネツィアに飛ぶ。シドニーは食通だが食べるのが速い――とくに集中できないときには。ボブはだいぶよくなってきた、と上《うわ》の空で話す。まるで遠い友人の健康について話すかのように。中盤で少し引っかかっているようだが、すぐに取り戻すさ。中盤だって、シドニー？　困っているのは終盤だと思っていたが。いや、ふたつはつながっている、とシドニーが言う。その間にも、人々が次々とあわててメッセージを伝えてくる――すばらしいレビューだ、シドニー――ほら、五つ星に、最高評価！――エンターテインメント史に残る偉業になるぞ！　シドニーがあることを思いつく。明日、フランスのドーヴィルに行かないか？　上映会の予定がある。機内で話そう。そこなら邪魔は入らない。

　翌朝、私たちはシドニーのプライベートジェットでドーヴィルへ向から。総勢四人。シドニーと副操縦士のふたりがヘッドフォンをつけて操縦席に坐っている。そして後部座席には、予備の操縦士と私。シドニーの友人で、当時ソニー・コロムビア・ピクチャーズ社長だったジョン・キャリーも、やはり飛行機の安全にはうるさいスタンリー・キューブリックも、シドニーの飛行機には乗るなと言っていた。ろくに飛んだ経験もない素人《しろうと》パイロットが操縦する観光ジェットに乗ることがどれほど危ないか、デイヴィッド。やめておけ。だが、信じられないほど短い飛行時間のあと、私たちはドーヴィルに着陸し、シドニーはたちまちスタジオの重役、俳優のエージェント、マスコミの渦に呑みこまれる。そしてリムジンに乗り、私も別のリムジンに案内される。立派なホテルで待っていたのは、またもや巨大なスイートルームで、花が飾られ、支配人からのシャンパンと、ムシュー・ダヴィッド・カール宛ての歓迎の手紙が置かれている。私はコンシェルジュを呼び、フェリーの時刻表を手に入れる。何度目かでようやくシドニーのスイートルームに電話がつながる。シドニー、今回のことは本当にありがたいが、どうやらほかのことが忙しすぎて、こちらの企画にまで気がまわらないようだね。私は一度家に帰って、ボブの脚本ができてからまた話すというのはどうかな？

　シドニーは急に心配しはじめ、どうやってドーヴィルからイギリスに帰るのだと知りたがる。フェリーだと、コーンウェル？　気がふれたのか。頼むから私のジェットを使ってくれ。いや、シドニー、正直なところ、フェリーがいいんだ、ありがとう。便もたくさんあるし、船が好きだから。結局、私はジェットに乗る。今度は三人で。まえの席にシドニーのパイロットがふたり、うしろは私ひとりで坐る。ニューキー空港は広大だが、一部を空軍が使用しているから着陸できない。エクセター空港に落ち着く。そして私は突然、スーツケースを片手に、がらんとしたエクセター空港の滑走路にひとりで立っている。ジェットはすでにドーヴィルに向かって飛行中。入国管理局や税関がないかと見まわすが、どこにもない。派手なオレンジ色のチョッキを着て、つるはしを持った作業員が、滑走路の脇で何かしている。すみ……ません、たったいまプライベート機から降りたのですが、税関と入国管理局はどこでしょう。どこから来たの？　と相手は知る必要もないのに、つるはしにもたれて訊いてくる。フランス？　忌々《いまいま》しい共同市場か！　彼は情けないと言わんばかりに首を振り、作業に戻る。しかたなく私は、安っぽいフェンスをのぼって、車で迎えにきてくれた家内が待つ駐車場に向かう。

一年後、タウンがエジンバラ国際映画祭に現われて、私のスパイたちによれば、私の作品を映画向けに脚色するのは不可能だと賢そうに話したことで、初めて私はこの企画が頓挫《とんざ》したことを知った。それがな、コーンウェル、ボブはどうしても終盤を解決できなかったんだ。

✮

フランシス・フォード・コッポラから電話がかかってきて、カリフォルニア州のナパ・ヴァレーにある彼のワイナリーに誘われ、いっしょに『われらのゲーム』の映画化に取り組もうと言われたときには、今度こそ本物だと思った。私はサンフランシスコに飛んだ。コッポラが迎えの車をよこした。予想どおり、コッポラは共同作業をするには最高の人物だった。コッポ身軽で、鋭く、クリエイティブで、協力的でもある。この調子で働けば五日間で大まかな草稿ができる、と彼は請け合った。実際にそうなった。私たちは力を合わせてめざましい成果をあげた。私は敷地内に小屋を借り、夜明けとともに起きて、昼ごろまですばらしい原稿を書いた。昼食は長いテーブルについて、コッポラが手ずから料理した哀愁の漂う家庭的な料理を食べる。湖のほとりを散策し、ときには泳いだかもしれない。そして午後いっぱい、またすばらしい共同作業を進める。

　五日がたち、私たちは依然好調だった。ハリソンも気に入るだろうとコッポラが言った。ハリソン・フォードのことだ。ハリウッドで姓を使うのは、よそ者だけである。一度だけ、コッポラが私たちの原稿を内部の編集者に渡し、それが多くの波線や〝くだらない！　言うのではなく見せる！〟といった書きこみだらけで返ってきたときに、ちらっと嫌な予感はしたが、コッポラは屈託《くったく》のないコメントだと笑いとばした。この編集者はいつもこんな感じだよ、だてに〝殺人カッター〟と呼ばれているわけではない。月曜には原稿をハリソンにも見てもらうことになっていた。私はイギリスに帰って、進展を待てばいい。

　私はイギリスに帰って、進展を待つ。数週間がすぎる。コッポラに電話をかけると、助手が出る。フランシスはいま手が離せません、デイヴィッド。私で何かお役に立てることがありますか？　いいえ、デイヴィッド、ハリソンからの返事はありません。私が知るかぎり、ハリソンは今日まで何も言ってきていない。ハリウッドほど沈黙が得意な者はいない。

✲

　スタンリー・キューブリックが『パーフェクト・スパイ』の映画化に興味を持っていると初めて知ったのは、本人からの電話で、なぜ映画のオファーを断わったのか教えてくれと言われたときだった。私がスタンリー・キューブリックを断わる？　驚くとともに、ぞっとした。私たちには面識があるではないか！　よく知っているわけではないが、面識があれば充分だ。なぜ興味があることを教えてくれなかったのか。何より奇妙なのは、私の映画担当エージェントの行動だった。キューブリックからのオファーを私に伝えずに、映画化権をBBCテレビに売った？　スタンリー、と私は言った。すぐに確認してそちらに電話する。そのオファーをいつしたか、もしかして憶えていないかな？　本を読んですぐに決まっているだろう、デイヴィッド。どうして先延ばしにする必要がある？

　エージェントも私と同じくらい不思議がった。BBC以外に『パーフェクト・スパイ』のオファーがあったのは映画ひとつだけだったが、取るに足らない提案だったので、私の手を煩《わずら》わすまでもないと判断したらしい。ジュネーヴのフェルドマン博士なる人物――だったと思う――が書籍の映画化の授業で私の小説を教材として使うために、映画化権を取得したがっていたのだ。コンテストをおこない、最高の脚本を考えついた学生に、自分の作品が一、二分間大画面に映し出される喜びを味わってもらうという企画だった。『パーフェクト・スパイ』の二年間の映画化権に対して、フェルドマン博士と同僚は五千ドルの謝礼を提案していた。

　私はキューブリックに電話をかけて、彼のオファーは届いていないと伝えようとしたが、何かが引っかかったので、ときどきキューブリックと仕事をしているスタジオの重役で、私の友人でもあるジョン・キャリーに連絡してみた。キャリーは愉しげな含み笑いをした。いかにもわれらがスタンリーらしいじゃないか。自分の名前を出して相手の売値が跳ね上がることをつねに心配しているからね。

私はキューブリックに電話をかけ、フェルドマン博士の裏にあなたがいたとわかっていれば、BBCに権利を与えるまえに考え直しただろうと真剣な声で言った。キューブリックはまったく動じず、BBC連続テレビドラマの監督なら喜んで引き受けると答えた。私はBBCのプロデューサーのジョナサン・パウエルに電話をした。パウエルは『ティンカー、ティラー、ソルジャー、スパイ』と『スマイリーと仲間たち』のドラマを取りしきった人物で、このとき『パーフェクト・スパイ』の企画作業の真っ最中だった。今回の撮影でスタンリー・キューブリックを監督に使うのはどうだろう、と私は尋ねた。

感情を爆発させることのないパウエルは、しばらく黙って気持ちを落ち着けた。

「そして予算が数百万ポンド、オーバーするってことかい？」彼は訊いた。「おまけに完成が数年遅れる？　申し出はありがたいが、われわれはいまのままでいいよ」

✫

そのほとぼりも冷めないうちに、キューブリックから次の提案があった。フランスを舞台にしてイギリスのMI6とSOE（特殊作戦執行部）の対立を描く、第二次世界大戦期のスパイ映画の脚本を書かないか？　私は考えてみると言い、考えて、気に入らなかったので断わった。オーケイ、ならば、オーストリア作家アルトゥル・シュニッツラーの官能小説を映画化するというのは？　すでに映画化権は持っていると彼は言った。私は、ジュネーヴのフェルドマン博士が教育目的で購入したのかとは訊かなかった。シュニッツラーの作品は知っている、映画化には興味があると答えた。受話器を置くが早いか、家の外に赤いメルセデスが現われて停まり、キューブリックのイタリア人の運転手が飛び出してきた。私には不要な謄写版《とうしゃばん》印刷のシュニッツラーの「夢がたり」（短篇集『夢がたり』所収。尾崎宏次訳、ハヤカワ文庫NV）英訳本と注釈書をどっさり腕に抱えて。*

数日後、私は同じメルセデスに乗って、セント・オールバンズ近郊にあるキューブリックの広大なカントリーハウスに向かった。何度か訪問したことはあったが、廊下にふたつの巨大な金属製の檻《おり》があり、片方に猫、もう片方には犬が何匹かずつ入っている光景を見る心の準備はできていなかった。ふたつの檻は小さな扉と金属製の通路でつながっていて、別の檻に行って別の生き物と交流を深めたい犬や猫の便宜が図られていた。交流するのもいるし、しないのもいる、とキューブリックは言った。猫と犬には折り合いをつけなければならない長い歴史があるので、時間がかかるのだ。

キューブリックと私は、犬についてこられ、しかし猫にはつきまとわれずに敷地のなかを歩く。その間私はキューブリックに訊かれて、シュニッツラーの小説の映画化について思う

＊　のちにトム・クルーズとニコール・キッドマンが出演し、キューブリックが監督した『アイズ ワイド シャット』。

ところを語る。小説のエロティシズムは、抑圧と上流気取りで一段と高まっている。一九二〇年代のウィーンは性的に奔放だったかもしれないが、社会的、宗教的に寛容ではなく、古くからの反ユダヤ主義と偏見が蔓延《まんえん》していた。ウィーンの社交界に入った者——たとえば、性的妄想に囚われた主人公の医師——はみな、危険覚悟で旧習をあざ笑った。われらが主人公の性の遍歴は、若く美しい妻と愛の営みができないことに始まり、欲求不満のあまりオーストリア貴族の家で乱交に加わろうとして頂点を迎えるが、その道行きには社会的、身体的な危険がひそんでいた。

犬の群れを引き連れてふたりで散歩しながら、私はそのテーマを語るうちに熱くなり、われわれの映画ではその抑圧的な雰囲気を再現し、それと主人公の性的アイデンティティの探求を対比させなければならないと言った。

「どうやって?」キューブリックがそう訊いたとき、私は彼の注意が犬に向きはじめていることに気づいた。

そうだな、スタンリー、考えてみたが、最善の策は視覚的な閉塞感がある中世の城塞都市か田舎町《いなかまち》に行くことだろうね。

反応なし。

たとえば、アヴィニヨン——あるいは、サマセットのウェルズ。高い壁——城壁——狭い路地——暗い戸口。

反応なし。

教会都市はどうだろう、スタンリー。シュニッツラーのウィーンのようなカトリックの街とか？　司教館や、修道院や、神学校があるところだ。宗教的な服に身を包んだハンサムな若者が、若い修道女のそばを通りすぎ、互いに眼をそらさない。鳴り響く教会の鐘。香のにおいすら感じられる、スタンリー。

彼は聞いているのか？　夢中になっているのか、あるいはうんざりしているのか。

それから街の上流階級の女性たちだ、スタンリー——表面上はすこぶる敬虔《けいけん》だが、あまりにも偽るのがうまいので、司教館の食事に招かれたときには、自分の右側に坐った女性が前夜の乱交の相手だったのか、家で子供たちと祈りをあげていたのかもわからない。

私はアリアを歌い終えるが、少しも満足感はない。私たちはしばらく無言で歩く。犬さえも私の演説を黙って吟味しているように思える。とうとうスタンリーが口を開く。

「舞台はニューヨークにしようと思う」彼が言い、私たちはみな家に向かう。

31　ベルナール・ピヴォのネクタイ

愉《たの》しいインタビューなどほとんどない。どれもストレスがたまるし、大半は退屈で、ひどいとしか言いようのないものもある——とくに聞き手がイギリス人の場合に。場慣れした喧《けん》嘩《か》腰の三文記者で、宿題はやっておらず、本も読んでこず、あんたのためにわざわざ出かけてきたんだ、一杯おごれよという手合いだ。こちらを二流と見なして、自分の未完成の原稿を読ませたがる野心満々の小説家とか、口先のうまい中流階級の白人男性だから成功しただけだと信じていて、そのとおりかもしれないとこちらに思わせるようなフェミニストとか。

私の単純な分類によれば、外国人ジャーナリストは彼らと対照的に、落ち着きがあって、勤勉で、本は隅から隅まで読み、過去の作品については著者自身よりよく知っている。もっともなかには例外もいて、たとえばフランスの雑誌《レヴェヌマン・デュ・ジュディ》の若い記者は、私がインタビューを断わったことなどものともせず、コーンウォルの家のそばまで徒歩でやってきて、これ見よがしに張りこんだり、小型機で家の上を低空飛行したり、海岸沿いに釣り舟を浮かべて偵察したあげく、そうした突飛《とっぴ》な行動を思いついた己の発明の才を、思う存分称揚する記事を書いた。

写真家もいた。やはり若いフランス人だったが、別の雑誌から派遣されてきて、私の写真を撮るまえに自分の作品をいくつか見てもらいたいと言い張った。そして脂《あぶら》ぎったポケットアルバムを開き、ソール・ベロウ、マーガレット・アトウッド、フィリップ・ロスといった偉人の写真を見せて、私がいちいち律儀に賛辞を贈ると——つい褒《ほ》めすぎてしまうのが悪い癖なのだ——次の展示品を取り出した。尻尾《しっぽ》を立てて逃げていく猫のうしろ姿の写真集だ。

「猫の尻の穴は好きですか」彼は私の反応をひとつも見逃すまいとしながら訊いた。

「いい写真だね。光の具合もいい。よく撮れている」私はあらんかぎりの平常心《サンフロワ》で答えた。

彼の眼が細くなり、馬鹿らしいほど若く見える顔に、いかにもずるそうな笑みが広がった。

「猫の尻はただのテストです」と誇らしげに説明した。「この話題にショックを受ける人は、あまり洗練されていないということで」

「それで、私はどうだった？」

彼は写真を撮るにはドアが欲しいと言った——屋外のドアが。奥に引っこんでいて影ができていれば、特徴や色にはこだわらない。ひとつ言い添えると、彼は妖精を思わせるほど小柄だった。大きなカメラバッグを代わりに運んでやろうかと思ったほどだ。

「スパイの写真のようなポーズをとるつもりはないよ」私にしては珍しく断固とした口調で言った。

心配には及ばないと写真家は言った。ドアは、スパイではなく深みを表現するために使うので。ややあって、彼の厳密な条件を満たすドアが見つかった。私はそのまえに立ち、指示にしたがってまっすぐにレンズを見る。それまで見たこともない直径三十センチほどの球面レンズだった。写真家が片膝《かたひざ》をつき、一方の眼をカメラにぴたりとつけたところで、アラブ人ふうの巨漢がふたり近づいてきて彼のうしろで止まり、その背中越しに私に話しかけてきた。

「すみませんが、道を教えていただけませんか」ひとりが言った。「地下鉄のハムステッド駅へ行きたいのですが」

私はフラスク・ウォークのほうを指さそうとしたが、そこでいきなり、集中を乱された写真家が怒ってくるりと振り返り、片膝をついたまま、甲高《かんだか》い声で「失せやがれ《ファック・オフ》」と叫んだ。驚いたことに、ふたりはおとなしく去った。

☆

こうした事件を別にすれば、私が長年のあいだ見てきたフランス人のインタビュアーは、すでに述べたとおり、つねにわが国のインタビュアーに見習わせたいほど気配りができる人たちだった。一九八七年に、イタリアのカプリ島で、ベルナール・ピヴォに私の人生を売り渡してしまったのも、そういう経緯があったからだ。ピヴォはフランスの赫々《かくかく》たるテレビ文化人で、『アポストロフ』というトークショーを企画、制作して、司会も務めていた。十三年間、毎週金曜夜のゴールデンタイムに放送され、フランス全土を夢中にさせていた番組だ。私がカプリ島に行ったのは、授賞式に参加するためだった。ピヴォも同じである。私は著作、ピヴォはジャーナリズムに関する賞をもらった。完璧な秋の夜のカプリ島を想像してほしい。晩餐会《ばんさんかい》に招待された二百名のゲストが、みな美しく着飾って星空の下に集まっている。最高の料理と甘美なワイン。受賞者向けの主賓席《しゅひんせき》で私とピヴォは簡単な祝辞を交わす。ピヴォは男盛りだ――輝かしく、生気にあふれ、堕落していない五十代前半。男性のなかで自分だけがネクタイをしているのに気づくと、そのことでジョークを言い、逸品のネクタイを丸めてポケットに入れる。

食事が進んだころ、ピヴォは彼の番組への出演を断わった私をやんわりとたしなめる。私は困ったふりをして、何もかも拒絶したくなる時期に入ったのかもしれないと言う。実際にそうだったのだが、ともかくその件はうやむやに終わらせることに成功する。

翌日の昼間、私たちはカプリ島のタウンホールで格式張った授賞式に参加する。私のなかの元外交官がスーツにネクタイ着用と言ってくる。ピヴォはくつろいだ恰好《かっこう》で、前夜は無用のネクタイを締めていたというのに、この日はまわりがみなネクタイで、彼ひとりつけていないことに気づく。彼は受賞のスピーチでみずからの社会的品位のなさを嘆き、すべてにおいて正しいが彼の文学番組に出演することだけは断わった男として、私の名をあげる。

この時宜《じぎ》を得た魅力的な攻撃に感心した私は、思わず立ち上がってネクタイをはずし、ピヴォに渡して――演出過剰であるにせよ――熱心に見守る大勢の証人のまえで宣言する。このネクタイをあげよう。これから先、あなたが私のまえでこのネクタイだけをつけるなら、あなたの番組に出演する。翌朝ロンドンへ帰る機内で、私はカプリ島での約束は法的に有効だろうかと考える。そして数日を待たずに、有効だと知ることになる。

私は生放送でフランス語のインタビューを受けることになった。七十五分間、相手はベルナール・ピヴォと、フランスの一級のジャーナリスト三名。事前の打ち合わせもなければ、あらかじめ質問が送られてくることもない。しかし、私のフランスの出版社からは、しっかり準備しておくようにと言われる。政治、文化、文学、性を含めて、ベルナール・ピヴォの熱い心に浮かぶことならなんでも話題になりますから、と。

そして私は、三十年前に中級レベルのフランス語を教えて以来、ほとんどフランス語をしゃべっていない。

✲

〈アリアンス・フランセーズ〉はドーセット・スクウェアの角の瀟洒《しょうしゃ》な建物のなかにある。私は深呼吸して、なかに入った。受付にはショートヘアで大きな茶色い眼の若い女性が坐っていた。

「こんにちは」私は言った。「フランス語をブラッシュアップしたいのですが」

女性は困ったように顔をしかめ、私を見つめた。

「なんですか《クワ》?」彼女が言い、そこから勉強が始まった。

まず私のなかに残っていたフランス語を駆使してリタと話し、次にローラン、最後にジャクリーヌと話した。たしかこの順番だったと思う。『アポストロフ』のことに触れると、彼らはすぐさま反応した。リタとジャクリーヌが交替で集中訓練コースを受け持つことになった。リタ――それともジャクリーヌ？――がとくに私の会話を訓練し、予想される質問への回答をいっしょに考える。ジャクリーヌはローランと協力して作戦を練る。〝敵を知る〟原則にもとづき、ピヴォの心理や話術、得意分野を研究し、日々入ってくるニュースをしっかりつかんでおく。『アポストロフ』のプロデューサーたちは、番組でタイムリーな話題を取り上げることが多いのだ。

そういった目標を掲げ、ローランは昔の『アポストロフ』の録画を集めた。出演者同士のやりとりの速さと機転はたいへんな脅威だった。教師たちには言わなかったが、私はこっそり、やはり通訳を使えないかと先方に打診してみた。ピヴォは即座に返事をよこした――カプリ島での会話を憶えているだろう。なんとかしてくれると確信しているよ。ほか三名の尋問者もわかった。数カ国語を操るジャーナリストで高名な外国特派員のエドワード・ベア。作家、ジャーナリスト、映画監督としてよく知られたフィリップ・ラブロ。そして世評の高い文芸ジャーナリストのカトリーヌ・ダヴィッド。

ときに誘惑に負けたり、出版社からの圧力に屈したりすることはあるけれど、私のインタビュー嫌いは決して見せかけではない。有名人ゲームは著作とはまったく関係がないし、まったく別の場所でプレーされている。私はつねにそれを意識していた。たまには人前で演技をしてもいいのでは？　そのとおり。自己投影の練習にもなるし？　たしかに。そして出版社から見れば、世間に本の宣伝ができる最高の無料チケットだ。だがインタビューには、宣伝効果と同じくらい才能を破壊する効果もあるかもしれない。少なくとも私が会ったひとりの作家は、まる一年間、世界じゅうで自分の本を宣伝したあげく、永遠に創作意欲が失せてしまった。私も彼の言うことが正しいのではないかと怖れている。

自分について言えば、執筆を始めたその日から部屋に二頭のゾウを隠していた。一頭は、あえて関連づけようとする人がいればだが、父の身の毛もよだつ職歴が公式記録に残されていること。もう一頭は、私自身と諜報機関とのつながりで、これは法律上も、個人的な気持ちからも語ることができない。インタビューにおいては、何を話すかと同じくらい、何を隠すかが大事だという感覚は、文筆業に入るずっとまえから自分のなかに根づいていた。

✫

これらすべてを背景に、私は大勢の人が詰めかけたパリのスタジオの壇上にいて、舞台恐怖症を突き抜けた平穏な非現実の世界に入っている。ピヴォが私のネクタイを取り出し、それを手に入れた経緯を嬉々《きき》として語る。観衆は大喜びだ。私たちはベルリンの壁や冷戦について話す。『寒い国から帰ってきたスパイ』の映画の一場面が流れて、小休止になる。わが三人の尋問者の長いトーク——どちらかといえば、質問というより意思表明——のときにも休める。私たちはキム・フィルビーや、オレグ・ペンコフスキー、ペレストロイカ、グラスノスチについて話す。〈アリアンス・フランセーズ〉の講師たちは作戦会議でこれらの話題に触れていただろうか。触れていたにちがいない。己の姿を見ると、記憶していることを暗《あん》誦《しょう》しているようだから。私たちはジョゼフ・コンラッド、モーム、グリーン、バルザックを称《たた》え、マーガレット・サッチャーについて考える。フランス語の修辞の配置について教えてくれたのはジャクリーヌだったか——主題を述べ、証明とみずからの反論を加え、全体をまとめて締めくくる。それがジャクリーヌだろうと、リタやローランだろうと、とにかく私は三人に謙虚な感謝のことばを贈り、観衆がまた爆笑する。

ピヴォのライブショーで観客が手もなく魔法にかけられるのを見ていると、彼が世界のテレビ業界の誰にもまねのできないことをなぜなしとげているのか、わかる気がする。ただのカリスマではない。たんなる活力、魅力、器用さや博識でもない。ピヴォは、とらえどころのない、それらすべての奥義を究めている。世界じゅうの映画プロデューサーや配役責任者が欲してやまない、天性の大らかさ、俗に言う〝ハート〟がある。冷笑から芸術を生み出すことで有名な国にあって、ピヴォは相手が坐った瞬間に、完全な安心感を与える。観客もそれを感じる。彼らはピヴォの家族だ。少数ながら私が思い出せるインタビュアーやジャーナリストのなかに、ここまで深い印象を残す人はいない。

ショーが終わる。私は帰ってもいいと言われる。ピヴォは来週の〝礼拝〟を案内するために、もうしばらくステージに残らなければならない。世話になっている出版社のロベール・ラフォンに連れられて、そそくさと外に出ると、見渡すかぎり誰もいない。車一台、通行人ひとり、警官ひとりいない。完璧な夏の夜、パリじゅうが眠っている。

「みんなはどこに？」私はロベールに尋ねる。

「まだピヴォを見てるんだよ、もちろん」彼は満足げに答える。

なぜ私はこの話を書いたのか。おそらく、喧噪《けんそう》に包まれた世の中で、これこそ自分の人生で憶えておくべき夜だと思ったことを、もう一度確かめたかったからだろう。いままで多くのインタビューを受けて後悔を重ねてきたが、このインタビューだけは取り消したいと思わない。

32　囚人たちとの昼食

新しい千年紀の最初の夏のある日、私たち六人はパリで昼食のテーブルを囲んでいた。招待主はフランスの出版社で、回顧録『カンボジア　運命の門――「虐殺と惨劇」からの生還』*（中原毅志訳、講談社）を出して賞をもらったばかりのわが友人、フランソワ・ビゾを祝うための集まりだった。

ビゾは流暢《りゅうちょう》なクメール語を話す仏教学者で、ポル・ポト派のクメール・ルージュの捕虜になって生き延びた唯一の西洋人だ。一九七一年十月、アンコール遺跡保護センターで働いていた彼は、クメール・ルージュに捕らえられ、過酷な環境のもとで三カ月の厳しい尋問を受けた。悪名高い収容所のドゥイチという尋問担当官が、ＣＩＡのスパイであることを自白させようとしたのだ。

するとどういうわけか、尋問者と囚人のあいだに不思議な友情が生まれた。ビゾに古代仏教文化に関する深い知識があったことが功を奏したのだろう。彼の強い個性も役立ったにち

---

* *The Gate (Le Portail)* のタイトルでハーヴィル・プレス社より出版された。

がいない。ドゥイチはクメール・ルージュの上層部に、ビゾは諜報活動にまったくたずさわっていなかったと報告した。異常なまでに勇気ある行動だ。さらに異常なことに、ビゾは釈放され、ドゥイチはポル・ポト派最大の拷問・処刑機関に君臨する。私の小説『影の巡礼者』に〝ジャングル・ハンセン〟の話が出てくる。そこでビゾの体験を間接的に描き出そうとしたのだが、うまくいっていないかもしれない。

私たちがテーブルを囲んだときには、ビゾの苦難から三十年がたっていた。一方、ドゥイチの運命は依然不透明だった。政治的な無関心と策謀ゆえに、彼の裁判が何度も延期されていたのだ。そのときわれわれは、ビゾがドゥイチのために立ち上がっていたことを知った。ビゾはいつもながら熱心に、いまのクメール人政府でドゥイチを告発した多くの人間も血に染まっていて、すべての罪をドゥイチに押しつけようとしているだけだと主張した。つまり、ドゥイチを弁護するのではなく、裁こうとする側にも多かれ少なかれ罪があることを明らかにしようと、ひとりで活動していたのだ。

ビゾが考えを述べるあいだ、私たちはみな真剣に耳を傾けていたが、奇妙なことに、ひとりのゲストだけはなんの反応も示さなかった。私のちょうど向かい側に坐った彼は、小柄で額が広く、強い意志を感じさせ、私が見ると油断のない暗い眼差しを返してきた。作家のジャン＝ポール・カウフマンと紹介されたが、じつは私は彼の最新作 *The Dark Room at Longwood*（『ロングウッドの暗い部屋』）を読んで大いに感銘を受けていた。ロングウッドとは、ナポレオンが追放されて失意の時をすごしたセント・ヘレナ島にある家のことだ。カウフマンも長い船旅を経てセント・ヘレナを訪ね、世界一有名で、尊敬され、非難も浴びた囚人の孤独感、閉所恐怖症、段階を経た没落について、圧倒的な共感力で書き上げていた。

カウフマンが来ることは事前に知らされていなかったので、私は喜びを素直に伝えることができた。なのになぜ彼はこれほど刺々《とげとげ》しい眼で私を見ているのか。何かまずいことでも言ったのだろうか。私に関する不名誉な噂を耳にしたとか。その可能性はつねにある。それとも、すでに面識があったのに、私がきれいさっぱり忘れていたのだろうか。当時でもそれは充分ありうることだった。

こうなるようなことを私が質問したか、ことばにしないまでも不適切な態度をとったか。どちらかにちがいない。突然立場が逆転し、じっと見つめるのは私のほうになっていた。

☆

一九八五年五月、フランスの外国特派員だったジャン＝ポール・カウフマンは、ベイルートでヒズボラ（レバノンのシーア派イスラム主義の武装政治組織）の人質となり、それから三年間ひそかに囚われていた。ある隠れ家から別の隠れ家に移動するときには猿ぐつわを嚙《か》まされ、頭から足まで縛られ、東洋の毛布ですまきにされて窒息しそうになった。彼が昼食のテーブル越しに私を見ていたのは、監禁されていた隠れ家のひとつでしわくちゃになった私の小説のペーパーバックを見つけ、何度も貪るように読んだからだった。その本が本来持っている深み以上のものを読み取っていたのはまちがいない。カウフマンはそういうことを、私が見てきた拷問の犠牲者によくあるように、あくまで淡々と説明した。彼らにとって、消えることのない体験は日々の単調な生活の一部になっている。

私はことばを返せなかった。いったい何を言えるというのか。読んでくれてありがとう？　少々深みが足りなかったとしたら申しわけなかった？

おそらく私は、心のなかで感じていたとおり、できるだけ謙虚に話したはずだ。そしておそらく、彼と別れたあとで *The Dark Room at Longwood* を読み返し、本来なら初読で気づくべきだったことに気づいた――カウフマンの本は、取り憑《つ》かれた囚人が別の囚人、おそらく史上もっとも偉大な囚人について書いたものなのだ。

この昼食会があったのは世紀の初めだが、私の記憶ははっきりしている。その後カウフマンとは会ったことも、手紙をやりとりしたこともなかったので、本書の執筆にあたってインターネットで彼のことを調べ、存命であることを確認し、少し訊いてまわってメールアドレスを入手した。ただ、連絡しても返信はないかもしれないと言われた。

告白すると、その過程で、彼を奇跡的に恐怖と狂気から救い出した本はトルストイの『戦争と平和』だったことがわかり、虚を衝《つ》かれた。きっと私の本と同じように貪り読んだのだ。そしてまちがいなく、私の提供分をはるかに上まわる精神的、知的な栄養を引き出したのだろう。幸運にも二作品見つかったということだろうか。それとも、私たちのどちらかが記憶に欺《あざむ》かれているのだろうか。

私は注意深く彼宛てにメールを書いた。数週間たって、次のようなありがたい返事が届いた。

人質になっているあいだ、私は本に飢えていました。ときどき看守が持ってくるのですが、本が届くとなんともいえず幸せな気持ちになりました。一度、二度、四十度と読むだけでなく、結末から読んだり、まんなかから読んだり。このゲームで少なくとも二カ月は手持ち無沙汰にならないと思いました。みじめな三年のあいだにも、強烈な喜びの瞬間がありました。『寒い国から帰ってきたスパイ』はそのひとつです。届いたとたん、運命に肯定されたと感じました。看守は古い本ならいくらでも持ってきてくれます——安手の小説、トルストイの『戦争と平和』（工藤精一郎訳、新潮文庫、他）の第二巻、理解できない論文のようなもの——が、今回は尊敬する作家の作品です。私は『寒い国……』を含めてあなたの本はすべて読んでいましたが、新しい環境で読むと、同じ本ではありませんでした。記憶にある小説とは別物のようでした。すべてが変わっていた。一行一行に意味がこめられていました。私のような状況では、読書は深刻で、危険でもある行為です。ほんの些細《ささい》な出来事が、倍かゼロかのゲームになりうると思い知らされるからです。人質というのはまさにそういう存在です。独房のドアが開いてヒズボラの将校が来ると告げられると、待っているのは自由か、死かもしれない。あらゆる合図、あらゆるほのめかしが、何かの前兆や象徴や寓話のように感じられる。『寒い国……』はそれらの宝庫です。

この本で、私は自分のいちばん奥にある隠蔽《いんぺい》とごまかしの気質（シーア派の言う〝タキーヤ〟（信仰のために命が危険にさらされた場合、信仰を隠しても赦されること））を実感しました。われわれの監禁者にはKGBやCIAのようなプロ意識はまったくありませんが、思い上がった愚か者、残忍な皮肉屋である点は同じで、宗教と若い戦闘員の盲信を悪用して権力欲を満たしていました。

あなたの登場人物と同じように、われわれの監禁者も妄想の専門家でした。異常な人間不信、極端な怒り、誤った判断、思いこみ、組織的な攻撃、神経症のような虚言癖。人の命が駒でしかない、リーマスの不毛で不条理な世界がわれわれの世界でした。見捨てられ、忘れ去られた人間だと何度感じたことか。そして何よりも私は疲弊《ひへい》していました。この二枚舌の世界は、ジャーナリストという職業についても考えさせてくれました。つまるところ、われわれは二重スパイなのです。三重スパイかもしれない。理解して受け入れられるには、まず他人に共感しなければならない。そのあとで裏切るのです。

あなたの人類に対する見方は悲観的です。われわれは哀れな生き物で、一人ひとりにたいした価値はない。ですが、幸いなことに、それが全員に当てはまるわけでもない（登場人物のリズを見ればわかります）。

あの本のなかに、私は希望を持つ理由を見つけました。もっとも重要なのは、語り口と存在感です――あなたの。残酷で色のない世界について書き、絶望的な灰色でそれが描けたときの作家の無上の喜びは、肌で感じられるほどでした。誰かが話しかけている。もう孤独ではない。牢獄のなかで、私はもう見捨てられた人間ではありませんでした。

ひとりの人間が、そのことばと世界のビジョンとともに私の独房に現われた。誰かが私に力を分け与えてくれた。これで私は耐えていける……。[*]

✫

そして、人の記憶とはおもしろいもので——カウフマンの記憶も、私の記憶も——昼食のときにカウフマンが話題にしたのは、『寒い国から帰ってきたスパイ』ではなく、まちがいなく『スマイリーと仲間たち』だったと私は思うのだ。家内もそう記憶しているらしい。

＊　© Jean-Paul Kauffmann, 2015.

33 著者の父の息子

ロニーのことが書けるようになるには長い時間が必要だった。ロニーは詐欺師で夢想家、ときどき刑務所にも入った男で、私の父親だ。

初めて小説をおぼつかない手つきで書きはじめた日から、私は彼について書きたかったが、実現からは何光年も離れていた。最終的に『パーフェクト・スパイ』になる小説の最初期の草稿は、自己憐憫《れんびん》にまみれていた——やさしい読者の皆さん、暴君の父親に踏みにじられて感情が損なわれた少年を見てやってください。私は父の死によって完全に解放されてから、ようやく執筆を再開し、最初からすべきだったことをした。息子の罪を父親の罪よりはるかに重くしたのだ。

その完成とともに、私は彼の波瀾万丈の人生が残したものをついに引き受けられるようになった——当時の法曹界の中枢、スポーツ界や映画界のスターから、ロンドンの暗黒世界の住人と、彼らのあとを追う美しい女性たちに至るまで、どれほど仕事に倦《う》み疲れた作家でさえ涎《よだれ》を垂らすほどの登場人物たちを。ロニーが行くところ、かならず予測不能なことがついてまわった。われわれは黒字なのか、赤字なのか。地元のスタンドで車につけでガソリンを入れられるのか。彼は国外に逃亡したのか、今夜ベントレーを誇らしげに私道に駐めるのか。それとも車を裏庭に隠し、家の明かりを消してドアや窓を確認し、電話が不通になっていなければ受話器に何か囁《ささや》いているのか。あるいは、別のいずれかの妻のところで安全快適にすごしているのか。

たとえロニーが犯罪組織とかかわっていたとしても、残念ながら、私はそのことについてほとんど知らない。そう、たしかに評判の悪いギャングのクレイ兄弟とつき合ってはいたが、ただ有名人を追いかけていただけかもしれない。そして、そう、ロンドン史上最悪の地主ピーター・ラックマンともある種のビジネスをしていたが、私の想像では、せいぜい所有する家の間借り人をラックマンの手下の強面《こわもて》に追い出してもらったあと、その家を売って、上がりの一部をラックマンに渡していた程度だろう。

だが、純粋な犯罪との結びつきは？　私の知っているロニーにそれはなかった。詐欺師は美意識が高い。高級スーツに、きれいな爪、上品な話し方。ロニーの辞書では、警官は交渉に応じる一級の同業者だ。他方、彼の言う〝あの連中〟は勝手がちがう。彼らといざこざを起こせば、身の危険が生じる。

緊張感はあったか？　ロニーの全人生は、想像しうるかぎりもっとも薄くてすべりやすい氷の上を歩くようなものだった。彼にとって、詐欺で指名手配されることと、アスコット競馬場の馬主席で粋なグレーのシルクハットをかぶることとのあいだには、なんの矛盾もない。ロニーが最高級ホテル〈クラリッジズ〉で二度目の結婚の披露宴をおこなっていた際、ロンドン警視庁の刑事がふたり踏みこんできた。披露宴は中断し、ロニーは刑事たちに、逮捕はパーティが終わるまで待ってほしいと頼みこんだ。それまでぜひきみたちもパーティに加わって愉《たの》しんでほしい、と。ふたりの刑事は律儀にそうした。

そんなことがあっても、ロニーにはほかの生き方はできなかったのだろう。したくもなかったのだと思う。危険や演技の中毒者、恥知らずの演説家であり、注目を浴びずにはいられない。妄想を操る魔術師で、説得の達人、みずからを神のゴールデンボーイだと信じていて、多くの人の人生を破滅させた。

グレアム・グリーン曰《いわ》く、子供時代は作家にとっての預金残高である。その伝《でん》でいけば、少なくとも私は億万長者の家に生まれた。

☆

ロニーの人生の最後の三分の一のあいだ——彼は六十九歳で急死する——私たちは疎遠、ないし不仲だった。双方の大まかな合意のもとで、義務的に同席するぞっとする場面はあったが、矛《ほこ》を収めるときにはかならず、どこに置いたかを憶えていた。いまの私は、彼に対してあのころよりやさしい思いを抱いているだろうか。いまでもロニーを迂回するときがあるし、山のように登って越えなければならないときもある。いずれにせよ、彼はつねにいる。

だが、母についてはちがう。いまに至るまで、母がいったいどういう人物だったのか、まったくわからないのだ。母と親しかった人や、母を愛した人が語る彼女の姿は、さして参考にならない。たんに参考にしたくなかったのかもしれないが。私は二十一歳のときに母を探し出し、以来いつも進んでというわけではないが、役に立てるように気を配りつづけた。しかし、再会した日から彼女が亡くなるまで、私のなかの凍った子供が少しでも雪解けの兆しを見せることはとうとうなかった。母は動物が好きだったのだろうか。風景はどうだろう。家のそばの海は？　音楽や絵は？　私は？　彼女は読書家だったのか？　たしかに私の本を褒《ほ》めることはなかったが、ほかの本はどう思っていたのだろう。

彼女が人生の最期をすごした養護施設で、私たちは父の悪行を嘆いたり笑ったりして、ずいぶん長い時間をすごした。私は何度もそこを訪問するうちに、母が自分のため、そして私のために、私が生まれてから途切れなくのどかな母子関係があったふりをしているのに気づいた。

いま振り返ると、子供時代には、しばらく私の唯一の親代わりだった兄への愛を除いて、いかなる愛情も抱いた記憶がない。かなり歳をとるまで、自分のなかに和らぐことのない不断の緊張があったのは憶えている。幼いころの記憶はほとんどないが、成長するにつれて偽ることを学び、みずからのアイデンティティを急いで作り上げなければならなかったことも。そのために、まわりの仲間や大人たちから態度やライフスタイルを少しずつ盗み、本物の両親とポニーがいる落ち着いた家庭生活を送っているふりまでした。現在の自分の声を聞いたり、自分の姿をやむなく見つめたりすると、人生の最初期に失ったさまざまなものがいまだに感じ取れる。その筆頭は、明らかに父親だ。

これらすべてのせいで、私が諜報の世界に入る理想の候補者になれたのはまちがいない。しかし、何事も長続きしなかった。イートン校の教師も、MI5も、MI6も。私のなかの作家だけが最後まで進路を守った。いまいるところから見ると、わが人生は没頭と逃避の連続だったように思う。ありがたいことに、執筆によって比較的まっすぐ進むことができ、おおむね正気でいられた。父が自身に関するもっとも単純な事実を受け入れようとしなかったので、私は探究の道を歩きはじめ、決して引き返すことはなかった。母や姉がいなかったから、女性について何かを学んだとしても時期が遅く、私も含めたみながその代償を払った。

子供のころ、まわりの誰もがあれやこれやの方法で私をキリスト教の神に売ろうとした。おばやおじ、祖父母からは低教会を、学校では高教会を勧められた（高教会〔ハイチャーチ〕は、イギリス国教会において、伝統や権威を重視するカトリックに近く、低教会〔ローチャーチ〕は儀式より個人の回心を重んじる）。堅信礼のために司教のまえに連れていかれたときには、なんとか敬虔《けいけん》な気持ちになろうとしたが、何も感じなかった。それから十年間、なんらかの宗教的確信を得ようと努力したけれども、無駄な骨折りだと悟ってあきらめた。いまの私に風景以外の神はおらず、死ねば消滅するという予感があるだけだ。家族や、自分が愛し愛される人たちのなかでつねに愉しくすごしてきた。コーンウォルの断崖《だんがい》の上を歩いていると、人生に対する感謝がこみあげて胸がいっぱいになる。

✳

たしかに、自分の生家は見たことがある。そばを通りかかるたびに、陽気なおばたちが何百回と指さしてくれた。しかし私が好きな生家は別にあり、想像のなかに建っている。赤煉《れん》瓦《が》の家で、がたが来ていて、いつ取り壊されてもおかしくない。窓は割れ、〝売家〟の看板が出され、庭には古いバスタブが転がっている。雑草が生えた狭い土地で、まわりには建築の廃材が散らばり、壊れた玄関ドアには小さなステンドグラスがはまっている。子供が生まれる場所というより、かくれんぼに使う場所だが、私はそこで生まれた。少なくとも私の想像力はそう言って譲らない。さらに、私が生まれたのは、屋根裏部屋の積み重ねられた茶色い箱のあいだだ。父は逃げるときにいつもそれらをいっしょに運んでいた。

　私が初めてその箱の中身をこっそり調べたのは、第二次大戦が勃発したころだった。八歳にしてすでに訓練を積んだスパイだったのだ。なかにあったのは個人的なものばかりだった——フリーメイソンの徽章《きしょう》、法律を学びだしてすぐのころに世間を驚かせてやろうと入手した弁護士用のかつらとガウン、アーガー・ハーン（イスラム教指導者の称号）に飛行船の一団を売りつけるためのトップシークレットの品々。だが、戦争がついに始まると、茶色い箱はもっと現実的な用途に供されることになった——闇市のチョコレートバー、興奮薬《ベンゼドリン》を鼻から吸いこむ吸入器、そしてDデイのあとは、ナイロンのストッキングやボールペン。

　ロニーは配給品や市場で手に入らない品物のなかで、とくに奇妙なものを好んだ。二十年後、ドイツがまだ分断されていて、私がボンのライン川沿いに住むイギリスの外交官だったころ、突然、彼が予告もなく家にやってきた。恰幅《かっぷく》のいい体を、車輪がついた鉄の小舟に押しこんでいた。水陸両用車の試作品だ、と彼は説明した。ベルリンの製造業者からイギリスでの特許を取得して、これからひと儲《もう》けするところだ、と。東ドイツの国境警備隊に監視されながら境界地域を走ってきて、私の力を借りてライン川に乗り出そうというのだ。そのときライン川の水嵩《みずかさ》は増して、流れも速かった。

わが子たちは大喜びしたが、私はなんとかロニーを思いとどまらせ、代わりに昼食に連れていった。気を取り直した彼は大いに興奮して、オーステンデとイギリスに向けて出発した。あの車でいったいどこまで行ったのかはわからない。二度と話題にのぼらなかったからだ。おそらく旅の途中で債権者に捕まって、没収されたのだろう。

ロニーはそんなことでめげる男ではない。二年後にいきなりベルリンに現われると、私の〝プロフェッショナル・アドバイザー〟を名乗り、西ベルリン最大の映画スタジオのVIPツアーや、さまざまな接待を堪能したうえ、ひとりふたりの女優の卵ともつき合った。さらに外国の映画製作者、とりわけ私の新しい小説『寒い国から帰ってきたスパイ』の映画の製作者向けの税制優遇措置や助成金についてのセールストークも、聞けるだけ聞いていった。言うまでもなく、私も、すでにアイルランドのアードモア・スタジオと契約をすませていたパラマウント・スタジオも、彼がいったい何をしにきたのかまったくわからなかった。

☆

私の生家には電気も暖房もないので、コンスティテューション・ヒルのガス灯の光が入ってきて、屋根裏部屋はクリーム色に輝く。母は折りたたみ式ベッドに横たわり、哀れなまでに最善を尽くしている――最善というのがどういう意味であれ。初めてこの場面を思い描いたとき、私は出産について細かい知識は持ち合わせていなかった。戸口にいるロニーは苛立っている。しゃれたダブルの上着を着て、ゴルフ用の茶色と白の短靴をはき、通りに眼を向けて、打ちつけるようなリズムで、もっとがんばれと母をせきたてる。

「おい、ウィグリー、一度くらいさっさとすませたらどうだ？　これじゃあまりに恥ずかしいぞ。ほかに言いようがない。ハンフリーズのやつがかわいそうに、外の車のなかで風邪《かぜ》を引きそうになってる。おまえがぐずぐずしてるからだ」

母のファーストネームはオリーヴだが、父はいつでもウィグリーと呼んでいた。私も形のうえでは大人になったとき、女性におかしな渾名《あだな》をつけた。そうすれば少し怖くなくなるからだ。

私が若いころ、ロニーの話し方はまだドーセットふうで、Rが強くAが長かった。しかし、みずから発音を矯正《きょうせい》して、私が思春期に入るころにはかなり上品に――といっても完璧ではないが――話せるようになっていた。当時、イギリス紳士のブランドはしゃべり方だと言われていた。上品にしゃべることができれば、軍隊の任務や銀行の信用が得られ、警察は丁重に対応してくれ、ロンドンのシティで仕事につけた。兄と私を上流の学校に入れるという野望をロニーが実現し、時代の残酷な基準によって社会的に私たちの下になってしまったのは、彼の気まぐれな人生における皮肉のひとつだ。兄のトニーと私はたいした努力もせずに階級の壁を通り抜けたが、ロニーはその反対側に取り残されることになった。

とはいえ、彼は私たちの学費を正確に支払っていたわけではない。私が知るかぎり、支払う時期も気まぐれだったが、いずれにせよ、なんとかしていた。ある学校はロニーの手口を思い知ったあと、大胆にも学費を前金で要求したのだが、彼の都合がいいときに、闇市の売れ残りのドライフルーツ——イチジク、バナナ、プルーン——と、職員向けに入手困難なジンをひと箱受け取っただけだった。

それでも、ここが天与の才能なのだが、ロニーは外見上、完全に尊敬できる人物でありつづけた。彼が何よりも気にしたのは、金ではなく敬意だった。毎日、自分の魔法をまわりに見せつけなければならず、他人を評価する基準は、その人物がどれだけ自分を尊敬しているかという点のみだった。慎《つつ》ましい生活のレベルを超えないのであれば、ロニーのような男はロンドンのひとつおきの街角にも、どこの州都にもいる。友だちの背中を陽気に叩く元気な不良少年のような男で、気の利いた会話ができる。あまりシャンパンをふるまわれたことがない人々のためにシャンパン・パーティを開き、教会に足を踏み入れてもいないのに、地元の洗礼派の人々の祝宴のために庭を開放する。少年サッカーチームや大人のクリケットチームの名誉理事になって、銀の優勝カップの手配もする。

ところがある日、牛乳屋に一年間、代金を支払っていないことがわかるのだ。地元のガソリンスタンドにも、新聞屋にも、酒屋にも、銀の優勝カップを買った店にも払っていない。破産したり、刑務所に入ったりすることもある。妻は子供を連れて出ていき、実家の母親と暮らしはじめ、最終的には離婚する。ロニーが近所のあらゆる女性と浮気して、妻に内緒で隠し子まで作っていたことがわかるからだ。妻の実家の母親は、そんなことは最初からわかっていたと言う。ロニーは、出所したり、たまにまじめになったりしたときには、しばらく地味に暮らし、まともな仕事をして、質素なものに喜びを感じるが、やがて元気が出てくると、またなじみのゲームを始める。

☆

私の父はまちがいなく以上のすべてが当てはまる人物だが、それは始まりにすぎない。まずやることの大きさがちがうし、聖職者じみた態度、全キリスト教徒を代弁するような語り口、誰かに自分のことばを疑われたときの、神聖さが傷つけられたような雰囲気、どこまでも自分をだませる妄想の力がちがう。ありきたりの不良少年が家のなけなしの金をニューマーケット競馬場の三時半のレースにつぎこむのに対し、ロニーはモンテカルロで大きなカジノテーブルについて、無料で出されるブランデーのジンジャーエール割りを飲みながら泰然とくつろいでいる。隣には十七歳だがもっと大人のふりをしている私、反対側にはファールーク王に仕える五十代の侍従がいる。この侍従はテーブルでいちばん歓迎されている。何度となくチップを買い占めているからだ。洗練され、髪は白髪《しらが》まじりで、害がなく、くたびれている。彼のすぐそばに置かれた白い電話は、占星術師をまわりにはべらせたエジプト王との直通回線だ。その電話が鳴ると、侍従は顎から手を離して受話器を取り、長いまぶたを垂らして一心に聞き、またしてもエジプトの富の一部を、赤や黒、あるいは、アレキサンドリアカイロの魔術師が吉兆と見なす番号に、恭《うやうや》しく賭ける。

ロニーはしばらくその様子を観察していたが、ちらっと闘志をのぞかせて微笑むと、「そんなふうにやりたいのなら、したがうまでさ」と言って、テーブルの賭け金を吊り上げはじめる。意図的に。十が二十になり、五十になる。惜しげもなく最後のチップを使いきり、まだよこせと横柄《おうへい》に合図する。私は、彼が直感で賭けているのではないことに気づく。まわりを相手にしていないし、数字について考えているわけでもない。ロニーはファールーク王と闘っているのだ。ファールークが黒ならロニーは赤。ファールークが奇数ならロニーは偶数。すでに何百ポンドもつぎこみ（いまなら何千ポンドに相当する）、私の一学期分、一年分の学費がディーラーの胃袋のなかに消えていく。ロニーはエジプト王陛下に、自分と全能の神との直通回線のほうが、安っぽいアラブの権力者の回線よりはるかに儲《もう》けさせてくれるぞと言っている。

夜明けまえのモンテカルロのかすかに青い薄明のなか、父子は並んで遊歩道を二十四時間営業の宝石店へと歩いていく。プラチナ製のシガレットケース、金の万年筆、ブヘラだかブシュロンだかの腕時計を質に入れるためだ。私の体は火照《ほて》っている。「明日は全部取り戻すぞ。利子つきで。だろう？」〈オテル・ド・パリ〉のベッドに入るとき、彼はそう言う。ありがたくも部屋代は前払いしていた。「十時きっかりだ」私が仮病を使わないように、厳しい声でつけ加える。

そうして私は生まれた。従順な母のオリーヴから。債権者から逃れたいし、ランチェスター車の外でうずくまっているハンフリーズ氏にも風邪を引かせたくないロニーに、しつこくせかされて。ハンフリーズ氏はただのタクシー運転手ではない。ロニーの貴重な共謀者であり、彼を取り巻く一風変わった〝宮廷〟のメンバーで、給料もしっかりもらっている。絞首刑に使うような縄を用いる腕利きのアマチュア手品師でもある。ロニーの景気がいいときにはナットビーム氏とベントレーの車に取って代わられるが、懐《ふところ》が寂しくなると、いつもハンフリーズ氏とランチェスターが控えている。

私は生まれ、母のわずかな所持品とともに運ばれる。またしても家に管財人が来るようになったので、身軽な恰好《かっこう》であちこち移動しているのだ。私はハンフリーズ氏のタクシーのトランクに入れられる。まるでロニーが数年後に密輸するハムのように。私のあとから茶色の箱が放りこまれ、蓋《ふた》が閉まって、外側から鍵がかけられる。闇のなかで私は兄のトニーを探す。いないようだ。オリーヴ、別名ウィグリーもいない。まあいい、とにかく私は生まれ、産み落とされた子馬のようにもう走りはじめている。そこからいままで、ずっと走りつづけてきた。

✫

子供時代の想像上の記憶がもうひとつある。が、当然そのころを知っている父に言わせれば、その記憶も不正確らしい。四年後、私はエクセターの街にいて、荒れ地を散歩している。母オリーヴ、別名ウィグリーの手を握っているが、ふたりとも手袋をつけているので、肌が直接触れることはない。思い出せるかぎりでは、肌と肌が触れ合ったことはなかった。私を抱きしめるのはロニーであり、オリーヴではなかった。オリーヴはにおいのない母親だったが、ロニーは高級葉巻や、〈テイラー・オブ・オールド・ボンド・ストリート〉という理髪店の甘いヘアオイルのにおいがした。バーマンの店で仕立てた羊毛のスーツに鼻をつければ、愛人のにおいまで感じられた。けれども、二十一歳のときに、抱擁《ほうよう》のない十六年間を挟んで、イプスウィッチ鉄道駅の一番ホームでオリーヴに向かって歩きながら、私は彼女のどこに触れるべきか見当もつかなかった。記憶にあったとおり、彼女は背が高かったが、肘《ひじ》ばかりが目立つ、抱擁のできないただの輪郭《りんかく》だった。転びそうな歩き方と、面長《おもなが》のひ弱そうな顔は、父の法律家のかつらをかぶった兄のトニーを思わせた。

私はエクセターに戻り、手袋をはめたオリーヴの手を揺らしている。荒れ地のはずれに道があり、そこから赤く高い煉瓦《れんが》の塀が見える。塀の上には鉄の棘《とげ》とガラスの破片が並び、向こう側には正面ののっぺりした不気味な建物がある。窓には鉄格子がはまり、なかに明かりはついていない。その鉄格子の窓のひとつに、立っている父の肩から上が見える。モノポリーでGOを通って二百ポンドを受け取らずに、直接刑務所に送られた四人そっくりだ。あのモノポリーの男のように、大きな両手で鉄の棒をつかんでいる。女性たちはいつも彼の手は素敵だと褒《ほ》めそやした。だからロニーは、上着のポケットから爪切りを出して延々《えんえん》と指先の手入れをする。白く広い額を鉄格子に押しつけ、髪の量はもとより多くないが、生えている部分は甘い香りのする黒い川になって、額からまえへうしろへ流れている。その流れが頭頂で途切れ、彼の思い描くみずからの聖人のイメージに貢献する。年を経るにつれて川は灰色に変わり、やがて完全に干上がったが、身の内にためこんだ年齢と荒廃のしわは外に出てこなかった。ゲーテの〝永遠に女性的なるもの〟が最後まで彼を支配していた。

オリーヴによれば、ロニーは手と同じくらい頭も自慢していた。結婚直後、自分の頭を担保に入れて、医学関係者から前金で五十ポンドを受け取っていたらしい。担保品は死んだときに渡すことになっていた。いつ聞いた話かは忘れたが、私は知らされたその日から、さながら死刑執行人のよそよそしい眼でロニーを見るようになった。彼の首はとても太く、ほとんど曲がることなく上半身とつながっていた。もし自分が仕事をするなら、どこを斧《おの》で狙うべきだろうかと思った。彼を殺すという考えは、そうとう早い時期から私のなかにあって、その後も――彼が死んだあとでさえ――折に触れて思い出した。たんに、ロニーを縛りつけておけないことへの怒りの表われだったのかもしれないが。

手袋をはめたオリーヴの手を握りながら、壁の高いところにいるロニーに手を振ると、彼はいつもの恰好《かっこう》で手を振り返す――ふんぞり返って、上半身はまったく動かさず、預言者のように片手を頭上高く天に向けて。「パパ、パパ！」と私は叫ぶ。大きなカエルのような声だ。オリーヴに手を引かれて車に戻るときには、心から満足している。父親が監獄に入って、母親をこのようにひとり占めできる少年がそうそういるはずはない。

けれども、父によれば、こういうことは起きていない。どれかの刑務所にいるところを見た気がすると私が言うと、ロニーはカッと逆上した――「一から十まで作り話に決まってる」。もっとも、エクセターで少々刑期を務めたのは確かだと認めた。だが、ほとんどはウィンチェスターかスクラブズだ。犯罪なんかしちゃいない、まっとうな人間同士で話をつけられないようなことはな。切手箱から小銭を借りて、返すまえに捕まった事務所の雑用係みたいなものさ。そこは重要じゃない。重要なのは――とロニーは再婚後に生まれた私の異母妹のシャーロットに打ち明けた。私が総じて彼に敬意を払わないこと、たとえば、印税の一部を渡さないとか、彼がことば巧みに地方自治体からだまし取った緑地帯の開発に私が数十万ポンドを提供しないといったことに不満を述べながら――重要なのはな、エクセターの刑務所のなかがわかる人間なら、独房から道路が見えないのは誰だって知ってるってことだ。

✫

私はロニーの言うことを信じる――いまだに。私がまちがっていて、彼が正しい。ロニーがあの窓にいたことはなく、私が手を振ったこともなかった。だが、真実とは何だろう。記憶とは？　自分のなかでまだ生きている過去の出来事を見る、そのことを表わす別のことばがあって然るべきだ。私はあの窓にいる父を見た。鉄格子をつかみ、雄牛のような胸を囚人服に包んでいる父がいまも見える。小学生向けのあらゆる漫画に出てくる、矢印の柄の囚人服だ。私の一部は、あれ以来ほかのものを着ている彼を見たことがない。見たのが四歳のときだったのもわかっている。一年後に彼がまた自由の身になり、その数週間後か数ヵ月後に母が夜逃げして、十六年後にサフォークにいるのを私が見つけ出すまで姿を消すからだ。そのとき彼女のもとには、異父兄弟がいるのを知らずに成長したふたりの子がいた。母は〈ハロッズ〉で買った、白い革製で裏地が絹のスーツケースを持って出ていった。彼女が亡くなったとき、私は小さな家でそのスーツケースを見つけた。家のなかにあった母の最初の結婚のしるしは、それだけだった。私はいまもそのスーツケースを持っている。

父が独房でうずくまっている姿も見た。寝台の端で、担保にした頭を抱えていた。人生で一度も飢えたことがなく、自分の靴下を洗ったことも、ベッドを整えたこともない誇り高い壮年の男が、三人の敬虔《けいけん》な姉妹と愛情あふれる両親のことを考えていた。彼の母親は悲嘆に暮れ、アイルランド訛《なま》りで神に「なぜ、なぜ」と問いつづけていた。彼の父親はプールの元市長、市会議員でフリーメイソンの会員でもあった。ふたりとも心のなかでロニーと服役していた。ふたりとも、彼の出所を待つあいだにすっかり若白髪《わかしらが》になっていた。

ロニーは壁を見つめながら、どうやってそのすべてに耐えていたのだろう。プライドに加えて桁《けた》はずれの活力と意欲を持つ男は、監禁という事態にどう対処したのだろう。私も彼と同様、落ち着きがなく、一時間もじっと坐っていることができない。本も一時間以上続けて読めないが、ドイツ語で書かれた本は別で、これはどういうわけか私を椅子に縛りつける。よくできた演劇を見ているあいだも、早く幕間《まくあい》が来て体を伸ばせないかと思ってしまう。執筆中も絶えず机から飛び出して、庭や通りを駆けまわる。トイレに入っても三秒とたたないうちに鍵がはずれて落ち、拾うのに手間取って、これ以上ないほど汗をかき、出してくれと叫んでいる。だが、ロニーは人生の最盛期に三年から四年という厳しい刑を受けたのだ。服役中に別件でも起訴され、重労働を含む刑が確定した。いまなら、ことばのひどい誤用で〝発展禁錮〟とでも呼ばれるかもしれない。彼はのちに香港、シンガポール、ジャカルタ、チューリッヒでも刑期を務めたが、私の知るかぎり、それらは短期間だった。『スクールボーイ閣下』の取材で香港に行ったとき、ハッピーバレー競馬場のジャーディン・マセソン社の設営テントで、かつて彼の看守だった男に会った。

「ミスター・コーンウェル、父上は私がこれまで会ったなかで指折りのすばらしいかたです。お世話ができて幸せでした。私はまもなく退職しますが、ロンドンに戻ったら、仕事の斡旋《あっせん》をしていただけることになっています」刑務所にいるときでさえ、ロニーは看守をカモにしかけていたのだ。

＊

イギリス製品を外国に売りこもうという、ぱっとしないキャンペーンでシカゴにいた私は、いっしょに滞在していたイギリス総領事から電報を渡される。ジャカルタのイギリス大使からで、ロニーが刑務所にいるが、保釈金を払う気はあるかという内容だった。私は必要な額はすべて払うと約束する。驚いたことに、わずか数百ポンドですむ。ロニーはつきに見放されていたにちがいない。

✲

チューリッヒの刑務所から、ホテルで詐欺を働いて捕らえられたロニーが、コレクトコールで電話をかけてくる。「おまえか。おれだ。おまえの親父だ」何をすればいい、父さん？「この忌々《いまいま》しい刑務所から出してくれ。すべて誤解なんだ。ここの連中は事実を見ようとしない」いくら必要？　答えはない。わざとらしく息を詰まらせる音が聞こえ、か細い声が決め台詞《ぜりふ》を口にする。「もう刑務所は無理だ」そしていつものように、すすり泣きが私をゆっくりと切り裂く。

✲

生きていたふたりのおばに尋ねたことがある。おばたちは若いころのロニーのように、軽いドーセット訛《なま》りが無意識に含まれる声で話した。私はあの訛りが大好きだ。ロニーは最初の服役をどう受け止めました？　それでどんな影響を受けました？　刑務所に入るまえはどんな人でした？　服役後はどうなりました？　しかし、おばたちは歴史家ではなく、ロニーの家族だ。ロニーを愛していて、それ以外のことはあまり考えたくない。ふたりがいちばんはっきりと憶《おぼ》えているのは、ウィンチェスターの巡回裁判で判決が言い渡される日の朝、ロニーがひげを剃《そ》っていたことだ。前日、被告席にいた父はみずから弁明し、夜には家に帰れると信じていた。おばたちは、この日初めて彼がひげを剃るところを見たのだ。しかし、私がふたりから得る答えは、眼に浮かんだ表情と、「ひどかった。本当にひどかった」というつぶやきだけだ。彼女らは、その残念な出来事が七十年前ではなく昨日のことだったかのように話す。

六十数年前、私は母のオリーヴに同じ質問をした。記憶を自分たちだけにとどめようとするおばたちとちがって、オリーヴは一度開けたら閉まらない蛇口のようだった。イプスウィッチ駅で再会してから、彼女はノンストップでロニーのことを話しつづけた。父の性的関心についても、私は自分のなかの同じものを整理するずっとまえから聞いていた。そして、服役前後の夫の欲望を理解するための参考書として、ぼろぼろになったハードカバー版のクラフト＝エビングの *Psychopathia Sexualis*（『性的精神病理』）を渡された。

「変わった？　刑務所で？　まったくそんなことはないわ！　あなたは少しも変わらなかった。もちろん、体重は落ちた。当然よね、刑務所の食事が上等なはずはないから」そして、永遠に忘れられないイメージ。彼女が自分で何を言っているのか意識していないから、なおさら印象に残る。「馬鹿げた癖があったわ。わたしがドアを開けるまで、あなたはそのまえで下を向いて立っているの。まったくふつうのドアよ。鍵がかかっているわけでもなんでもない。でも、あなたは自分で開けられるとは思わないの」

なぜオリーヴはロニーを〝あなた〟と呼んだのだろう。〝彼〟という意味なのだが、意識下で私をロニーの代理と見なしていたのだろうか。実際、彼女が亡くなるころには、私はそうなっていた。オリーヴが兄のトニーに宛てたカセットテープが残っている。最初から最後まで、ロニーとの生活について語っている。いまだに私はそれを再生するのがつらく、聞いたことがあるのは断片だけだ。そのテープのなかで、オリーヴはロニーによく殴られたと言っている。だから逃げ出したのだと。ロニーの暴力は私にとって珍しいことではなかった。二番目の妻もよく殴っていたからだ。夜更けに家に帰ってきて、執拗《しつよう》に殴ることがあまりにも多かった。私は衝動的な騎士道精神でみずからを義母の滑稽《こっけい》な守護者に任じ、彼女の寝室のドアのまえにマットレスを敷いて、ゴルフのアイアンを握ったまま眠った。ロニーが彼女を殴りたいなら、ぼくを倒してからにしろというわけだ。

私は本気であの担保になった頭を殴るつもりだったのだろうか。彼を殺してしまい、刑務所行きという同じ道をたどる可能性もあったのだろうか。それとも、ただ彼を抱擁《ほうよう》して、おやすみと言うだけだったのか。永遠にわからないが、いろいろな可能性を何度も思い返しては考え抜いたので、どれもありうる気がする。

もちろんロニーは私も殴った。といっても、ほんの数回だけで、確たる信念があってそうしたわけではなかった。怖かったのはそのまえの動作――両肩を下げて身構え、顎を引くのだ。成長してから、ロニーに訴えられそうになったこともある。これも暴力の一種だろう。テレビで放送された私のドキュメンタリー番組を見て、すべては父のおかげですと私が言わなかったことに、暗黙の中傷があったと判断したようだった。

☆

オリーヴとロニーのなれそめは？　イプスウィッチ駅での、記憶にあるなかで初めての抱擁からまもないクラフト＝エビングの時期に、私はオリーヴに尋ねてみた。「アレックおじさんを通じてよ」彼女は答えた。二十五歳上で、疎遠になっていた兄のことである。彼女の両親は早くに他界していたので、プールの名士で国会議員、地域の名だたる説教者でもあったアレックおじが父親代わりだった。アレックおじもオリーヴ同様、痩《や》せ型でずいぶん背が高く、うぬぼれ屋で服装や社会的地位を重視していた。地元のサッカーチームに優勝カップを渡す役割を引き受けたとき、アレックおじはオリーヴを連れていった。将来のプリンセスに、公務を果たす訓練をほどこすつもりだったのだろう。

ロニーはサッカーチームのセンターフォワードだった。ほかのポジションはありえない。アレックおじが、整列した選手たちのまえを移動しながら、ひとりずつ握手をし、オリーヴはそのうしろについて、誇らしげな選手の胸にバッジをつけていった。ところがロニーの胸にバッジをつけたとたん、ロニーは両手でその胸を押さえて、わざとらしく膝《ひざ》をつき、きみはぼくのハートを射貫《いぬ》いたと言った。あらゆる証言から判断して、たんに夜郎自大だったアレックおじは、偉ぶってこの悪ふざけを大目に見てやることにした。ロニーはいかにも従順な態度で、日曜にお屋敷を訪問させてもらえませんかと訊いた。たまたま知り合っていたアイルランド人のメイドに挨拶《あいさつ》するためだ。当然ながら、会う相手は社会的階級がずっと上のオリーヴではなかった。アレックおじは慈悲深く許可を与え、ロニーはメイドに言い寄るふりをしつつ、オリーヴを誘惑した。

「わたしはとても寂しかったの。それに、あなたは火の玉のようだった」もちろん、火の玉は私ではなくロニーだ。

　アレックおじは私の初めての秘密情報源だった。私は責めて口を割らせた。二十一歳の誕生日に、私がひそかに手紙を書いた相手は、アレックだった――〝庶民院気付、アレック・グラッシー議員殿、親展〟。彼の妹、すなわち私の母は生きているのか、もしそうならどこにいるのかと尋ねた。グラッシーははるか昔に議員を辞《や》めていたが、奇跡的に庶民院の関係者が私の手紙を転送してくれた。若いころロニーにも同じ質問をしたのだが、彼はただ顔をしかめて首を振るだけだったので、何度か訊いてあきらめたのだ。アレックおじのわずか二行の走り書きの返事には、別紙の住所を見よ、とだけあった。この情報提供の条件は、〝当該人物〟に情報源を明かさないことだった。禁止されたせいで、私はかえってすぐに母に真実を伝えた。

「だったら彼に感謝しないとね」オリーヴは言った。それだけだった。

　それだけのはずだった。しかし四十年後、母が亡くなって数年たったころに、アメリカのニューメキシコ州で、兄のトニーが、自分も二十一歳の誕生日――私の二年前――にアレック宛てに手紙を書いたのだと教えてくれた。そして列車でオリーヴに会いに行き、駅の一番ホームで彼女を抱きしめた。背が高い兄は、私よりしっかりと抱きしめることができただろう。彼はオリーヴからいろいろ聞いていた。

なぜ兄は私にそのことを言わなかったのか。なぜ私は兄に言わなかったのか。なぜオリーヴはどちらにも言わなかった？　なぜアレックは私たちを引き離しておこうとした？　答えはひとつ、ロニーを怖れていたからだ。私たち全員にとって、ロニーは人生の恐怖そのものだった。彼の精神的、物理的な影響力はどこまでも及び、あの恐るべき魅力には抗《あらが》うことができない。歩く名刺ホルダー《ローロデックス》と言えるくらい顔が広く、愛人のひとりが別の男とすごしているのがわかれば、ロニーはたったひとりの作戦司令室で計画を立てはじめ、一時間とたたないうちに、そのみじめな男の雇用主、銀行支店長、大家、妻の父親と連絡をとっている。その一人ひとりが工作員として雇われるのだ。

そしてロニーは、身を誤った哀れな男に対する仕打ちを十倍にして、われわれ全員にぶつけることができる。ロニーは創造しながら破壊する。私はロニーに感心しそうになるたびに、彼の被害者たちのことを思い出す。ロニー自身の母親は、夫に先立たれた直後、遺産を相続して泣き暮らしていた。同じく夫に先立たれたロニーの二番目の妻の母親も、夫の財産を手にして途方に暮れていた。ロニーはその両方を奪った。ふたりの夫の貯金も、正当な相続人が受け取るべきものもすべて。あのさすらいの騎士ロニーを信じた何十人もの人々――彼の尊い基準によれば、守るべき人々――が、だまされ、金品を奪われ、丸裸にされた。ロニーはそのことを自分にどう説明していたのだろうか。説明していたとしてだが。彼を愛するあまり、なすすべもなくうなずいてしまう人たちから金をだまし取りながら、競走馬、パーティ、女性たち、ベントレーで彩られた別の人生を送ることを、どう考えていたのだろう。ロニーは、選ばれし神の子としてふるまうための費用を計算したことがあったのだろうか。

✫

私は手紙を取っておかない性質《たち》だ。ましてロニーからの手紙はおぞましいので、読むか読まないかのうちに破り捨てていた。アメリカ、インド、シンガポール、インドネシアからの無心の手紙。私の出すぎた行為を赦《ゆる》しつつ、彼を愛すること、彼のために祈ること、かつて彼が私に惜しみなく与えた恩恵を最大限に活用し、金を送ることをうながす手紙。教育費を返せと要求する高圧的な手紙。そして、迫る死の予感と悲壮感にあふれた手紙。それらを捨てたことは毛ほども後悔していない。記憶すら捨てられれば、と思うこともある。そんな懸命の努力もむなしく、ロニーの不滅の過去の断片が浮かび上がっては私を悩ませる。たとえば、航空便用の薄い便箋《びんせん》一枚にタイプされた手紙は、とんでもない計画をぶち上げて、〝初期投資も視野に入れて、おまえの顧問に知らせておくように〟と書いてある。あるいは、彼の古いビジネス上のライバルが私に宛てた手紙には、つねづねロニーと知り合いであることに感謝していると終始丁寧《ていねい》なことばが綴《つづ》られている——その経験が高くついたかもしれないのに。

✫

数年前、自叙伝の交渉がまとまりかけて、関連情報の少なさに困っていたときに、私は探偵をふたり雇った。ともに無骨なロンドンの弁護士から勧められた人たちで、ひとりは痩《や》せ型、もうひとりは太っていたが、どちらも食欲旺盛だった。私は軽い調子で彼らに言った――遠慮なくあちこちを訪ねて、生きた証人と書面の記録を見つけ、私と家族と父に関する事実を集めてきてほしい。それに報酬を出す。私は嘘つきだとも説明した。生来嘘つきで、嘘をつくようにしつけられ、嘘で生計を立てる業界で訓練され、小説家として嘘のなかで生きている。フィクション作家になって何種類もの自己を作り出した。それらは実在するとしても、決して本物ではない。

こうしようと思う、と私は話した。左のページに私の想像上の記憶を書く。そして右のページに、きみたちが探してきた事実の記録を、脚色せず、ありのままに書きこむ。そうすれば読者は、年老いた作家の記憶がどこまで想像に毒されているか、それぞれの眼で確かめることができるだろう。われわれはみな過去を改変するものだが、作家は別格だ。たとえ真実を知っていても、そこでぜったいに満足しない。私は彼らに、ロニーの関与した日付や名前や場所を伝え、裁判記録を調べることを勧めた。元秘書、看守、警官など、まだ重要な情報源が何人か生き残っているあいだに探偵に追ってもらいたかった。私自身の学校や軍隊での記録も同様に調査するよう伝えた。私は何度か公式の保安調査の対象になっていたので、以前は機密扱いだった情報機関による私の信頼性の評価も当たってほしいと言った。私に気兼ねして中途半端な調査はしないようにと釘を刺し、父が国内外でおこなった詐欺について、思い出せるかぎりのことを話した。怪しげなサッカー賭博の件でシンガポールやマレーシアの首相をもう少しでだましかけたことも。だが、彼はいつもその〝少し〟でつまずくのだ。

ロニーのささやかな〝追加の家族〟や、愛人かつ母親たちのことも伝えた。彼自身のことばによれば、立ち寄ればいつでもソーセージを料理してくれる〝竈《かまど》の番人〟たちだ。私が知っている何人かの女性の名前や住所、そして親が誰かは神のみぞ知る子供の名前も伝えた。ロニーがあらゆる手段を駆使して逃れようとした軍歴についても話した。〝独立進歩党〟の旗を掲げて国会の補欠選挙に立候補したのもその手段のひとつで、軍は彼の民主的権利の行使のために除隊を認めざるをえなかった。ロニーは訓練中でさえ、手下や秘書をしたがえて近くのホテルに陣取り、戦時の不足物資を取引する合法的なビジネスで大儲《おおもう》けしていた。私は確信しているのだが、戦後まもない時期、ロニーは軍歴に手を加えてみずからコーンヒル大佐と名乗り、ウェスト・エンドの陽の当たらない場所で有名人になっていた。私の異母妹のシャーロットが、ロンドン東部の悪名高いギャングのファミリーを扱った映画『ザ・クレイズ　冷血の絆』に出演した際に、役について資料を集めようと、クレイ兄弟の長兄のチャーリーに連絡したことがある。おいしいお茶を飲みながら、チャーリー・クレイが家族のアルバムを引っ張り出してめくっていると、彼の双子の弟たちの肩に腕をまわしたロニーの写真があったそうだ。

私は探偵たちに、コペンハーゲンの〈ロイヤル・ホテル〉に投宿した夜のことも話した。チェックインしたとたんに支配人に会うようにと言われ、自分もずいぶん有名になったものだと思ったが、有名なのはロニーのほうだった。デンマーク警察に指名手配されていたのだ。果たして部屋の壁際には、矯正椅子《きょうせい》に坐る小学生のように背筋をぴんと伸ばした警官が、ふたり立っていた。彼らが言うには、ロニーはアメリカからコペンハーゲンに不法入国していた。ニューヨークの賭博場でポーカーをして、ふたりのスカンジナビア人パイロットに勝ち、現金代わりにデンマークまで乗せていけと提案して、おとなしくしたがわせたのだが、着陸後に税関や入国審査を通らなかったのだ。デンマークの警官たちは、もしかして彼の居場所を知らないかと私に尋ねた。私は知らなかった。ありがたいことに、嘘ではなかった。最後にロニーの噂を聞いたのは一年前、債権者かギャングか逮捕から逃れるために、彼がひそかにイギリスを抜け出したときだった。三つすべてから逃げていたのかもしれない。

それがきみたちにとって、もうひとつの手がかりになる、と私は言った。なぜロニーがイギリスから逃げたのかを突き止めよう。なぜ面倒な方法でアメリカから脱出しなければならなかったのかも。さらに私は、ニューマーケット、アイルランド、パリ郊外のメゾン＝ラフィットの競馬場でロニーが所有していた競走馬のことも伝えた。彼は債務未返済の破産者になっても、競走馬は手放そうとしなかった。調教師や騎手の名前も教え、まだ見習いのころのレスター・ピゴットがロニーの馬に乗ったことも話した。やはり名騎手のゴードン・リチャーズが馬の購入についてロニーに助言していた。私は一度、馬を運ぶトレーラーのうしろで、若いころのレスターに会った。ロニーの馬の色の服と帽子を身につけ、レースまえに藁《わら》のなかを歩きながら、少年漫画を読んでいた。ロニーの馬は、愛する子供たちにちなんで名づけられた。ダトという馬は、あろうことか、デイヴィッドとトニーの合成だ。タミー・タンマーズという馬は、住んでいた家の呼び名と愛すべき自分の腹《タミー》を組み合わせている。唯一もとの名前がわかるのは、異母弟のルパートにちなんだプリンス・ルパートだ。ローズ・サング（フランス語で、血の色のバラ）は赤毛のシャーロットから来ている。十代後半の私は、賭けの借金を払わなかったことで入場禁止になった父の代わりに、よく競馬場に行った。ロシア皇太子ハンディキャップでのことだったか、誰もが驚いたことにプリンス・ルパートが好成績をあげ、ロニーのためにこの馬に賭けていた私は、札束が詰まったカバンを苦労して運びながら、父が金を支払っていない賭け屋と同じ列車でロンドンに戻ったのだった。

　私がひそかに名づけたロニーの〝宮廷〟のことも探偵たちに伝えた。このにわか家族の中核をなすのは、家柄のいい前科者たちだった。元校長、元弁護士など、なんでもござれだった。そのなかのひとりに、レグという男がいた。レグはロニーが死んだあと、私を脇に呼んで涙ながらに、彼の言う〝大事な話〟をした。レグはロニーの身代わりで刑務所に入ったらしい。そこまでした人間は彼だけではなかった。もうひとりの廷臣ジョージ＝パーシヴァルもだ。エリックも、アーサーも。この四人は、〝宮廷〟の天才指導者を奪われるより、彼の罪をかぶって一、二度刑期を務めるほうを選んだ。しかし、レグが言いたいのはそのことではなかった。要するにな、デイヴィッド——と泣きながら——われわれはどうしようもない愚か者の集団で、いつもロニーにだまされていた。いまもだまされている。もしロニーが墓のなかから甦り、もう一度ムショ暮らしをしてくれないかと言えば、おれはそうする。

ジョージ＝パーシヴァルも、エリックも、アーサーもだ。ロニーがかかわると、みな正常な判断ができなくなるからだ。レグはそれを喜んで認めた。

「われわれはみんないかれてた」レグは友人に捧げる墓碑銘として言い添えた。「だが、きみの親父は果てしなくいかれてた」

探偵たちには、一九五〇年の総選挙でロニーがヤーマスの国会議員候補として自由党から立候補し、ひとり残らずリベラルである〝宮廷〟メンバーを引き連れていったことも話した。彼の立候補によって票が割れ、労働党を利することになるのを怖れた保守党候補の代理人が、ひそかにロニーと会い、立候補を取り消さなければ前科その他のさまざまな情報を保守党から流すぞと脅したが、〝宮廷〟の総会——私も下働きとして参加した——で議論した結果、立候補は取り下げないこととした。保守党の〝内部情報提供者《ディープ・スロート》〟はアレックおじだったのだろうか。例によって秘密の手紙を送り、情報源を明かさないようにと戒めていたのだろうか。私は最初からそうだろうと思っている。いずれにせよ、保守党は脅したとおりにロニーの前科を広め、予想どおり票が割れて労働党が勝利することになった。

探偵たちには、友人からの警告として、あるいは少々自慢も含まれていたかもしれないが、ロニーの幅広い人脈と、ありえないような人物たちとの連絡網についても説明した。彼の黄金期だった一九四〇年代後半から五〇年代前半には、チャルフォント・セント・ピーターの家で何度もパーティが催されたが、そこにはサッカーチームのアーセナルの監督、事務次官、優勝騎手、映画スター、ラジオスター、ビリヤード王、元貴族のロンドン市長、〈ヴィクトリア・パレス〉でショーをおこなっていたクレイジー・ギャングの全メンバーに加え、どこでロニーが引っかけたのかわからない選り抜きの愛人たちはもちろん、巡業でイギリスを訪れているオーストラリアや西インド諸島のテスト・クリケット・チームも参加した。ドン・ブラッドマンを初めとして、戦後のほとんどの有名選手がやってきた。さらに、当時を代表する判事や法廷弁護士、私服のブレザーのポケットに紋章をつけたロンドン警視庁の警官たちまでいた。

警察のやり方を早くから学んだロニーは、一キロ離れたところからでも、話のわかる警官を見分けることができた。ひと目で彼らが何を食べ、何を飲み、何があれば幸せになれるか、どこまで曲げることができ、どこで折れるのかがわかった。友人のために警察に口利きをするのは、ロニーの喜びのひとつだったから、どこかの息子が泥酔のうえ親のライリーを運転して溝に落としたときに、取り乱した母親から最初に電話をもらうのはロニーだった。すると彼は魔法の杖を振って鑑識の血液検査をひっくり返し、御上の貴重な時間を費やしてまで起訴をするには及ばないという言いわけをひねり出す。そうして幸せな結末が訪れ、ロニーが唯一の資産を預けている偉大な〝約束銀行〟の口座に、また好意が積み立てられるのだ。

探偵への説明は、当然ながらむなしい努力に終わった。私が求めているものを見つけ出せる探偵など、世界じゅうのどこを探してもいなかっただろう。探偵がふたりになってもそれは変わらない。一万ポンドと、何回かの豪華な食事のあとで得られたのは、古い破産やヤーマスの選挙に関する新聞記事の切り抜きひと束と、役にも立たない大量の会社の記録だけだった。裁判記録、退職した看守の証言、決定的な目撃者や証拠はなかった。ロニーが起訴され、ノーマン・バーケットという若い弁護士に対して自力ですばらしい抗弁をしたと語っていた、ウィンチェスターの巡回裁判の記録など、影も形もなかった。バーケットはのちにナイト叙勲、次いで世襲貴族となり、イギリスの判事としてニュルンベルク裁判に加わる人物である。

私がロニー自身から聞いた話では、服役中にバーケットに手紙を書き、双方が重んじるスポーツマン精神にのっとって、すぐれた法廷弁護士の仕事に祝辞を呈したという。社会に借りを返している哀れな囚人からの手紙でおだてられたバーケットは、それに返信した。そうして始まった文通のなかで、ロニーは一生かけて法律を学びたいと誓い、出所するやいなやグレイ法曹院に入学した。調子に乗って購入したかつらとガウンは、黄金郷《エルドラド》を探して地球上を飛びまわる彼を、いまも段ボール箱のなかから追っている。

✲

母のオリーヴは、五歳の私と七歳の兄のトニーがぐっすり眠っているときに、私たちの人生からこっそり出ていった。のちに私が入る秘密の世界の仰々《ぎょうぎょう》しい専門用語で言えば、それは最高レベルの保安基準にもとづく綿密な脱出作戦だった。共犯者が選んだのは、父のロニーがロンドンから遅く帰ってくるか、帰ってこない予定の日だった。それを見つけるのはむずかしくなかった。出所したばかりで困窮していたロニーは、ウェスト・エンドで起業し、失われた時間を熱心に埋め合わせていたのだ。どんなビジネスだったのかは想像するしかないが、たちまち金になった。

ロニーは自由な空気を吸うが早いか、四散していた〝宮廷〟の主要メンバーを呼び集めた。そしてやはり眼のくらむような早さで、セント・オールバンズの質素な煉瓦《れんが》の家を捨てた。出所にあたって私の祖父が嫌というほど顔をしかめ、指を振って説教しつつ手配した家だった。私たちは、乗馬学校やリムジンが多いリックマンズワース郊外にある新居に落ち着いた。ロンドン最高級の歓楽街まで車で一時間とかからない場所だった。冬のあいだは〝宮廷〟のメンバーとともに、スイスのサンモリッツにある豪華な〈クルム・ホテル〉ですごした。リックマンズワースの私たちの寝室の戸棚には、アラブの富豪もかくやというほど新しい玩具がそろっていた。週末は延々《えんえん》と続く大人たちのどんちゃん騒ぎ。トニーと私はにぎやかなおじさんたちとサッカーをやらされ、階下の音楽を聞きながら子供部屋の本棚のない壁を見つめていた。そのころの珍客のひとりに、レアリー・コンスタンティンがいた。やがてサー・レアリー、さらにコンスタンティン卿になる彼は、おそらく西インド諸島が生んだ歴代最高のクリケット選手だ。ロニーの性格は矛盾だらけだが、そのひとつとして、当時には珍しく、肌の色の濃い人々と好んでつき合っていた。私たち兄弟はレアリー・コンスタンティンと

〝フレンチ・クリケット（軟球を用いる略式クリケット）〟をした。ふたりとも彼が大好きだった。愉《たの》しい思い出が残っている。聖職者なしで内輪の洗礼式をおこない、コンスタンティンが私か兄の名づけ親《ゴッドファーザー》になったのだ。とはいえ、どちらの名前をつけてくれたのかは、兄も私も憶えていない。

母と再会したあとの度重《たびかさ》なる帰還後尋問《デブリーフィング》の一回で、私は「あのお金はどこから来た？」と訊いた。彼女にもまったくわからなかった。ビジネスは母の下か頭の上にあり、その内容が荒っぽくなればなるほど、母は遠く離れていた。ロニーはひねくれていると彼女は言ったが、実業家はみなどこかひねくれているのではないか？

母がひそかに抜け出した家は、チューダー様式を模した邸宅で、ヘイゼル・コテージと呼ばれていた。暗いなかで見ると、長い下り坂になった庭とダイヤモンド形の格子がついた窓のせいで、森の狩猟小屋のようだった。私が思い描くのは、二日月か新月だ。母の果てしない不在のあいだ、私には、〈ハロッズ〉の白い革製のスーツケースにこっそり作戦の必需品を詰めて準備する彼女の姿が見えていた――イースト・アングリアは寒いから、温かいセーターが必要ね、運転免許証はどこに置いたっけ？――ちらちらと不安げにサンモリッツの金の腕時計に眼をやりながら、子供や料理人、清掃人、庭師、ドイツ人の家庭教師アンナリーゼに対する態度は変えない。

オリーヴはもはや誰も信用していない。息子ふたりはロニーの完全子会社だ。アンナリーゼも敵と寝ているのではないか。親友のメイベルはほんの数キロ先のムーア・パーク・ゴルフクラブを見おろすフラットに両親と同居しているが、アンナリーゼと同様、この逃亡計画にはまったく関与していない。メイベルは三年間で二回妊娠して中絶しているのに、相手の男については決して語らず、あれはどうも怪しい。オリーヴが白いスーツケースを持ち、足音を忍ばせて横切った、天井に垂木《たるき》のような装飾のある応接間には、戦前のテレビセットが置かれている。マホガニーの棺《ひつぎ》を逆さに立てて小さな画面をつけたような最初期のモデルで、画面上を小さな点がすばやく動きまわり、ときどきディナージャケット姿のぼやけた男が映る。テレビは消され、音も出ない。もう彼女がこれを見ることはない。

「なぜ連れていってくれなかった？」私はあるデブリーフィングで彼女に訊いた。

「あなたがついてくるからよ、ダーリン」オリーヴは答えた。いつものように、私ではなくロニーを指して。「あなたは大事な子供たちを取り戻すまでじっとしていないでしょう」

さらに、何より重要なわれわれの教育の問題もあったらしい。ロニーはふたりの息子に格別大きな野心を抱き、どんな手段を使っても――まっとうな手段より胡散《うさん》臭い手段のほうが多かったが、まあいい――一流の学校に入れようとした。オリーヴにはそんなことはできない。でしょう、ダーリン？

私はオリーヴをうまく描写できない。子供のころは彼女を知らなかったし、長じてからは理解できなかった。彼女の能力についても、ほかのことと同じようにほとんど知らない。やさしいが、弱い女性だったのか。育ち盛りの最初の子供ふたりと別れて、苦しんだのか。それとも、他人の決断に引きずられるだけで、あまり深い感情は持たなかったのか。外にしきりに出たがっていたが結局出なかった、隠れた才能があったのか。私はこれらのアイデンティティのどれでも喜んで受け入れるが、仮に適当なものがあったとしても、どれを選べばいいのかわからない。

いま白いスーツケースはロンドンの自宅にあり、私の深い思案の対象になっている。主要な芸術作品がみなそうであるように、不動のなかに緊張がある。またふいに動きだし、転送先も告げずにいなくなるのだろうか。外見上は裕福な花嫁が新婚旅行で持ち運ぶ、有名ブランドのスーツケースだ。記憶のなかでは、サンモリッツの〈クルム・ホテル〉のガラスドアのまえに、制服を着たふたりのドアマンが永遠に立っていて、華麗な手つきで宿泊客の靴の雪を払いながら、ひと目でこれの持ち主は上流階級の人間だと見きわめる。だが、疲れて記憶が勝手に自分のなかを探りだすと、同じスーツケースの内側からひどく性的な気配が立ち昇る。

　ぼろぼろになったピンクの絹の裏地が、その理由のひとつだ。はぎ取られるのを待っているような貧弱なペチコートを連想させる。しかし、私の頭のどこかには、肉欲的な興奮のイメージもうっすらと残っていて――私が幼いころ、つい立ち入ってしまった寝室でのひと騒動――その色がピンクなのだ。ロニーとアンナリーゼが愛し合っているところを見てしまったのだったか。それとも、ロニーとオリーヴ？　オリーヴとアンナリーゼ？　三人全員？　あるいは、すべてが私の夢で、実際には誰もいなかったのか。そしてこの夢もどきは、オリーヴが荷物をまとめて出ていったときに私が締め出された、子供のエロティックな楽園のようなものを表わしているのだろうか。

　このスーツケースの歴史的な工芸品としての値打ちは計り知れない。ロニーといっしょだったころのオリーヴのイニシャル〝O・M・C〟――オリーヴ・ムーア・コーンウェル――が汗の染みた革の把手《とって》の下に黒字で印刷されている。誰の汗だろう。オリーヴの汗？　それとも、彼女の共謀者で救済者だった活発で気の短い土地管理人、かつ彼女が逃亡する車を運転した男の汗？　私は、オリーヴと同様この救済者も結婚していて、オリーヴと同様子供もいたと思っている。もしそうなら、その子たちもぐっすり眠っていたのだろうか。地主階級と親しくつき合う職業人だったから、彼女の救済者には品があった。オリーヴが見たところ、ロニーには品がまったくなかった。オリーヴは、ロニーが上の階級の自分と結婚したことを決して赦《ゆる》さなかった。

人生の後半で彼女はそのことを主張しつづけた。やがて私は理解した。ロニーが下層階級の出身だったことは、彼女にとって尊厳を守るための最後の砦だったのだ。オリーヴは、不仲だと思われつつロニーについていくしかなかった長年のあいだ、その砦にしがみついていた。ロニーにしたがってウェスト・エンドの昼食に出かけ、夫の思い描く莫大な儲《もう》け話に耳を傾けたが、そのどれもほとんど彼女の心には届いていなかった。そして、コーヒーとブランデーのあと――というのは私の想像だが――ロニーに説得されてどこかの隠れ家に行くと、彼はまた幻の百万ポンドを追い求めていそいそと出ていく。オリーヴは、ロニーの育ちの悪さから受けた傷をあえてふさがず、彼の下品な話し方やデリカシーのない人づき合いを嘲《あざけ》ることによって、すべてを相手のせいにし、愚かにもおとなしくしたがっていることを除けば、自分にはなんの責任もないふりをすることができた。

とはいえ、彼女は愚か者からはほど遠かった。オリーヴの舌は機知に富み、辛辣《しんらつ》で、明快だった。そのまま印刷できそうな、長くてわかりやすい文章を書き、手紙には説得力とリズムとおかしみがあった。私のまえでは、演説法を途中まで学んだサッチャー女史のように、痛ましいほど上品にしゃべった。一方で、私より彼女をよく知る人に最近聞いたのだが、ほかの人のまえでは、たとえそれによって階級が下に見られたとしても、九官鳥よろしく、いっしょにいる人の口調を即座にまねていたという。私にもさまざまな声を聞き分ける耳がある。そこは彼女から少し受け継いだのかもしれない。ロニーにはまったく当てはまらないからだ。私は他人の口調をまね、ページの上で表現するのが大好きだ。オリーヴは読書家だったのだろうか。何か読んでいたのだとしても、私には、遺伝で何を受け取ったのかと同じく、まったくわからない。彼女のほかの子供たちから話を聞いて振り返ると、学ぶべきところのある母親だったことはわかるが、私自身は学ばなかった。たんに学びたくなかったのかもしれない。

それでも、コンピュータの相性診断にかければ、ロニーとオリーヴは抜群の相性ではないだろうか。私はいつもそう思っていた。ただ、オリーヴは自分を愛してくれる相手が誰であれ、進んで身をまかせるタイプで、ロニーは相手が男だろうと女だろうと等しく愛情を呼び覚ます、不幸な才能を授けられた五つ星の詐欺師だった。父の社会的な出自に対する母の不満は、おもな原因であるロニー本人のみならず、その父親、すなわちわが祖父のフランクにも向けられていた。みなに尊敬されていた祖父は、プールの元市長で、フリーメイソン会員、絶対禁酒主義者、説教者、家族の高潔さの象徴だったが、オリーヴによれば、ロニーと同じくらいひねくれていた。ロニーに最初の詐欺をやらせ、資金を提供したうえ、遠隔操作していたのはフランクであり、ロニーが捕まったときにも身をひそめていた。さらに彼女は、ロニーの祖父の悪口まで言いたてた。私が憶えている曾祖父は、D・H・ローレンスに似た白いひげの老人で、九十歳で三輪車に乗っていた。この悪評芬々《ふんぷん》たるわが男系で、私がどう位置づけられているのかは語られなかった。でも教育は受けたでしょう、ダーリン？　立派な人々のことばと立ち居ふるまいを叩きこまれているじゃないの。

☆

ロニーに関する家族の内々の逸話《いつわ》がある。真偽のほどはわからないが、私は信じたい。中傷者を何度となくくやしがらせた、ロニーの善良な心を示す話だからだ。

ロニーは逃亡中だが、まだイギリスを出ていない。ほぼ決定的な詐欺容疑で、警察が集中捜索を始めている。そんな騒ぎのなかで、ロニーの昔のビジネスパートナーが急死し、埋葬されることになる。ロニーが葬儀に来るかもしれないと考えた警察は、その場で張りこんでいる。参列者のなかには私服警官も混じっているが、ロニーは現われない。翌日、悲しむ家族ができたての墓に参ったとき、そのそばにロニーがひとりで立っていた。

☆

話は一九八〇年代に飛ぶ。こちらは家族の逸話ではなく、白昼に私のイギリスの出版社、著作権エージェント、家内がいるまえで起きたことだ。

私はブックツアーで南オーストラリアにいる。大きなテントでの昼食会だ。テーブルについた私の隣には家内と出版社の人がいて、エージェントも横で見ている。私はそのときの新刊『パーフェクト・スパイ』にサインをしている。そこにはロニーの姿をあまり隠さずに書いた。昼食会のあとのスピーチでも彼の人生に触れた。サインの列のうしろから、車椅子に乗った老婦人が近づいてきて、興奮気味に、ロニーが香港の刑務所にいたというのは完全な誤解よと言う。彼女はロニーが香港にいたあいだずっといっしょに暮らしていたので、服役などありえない、もし刑務所に入ったのなら気づくはずだというのだ。

どう答えたものか。たとえば、ロニーが収容された香港の刑務所の看守とこのまえ話したと伝えようか。だが、迷っているうちに、同じくらいの年齢のふたりめの女性が現われる。「まったく馬鹿げた話だわ！」彼女が叫ぶ。「あの人はバンコクでわたしと暮らしていたの。香港にはかよっていただけよ！」

私は、あなたがたはおそらくどちらも正しいと請け合う。

✲

気持ちが落ちこんだときには、多くの父親の多くの子がするように、自分のどの部分がまだロニーのもので、どのくらいが自分のものなのかと自問することがある。そう書いても読者は驚かないだろう。机のまえで悪事を思い描いて白紙のページに綴《つづ》る男（私）と、毎朝きれいなシャツを着て、想像力以外には何も持たず、犠牲者をだまそうと出陣していく男（ロニー）とのあいだに、はたして大きなちがいはあるのだろうか。

詐欺師ロニーは、何もないところからストーリーを紡《つむ》ぎ出し、存在しない人物を描写し、存在しない絶好のチャンスをありありと示した。細かい嘘で相手の判断力を奪ったり、存在しない厄介事をさも親切そうに教えたりすることができた。第一ラウンドで詐欺の手法を見抜くことができなければ、手遅れだ。人に言えない重大な秘密を抱えているが、信頼できるあなたにだけは伝えることにした、と囁《ささや》いたりもする。

これらすべてが作家の本質でないとしたら何なのか、教えてもらいたい。

☆

ロニーが人生の時期を見誤ったのは不運だった。彼がビジネスに乗り出した一九二〇年代は、ある町で破産した悪徳商社が翌日には八十キロほど離れた別の町で資金を集められた時代だった。しかし、時がたつにつれて通信手段が発達し、ブッチ・キャシディやサンダンス・キッドが追いつかれたように、ロニーも追いつかれるようになった。シンガポール警察の特捜部にイギリスでの前科を突きつけられたのは、たいへんなショックだったはずだ。略式裁判で国外追放になってインドネシアに行き、通貨違反と銃器密輸で逮捕されたときにも、ショックを味わった。さらに数年後、チューリッヒの〈ドルダー・グランド・ホテル〉の部屋からスイス警察に引きずり出され、地区刑務所に放りこまれたのも、大ショックだったろう。最近、国際サッカー連盟《FIFA》の紳士たちがチューリッヒの最高級ホテル〈ボーオーラック〉

のベッドから街のあちこちの留置場に送られたというニュースを読んだが、四十数年前に、ロニーも同じスイス警察の手で、同じ時間に、同じ屈辱を味わったのだと思った。

詐欺師は豪華ホテルに目がない。その日の夜明けまで、ロニーはチューリッヒのどのホテルにも泊まれて、決して失敗することはなかった。最高のホテルで最高のスイートルームと最高の待遇を求め、ドアマンやボーイ長、そして何よりコンシェルジュに気前よく何度もチップを与えて、みなに愛される。世界じゅうに電話をかけ、ホテルが最初の請求書をよこしたところで、支払いはすでに誰それに頼んであると言う。または、長丁場のゲームなら、最初の請求をできるだけ遅らせて払い、そのあとはいっさい払わない。

長居しすぎたと感じたらすぐに、軽いスーツケースを持って、コンシェルジュに二十ポンド札か五十ポンド札を渡し、緊急の用事があって街を出るが、今夜は戻ってこられないかもしれないと告げる。ものわかりのいいコンシェルジュが相手なら、大げさにウインクをして女友だちと約束があると言い、ああそうだ、貴重品が置いてあるからスイートルームにはしっかり鍵をかけておいてくれよとつけ加える。もちろん、もし本当に貴重品があれば、すべて軽いスーツケースのなかに入れていることは確認ずみだ。さらに偽装工作が必要なら、コンシェルジュを安心させるためにゴルフクラブを預けておく。だが、ゴルフは大好きなので、これはあくまで最終手段だ。

ところが、〈ドルダー〉の明け方の急襲によって、ロニーはゲーム終了を告げられた。今日《こん》《にち》ならどうか？　考えるだけ無駄だ。相手はクレジットカードの明細まで把握しているし、子供がどの学校に通《かよ》っているかも知っている。

✫

ロニーの実証された詐欺の腕前をもってすれば、大物スパイになれただろうか。たしかに彼は人をだますとき、自分もだましていたが、それで不適格になるわけではない。ただロニーの場合、秘密を握ったが最後、それが自分の秘密だろうと他人の秘密だろうと、誰かに話すまで目に見えてそわそわしていたから、そこは問題になっただろう。

ショービジネスはどうか。私とパラマウント・ピクチャーズの代理人のふりをして、ベルリンの大手映画スタジオを視察するという荒技をやってのけたことが思い起こされる。なぜそこでやめる？　周知の事実だが、ハリウッドには詐欺師を温かく迎え入れる慣習がある。

俳優はどうだろう。ロニーは縦長の姿見が好きではなかったか？　全人生を、別人を演じることに費やしたのではなかったか？

けれども、ロニーはスターになることは望まなかった。ロニーという、たったひとりの宇宙でいたかったのだ。

フィクション作家になるのは論外だった。ロニーは私の文学的な不評をうらやましがっていなかった。それはもう持っていたからだ。

✫

一九六三年。私は生まれて初めての渡米でニューヨークに到着したばかりだ。『寒い国から帰ってきたスパイ』がベストセラーリストのトップになっている。アメリカの出版社の手配で〈21クラブ〉の豪華な夕食に出かけ、支配人にテーブルに案内されると、部屋の隅にロニーが坐っている。

私たちは何年も連絡をとっていなかった。ロニーがアメリカにいるとは夢にも思わなかったが、実際にいて、数メートル先でブランデーのジンジャーエール割りを飲んでいる。どうしてこんなところに？ 簡単なことだ。心やさしいアメリカの出版社に電話をかけて、相手の琴線に触れたのだ。アイルランドをうまく使ったのだろう。発行人の名前をひと目見れば、アイルランド系であることはすぐにわかる。

私たちはロニーを同じテーブルに誘う。彼はブランデーを持って慎《つつ》ましく同席するが、軽く一杯やってすぐに帰ると言う。愛想よく、誇らしげに私の腕を叩き、涙を浮かべて、おれは悪い父親じゃなかったよなと問いかける。どうだ？ おれたちはうまくやってきただろう？ そう、もちろん、うまくやってきたよ、父さん、と私は賛同する。

すると、誇り高い父親でアイルランド人でもあるわが発行人のジャックが、ロニーに、いま飲んでいるものは飲んでしまって、シャンパンのボトルを頼もうと言う。ボトルが来ると、ロニーはグラスを持ち上げ、われわれの本に、と乾杯する。われわれというところに留意。ジャックが言う。ロニーさん、ぜひこのまいっしょに食事をしましょう。ロニーはそこまでおっしゃるならと席に残り、上等なミックス・グリルを堪能する。

店の外に出ると、私たちは義務的に力強い抱擁《ほうよう》を交わす。よく泣く父は、ここでも肩をすぼめて大泣きする。私も泣き、金に困っていないかと尋ねる。するとたまげたことに、だいじょうぶだという答えが返ってくる。そしてロニーは、私が本の成功にうつつを抜かしてはいけないと、こんな人生訓を垂れる。

「おまえは作家としては成功したかもしれないが」と、さらに泣きながら、「有名人じゃないぞ」

この意味不明な警告を残して、彼はどこへ行くのかも告げず、夜のなかへと消える。女性が待っているのだろう。いつもそうだったから。

☆

何カ月かたって、この遭遇の全容がわかってくる。ロニーは金も住まいも失って逃亡中だったが、ニューヨーク市の不動産屋は、新規開発物件の初めての借り手に対して家賃を一カ月無料にしていた。ロニーはさまざまな偽名を使って今月はここ、来月はあそことというふうに渡り歩き、それまで捕まっていないものの、危ない綱渡りの状況だった。私の申し出を断わったのは、プライドのなせる業《わざ》だったのか。彼はすでに必死で、私の兄に連絡して貯金の大部分を奪っていたのだから。

〈21クラブ〉で食事をしたあとのある日、ロニーは私のアメリカの出版社の営業部門に電話をかけて、私の父親——そして当然ながら、社長の親友——だと名乗り、われわれの本を数百冊、著者へのつけで注文したうえ、自分の名前をサインして名刺代わりに配ってまわった。いままでに私はその本を何十冊も受け取っている。父のサインに加えて私にもサインしてほしいという要請があるのだ。多くの本には〝著者の父より〟と書かれ、〝父《ファーザー》〟を示す特大のFの字が添えられている。それに対して私は〝著者の父の息子より〟と書き、〝息子《サン》〟を示す特大のSの字を加える。

しばらくロニーになったところを想像してみてほしい。私は嫌になるほどそうした。ニューヨークの街中に、たったひとりで、一文なしで立つ。利用できそうな人はすべて利用し、知り合いからは金をすっかり搾《しぼ》り取った。イギリスでは指名手配されている。ニューヨークでも指名手配。パスポートは何があっても見せず、偽名を使って、支払うこともできないアパートメントを転々とする。自分と地獄のあいだにあるのは、動物的な知恵と、毎夜自分でアイロンをかける、サヴィル・ロウの〈バーマン〉で仕立てたピンストライプのダブルのスーツだけ。まるでスパイ学校の演習のために考案されたような状況だ――「さあ、口先だけでどうやってこの状況を切り抜けるか、やってみよう」。ときに失敗はするけれど、ロニーならそれを見事にやってのけるだろう。

☆

ロニーの死後すぐに、彼が長年夢見ていた宝船が到着した。ディケンズの世界を思わせる眠たげな法廷で、じつに長い時間をかけて金に関する複雑な議論がおこなわれた結果だ。ここでは用心のため、被害を受けたロンドン郊外の町をカドリップと呼ぶことにする。法廷闘争が現在まで続いていることも充分考えられるからだ。実際、この闘争はロニーの人生の最後の二十数年にわたり、彼がいなくなってからも二年間続いていた。

事件自体はしごく単純だ。ロニーはカドリップの地方議会、とくに計画委員会と親しくなった。なぜかは容易に想像できる。彼らも同じ洗礼派か、フリーメイソンか、クリケットまたはスヌーカーの愛好家だったのだ。あるいは、働き盛りの妻帯者で、ロニーに会うまでウェスト・エンドの夜の愉しみを知らなかったのかもしれない。ことによると、ロニーが巨額だと請け合った分け前に期待していたのかもしれない。

経緯はともかく、法律も含めてあらゆる点で、八十三社にのぼるロニーの資金ゼロの会社のひとつと、カドリップ議会が契約を結んだことに疑問の余地はない。カドリップの緑地帯のまんなかに良質の家を百戸建てるという取り決めだった。その土地に建設はできないことを知りながら端金《はしたがね》で買い入れていたロニーは、議会と契約を結ぶやいなや、建設計画も含めて大手建設会社に莫大な金額で売り払った。シャンパンがふるまわれ、〝宮廷〟は歓喜した。ロニーが生涯最高の取引に成功したのだ。兄のトニーと私が二度と不自由な思いをしないくらいの大金だった。

ロニーの人生でよくあるように、計画はうまくいきかけたが、それも地元の新聞を読んだカドリップの住民たちが、一致団結して立ち上がるまでのことだった。この緑地帯はサッカー場、テニスコート、子供の遊び場、ピクニック広場などがある貴重な場所であり、家だろうとなんだろうと、死んでも建てさせないと訴えたのだ。その勢いでたちまち裁判所命令を取得し、結果としてロニーは、建設会社との契約書を握ったまま一ペニーも受け取れないことになった。

ロニーもカドリップの住民と同様に激怒した。彼らと同じく、これほどの背信行為は体験したことがなかった。金の問題ではない、信義の問題だと主張し、最高の弁護団を組織した。弁護団はロニーに分があると判断し、本件を引き受けることにした。勝てなければ弁護料は不要。それからというもの、カドリップの土地は、ロニーに対する私たちの信頼の篤《あつ》さを確かめる最高の基準になった。その後二十年以上、この莫大な支払いがあるなら、一時的な失敗などものの数にも入らないことになった。ロニーは、ダブリンや香港、ペナン、ティンブクトゥから私に手紙を書いてきたが、奇妙な大文字が使われた決まり文句はいつも変わらなかった――〝いつの日か、息子よ、あれが来るだろう。おれが裁かれたあとで、イギリスの正義が勝利する〟。

たしかに、彼の死後数ヵ月で正義が勝利した。私が判決を聞いたのは法廷ではなかった。弁護士からは、ロニーの財産に興味があるようなそぶりはいっさい見せるなと言われていた。莫大な負債を背負いこむ怖れがあるからだ。聞いたところによると、法廷は混雑していたらしい。なかんずく弁護士席はぎゅう詰めだった。判事は三人いたが、代表のひとりが判決文を読み上げた。その内容があまりにこみ入っているので、一般人には趣旨がまったく理解できなかったようだ。

そのうち人々にもわかりはじめた。法廷は原告、つまりロニーに有利な判決を出していた。完全勝訴、大当たりだった。〝もし〟も〝しかるに〟もなく、〝一方で〟も〝他方で〟もなかった。墓のなかのロニーは、つねづね主張していたとおり、完璧な勝利を収めた。ひねくれ者や夢想家、言い換えれば、信じようとしない人間や頭でっかちの人間に対する、人民の勝利。彼の努力の正しさが死後にすべて報われたのだった。

　そして静寂が訪れる。歓喜のなか、書記がまたしても静粛を命じたのだ。握手や背中の叩き合いがやみ、不穏な空気が流れる。それまでひと言も発していない弁護士が判事たちの注意を惹《ひ》こうとしている。私は彼の姿を勝手に想像する。肥満体で、尊大で、にきびだらけ。頭に比べてかつらが小さすぎる。そんな彼が判事たちに、自分は法務官であり、とくに内国歳入庁の代表として来ていると話しかける。たったいま裁判長が判決を下された件に関しまして、内国歳入庁は〝優先債権者〟となっております。閣下の貴重な時間を無駄にしないように、具体的に申し上げますと、故人である原告が長年積み重ねてきた内国歳入庁への莫大な負債にはとうてい満たないものの、本件によって原告の財産に加わる全額をその一部返済に充当したく、無限の敬意とともに当法廷に申し立てる次第です。

☆

　ロニーが亡くなり、私はまたウィーンを訪ねている。街の空気を吸いながら、ようやく自由に考えられるようになった半自伝的小説に彼のことを書くためだ。〈ホテル・ザッハー〉

にはもう行かない。ロニーが派手な音を立ててテーブルに倒れ、私がなかばものを運ぼうに彼を連れ出したのを、ウェイターたちが憶えているかもしれないと思ったからだ。シュヴェヒャート国際空港への到着が遅れ、適当に選んだ小さなホテルのフロントには、年老いた夜勤のポーターがついている。私が宿泊カードに記入するあいだ、彼は何も言わずに見つめている。そして、時代がかったウィーン訛《なま》りのドイツ語で静かに話す。

「お父様はすばらしいかたでしたよ。お父様に対するあなたの態度は失礼でした」

34　レジーに感謝をこめて

レジナルド・ボザンキットを憶えている人は、おそらく私と同年代だろう。茶目っ気のあるテレビのニュースキャスターで、激しく生き、激しく飲んで、国じゅうを虜《とりこ》にしていたが、呆れるほど早く死んでしまい、当時の私には原因もよくわからなかった。レジーは私のオクスフォードの同期生で、私にはないあらゆるものを持っていた――個人収入、スポーツカー、美しいガールフレンド、そしてそれらに見合った早熟な大人の雰囲気も。

私たちは互いに好感を抱いていたが、夢のような暮らしをする財産がある者と、ない者とがいっしょにすごす時間はかぎられている。それに当時の私は暗い人間で、まじめだが、どこか取り憑《つ》かれたようなところがあった。レジーはちがった。また、私は無一文というわけではないが、二年生のなかほどにはかなり金に困っていた。父が何度目かの派手な破産をしたばかりで、授業料の支払いにあてた小切手が不渡りになっていたのだ。私のコレッジは寛大さの模範のような対応をしてくれていたが、この先もオクスフォードで学べる見通しはまったく立っていなかった。

しかし、それはレジーがいなければの話だった。ある日、彼はふらっと私の部屋にやってきた。二日酔いのように見えたが、私に封筒を押しつけると、またふらっと出ていった。封筒のなかに入っていたのは、彼の財産管理人が私のために振り出した小切手で、未払いの授業料をまかなえるばかりか、半年先まで支払えるほどの金額が書きこまれていた。同封されていた財産管理人の手紙には、レジーから私の不運について聞いた、金はレジー自身の財産から出ている、いつでもかまわないので余裕ができたときに返してもらえばいいとあった。レジーは金銭と友情を混同したくないので、このローンに関しては財産管理人と直接やりとりしてほしいというのが彼の希望である、とも。

分割払いで返済を終えるのに数年かかった。最後の支払いには、適切と思われる利子もつけた。財産管理人は礼儀正しい感謝状を送ってきたが、利子は受け取らなかった。状況を考えると利子は受け取るべきではないとレジーは考えている、という説明だった。*

35　本当に誰よりも狙われた男

早朝に不思議な電話がかかってきた。電話の主はカレル・ライス、そのころ『土曜の夜と日曜の朝』という映画でもっともよく知られたチェコ出身のイギリスの映画監督だった。一九六七年、私がロンドンのメイダヴェールにある見苦しいペントハウスでつらいひとり暮らしをしていたころだ。結局うまくいかなかったのだが、当時、私とライスは共同で、私の *The Naïve and Sentimental Lover*（未訳）という小説の脚本を書いていた。控えめに言っても万人受けする作品ではなかったが、ライスからの電話が脚本がらみでないのは、声でわかった。彼の大きな声には陰謀めいた響きがあった。

「デイヴィッド、ひとりか？」

ああ、カレル。ひとりだ。

「だったら、大急ぎでこっちに来てくれると助かる」

ライスの家族は、さほど遠くないベルサイズ・パークにある、ヴィクトリア様式の赤煉瓦《れんが》

＊　慈善団体〈ヴィクティム・サポート〉に寄せた文章。一九九八年。

の家に住んでいた。おそらく私は歩いていったと思う。結婚が破綻《はたん》しかけているとき、人は歩く。ライスは玄関のドアをすばやく開けた。私が来るのを見ていたにちがいない。そして鍵をかけ、私を大きなキッチンに案内した。そこで一家が暮らしている。丸く分厚い松材のテーブルの上には、シュガー・ビスケットののった回転盆、紅茶やコーヒーのポット、フルーツジュースの容器、長いコードがついて誰かがしょっちゅう使っている電話、そして当時らしく灰皿がたくさん置かれていた。これらはすべて、ヴァネッサ・レッドグレイヴ、シモーヌ・シニョレ、アルバート・フィニーといった意外な常連客のために用意されたものでもある。彼らは自由にやってきて好きなようにすごし、少しおしゃべりして、また去っていく。ライスの両親がアウシュヴィッツで殺されるまえにも、家族はこういう生活をしていたのだろうと私はいつも思っていた。

腰をおろすと、私を見つめる五つの顔があった――ライスの妻で、このときばかりは電話で話していない女優のベッツィ・ブレア、ライスがプロデュースした映画『孤独の報酬』の監督リンゼイ・アンダーソン、そしてふたりの映画監督のあいだに、伝統的なスラヴふうの顔に緊張気味の笑みを浮かべた、カリスマ的魅力のある若者が坐っていた。一度も見たことのない顔だった。

「デイヴィッド、こちらはウラジーミルだ」ライスが重々しく言った。すると若者は立ち上がり、テーブル越しに力強く――必死と言ってもいいくらいに――私の手を握った。

この大げさな若者のすぐうしろに、若い女性が坐っていた。若者を思慮深い眼差しで見ている様子からは、恋人というより保護者、あるいはこの状況なら、演劇エージェントか配役責任者かもしれなかった。というのも、若者にそういう存在感があったからだ。

「ウラジーミルはチェコの俳優だ」ライスが言った。

すばらしい。

「イギリスに残りたがっている」

ああ、なるほど。わかった――私はそんな感じの返事をする。

今度はアンダーソンの番だ。「きみのような経歴の持ち主なら、こういったことに対処できる人を知っているのではないかと思ってね」

テーブルが沈黙に包まれる。誰もが私の発言を待っている。

「つまり、亡命ということですね」私は弱々しく言う。「ウラジーミルは亡命を望んでいる」

「きみがそう言いたいのなら」アンダーソンが蔑《さげす》むように言い、沈黙が戻ってくる。

アンダーソンがウラジーミルに対して、どこか所有者のような関心を持っているのがわかってくる。二カ国語を操る同胞チェコ人のライスは、この件を主導しているというより仲介役らしく、そのことが多少の気まずさを作り出している。私はアンダーソンとせいぜい三回ほどしか会ったことがなく、いずれも愉《たの》しくはなかった。どうしたわけか最初からそりが合わず、その後も関係は改善しなかった。インドで軍人の家に生まれたアンダーソンはイギリスのパブリック・スクール（彼がのちに撮る映画『If　もしも……』で叩きのめすチェルトナム）で教育を受け、オクスフォードに進み、戦時中はデリーの軍諜報部で働いた。この最後の経歴こそ、最初から彼が私に反感を抱く原因になったのだと思う。社会主義者を自認し、彼自身を生んだ支配者層と反目するアンダーソンは、私を階級闘争のなかにもぐりこんだある種の官僚と見なしていた。それへの有効な対処法は私にはなかった。

「ウラジーミルは、じつはウラジーミル・プショルトだ」ライスが説明しているのが聞こえる。全員が私の反応に期待しているなかで、私が驚きに息も呑まず、「まさかあのウラジーミル・プショルト」と叫びもしないのを見て取ると、ライスは急いで説明を加え、テーブルを囲む面々がすかさず補足する。恥ずかしながら私は初めて知ったのだが、ウラジーミル・プショルトは舞台や映画で活躍するチェコの輝かしいスターで、国際的な成功を収めたミロシュ・フォアマン監督の『ブロンドの恋』（英語では「A Blonde in Love」。「Loves of a Blonde」という腹立たしい訳もある）で主役を演じていた。フォアマンは初期のほかの作品でもプショルトを使い、とりわけ好きな俳優として彼の名をあげていた。

「要するにだ」アンダーソンがまた激しい口調で言う。まるで私がプショルトの価値を疑問視しているので、どうしても改めさせなければならないと感じたかのように。「どこであれ、彼を受け入れる国はぼろ儲《もう》けするということだ。そこのところを、きみはお仲間にはっきり説明してくれるだろうがね」

しかし、私に仲間はもういない。そういった仕事に公式または公式に近い立場でかかわっているのは、スパイの世界の元同僚ぐらいだが、その誰かに電話して、チェコ人の亡命希望者を抱えているなどと話せるわけがない。プショルトが受けるであろう事細かな質問は容易に想像できた――チェコの諜報機関から来た囮《おとり》か？　もしそうなら、転向するつもりはあるか？　いまチェコスロバキアにいる反体制派で、協力してくれそうな人物の名前をあげよ。もしまだ一ダースの親友に意図を伝えていないなら、チェコに戻って少しわれわれの仕事を手伝ってくれないか？

だが、プショルトはそれらを言下にはねつけるだろう。私はそう感じはじめている。彼は逃亡者ではない――少なくとも本人の考えでは。チェコ政府の承認を得て合法的にイギリスに入国し、出発前には慎重に身辺整理をすませていた。残っていた映画や劇場の契約義務を果たし、新しいものは引き受けなかった。以前にもイギリスを訪れていたので、チェコ当局も、今回は帰ってこないなどとは思わなかっただろう。

イギリスに到着した際、プショルトは身を隠したようだった。その後なんらかのルートでリンゼイ・アンダーソンが彼の意図を知り、協力を申し出た。プショルトとアンダーソンはプラハとロンドンで顔を合わせていた。そしてアンダーソンが友人のライスを頼り、三人で計画らしきものを立てた。プショルトは最初から、どんな状況でもぜったいに政治亡命の申請はしないと言っていた。残してきた友人や家族、教師、仲間の俳優らにチェコ当局の怒りの矛先《ほこさき》が向かうからだ。ソ連のバレエダンサー、ルドルフ・ヌレエフの前例が頭にあったのかもしれない。六年前のヌレエフの亡命は西側の勝利として大きく喧伝《けんでん》された。結果、ロシアに残された彼の友人や家族は、闇の世界に放りこまれることになった。

この条件を最優先として、ライス、アンダーソン、プショルトは計画を実行に移した。ファンファーレも、特別扱いもなく、プショルトは例によって不満を抱いた若い東欧人のひとりで、ある日街角から離れてイギリス当局の寛大な措置を請うだけだ。アンダーソンとプショルトはふたりで内務省に出かけ、滞在ビザの延長を求める列に並んだ。内務省の事務官のまえまで来ると、プショルトは小窓からチェコのパスポートを差し入れた。

「いつまでですか?」事務官がゴムのスタンプを持ち上げたまま訊いた。

アンダーソンは決して婉曲《えんきょく》な表現はしない。忌み嫌う階級システムの小役人が相手なら、なおさらだ。彼は強い口調で答えた。「永久にだ」

✲

プショルトと、この件を担当した内務省の責任者のあいだの長いやりとりが、はっきりと眼に浮かぶ。

一方には、中立人のために正しいことをしてやりたいが、規則にはしたがわなければならない上級公務員の、称賛に値する困惑がある。彼が求めることはひとつだけだ。プショルトは帰国すれば迫害されるということを疑問の余地なく説明しなければならない。迫害を申し立てれば、ボックスにチェックが入り、ビザは無期限に延長される。イギリスへようこそ、ミスター・プショルト。

だがもう一方には、プショルトの称賛に値する頑固さがある。彼は求められた発言をきっぱりと断わる。迫害されると宣言すれば政治亡命になり、危険にさらさないと誓った人々を危険にさらすことになるからだ。迫害はされません、お気遣いありがとう。ぼくは有名なチェコの俳優で、国に帰ればみんなが喜んで迎えてくれます。厳しく非難されたり、形ばかりの報復を受けたりすることはあるかもしれませんが、それは迫害ではないので、政治亡命を申請するわけではありません。よろしく。

そしてこの膠着《こうちゃく》状態には、少々ブラックコメディの要素も含まれている。チェコスロバキアでは、プショルトは極端に冷遇され、二年間、いかなる映画への出演も禁じられていたのだ。そうなるまえに、彼はチェコの少年院に入る若者の役を打診されていた――というより、命じられたと言ったほうが正確だろう。マルクス・レーニン主義を最高の教義とする熱心な教師から多大な影響を受け、出所後に戻った蒙昧《もうまい》なブルジョワ志向の社会ではとても生きていけないと考える若者の役だった。

脚本を読んでも感心しなかったプショルトは、何日か少年院ですごしてみたいと申し出た。実際にそうして、ますますその劇はくだらないと確信したプショルトは、マネジャーの困惑をよそに役を辞退した。怒りだす者が出て、契約書が突きつけられたが、彼は態度を変えず、結局二年間の活動停止処分を受けた。もう少し条件がそろえば、母国で政治的迫害を受けている証拠として立派に通用しただろう。

一週間がたち、プショルトはふたたび内務省に呼ばれて、葛藤《かっとう》する担当者から、イギリスの善《よ》き妥協の伝統にしたがって、チェコスロバキアに強制送還することはないが、十日以内にイギリスから出てもらうと告げられた。

それがいまの状況だ。私たちは無言の緊張のなかでライスのテーブルを囲んで坐っている。十日の期限がすでに来ているか、差し迫っている。きみはどうすればいいと思う、デイヴィッド？　端的に言えば、デイヴィッドにはどうすればいいかまったくわからない。さらに、丸テーブルを囲んだ議論のどこかで、プショルトがイギリスに来たのは、俳優としての輝かしいキャリアを追求するためではないと聞いて、いっそうわからなくなる。「ここに来たのは、デイヴィッド」プショルトはテーブル越しに真剣な表情で説明する。「医者になりたいからなんだ」

☆

医者になるまでに時間がかかることは彼も認める。それを七年と見込んでいる。チェコではいくつかの基礎的な資格を持っているが、イギリスでどのくらい有効なのかはわからない。私はこうした話をすべて聞く。彼の声には熱がこもり、スラヴふうの顔からもやる気がうかがえる。私はできるだけ賢く見えるように努力し、彼の高貴で献身的な志に満足げにうなずく。

しかし、私には多少なりとも俳優についての知識がある。テーブルを囲む面々と同じく、俳優が仮の姿を理解し、それになりきれることを知っている。だが、ショーが終わったとたんに彼らはそこから離れ、次に演じる姿を探すのだ。

「そうか、それはすばらしいね、ウラジーミル」私はむなしく時間を稼《かせ》ぐ。「しかし、医学の訓練を受けるといっても、片足は演劇の世界に置いておくんだろう？　英語を上達させたり、たまには劇場で演じたり、ちょっとした映画の役を引き受けたり？」支援を求めてふたりの映画監督を見やるが、支援はない。

いや、考えていない、ディヴィッド、とプショルトは答える。自分は子供のころから俳優だった。次から次へと役を引き受けてきたが、ほとんどはどうでもいい役だった。たとえば、少年院の子供のような。いまは医者をめざしていて、だからこそイギリスに残りたい。私はテーブルを見まわす。誰も驚いていないようだ。チェコの舞台と映画で憧れの的だったウラジーミル・プショルトは医者になることだけを望んでいて、それを私以外の全員が受け入れている。彼らも私と同じように、これは人生の目標というより役者の幻想ではないかと自問したのだろうか。私にはわからなかった。

だが、それはたいした問題ではない。私はすでに彼らが考えている人物になることに同意している。仲間に話してみようと言う自分の声が聞こえる。仲間などいないのに。この状況をいちばんうまく、迅速に解決できる方法を見つけよう。われわれ隠れ官僚にはそれができる。いったん家に帰るが、また連絡するよ。しっかりまえを向いたまま、下手《しもて》に退場。

☆

あれから半世紀、私はときおり自分に問いかけてきた。いったいなぜ私はあんなことを引き受けてしまったのだろうか。アンダーソンやライスほどの世界一流の映画監督なら、手の届くところにいくらでも仲間がいたはずだ。重要な地位についた友人も、もちろん辣腕《らつわん》の弁護士も、私より大勢知っていただろう。事実ライスは、ハロルド・ウィルソン首相の黒幕で法律顧問グッドマン卿の知られざる友人だった。アンダーソンも、筋金入りの社会主義者ではあれ、非の打ちどころのない上流階級であり、ライスと同様に与党労働党との太いパイプを持っていた。

おそらく、答えはこんなところではないかと思う。混沌《こんとん》としたわが人生で、ほかの誰かの人生をすっきりさせると心が安らぐ。兵役でオーストリアにいたころ、私は東欧からの避難民を何十人も取り調べた。ひとりふたり、スパイがまぎれているかもしれないからだ。知りえた範囲でそのような者はいなかったが、避難民の多くはチェコ人だった。そしてここに、私が何かをしてやれるチェコ人が現われたというわけだ。

いまとなっては、その後数日、ウラジーミルがどこで眠っていたのかはわからない。ライスの家、ライスの仲間の家、リンゼイ・アンダーソンの家、それとも私の家だったのか。しかし、彼が日中の長い時間を、私の見苦しいペントハウスですごしていたのは憶えている。部屋を歩きまわったり、大きな窓のそばに立って外を眺めたりしていた。

その間、私はなんとか内務省の決定をくつがえせないものかと、ありとあらゆる場所を当たっていた。親切なイギリスの出版社に電話してみる。《ガーディアン》紙の内務担当記者に電話してみたらどうかと言われる。電話する。内務担当記者はロイ・ジェンキンズ内相の直通電話は知らないが、たまたまジェンキンズ夫人の番号は知っている。というより、彼の妻が知っている。

希望が湧いてくる。妻と話して、折り返し連絡すると言ってくれる。《ガーディアン》の記者から電話がかかってくる。ロイ・ジェンキンズは勇敢で率直な自由主義者だ。お世辞や泣き落としはいっさい必要ない。こうするといい。〝親愛なる内務大臣〟とタイプし、淡々と事実を書いて、署名する。そいつが医者になりたいと言うのなら、手紙にもそう書く。〈ロイヤル・ナショナル・シアター〉の至宝になるなんてことは書かなくていい。だが大事なのは、封筒の宛先をロイ・ジェンキンズ殿ではなく、彼の妻のジェンキンズ夫人にすることだ。そうすれば明日の朝、確実に朝食のテーブルに置いてくれる。旦那《だんな》のゆで卵の隣に。それから、手紙は直接手で渡すこと。今夜、この住所に。

私はタイプをしない。したことがない。ペントハウスには電動タイプライターがあるが、使う人は誰もいない。私はジェインを呼ぶ。当時、ジェインと私はなんとなくつき合っていた。いまジェインは私の妻だ。プショルトがロンドンの空と建物を見つめているまえで、私は〝親愛なる内務大臣〟宛ての手紙を書き、ジェインがタイプする。封筒の宛先はジェンキンズ夫人にして封をし、たしかノッティング・ヒルだったか、夫妻が住む場所に向かう。

四十八時間後、ウラジーミル・プショルトは無期限のイギリス滞在許可を得る。有名なチェコの映画スターが西側に亡命したという事件を、誇らしげに報道する夕刊紙はない。本人の願いどおり、医師になる勉強をすぐに、静かに始めることができるだろう。私のもとにその知らせが届くのは、著作権エージェントと昼食をとっているときだ。ペントハウスに戻ると、ウラジーミルはもう窓の外を眺めてはおらず、ジーンズにスニーカーという姿でバルコニーに立っている。暖かく晴れた午後、彼は私の机にあったA４の紙で飛行機を作っていた。危ないと思うくらいに手すりから身を乗り出して風を待ち、飛ばした紙飛行機は、ロンドンの屋根の上をゆっくり飛んでいく。いままでぼくは飛べなかった、と彼はあとで説明した。でも、滞在許可がおりたから、だいじょうぶ。

☆

これは私の無尽蔵の親切を自慢する話ではない。ウラジーミルの業績に関する話だ。彼はやがてトロントでもっとも愛され、もっとも献身的な小児科医になる。どういうわけか――いまもって経緯はわからないが――私は彼がイギリスで医学を学ぶ際の学費の支払人になった。当時でさえ、そうするのがごく自然に思えた。私はいちばん実入りのいい時期で、ウラジーミルはどん底だった。私が援助しても失うものはないし、以来ずっと、私や家族がそのために苦労したことは一度もない。ウラジーミル自身の生活費は、怖ろしくなるほど少なかった。本人がぜったいに受け取ろうとしなかったのだ。学費をできるだけ早く、最後の一ペンスまで返そうという姿勢もすさまじかった。ぎこちないやりとりを避けるために、私は細かな金額の調整は会計士にまかせた――これは生活費、これは学費、これが交通費、家賃、などなど。交渉は通常と逆だった。私がそれでは足りないだろうと言い、ウラジーミルがもっと少なくていいと言う。

彼が初めて医療関係の仕事についたのは、ロンドンのある研究所の助手としてだった。その後、ロンドンからシェフィールドの大学附属病院に移った。大いに上達した英語で丹精こめて詩的に書いた手紙のなかで、医学や手術や癒合《ゆごう》、そして神の創造物たる人体の奇跡を称《たた》えている。彼の専門は小児医療と新生児集中治療だ。誰憚《はばか》ることのない情熱で、いまも治療した何千人もの子供や乳児について書いた手紙をくれる。

私はこのようにほとんどなんの犠牲も払わず、人々に莫大な利益をもたらす天使役を演じたことに気恥ずかしさを覚え、少々困惑してもいる。さらにきまりが悪いのは、ウラジーミルが医師免許を取得するほとんどその日まで、本当に彼が医師になれるとは思っていなかったことだ。

☆

そして二〇〇七年のいま、ずいぶん昔に売り払ったペントハウスのバルコニーで、ウラジーミルが紙飛行機を飛ばしてから、四十年あまりがすぎた。私は半分コーンウォルに、半分ハンブルクに住みながら、『誰よりも狙われた男』という小説を書いている。若い亡命希望者の話だが、彼の出身地はチェコスロバキアではなく、現在のチェチェンだ。彼のなかのスラヴの血は半分で、残り半分はチェチェンである。名前はイッサ。イエス・キリストの〝イエス〟という意味だが、キリスト教徒ではなくイスラム教徒だ。イッサの大きな目標は、勉強して立派な医師になり、故郷で苦しむ人々、とりわけ子供たちを癒《い》やすことだ。

スパイたちが彼の将来をかけて闘っているあいだ、イッサはハンブルクの倉庫の屋根裏に閉じこめられる。使われていない壁紙で紙飛行機を作り、部屋の向こうの自由へと飛ばす。

私の予想よりはるかに早く、ウラジーミルは私に借りた金を、全額きっちり返した。しかし、彼が知らなかったことがある。私自身も『誰よりも狙われた男』を書くまで知らなかった。ウラジーミルは、小説の登場人物という、お礼のできない贈り物を私にくれたのだ。

36　スティーヴン・スペンダーのクレジットカード

一九九一年だったと思う。ハムステッドの私的な夕食会に招かれて、スティーヴン・スペンダーに会った。随筆家、劇作家、小説家、そして幻滅した共産主義者であり、イギリスのナイト爵を得たアメリカの元桂冠詩人、そして……これ以上続ける必要があるだろうか？テーブルについたのは六人で、スペンダーが一方的に話をしていた。八十二歳にして立派な風貌だった――白髪で、堂々としていて、活力にあふれ、機知に富む。話のテーマは、名声のはかなさだった。おそらく彼自身のことを言っているのだろうが、遠まわしに私にも警告しているように思えてならなかった。そのような名誉を手にした者は、人に知られぬ存在に戻ることを潔く受け入れなければならない。そのたとえとして、こんな話をした――

スペンダーは自動車でアメリカを横断する旅から帰ってきたばかりだった。ネバダ州の砂漠を走っていたとき、珍しくガソリンスタンドを見つけ、給油しておくほうが安心だと考えた。そこにはおそらく泥棒のやる気を削ぐためだろう、手書きの貼り紙があって、支払いはクレジットカードにかぎると書かれていた。

スペンダーはクレジットカードを出した。ガソリンスタンドの店主は無言で矯《た》めつ眇《すが》めつ眺めたあと、ようやく心配事を口に出した。

「私が聞いたことのあるスティーヴン・スペンダーは詩人だけなんですけど」と異議を唱える口調で、「彼はもう死んでるんです」

37　小説家を志す人へのアドバイス

「一日の執筆を終えるときには、翌日に向けて何かをためこんでおくことにしている。睡眠はじつにすばらしい仕事をしてくれる」

出典：グレアム・グリーンが私（ル・カレ）に送ってくれたことば
一九六五年　ウィーン

38　最後の公務上の機密

若く呑気《のんき》なスパイだったころ、私は当然ながら、地下鉄セント・ジェイムズ・パーク駅の向かい側にあるブロードウェイ五十四番の建物の最上階に、国家の最高機密が保管されていると信じていた。迷宮さながらに暗い廊下の突き当たり、MI6の長官室にしまわれた、傷だらけの緑の金庫のなかである。

私たちが〝ブロードウェイ〟と呼んでいたその建物は、古くて埃《ほこり》っぽく、そしてこれは情報部の哲学にもとづいてだが、不便だった。軋《きし》む三台のエレベーターのうち一台は長官専用で、彼はそれに乗って神聖なる最上階までの時間を愉《たの》しむ。ほんのひと握りの職員だけが鍵を持っているので、われわれ下っ端が長官室を訪ねる際には、魚眼ミラーで監視された狭い木の階段をのぼらなければならず、上がった先には、台所用の椅子に坐った無表情な番人がいた。

あの建物をいちばん気に入っていたのは、われわれ若い新入部員だろう。経験したことのない戦争や、夢でしか見たことがない陰謀のにおいに満ちた、永遠に薄暗い場所。狭苦しい招待制のバーで、人が通りすぎると黙りこむベテラン職員たち。暗くて埃くさいスパイ文学の図書室。そこを取りしきるのは、流れるような白髪の年老いた司書で、本人も若いころスパイとして、サンクトペテルブルクの通りでボリシェヴィキ革命を目の当たりにし、冬宮《とうきゅう》に隣接する倉庫から秘密のメッセージを送ったことがあった。『寒い国から帰ってきたスパイ』の映画も、『ティンカー、テイラー、ソルジャー、スパイ』のBBCテレビドラマも、あの建物の雰囲気をとらえているが、どちらも例の古い金庫の謎に迫ることはなかった。

長官室は屋根裏にあった。汚れた網が窓を幾重にも覆《おお》い、地下にいるような不穏なたたずまいだった。公式に伝えたいことがあるときには、長官は飾り気のない机につき、写真立てに入った家族写真——私の時代にはアレン・ダレスCIA長官やペルシャの国王《シャー》の写真もあった——に守られていた。もう少しくつろいだ雰囲気を好む長官は、ひび割れた革張りの肘《ひじ》かけ椅子も置いていたが、どこに坐ろうと緑の金庫はつねに視界に入り、謎めいた表情でこちらを見つめているのだった。

いったいなかには何が入っているのだろう。長官自身しか触れたことのない機密中の機密が入っているという噂だった。その文書をほかの誰かが共有する場合には、命も捧げるという署名をしたうえで、長官のまえで読み、読み終わったらすぐに返却するのだと。

☆

そしてブロードウェイの建物群に最後の幕がおり、MI6とその家財一式はランベスにある新しい施設に移るという悲しい日が迫る。長官の金庫は移転を免《まぬが》れるのだろうか。それとも、クレーンや鉄梃《かなてこ》や無言の作業員によってまるごと運び出され、長い旅路の次のステージに向かうのだろうか。

上層部での議論の末、不本意ながら、この金庫がどれほど貴重でも、もはや現代世界で利用価値はないという結論が出る。金庫は開けられる。何が入っているにせよ、宣誓した担当者が内容を調べ、細かく記録して、その機密性にふさわしい手続きですべて処理しなければならない。

ところで、鍵を持っているのは誰だ？

明らかに現在の長官ではない。現長官はなかを見たことがないし、不必要な秘密など知りたくもない。知らなければ漏洩の心配もないからだ。至急、まだ存命の元長官たちに問い合わせるが、同じ理由で彼らも聖域に立ち入っていなかった。鍵のありかも知らない。記録保管所も、秘書課も、保安部も、台所用の椅子に坐った無表情な番人も知らない。誰ひとりとして、鍵を見たことも触《さわ》ったこともなく、それを保管している場所も、最後に持っていたのが誰かもわからない。わかっているのは、一九三九年から五二年までＭＩ６長官だったサー・スチュワート・メンジーズの命令で金庫が取りつけられたことだけだ。メンジーズは尊敬されていたが、病的なほど秘密主義だった。

するると、メンジーズが鍵を持っていったのか？　鍵とともに埋葬された？　文字どおり秘密を墓場まで持っていった？　充分考えられることだ。メンジーズは大戦中のイギリスの政府暗号学校ブレッチリー・パークの創設者のひとりで、ウィンストン・チャーチルとも数えきれないほど秘密会談をしていた。ドイツ国内のナチスに対するレジスタンス運動とも連携し、ドイツ国防軍情報部《アプヴェーア》の長でありながら反ナチス運動に関与していたカナリス海軍大将とも交渉していた。あの緑の金庫には何が入っていてもおかしくなかった。

私の小説『パーフェクト・スパイ』では、父ロニーの分身であるリックが生涯そばに置いている、傷だらけの緑のファイリング・キャビネットとして、これが登場する。社会への借りがすべて入っていると言われるが、そのキャビネットの中身も明かされない。

ところするうちに時間がなくなってくる。新しい賃借人が法律上の権利にもとづいていつ明け渡しを要求してもおかしくない。至急、上層部の判断が求められる。よかろう、MI6の全盛期には鍵のひとつやふたつはこじ開けていた。どうやら、もう一度それをやるときが来たようだ。解錠技術者を呼んでくれ。

技術者は己の仕事を心得ていた。当惑するほどの早さで鍵が開き、鉄の扉が軋んで開く。ツタンカーメンの墓を発掘した考古学者のカーターとメイスのように、まわりにいる者たちは首を伸ばし、なかに収められている驚くべきものをひと目見ようとする。しかし、何もない。むき出しの金庫のなかは空《から》っぽで、ごく平凡な秘密さえ入っていない。

いや待て！　みな指折りの策謀家だから、簡単にはだまされない。これは囮《おとり》か偽装の金庫、偽の墓ではないか？　聖なる場所を守るための外壁かもしれない。鉄梃《かなてこ》を持ってこいという声があがり、金庫がゆっくりと壁から引き離される。その場にいた最高位の職員が金庫のうしろの壁を凝視し、驚きの声を抑えつつ、金庫と壁のあいだを探る。出てきたのは、すっかり埃をかぶった分厚い大昔のグレーのズボンだ。安全ピンで留めたラベルには、アドルフ・ヒトラーの副官ルドルフ・ヘスのズボンというタイプ文字がある。ヘスはイギリスのハミルトン公爵がファシスト的思想に共感していると誤解して、単独で和平交渉をするためにスコットランドに飛んだのだが、そのときにはいていたものらしい。説明文の下には、歴代の長官が使っていた緑のインクで手書きの文字が記されている。

分析を頼む。ドイツの繊維工業の現状がわかるかもしれない。

出　典

出版社は以下の引用元に感謝する。当時の記事をそのまま転載したものもあるが、多くは一部のみを抜粋している。

第10章　現地に出かける
「*The Constant Muse*（永遠なる美の女神）」。二〇〇〇年にアメリカの《ニューヨーカー》誌、二〇〇一年にイギリスの《オブザーバー》紙と《ガーディアン》紙に掲載された。

第24章　弟の守者《まもりて》
「*His Brother's Keeper*（弟の守者《まもりて》）」は、当初、ベン・マッキンタイアー著『キム・フィルビー――かくも親密な裏切り』のあとがきとして掲載され、二〇一四年にアメリカのクラウン・パブリッシング・グループ、イギリスのブルームズベリー社から出版された内容に一部手を加えた。

第25章　なんたる醜聞《ケル・パナマ》！
「*Quel Panama!*（なんたる醜聞！）」は、アメリカの《ニューヨーク・タイムズ》紙に掲載されたものを、許諾を得て使用。イギリスでは一九九六年に《デイリー・テレグラフ》紙に掲載された。

第26章　偽装の果てに
「*Under Deep Cover*（偽装の果てに）」は、アメリカの《ニューヨーク・タイムズ》紙に掲載されたものを、許諾を得て使用。イギリスでは一九九九年に《ガーディアン》紙に掲載された。

第27章　将軍を追って
「*Congo Journey*（コンゴの旅）」。二〇〇六年にアメリカの《ネーション》誌、同年にイギリスの《サンデー・テレグラフ》紙に掲載された。

第28章　リチャード・バートンには私が必要
「*The Spy Who Liked Me*（私を好きになったスパイ）」。二〇一三年に《ニューヨーカー》誌に掲載された。

第29章　アレック・ギネス

「*Mission into Enemy Territory*（敵地への任務）」。一九九四年に《デイリー・テレグラフ》紙に掲載された。その後、アレック・ギネス著 *My Name Escapes Me : The Diary of a Retiring Actor*（『私はなんという名前だったか——引退間近の俳優の日記』）の序文として再掲され、一九九六年にハミッシュ・ハミルトン社から出版された。

第33章　著者の父の息子

「*In Ronnie's Court*（ロニーの宮廷にて）」。二〇〇二年にアメリカの《ニューヨーカー》誌、二〇〇三年にイギリスの《オブザーバー》紙に掲載された。

〔ジョン・ル・カレ長篇著作リスト〕

『死者にかかってきた電話』*Call for the Dead*, 1961　宇野利泰訳／ハヤカワ文庫NV
『高貴なる殺人』*A Murder of Quality*, 1962　宇野利泰訳／ハヤカワ文庫NV
『寒い国から帰ってきたスパイ』*The Spy Who Came in from the Cold*, 1963　宇野利泰訳／ハヤカワ文庫NV
『鏡の国の戦争』*The Looking-Glass War*, 1965　宇野利泰訳／ハヤカワ文庫NV
『ドイツの小さな町』*A Small Town in Germany*, 1968　宇野利泰訳／ハヤカワ文庫NV
The Naïve and Sentimental Lover, 1971
『ティンカー、テイラー、ソルジャー、スパイ』*Tinker, Tailor, Soldier, Spy*, 1974　菊池光訳／〔新訳版〕村上博基訳／ハヤカワ文庫NV
『スクールボーイ閣下』*The Honourable Schoolboy*, 1977　村上博基訳／ハヤカワ文庫NV
『スマイリーと仲間たち』*Smiley's People*, 1979　村上博基訳／ハヤカワ文庫NV
『リトル・ドラマー・ガール』*The Little Drummer Girl*, 1983　村上博基訳／ハヤカワ文庫NV

『パーフェクト・スパイ』*A Perfect Spy*, 1986　村上博基訳／ハヤカワ文庫NV
『ロシア・ハウス』*The Russia House*, 1989　村上博基訳／ハヤカワ文庫NV
『影の巡礼者』*The Secret Pilgrim*, 1990　村上博基訳／ハヤカワ文庫NV
『ナイト・マネジャー』*The Night Manager*, 1993　村上博基訳／ハヤカワ文庫NV
『われらのゲーム』*Our Game*, 1995　村上博基訳／ハヤカワ文庫NV
『パナマの仕立屋』*The Tailor of Panama*, 1996　田口俊樹訳／集英社
『シングル&シングル』*Single & Single*, 1999　田口俊樹訳／集英社
『ナイロビの蜂』*The Constant Gardener*, 2001　加賀山卓朗訳／集英社文庫
『サラマンダーは炎のなかに』*Absolute Friends*, 2003　加賀山卓朗訳／光文社文庫
『ミッション・ソング』*The Mission Song*, 2006　加賀山卓朗訳／光文社文庫
『誰よりも狙われた男』*A Most Wanted Man*, 2008　加賀山卓朗訳／ハヤカワ文庫NV
『われらが背きし者』*Our Kind of Traitor*, 2010　上岡伸雄・上杉隼人訳／岩波現代文庫
『繊細な真実』*A Delicate Truth*, 2013　加賀山卓朗訳／ハヤカワ文庫NV
『地下道の鳩――ジョン・ル・カレ回想録』*The Pigeon Tunnel: Stories from My Life*, 2016
加賀山卓朗訳／ハヤカワ文庫NV　本書
『スパイたちの遺産』*A Legacy of Spies*, 2017　加賀山卓朗訳／早川書房

解　説

作家・外交ジャーナリスト
手嶋龍一

スパイと詐欺師

かつてスパイであった作家が人生の足跡を綴《つづ》る――。

それは外部の者が思うほど容易《たやす》い業《わざ》ではない。ひとたび情報《インテリジェンス》の世界に身を置いた者には厳しい守秘義務が課されているからだ。イギリスでは公職を離れても生涯を通じて機密を守り抜くことが求められる。この掟《おきて》を破った者には鉄槌《てっつい》が下される。「イギリス諜報界の語り部」として君臨するジョン・ル・カレとて例外ではない。

イギリス秘密情報部員としての守秘義務に加えて、稀代《きだい》の詐欺師であった父親の存在。ル・カレが自伝の筆を執《と》ろうとすれば、眼前に聳《そび》え立つ二つの堅城を抜かなければならない。そのうえ、読む者を一瞬たりとも退屈させまいとするプロの意識。豊饒《ほうじょう》な文体を備えたひとには、そんな内なる基準まであり、自伝を綴る難易度はさらに高くなる。

だが、作家の生涯がいかに波乱に富んだものであれ、その大半は些事《さじ》に埋め尽くされている。それゆえ、ル・カレも生涯の九割ほどを思い切って削ぎ落し、心躍るようなエピソードだけを選りすぐっている。その果てに生まれたこの回顧録が面白くないはずはない。

イギリス生まれの作家、ロアルド・ダールは、ル・カレと同じく上流階級の子弟が多いパブリック・スクールに通った。そして、偽善に満ちた牢獄から脱出を図っている。大学への進学を拒んで東アフリカに渡り、かの地でナチス・ドイツとの戦いに志願して戦闘機乗りとなった。後に「短篇の狙撃手」と謳《うた》われたダールは、自伝を編むにあたって自らにこう諭《さと》している。

「どうでもよいような出来事はすべて切りすてて、鮮明に記憶に残っていることだけに集中しなくてはならない」(『単独飛行』永井淳訳・ハヤカワ・ミステリ文庫)

ダールに限らず、ひとの少年少女時代はありふれた日常の繰り返しだ。だが、ジョン・ル・カレことデイヴィッド・コーンウェルにとって、過ぎ去りし少年の日々はめくるめくような色彩で埋め尽くされている。父親のロニーは、度重なる破産の末に幾度も投獄された悪名高き詐欺師だったからだ。

「億万長者」の家に生まれて

デイヴィッド少年は、一流テイラーで仕立てた背広に身を包んだ父親のお供で、モンテカルロにしばしば旅している。〈オテル・ド・パリ〉のカジノテーブルで、父はブランデーのジンジャエール割りのグラスを傾けながら大金を張る。賭け金のチップはみるみる積み上げられていく。周りの客たちが息をのんで見守るなか、少年の一年分の学費がたちまち消えていった。

父が勝負を挑んだのは、眼前にいる王の侍従ではない。エジプトのファルーク王そのひとだった。白い電話の受話器を耳に当てた侍従は、王が命じるままに巨額のチップを張っていく。王が黒なら父は赤。先方が奇数なら、こちらは偶数。王の傍らには占星術師が控えていた。父はナイルの神をも相手に戦っていたのである。一夜にして、コーンウェル父子は身ぐるみ剝《は》がされてしまう。薄明のなか、二人は銀製シガレットケースを質草に馴染《なじ》みの宝石店を目指してとぼとぼと歩いていく。だが父ロニーにとってこれしきの負けなど何ほどのこともない。この大勝負でエジプト王と厚い誼《よし》みを結べたのだ――心からそう思い込んでいる。

やがてアレキサンドリアに飛び、巨万の富を手にする詐術が閃いたのだろう。

ジョン・ル・カレはそんな少年の日々をみずみずしくも哀しく語ってみせる。

「子供時代は作家にとっての預金残高である」（加賀山卓朗訳・以下同）

ル・カレもグレアム・グリーンの言葉を引きながら、子供時代の経験は物語を紡ぐ者にとっていかに貴重であるかを書きとめている。

「その伝《でん》でいけば、少なくとも私は億万長者の家に生まれた」

後に作家となるル・カレはどれほど恵まれた家庭に育ったことか。名うての「資産家」コーンウェル家に生まれた息子の語る少年時代が退屈なはずはない。詐欺師の父と子の物語は、ダールやグリーンが綴る名短篇のように図抜けて面白い。いや、面白すぎて作り話にさえ思えるのだが、すべては事実なのである。

囚われの鳩

デイヴィッド少年は、〈オテル・ド・パリ〉のカジノの傍にあったスポーツクラブの光景を鮮烈に憶えている。地中海を望む崖に地下トンネルが口を開けている。カジノの屋上で育てられた鳩たちは暗い地下道をよちよちと歩き海面を飛翔していく。

「鳩たちの仕事は、真っ暗なトンネルを抜けて地中海の上の空に飛び出すことだ——昼食を愉《たの》しんだあと、立ったり寝そべったりしてショットガンを構えているスポーツ好きの紳士の標的となるために。弾が当たらなかったり、かすったりしただけの鳩は、その習性にしたがって生まれ故郷のカジノの屋上に戻っていくが、そこには同じ罠が待ち受けている」

囚われの鳩——まさしくル・カレにとって少年の日の隠喩《メタファー》なのだろう。

幾度も投獄された詐欺師を父に持ってしまった少年は、その呪縛から逃れたいと心から願っていた。そしてパブリック・スクールの名門シャーボーン校から逃亡を企てている。十六歳の時だった。スイスに逃れてベルン大学に入学する。やがて祖国に戻ってオクスフォード大学で学ぶのだが、そこにも父の呪術は及んでくる。ロスチャイルド男爵の「未亡人」を名乗る女が、チェコスロバキアに残してきた資産の一部を神父に託して運ばせるという。父に命じられてデイヴィッドは、「未亡人」が指定するオーストリア・スイス国境へ「受け子」として出かけていった。二日の間、鉄道駅の周辺をうろつきまわり、グーテンベルグ版の聖書や宝石が詰まった木箱を携えてくる神父の姿を探しまわった。だが待ち人はついに現われなかった。

詐欺師の父に育てられた鳩はその引力を振り切って遠くに飛び立とうとする。だが、悲しい帰巣本能のゆえに呪われた家に帰っていく。仄《ほの》暗い地下のトンネルが延々《えんえん》と続き、彼方にはわずかに明かりが見える。そこから飛び出せばショットガンの銃口が待ち受けている。だが、穴倉にとどまってしまえば、詐欺師の手のひらから生涯抜け出せない。ル・カレはこれまでも『地下道の鳩』の仮タイトルを冠して多くの作品を書き進めたという。そして、この回想録でようやく永年の思いをかなえている。

深傷《ふかで》を負ったスパイ

地下のトンネルから飛び立って銃弾を浴びる鳩。それはデイヴィッド少年の分身であるだけではない。冷たい戦争を戦ったスパイたちの姿でもある。情報戦の最前線から還ったスパイは本国でしばしの休息を命じられる。もう二度と悲惨な前線には戻りたくない。現地に配しているエージェントを死なせたくない――。誰しもがそう思い、引退を考える。だが、時が経つにつれ、敵に立ち向かった時の、あのひりひりする緊張感にまた身を浸したくなってしまう。諜報活動を生業《なりわい》とする情報戦士の哀しき性《さが》なのである。

ジョン・ル・カレの筆になる畢生《ひっせい》の名篇『ティンカー、テイラー、ソルジャー、スパイ』（ハヤカワ文庫NV）にも、そんなスパイの姿が鮮烈に描かれている。背中に銃創を負ったイギリス秘密情報部員、ジム・プリドーだ。チェコでの作戦は惨《みじ》めな失敗に終わり、現地で使っていたエージェントは命を落としてしまう。ジム・プリドーも銃撃され、からくも生き残った。イギリス秘密情報部の上層部にクレムリンに通じた「モグラ」が潜んでいたからだ。

心身に深い傷を負ったジム・プリドーは、パブリック・スクールに臨時教師の職を見つけ、大型のトレーラー・ハウスを引いて着任する。雨が降りしきるなか、その様子をたったひとり目撃していた生徒がいた。独りぼっちの転校生、ビル・ローチ少年だ。やがて似た者同士のふたりに友情が芽生えていく。昨日のスパイと転校生もまた地下道の鳩なのである。伝説のスパイ・マスター、ジョージ・スマイリーが情報部に巣食う「モグラ」を追い詰めていく物語の冒頭シーンは、この壮大なストーリィの序曲を奏でて感動的だ。

「なによりも忘れられないのは、ビル・ローチとおなじ少年が、私の教師時代にもいて、のちの『パーフェクト・スパイ』には、あわれなピムの息子として登場したことだ。むろんローチという名ではなく、職員にスパイを働きはしなかった。しかし、彼の観察眼はわがことのように覚えているし、彼にはすっかりとりこになったのも忘れない。きっと執筆時より十五若かった自分と重ね合わせていたからだろう」

ジョン・ル・カレもまたイートン校の教師をしていたことがある。自伝的な色彩がもっとも濃い『パーフェクト・スパイ』（ハヤカワ文庫NV）に描かれている詐欺師ピムの息子はル・カレ自身であり、ビル・ローチ少年でもある。ル・カレは素顔の自分は一連の作品のなかにこそいると言いたいのだろう。

二重スパイの衝撃

ジョン・ル・カレは、キム・フィルビーの二重スパイ事件に触発されて、永い逡巡《しゅんじゅん》のすえに『ティンカー、テイラー、ソルジャー、スパイ』の筆を執った。事件から十年を経た一九七四年に上梓されている。イギリス秘密情報部が擁する首脳のひとり、キム・フィルビーがクレムリンのスパイだったことが判明し、中東のベイルートからモスクワに飛び立った。この亡命事件は、老情報大国に言い知れぬ衝撃を与えた。ナチス・ドイツとの対決を情報《インテリジェンス》の力で勝ち抜いたと信じてきた栄光の組織を瀕死の淵に叩き落した。大物の二重スパイがクレムリンに漏らした機密によって、英米の情報機関が発動した作戦はことごとくが失敗した。東側陣営の一角、アルバニアで活動する反政府ゲリラを支援して、共産政権の転覆をはかる作戦も惨めな結末を迎えてしまう。東側陣営に潜ませていた西側工作員は次々に摘発され処刑されていった。その被害は図り知れなかった。キム・フィルビーの裏切りは情報戦の最前線でどれほど多くの人命を奪い去ったことか。

ニコラス・エリオットは、裏切り者、フィルビーの心の友であり、秘密情報部の同僚でもあった。その古風な風貌も、三つ揃えのスタイルも、そしてイートン校の経歴も、イギリスが生んだスパイのなかのスパイであった。ル・カレがイギリス秘密情報部に勤務していた時、ニコラス・エリオットは輝ける星だった。時折、ル・カレも職場で言葉も交わし、後年、取材も試みている。

「キム・フィルビーとの関係について、ニコラス・エリオットが語った話をここに書くかどうかは迷った」

ニコラス・エリオットが自分に明かしたフィルビー亡命の真相なるものはフィクションだとル・カレは断じたからだ。にもかかわらず、エリオットの談話を解説抜きで記しておく誘惑に勝てなかったという。

キム・フィルビーの正体が露見しかかっていた一九六三年一月のことだ。彼の親友ニコラス・エリオットは「自分が尋問する」と願い出て、フィルビーがいたベイルートに赴いていった。そして海辺沿いのアパートで二人は最後の対決の時を迎える。その模様を録音した会話は情報当局がいまも隠し持っている。だがいまだに機密を解こうとしていない。イギリスが戦った情報戦の優れた書き手、ベン・マッキンタイアーは『キム・フィルビー　かくも親密な裏切り』（中央公論新社）のなかで疑問を呈している。なぜ、窓は開け放たれ、ふたりの会話のほとんどが街の喧騒にかき消されていたのかと。マッキンタイアーはふたりの対決をこう活写している。

「それはイギリス人の非情な礼儀正しさを示す、洗練された死闘だった」

その果し合いの末に、訴追を免除することを条件に、フィルビーは自白調書に署名した。だが当局は彼の身柄を拘束しなかった。四日間に及んだ尋問を終えてエリオットは去り、フィルビーはモスクワに向けて亡命した。イギリス秘密情報部がモスクワへの亡命を暗に促したのだとマッキンタイアーは仄めかしている。

キム・フィルビーが最後の瞬間まで懐かしがっていたのは「二重生活のスリル」だった。「かくも親密な裏切り」のくだりを読んでも「私は驚かなかった」とル・カレは述べている。ル・カレこそフィルビーの心の底を誰よりもよく覗き見ることができた。かつて共にスパイの世界に身を置き、その後も諜報の世界を描き続けてきたからだけではない。『ティンカー、テイラー、ソルジャー、スパイ』の序文で次のように告白している。

「フィルビーをきらったのは、彼がわたしとあまりに多くを共有するからだった。パブリック・スクール教育を受け、身勝手で専横的な父親――探検家で冒険家のセント・ジョン・フィルビー――の息子であり、人をやすやすと自分に引きつけ、感情を、わけてもイギリス支配階級の頑迷と偏見への激しい嫌厭《けんえん》を隠すのに長《た》けていた。そうした性格はすべて、時につけ、折にふれ、わたし自身にあったのではないかと思う」

アラビアの王族と親交を結んで、イギリスの原油採掘権をアメリカに売り渡した父、シンジャン・フィルビー。エジプトのファルーク王とカジノで対決した縁も利用して詐欺を企む父、ロニー・コーンウェル。途方もない父親を持ってしまったふたりは世にも稀《まれ》な似た者同士だったのである。

暗黙の共犯関係

「外交パーティで私を殴り倒さんばかりに怒っている元同僚に対して、私はどう答えるべきだったのか。イギリスの諜報機関を現実よりはるかに有能な組織として描いた本も書いているなどと言っても無駄だろう。MI6のある高官が『寒い国から帰ってきたスパイ』について、〝うまくいった二重スパイ作戦はこれだけだ〟と言っていたことを伝えてもしかたがない」

このくだりを読んだ読者は、ル・カレがスパイの世界を描く小説家になって以来、古巣の情報部とは険しい対立が続いていると思うかもしれない。だが、ご注意あれ。インテリジェンス・サークルは、二重底、三重底なのである。たしかに、ル・カレの小説でモデルに擬せられたスパイは、とりわけドジを踏んだスパイは、腹を立てるに違いない。

だがイギリスの諜報機関の総体からみれば、ル・カレに早く爵位を贈るよう首相官邸に推薦してもいい。かつて情報部員だったル・カレやグリーンは作家に転身し、スパイの世界をリアルに描いてくれた。それによってイギリス国民のインテリジェンス感覚には一段と磨きがかかったからだ。情報活動には膨大な税金が要る。そのためには一般の納税者の理解が欠かせない。だが、その血税が実際にどのように使われているか、広報用のパンフレットでスパイ活動の情報源を明かすわけにはいかない。イギリスの諜報界は、こうしたディレンマを見事に解決してくれる作家群を擁しているのである。

「自主規制にしろ、不明確で厳格な法律にもとづくにしろ、わが国に存在する検閲体制や、適法性が疑われる全面的な監視体制にイギリス国民がうまくなじみ、こぞって服従している現状は、自由世界か不自由世界かを問わず、あらゆる地域にいるスパイの羨望の的である」

イギリスを除く欧米の読者にとっては、このくだりには解説が必要だろう。ル・カレは極めて婉曲《えんきょく》に表現しているのだが、民主主義の生みの親、イギリスには、言論の自由を制御する「灰色のルール」が存在すると暴露している。インテリジェンスに関しては、報道・出版を規制する暗黙の決まりごとがあり、いまも厳然として運用されている。イギリスのメディアが中国での情報活動を報じたとしても、どこに諜報エージェントを配しているかを報じることができない。こうした報道規制に関しては、情報当局とメディアが一種の共犯関係にあることをル・カレは仄《ほの》めかしている。

BBCがスマイリー役に名優アレック・ギネスを起用し、『ティンカー、テイラー、ソルジャー、スパイ』のテレビ・ドラマをシリーズで放送した。放送時間にはロンドン中のレストランから客がいなくなったほどの人気を博した。たしかに冴え冴えとした出来栄えだった。

ドラマ評は「筋立てが複雑で理解できなかった視聴者がいたかもしれない」と書いた。原作を何度も読み返した者すら一瞬でも気を逸らせば筋を見失ってしまう。だが、この国も視聴者の多くは、この迷路のような物語を存分に楽しんだという。老いたりといえどもさすが老情報大国なのである。

スパイの世界を描く作家が、情報当局から国家機密を提供されたことが露見すれば、守秘義務違反で訴追されかねない。公職にあった時に知りえた機密を漏らしても逮捕されかねない。実際、グレアム・グリーンは機密漏洩の疑いで中央刑事裁判所に訴えられそうになったことがある。スパイ小説の紡ぎ手は、常に訴追の危険と隣り合わせなのである。

それゆえ、ジョン・ル・カレは回想録『地下道の鳩』を上梓するにあたって細心の注意を払っている。この回想録にやや先立ってアダム・シズマン著『ジョン・ル・カレ伝（上・下）』（早川書房）が出版された。ル・カレは非公開の著作資料を渡し、長時間のインタビューにも応じて、本格的なル・カレ伝記の執筆に協力している。自ら触れられない微妙な情報は、シズマンやマッキンタイアーらの著作にそっと委ねているのである。これも訴追を免《まぬが》れる周到な布石になっている。こうした錯綜した「守秘義務装置」の頂点に悠然と君臨している王。それがイギリスのインテリジェンス・サークルの四天王たるＭＩ６、ＭＩ５、ＧＣＨＱ（政府通信本部）、軍情報部なのである。

「スパイ機関がこれほど国内メディアに甘やかされている国は、西側諸国のどこにもないと思う」

たしかにル・カレのいう通りなのだが、翻《ひるがえ》って戦後の日本には甘やかされようにも本格的な対外情報機関は存在しない。外国からスパイやテロリストが日本国内に浸透してくるのを防ぐ警備公安組織があるにすぎない。戦後の日本のメディアは、対立するにしろ、連携するにしろ、情報分野のカウンターパートを持たなかった。

英・米・中・ソとの戦いに敗れた後、ニッポンは戦後体制の守護者、アメリカに軍事ばかりかインテリジェンスの分野でも、その傘のもとにひっそりと身を寄せてきた。戦後の半世紀はそれで何とか凌《しの》げたのかもしれない。だが、アメリカの力が衰え、異形の大統領、ドナルド・トランプが現われ、新興の中国が海洋進出を窺《うかが》う情勢下では、果たして生き抜いていけるのだろうか。誰しも不安を覚えているはずだ。

冷戦終結後のニッポンはなお空母打撃群や核ミサイルを持たないとしている。ならば、せめてインテリジェンス能力を高める必要があるのだが、G7・先進七カ国のなかで唯一対外情報機関を持っていない。これでは遥か彼方《かなた》の中東やウクライナで生起した異変をいち早く察知し、国家の危険を避けることはかなうまい。強大な軍備なきニッポンにこそ、永い耳は必要なのである。それゆえ、ル・カレの叡智《えいち》をわがものとして情報感覚を研ぎ澄ますべき時だ。冷戦期を通じて、そして冷戦が幕を下ろした後も、インテリジェンスの視点から国際政局を精緻《せいち》に読み解いてきたジョン・ル・カレ作品こそ、武器なきニッポンの針路を照らしだす絶好の探照灯となるだろう。

二〇一八年九月

本書は、二〇一七年三月に早川書房より単行本として刊行された作品を文庫化したものです。

誰よりも狙われた男

A Most Wanted Man

ジョン・ル・カレ
加賀山卓朗訳

弁護士のアナベルは、ハンブルクに密入国した痩せぎすの若者イッサを救おうと奔走する。だがイッサは過激派として国際指名手配されていた。練達のスパイ、バッハマンの率いるチームが、イッサに迫る。命懸けでイッサを救おうとするアナベルは、非情な世界へと巻きこまれてゆく……映画化され注目を浴びた話題作

冒険小説

死にゆく者への祈り
ジャック・ヒギンズ／井坂　清訳
殺人の現場を神父に目撃された元ＩＲＡ将校のファロンは、新たな闘いを始めることに。

鷲は舞い降りた〔完全版〕
ジャック・ヒギンズ／菊池　光訳
チャーチルを誘拐せよ。シュタイナ中佐率いるドイツ軍精鋭は英国の片田舎に降り立った

鷲は飛び立った
ジャック・ヒギンズ／菊池　光訳
ＩＲＡのデヴリンらは捕虜となったドイツ落下傘部隊の勇士シュタイナの救出に向かう。

女王陛下のユリシーズ号
アリステア・マクリーン／村上博基訳
荒れ狂う厳寒の北極海。英国巡洋艦ユリシーズ号は輸送船団を護衛して死闘を繰り広げる

ナヴァロンの要塞
アリステア・マクリーン／平井イサク訳
エーゲ海にそびえ立つ難攻不落のドイツの要塞。連合軍の精鋭がその巨砲の破壊に向かう

訳者略歴　1962年生，東京大学法学部卒，英米文学翻訳家　訳書『スパイたちの遺産』ル・カレ，『ジョン・ル・カレ伝』シズマン（共訳），『レッド・ドラゴン〔新訳版〕』ハリス，『あなたを愛してから』ルヘイン（以上早川書房刊）他多数

HM=Hayakawa Mystery
SF=Science Fiction
JA=Japanese Author
NV=Novel
NF=Nonfiction
FT=Fantasy

地下道《ちかどう》の鳩《はと》
ジョン・ル・カレ回想録

〈NV1441〉

二〇一八年十月　十　日　印刷
二〇一八年十月十五日　発行

（定価はカバーに表示してあります）

著者　ジョン・ル・カレ
訳者　加《か》賀《が》山《やま》卓《たく》朗《ろう》
発行者　早川　浩
発行所　株式会社　早川書房

郵便番号　一〇一 - 〇〇四六
東京都千代田区神田多町二ノ二
電話　〇三 - 三二五二 - 三一一一（大代表）
振替　〇〇一六〇 - 三 - 四七七九九
http://www.hayakawa-online.co.jp

乱丁・落丁本は小社制作部宛お送り下さい。
送料小社負担にてお取りかえいたします。

印刷・株式会社精興社　製本・株式会社明光社
Printed and bound in Japan
ISBN978-4-15-041441-2 C0198

本書は活字が大きく読みやすい〈トールサイズ〉です。